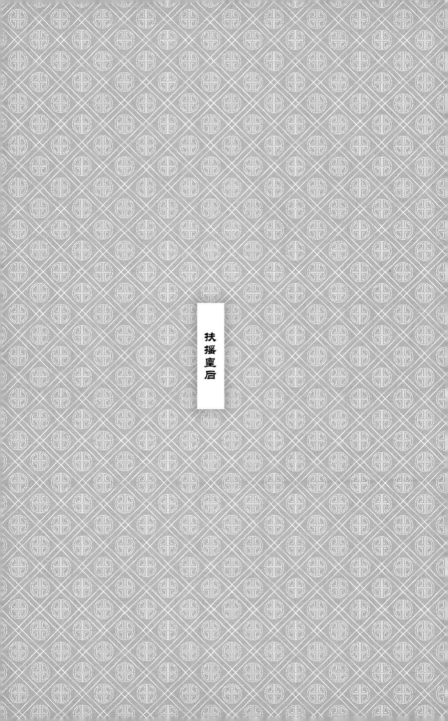

扶摇皇后

부요황후 13

ⓒ천하귀원 2020

초판1쇄 인쇄	2020년 10월 30일
초판1쇄 발행	2020년 11월 17일

지은이	천하귀원 天下歸元
옮긴이	김지혜

펴낸이	박대일
편집	이문영 · 박지해 · 임유리 · 신지연 · 곽현주
마케팅	임유미 · 손태석
일러스트	리마
디자인	박현주

펴낸곳	파란미디어
출판등록	2004년 9월 14일 제313-2004-00214호

주소	03992 서울시 마포구 동교로23길 14 국제빌딩 6층
전화	02.3141.5589 영업부 070.4616.2012 편집부
팩스	02.3141.5590
전자우편	paranbook@gmail.com
카페	http://cafe.naver.com/paranmedia
페이스북	http://www.facebook.com/paranbook

ISBN	978-89-6371-829-3(04820)
	978-89-6371-770-8(전13권)

부요황후

천하귀원天下歸元 지음 | 김지혜 옮김

파란

차례

대단원 (중)

산골짜기 비밀 통로는 좀처럼 열릴 기미가 없었다. 맹부요가 파악한 바로, 통로 입구의 개폐 장치는 안팎에서 동시에 작동시켜야만 열리게 되어 있었다.

사람 셋과 동물 셋이 눈에 안 띄는 구석에 숨어 장청 신전 군사들의 출입을 지켜보고 내린 결론은 이러했다. 비밀 통로가 한 번 열린 채 유지되는 시간은 1각가량이다. 그 1각 안에 통과하지 못하면 한 시진을 더 기다려야 한다.

암벽 틈새를 이용해 만들어진 통로는 입구가 무척이나 좁았다. 토사가 무너져서 막히기라도 했다가는 장애물을 치우는 데 한나절은 족히 걸릴 텐데, 왜 문을 저런 식으로 만들었는지 모를 일이었다.

드나들기 너무 번거로운 구조 아닌가?

맹부요는 아무리 자기가 사대 신역을 통과했어도 규칙대로 당당하게 신전을 방문해 도움을 구할 수 없는 처지임을 잘 알고 있었다. 일단 쳐들어가고, 뒷일은 나중에 생각해야 할 것 같았다.

날이 어두워질 때까지 기다리다 보니 황토색 갑옷을 입은 병사들이 나타났다. 맹부요는 어떻게 된 영문인지 그 갑옷 색깔이 건달바부 소속을 뜻한다는 걸 알 수 있었다. 장손무극에게 따로 들은 적이 있는 것도 아닌데 대체 왜 알겠는지 자기도 어리둥절했다.

몇 명 안 되는 병사들이 걸어오면서 떠드는 소리가 들렸다.

"요즘 진짜 다사다난하네, 별의별 인간들이 다 흘러들어 와. 그 제비천 말이야, 겨우 여덟 번째 봉우리에 묶어 놨나 했더니 대체 어디서 실수가 나왔는지 포위망을 뚫고 탈출했다잖아. 골짜기마다 다니며 난동 부리는 건 그렇다 쳐. 비밀 통로까지 무너뜨리는 바람에 마호라가부에서 허겁지겁 새로 만든 건데, 진짜 불편해 죽겠어."

"그래도 고쳐 주는 게 어디야. 구조를 약간 바꾼 걸 보면 자기들도 신경 쓴다고 쓴 거지."

다른 병사가 말했다.

"제비천 덕에 산이 통째로 무너지게 생겼는데 비밀 통로 보수가 늦어졌다가 또 몇 명이 들이닥칠지 알 게 뭐냐고."

"지금도 어디 한둘이냐."

또 새로운 목소리였다.

"어떻게 된 건지 몰라도 최근에 전주님하고 가루라왕의 옛 친우들이 약속이나 한 듯이 연이어 신전을 찾아온다며. 하나가 겨우 갔나 하면 곧바로 또 하나가 들이닥치는 식이라 전주님하고 가루라왕은 교단 업무 볼 시간도 없다고 들었어. 그렇다고 쫓아내자니 핑계가 마땅치 않겠지. 다들 함부로 대할 수 있는 신분들이 아니니까. 거 있잖아, 지금도 누구 하나가 운소궁雲霄宮에 버티고 앉아서는 우리 장청 신산에서 나는 기린홍이 먹고 싶다고 종일 난리라던데."

"전주님 우화등선하실 날이 코앞이라고들 하는데, 솔직히 나는 올라가도 진작 올라가실 줄 알았지, 지금까지 시간을 끌 줄은 몰랐거든. 아직 속세에 미련이 남았나 보지? 그나저나 새 전주는 누가 될지 모르겠네."

"그야 말할 것도 없이 긴나라왕이지!"

병사 하나가 부럽다는 투로 말했다.

"천행자 일맥이 드디어 빛을 보는구나. 이럴 줄 알았으면 나도 천행자로 들어갈걸. 대왕님이 성주 손에 죽고 나서 우리는 완전히 천덕꾸러기 신세잖아. 순찰이며 경비며 온갖 잡일 다 하느라 이게 무슨 고생이야!"

"말이 나와서 말인데 역시 좀 안타깝단 말이지……."

다른 병사가 유감스럽다는 듯 말했다.

"성주 전하 말이야. 그까짓 요물 하나가 뭐라고 후계자 자리도 잃어, 본인도 망가져, 나라까지 풍전등화에……. 전하도 참, 신전에 등 돌릴 거였으면 차라리 돌아오지를 말지. 아무리 전

주님이라도 일국의 황제를 어쩌지는 못했을 거 아니냐고. 굳이
돌아와서 전주님한테 대들기는 왜 대들어. 전주님 정도 되는
전략가면 남의 칼을 빌려서 성주 전하 나라를 없애 버리는 것
쯤은 일도 아닐 텐데……."

"입 다물지 못해!"

돌연, 무리의 대장으로 보이는 자가 병사들을 윽박질렀다.

"다른 것도 아니고 전주님의 큰 계획을 두고 허튼소리를 하
다니!"

대화 소리가 뚝 그친 후, 대장 같은 자가 암벽을 '똑똑' 두 번
두드리더니 허리춤에서 납작한 열쇠를 끌러 어딘가에 꽂고 돌
렸다. 그다음 그들은 문이 열리기를 기다렸다.

어둠이 하얀 골짜기를 뒤덮고 고요가 사방을 채운 가운데,
눈 쌓인 비탈 한 지점에서 미세한 움직임이 일었다.

여인의 온몸에서 눈가루가 부슬부슬 쏟아졌다. 하지만 털려
나간 만큼의 눈이 금방 또 새로 쌓여 그녀를 뒤덮었다. 눈빛에
날이 바짝 선 여인이 입술을 깨물었다.

전북야는 떨고 있는 맹부요를 조용히 토닥여 줬다. 병사들의
대화를 들은 맹부요가 지난번 천역에서처럼 이성을 잃는 건 아
닐지 걱정이었다.

그러나 맹부요는 잠시 떨고 나더니 금방 차분함을 되찾았다.
그녀는 연기처럼 가볍게 몸을 날려 마치 눈송이가 소리 없이
땅에 내려앉듯 병사 무리의 위쪽에 착지했다.

곧 전북야도 뒤를 따라나섰고, 요신은 두 사람과 조금 어긋

난 방향에 착지해 대장으로 보이는 인물을 멀찍이서 주시하기 시작했다.

적막한 산골짜기에 달빛이 쏟아지고 있었다. 숨소리를 빼고 나면 들리는 소리라고는 눈꽃이 사락사락 떨어지는 소리뿐이었다. 지면에는 길쭉하게 왜곡된 그림자들이 무질서하게 널려 있었다.

잠시 후, 비밀 통로 입구가 천천히 열리고 누군가 안에서 고개를 내밀었다. 통로 안쪽 인물의 얼굴을 본 대장이 '아.' 하고 놀라더니 말했다.

"마호라가 사자께서 직접 문을 지키고 계셨습니까?"

"그럼 어쩌겠나?"

안쪽 인물이 투덜거렸다.

"누구는 팔자 좋게 빈둥대기나 하고, 누구는 이 시커먼 데 처박혀서 말이야……."

그러고는 손을 내두르며 말했다.

"들어오게!"

대장은 옆으로 비켜서서 병사들부터 줄줄이 들여보낸 다음, 자기는 맨 마지막으로 좁은 입구를 비집고 들어갔다. 그가 몸을 비스듬히 틀면서 걸음을 떼는 찰나, 머리 위쪽 벼랑에서부터 마치 풀솜이 날아내리듯 손 하나가 스르르 내려왔다. 날렵한 손가락이 대장의 허리춤을 훑자 열쇠가 쥐도 새도 모르게 상대의 손아귀로 넘어갔다.

허리띠 한 번 건드리지 않고 벌어진 일이었기에 대장은 아무

것도 눈치채지 못했다.

통로 입구가 서서히 닫혔다. 바깥의 세 사람은 그때까지도 차분하게 제자리를 지키고 있었다. 조금 전에 병사들을 따라서 들어갈 수도 있었지만, 통로 안에 다른 경비 인원이 더 없다는 보장이 없었다. 다수를 상대하다가 개중에 도망치는 자들이 생겨서 신전에 보고가 들어가기라도 하면 귀찮아질 수 있었다. 그런 고로 맹부요는 1각 후에 당당하게 따로 진입하는 쪽을 택했다.

얼추 1각이 지나 앞서 들어간 병사들이 통로를 다 빠져나갔을 무렵이 되자 소매치기 요신이 맹부요를 향해 의기양양하게 열쇠를 흔들어 보이면서 입 모양으로 말했다.

'천하무적 신장방 방주 되겠습니다.'

맹부요는 그의 위풍당당한 미소를 보며 피식 웃어 버린 후 열쇠를 건네받았다.

아까 대장이 열쇠를 꽂았던 지점을 찾아내 똑같이 열쇠를 넣고 돌린 후 암벽을 두 번 두드리자 끼릭거리는 소리와 함께 문이 열렸다. 험상궂은 인상에 구레나룻이 수북한 사내가 고개를 내밀었다.

"어느 부 소속……. 허억!"

순간 어둠 속에 거대하고, 서슬 퍼렇고, 살기 돋친 맹풍이 몰아쳤다.

사내는 의외로 고수였다. 기습 공격을 당한 와중에도 뒤쪽으로 훌쩍 공중제비를 넘으면서 수 장 거리를 물러나더니, 뒤도 안 돌아보고 내달리기 시작했다.

그러나 사내가 내달려 간 방향에는 이미 누군가가 기척도 없이 당도해 미리 자리를 잡고 있었다. 찬바람을 뿜으며 서 있는 인물이 마침 돌진해온 사내의 목을 콱 틀어잡았다.

사내의 목구멍 깊숙이에서 꺽꺽거리는, 깨지고 갈라진 소리가 났다. 커다랗게 벌어진 동공에는 싸늘한 달과 달빛 아래에 서 있는 가냘픈 그림자가 비치고 있었다.

기어이 사내의 몸이 허물어졌다. 위급 상황에 지원군을 부를 수 있도록 눈에 띄지 않는 곳에 설치해 놓은 구리 방울을 지척에 두고서.

맹부요는 사내 쪽을 돌아보지 않고 손을 쓱쓱 닦았다.

"한낱 문지기도 당신의 살초를 피할 정도라니, 한 명뿐인 게 다행이었어요."

"이만 가지."

사내의 옷을 벗겨서 자기 몸에 걸친 전북야가 앞쪽을 내다보며 말했다.

산 중간을 뚫어서 만든 통로는 비스듬한 오르막길로 되어 있었다. 통로가 끝나는 곳은 낭떠러지였고, 절벽 한중간에 뻥 뚫린 출구와 맞은편 절벽은 은백색 출렁다리로 연결되어 있었다.

다리 역시 오르막을 그리고 있었는데, 그중에서도 가장 높은 구간은 산 중턱 운무에 휩싸여 마치 구름 속에 있는 것처럼 보였다. 건너편 절벽 위에는 눈과 얼음으로 뒤덮인 성이 우뚝 치솟아 있는 게 어렴풋이 눈에 들어왔다.

"요신, 여기서부터는 따라오지 마. 개죽음당할 수도 있어."

맹부요가 사내의 시체를 절벽 아래로 던져 버리면서 말했다.

"입구 기관 장치만 망가뜨리고 곧장 떠나. 신전 내부에 비상이 걸려서 바깥을 지키는 경비병들은 평소보다 줄어들었으니까 밖이 더 안전해."

"그럴게요."

요신이 답한 직후, 맹부요가 덧붙였다.

"구미는 네가 데리고……."

"아얏, 됐어요!"

요신이 기겁을 했다.

"여우 냄새 싫어요!"

본인이 싫다는데 어쩌겠나.

맹부요는 주위를 둘러보고 근처에 아무도 없음을 확인했다. 통로 안쪽만이 아니라 근방 3리 이내 어디에서도 사람 그림자를 찾아볼 수 없었다. 지금이라면 요신을 안전하게 내보낼 수 있겠다 싶었다.

그녀는 요신에게 서둘러 자리를 뜨라고 몇 번이나 당부를 하고 산 아래에서 기다리는 아군과 접선할 방법까지 알려 준 다음에야 전북야와 함께 통로를 따라 오르막길을 올랐다.

눈보라 속에서 출렁이고 있는 구름다리는 몹시 미끄러운 데다가 재질도 가벼워 안정감이 전혀 없었다. 보아하니 여러 사람이 동시에 건너가기는 힘들 것 같았다.

왜 통로 개방에 한 시진씩 간격을 두는지 알 만했다. 한 번에

한 명씩 건너간다고 치면 한 무리를 다 소화하는 데는 반 시진이 꼬박 걸릴 터였다.

대단히 불편하긴 해도 적의 침입을 막는 데는 효과적인 설계임이 분명했다. 설령 적이 통로까지 치고 들어온다 해도 다리는 한 명씩 지날 수밖에 없을 테니, 장청 신전 측에서는 다리를 끊을 것도 없이 고수 두 명 정도만 내보내 건너오는 적을 차례로 베면 그만인 것이다.

다리 위로 보란 듯이 지나갔다가는 건너편 경비병들이 난리가 날 테니 남은 방법은 다리 아랫면을 이용하는 것뿐이었다. 하지만 다리 자체가 워낙 미끄러운지라 뒷면은 붙들 데조차 마땅치가 않았다.

맹부요는 구미를 품 안 깊숙이 밀어 넣었고, 전북야는 허리띠 끄트머리를 금강에게 단단히 묶은 다음 녀석을 툭툭 치면서 말했다.

"죽고 싶거든 어디 날뛰어 봐라."

그러자 금강이 작게 투덜거렸다.

"멍텅구리 놈아, 내가 넌 줄 아느냐!"

그사이 다리 아래쪽을 훑어본 맹부요는 예상 밖에 누가 봐도 손잡이처럼 생긴 부분을 발견했다. 이 타이밍에 여기서 저렇게 편리한 물건이 발견되다니, 절대 반가워할 만한 일이 아니었다.

그녀가 손가락을 뻗어 손잡이를 가볍게 당기자마자 한구석이 터지더니 '촤앗' 하고 모종의 하얀색 액체가 쏟아졌다. 액체가 아찔한 골짜기 아래로 흩뿌려지면서 뿜어내는 파르스름한 연기만 봐도 평범한 물은 아닌 게 확실했다. 몰래 다리를 건너려는 침입자가 무의식적으로 손잡이에 매달렸다가는 머리에서부터 독액을 뒤집어쓰게 된다는 얘기였다.

허공에 대롱대롱 매달려 있다가 무슨 재주로 몸을 피하랴. 침입자의 말로는 죽음뿐일 터였다.

참으로 음험하고도 주도면밀한 설계였다. 보이는 곳과 보이지 않는 곳, 양쪽 모두에 비장의 무기를 심어 두었을 줄이야. 그간 여기서 얼마나 많은 목숨이 죽어 나갔을지 충분히 짐작이 갔다.

맹부요가 찬웃음을 흘리며 말했다.

"신전 좋아하시네. 차라리 마굴이 더 광명정대하겠어."

딱 보기에 붙들라고 만들어진 부분은 무조건 손을 대지 말아야 하는 상황이었다.

두 사람은 다리를 지탱해 주는 쇠사슬을 타고 가기로 하고 소리 없이 다리 밑면으로 내려갔다. 그런 다음 손바닥에 진기를 집중시켜 다리 밑면에 붙어 있는 얼음덩이들을 빠르게 녹였다. 하지만 얼음을 녹인 뒤에도 쇠사슬이 마치 기름이라도 발라 놓은 것처럼 미끄러워서 매달려 있기가 힘들었다.

둘은 서로 차례를 바꿔 가면서 극도로 느리고 조심스럽게 앞으로 나아갔다. 그렇게 중간까지 갔을 때, 맹부요의 눈에 다른 쇠사슬보다 훨씬 잡기 좋게 생긴 사슬 한 가닥이 들어왔다. 살짝 건드려 본 결과 딱히 위험 요소는 없는 것 같았다.

"이걸 잡고 가면 그나마 속도가 붙을 것 같……."

그녀가 말을 채 맺기도 전에 사슬이 돌연 출렁하더니 검은색 구슬을 무더기로 쏘아 냈다. 맹부요는 한눈에 그게 벽력탄임을 알아봤다.

하필 이 순간에, 이 위험한 곳에서 벽력탄이 터졌다가는 설령 몸이 가루가 되는 운명은 면한다 쳐도 다리가 끊어지는 건 막을 수 없을 터였다. 운이 좋아 다리가 끊어지지 않더라도 장청 신전 전체를 흔들어 깨울 만한 꿍음이 울릴 것이 자명했다. 실로 악랄한 함정이 아닐 수 없었다.

맹부요는 쇠사슬을 붙들고 있는 양손 중 한쪽을 재빨리 펼쳐 중심에는 백옥빛이, 가장자리에는 분홍빛이 도는 소용돌이를 일으켰다. 소리 없는 소용돌이가 은은하게 반짝이면서 벽력탄을 부드러이 감싸 안았다.

맹부요가 우선적으로 차단한 것은 전북야를 덮치려는 벽력탄들이었다. 그런데 개중 하나가 난데없이 각도를 기묘하게 틀더니 맹부요를 향해 돌진해 왔다!

그녀가 손안에 가둔 벽력탄을 안전하게 처리할 준비를 하는 사이에 궤도를 벗어난 탄알이 바로 지척까지 날아들었다. 그걸 막겠다고 지금 손안에 들어와 있는 벽력탄들을 놓아 버린다면 폭발이 일어날 게 뻔했다.

잠깐 갈등하는 사이에 탄알이 코앞에 이르렀다. 맹부요는 마음을 독하게 먹고, 나머지 한 손마저 쇠사슬에서 떼어 탄알을 받아 내려고 했다.

그런데 바로 그때 얼굴 쪽으로 '훅' 하고 찬 바람이 불어오더니, 빠르고도 안정적으로 뻗어온 손이 탄알을 정확하게 낚아챘다. 덕분에 한숨 돌린 것도 잠시, 맹부요는 곧 사색이 됐다. 추락하는 금강이 눈에 들어온 탓이었다.

조금 전 맹부요에게 닥친 위기를 본 전북야가 급하게 상체를 기울이는 바람에 금강과 연결되어 있던 허리띠가 구름다리 가장자리 날카로운 얼음에 잘려 나갔고, 추위에 뻣뻣하게 굳은 채 어깨에 앉아 있던 금강이 급격히 기울어지는 어깨 위에서 균형을 잃고 그대로 떨어져 버린 것이었다.

맹부요는 즉각 금강을 잡기 위해 움직였다. 제비천에게 한 약속이 있으니 무슨 일이 있어도 금강을 지켜 내야 했다.

두 손을 전부 쇠사슬에서 떼고 몸을 뒤집으면서 한쪽 다리를 쇠사슬에 건 그녀가 금강을 향해 손을 뻗었다. 그러나 손끝이 금강에게 닿았다고 생각한 순간, 얼음이 끼어 미끄러운 깃털에 손이 미끄러지고 말았다.

다급해진 맹부요는 쇠사슬에 걸린 다리를 좀 더 아래로 미끄러뜨리면서 몸을 길게 뻗었다. 그 결과 아슬아슬하게 금강의 발을 붙잡을 수 있었다.

겨우 안도하는 참인데, 발을 걸고 있던 쇠사슬이 갑자기 부르르 진동하더니 발목이 허공에 붕 뜬 느낌이 들었다. 그녀는 곧 아래로 곤두박질치기 시작했다. 아래쪽은 톱니 같은 바위가 즐비한 천 길 낭떠러지였다.

몸이 의지할 곳을 잃자마자 그녀는 온 힘을 다해 금강을 위로 던져 올렸다. 그러고는 숨을 한껏 들이마시면서 위로 솟구쳐 오르려고 했다.

그러나 신산의 공기가 문제인 건지 몸이 이상하리만치 무거웠다. 추락을 코앞에 둔 순간, 발목에 무언가가 강하게 감기는 느낌이 들었다. 따스한 손이 그녀를 붙잡아 준 것이었다.

허공에 대롱대롱 매달린 채 위를 올려다보자 자신과 똑같이 거꾸로 매달린 전북야가 눈에 들어왔다. 그의 한 손에는 금강이, 다른 한 손에는 자신의 발목이 붙잡혀 있었다.

곳곳이 위험 요소인 데다가 엄청 미끄럽기까지 한 다리 아랫면에 매달린 채로 동시에 두 가지 동작을 해내다니, 그것도 이렇게나 잽싸고 정확하게. 진짜 대단하다 싶었다.

사실은 지금 전북야도 온몸이 식은땀투성이였다. 평소의 그에게 이 정도 정확성을 요하는 동작은 결코 쉬운 일이 아니었다. 그러나 맹부요와 함께 있다 보면 최대한의 잠재력을 끌어내야 하기 마련이었다.

두 사람은 마치 낙엽처럼, 구름다리 아래 천 길 낭떠러지의 눈안개 속에서 속절없이 나부끼고 있었다. 아직 놀란 가슴을 추스르기도 전이었지만, 눈이 마주치는 순간 둘은 서로를 안심시키고자 환한 미소를 피워 냈다.

전북야가 맹부요를 위쪽으로 던져 올렸다. 훌쩍 날아 원래 자리로 되돌아온 맹부요가 시간을 계산해 보고는 말했다.

"다리에서 시간을 너무 많이 잡아먹었어요. 1각이 거의 다 된 것 같은데, 문이 다시 열리면 또 누가 들어올지 몰라요. 서둘러야겠어요!"

두 사람과 두 동물은 쇠사슬에 매달려 다시 이동하기 시작
했다.

구름다리 저편의 요신은 통로를 빠져나가려다 말고 무언가
를 발견했다. 맹부요와 전북야가 멀어져 가는 걸 지켜보다가
막 문밖으로 한 발을 내딛는 참인데, 어두침침한 암벽 틈새에
서 무언가가 희미하게 빛나고 있는 게 눈에 띄었다.

순간 멈칫한 요신은 곧 호기심에 이끌려 암벽 틈새로 다가갔
다. 그곳에는 작은 방울처럼 생긴 물체가 툭 튀어나와 있었다.

요신의 미간에 주름이 잡혔다. 아까 그 구레나룻이 북슬북슬
한 사내가 마지막 순간에 몸을 던진 방향이 어디였는지를 얼핏
떠올린 그가 중얼거렸다.

"무슨 기관 장치 같은 건가?"

고민은 짧았다. 요신은 냉큼 암벽 틈새로 다가붙어 물체를
분해할 방법을 찾기 시작했다. 주인님이 저 안에 있으니 신전
물건 중 망가뜨릴 수 있는 건 뭐든 최대한 망가뜨려야 했다. 그
냥 뒀다가는 언젠가 주인님한테 민폐를 끼칠지도 모르는 일이
니까.

요신은 타고난 좀도둑질의 귀재답게 기막힌 손재주를 가지
고 있었다. 비수 끄트머리로 뿌리 부분을 살살 들어내다 보니
한참 만에 물체가 벽에서 떨어져 나왔다.

물체의 정체는 역시나 방울이었다. 방울을 암벽에 심어 둔 건 벽 뒤편 골짜기의 메아리를 이용해 방울 소리를 멀리까지 전달하기 위해서인 듯했다.

방울을 손아귀 안에서 으스러뜨린 요신은 안도의 한숨을 내쉬었다. 대단히 큰 공을 세운 것만 같은 기분이 들어 웃음이 실실 새고 휘파람까지 나왔다.

이어서 고개를 들어 하늘빛을 살펴본 그가 외쳤다.

"앗! 망했다!"

1각이 거의 다 지나 있었다. 얼른 나가서 문을 닫지 않으면 꼼짝없이 통로 안에 갇힐 판국이었다.

머리를 수그리고 후다닥 밖으로 향하던 그는 저만치 앞쪽 눈밭에 기다란 그림자가 드리워지는 걸 발견했다. 그림자는 통로를 향해 접근해 오고 있었다. 머릿속이 '웅' 하고 울렸다.

왜 지금 사람이 오지? 신전군은 방금 막 들어갔잖아?

지금 나갔다가는 상대와 정면으로 맞닥뜨릴 수밖에 없었다. 요신은 무의식적으로 맹부요를 좇아 오르막길을 올라가려고 했다. 그런데 한 걸음을 내딛자마자 통로 위쪽에 뚫린 구멍이 눈에 들어왔다. 마침 각도가 맞아서 구멍을 통해 긴긴 구름다리 중간에 있는 맹부요와 전북야가 보였다.

무공도 뛰어나면서 왜 저렇게들 느릴까.

요신이 그렇게 생각하는 찰나였다. 얼음이 끼어 미끄러운 다리가 거센 바람에 요동치고, 그 와중에 금강이 아래로 떨어지자 녀석을 구하려다가 추락할 뻔하는 맹부요의 모습이 보였다.

요신은 터져 나오려는 비명을 가까스로 삼켰다. 심장이 벌렁거렸다.

그는 일단 한 걸음 뒤로 물러섰다. 주인님과 전북야가 아직 아슬아슬하게 구름다리에 매달려 있었다. 만약 지금 두 사람을 쫓아간다면 적도 분명 따라붙을 테고, 이쪽에서 다리를 끊어 버리면 주인님은 천 길 낭떠러지로 추락할 운명이었다.

부르르 진저리를 친 요신은 곧바로 마음의 결정을 내렸다. 그는 어둠 속에 미동도 없이 멈춰 섰다. 그림자가 어슬렁어슬렁 문안으로 들어오더니, 웃음기 섞인 목소리가 울렸다.

"그간 신전에만 너무 처박혀 있었나, 눈밭 산책이 그렇게 상쾌할 수가 없어. 노성老成, 자네는 참 복도 없다니까. 맨 잠이나 퍼 잘 줄 알지."

요신은 어두침침한 그늘 속에서 '어.' 하고 대충 얼버무렸다. 다행히 상대는 그의 대답에 딱히 신경을 곤두세우는 것 같지 않았다.

곧장 의자 쪽으로 가서 걸터앉은 상대가 말했다.

"웃기는 일이지. 신전 사자씩이나 되는 우리한테 문지기 노릇을 시키다니. 그것도 둘씩 짝을 지어서 말이야. 세상천지에 대체 어떤 놈이 우리 둘을 순식간에 쓱싹해 버릴 수 있다고. 솔직히 자네 혼자서도 충분하잖아. 꼭 나까지 있어야겠어?"

요신이 '으응.' 하자 상대가 의아하다는 반응을 보였다.

"벙어리 되는 약이라도 먹었나, 왜 말을 못 해?"

요신이 목이 불편하다는 식으로 헛기침을 두어 번 했다. 상대도 더는 개의치 않고 의자에 느긋하게 드러누웠다. 보아하니 한숨 잘 모양이었다.

요신은 안도의 한숨을 내쉬었다. 이따가 여기서 어떻게 나갈지는 여전히 문제였지만, 일단 위기는 넘겼구나 싶었다.

그래, 자라! 잠든 네놈을 단칼에 처치하고 나면 그때쯤에는 주인님도 구름다리를 다 건넜겠지.

그런데 상대가 돌연 '어?' 하면서 땅바닥을 쳐다보는 게 아닌가. 상대의 눈을 따라 고개를 돌린 요신은 바닥에 흩어져 있는 방울 파편을 발견하고 가슴이 철렁했다. 후회해도 소용없는 상황이었다.

왜 저걸 치울 생각을 못 했을까!

아직 문이 닫히기 전이었다. 눈치 빠른 요신은 방울 조각이 눈에 들어오자마자 문밖으로 몸을 날렸으나, 결국 한발 늦고 말았다. 조금 전까지만 해도 아무렇게나 늘어져 있던 상대가 갑자기 표범처럼 의자에서 튀어 오르더니, '훅' 하고 요신을 향해 쏘아져 와 멱살을 틀어잡았다.

요신은 강철 같은 손에 멱살이 잡히자마자 숨이 턱 막히는 걸 느꼈다. 상대의 무공이 자신보다 한참 위라는 걸 알아챈 그가 곧장 팔을 들고 항복을 선언했다.

"으으……. 살려 주십시오, 살려 주세요!"

"정체가 뭐냐?"

상대가 그를 살벌하게 노려봤다. 움직임만이 아니라 눈빛 역시 표범처럼 사나운 자였다.

"아수라부 소속입니다."

요신은 일단 입에서 나오는 대로 지껄였다.

"나머지 군사들을 기다리고 있었습니다."

"허튼소리! 아수라부 소속이라면 내가 얼굴을 모를 리 없다!"

상대가 손가락을 툭 튕기는 동시에, 요신은 가슴팍에 급작스러운 통증을 느꼈다. 뼈가 빠개지는 소리가 난 것으로 보아 갈비뼈 한 대가 나간 것 같았다.

박살 난 방울을 쓱 쳐다본 상대가 이내 요신을 질질 끌고 아까 그 구름다리가 내다보이는 구멍 앞까지 달려가더니 얼굴빛을 확 바꿨다.

"대인……. 살려 주세요!"

요신이 끙끙거리며 구름다리를 가리켰다.

"저희 주인님인데, 신전에 쳐들어가겠다면서 절 여기다 버려 놨어요. 살려 주시면 제가 이쪽으로 다시 유인해 볼 테니……."

"네까짓 놈의 도움 따위가 아쉬울 것 같으냐?"

상대가 코웃음을 쳤다.

"단칼에 다리를 끊어 버리면 저것들이 안 죽고 배기겠느냐? 구름다리 아래는 평범한 골짜기가 아니다. 그 누구도 살아 올라올 수 없어!"

"그러면 대인 손에 죽는 게 아니잖습니까!"

요신이 말했다.

"다리를 끊으면 둘을 죽일 수야 있겠지만, 앞서 경비를 게을리하고 빈틈을 내어 준 것부터가 죄이니, 기껏 침입자를 사살하는 공을 세워 봐야 처벌을 면해 주는 것으로 끝나겠지요. 하지만 제가 저들을 불러온 다음에 여기서 죽이면 죄는 무마되고 공만 남는 겁니다."

그러자 상대의 눈이 흔들렸다. 방금 그 말에 정곡을 찔린 것이었다.

아수라부 사자인 그는 본래 마호라가부 사자와 함께 비밀 통로 경비 임무에 투입된 참이었다. 대왕께서 임무를 내리면서 누차 강조하길, 만에 하나 침입자가 생기거든 죽음을 면치 못할 것이라 하셨다.

그런데 마호라가 사자는 이미 죽은 것으로 짐작되고, 급기야는 구름다리가 침입자들에게 뚫린 상황이었다. 그 때문에 자신은 대역 죄인이 될 판이었다.

하지만 만약 여기서 침입자들을 불러들여 없앨 수만 있다면 상황은 달라진다. 어쩌면 마호라가부 사자의 죽음에 대한 책임까지 벗을 수 있을지도 몰랐다.

사실 그에게는 방울 말고도 아군을 부를 방법이 있었다. 하지만 요신의 말대로 책임을 추궁당할 생각을 하니 그 방법을 쓸 마음이 싹 사라졌다.

그가 코웃음을 치며 말했다.

"머리 하나는 잘 돌아가는 놈이로구나! 그럼 가서 네 주인을 유인해 보아라. 하면 목숨만은 살려 줄 테니!"

그러고는 요신을 끌고 오르막길을 오르기 시작했다.

주인을 지키기 위한 속임수일 거라는 불안은 없었다. 지금 그의 손에 붙들려 있는 놈은 미꾸라지 같은 근성으로 보나, 번들거리는 눈빛으로 보나 질이 썩 좋은 축이 못 됐다. 게다가 무공 수준도 까마득하게 차이가 나는데 제까짓 게 무슨 수작을 부릴 수 있겠나?

출구까지 올라가자 구름다리 저편에 가까워지고 있는 두 사람이 보였다. 아수라 사자가 요신을 땅바닥에 내동댕이쳤다.

"서둘러!"

요신은 그 무지막지한 힘에 다리뼈 하나가 더 부러졌지만, 이를 악물고 통증을 참으며 실실거렸다.

"대인, 살살 하시죠. 아파서 어디 목소리나 나오겠습니까?"

"당장 부르라니까!"

빠르게 이동하는 두 개의 점이 구름다리 끝에 거의 다 다른 걸 보며, 아수라 사자는 마음이 급해졌다. 다리를 끊어 버릴까도 싶었지만, 그러기에는 꼼짝없이 죄인이 될 자기 신세가 걱정이었다. 사자는 제발 요신이 두 사람을 불러들일 수 있길 바라며 연신 그를 채근했다.

"부를게요, 부른다니까요……."

요신은 여전히 실실 웃고 있었다. 다리 위 두 개의 점을 바라보던 그가 곧 입을 찢어져라 벌리고 악을 쓰는 시늉을 했다. 아수라 사자는 귀를 쫑긋 세웠지만, 외침이 울리기는커녕 거센 바람 소리를 빼면 산골짜기는 적막하기만 했다.

속았다는 걸 알아챈 아수라 사자가 당장 구름다리를 끊으려고 칼을 들었을 때였다. 웬 그림자가 그의 시야를 뒤덮었다. 조금 전까지만 해도 비굴하게 실실거리던 사내가 돌연 한 마리 매처럼 몸을 날려 그를 덮친 것이었다.

요신은 흡사 번개, 혹은 빛과 같은 속도로 아수라 사자를 덮쳐 갔다. 인간의 눈으로는 감히 잔영조차 포착해 낼 수 없었을 정도였다. 그의 평생을 통틀어 가장 빠른 경공술이었다. 그는 막 칼을 휘두르려던 아수라 사자를 칼째로 와락 끌어안았다.

촤앗!

어렴풋이, 배가 갈리는 소리를 들은 것 같았다. 창백하던 요신의 얼굴에 순간 붉은 기운이 올라왔다가 금방 다시 핏기가 가셨다. 요신은 입꼬리를 끌어 올렸지만 일그러진 미소밖에 지을 수 없었다.

분노한 아수라 사자가 온 힘을 다해 칼을 휘둘러 요신을 칼날에서 떨쳐 냈다. 비처럼 흩뿌려진 피가 눈밭에 복사꽃을 그렸다.

온몸이 피 칠갑인 사내가 낭떠러지 아래로 곤두박질치는 모습을 보며, 아수라 사자는 뒤틀린 웃음을 지었다. 곧바로 눈을 돌리자 그새 구름다리를 다 건넌 두 사람이 보였다. 둘 중 하나는 금방이라도 손이 절벽 가장자리에 닿을 것 같았다. 절벽을 바로 앞에 둔 그 지점은 다리 전체 구간을 통틀어 고도가 가장 높은 곳이기도 했다. 거기서 추락하고도 목숨을 부지할 사람은 세상에 없었다.

아까 그놈의 잔꾀에 넘어가서 시간을 지체하기는 했지만, 아직 기회는 있었다. 아수라 사자는 흉악하게 웃으면서 긴 칼을 휘둘렀다. 칼이 설광을 반사하며 찬란한 호선을 그렸다.

쑤걱!

강철로 된 칼이 쇠사슬을 내리치면서 나는 쩽한 소리가 아니라 병기가 살을 뚫고 들어갈 때의 둔탁한 소리였다.

순간 흠칫한 아수라 사자는 대체 언제 밑에서 튀어 올라왔는지 모를 검붉은 고깃덩어리가 사슬이 감긴 쇠 말뚝을 결사적으로 끌어안고 있는 걸 발견했다. 등 한복판에 칼을 맞은 고깃덩이는 반으로 갈리기 직전이었지만, 통증을 아예 느끼지 못하는 것처럼 꼼짝도 안 하고 있었다.

그것은 요신이었다.

저놈이 여태 살아 있었을 줄이야! 추락한 줄 알았건만!

충격으로 인해 마음이 더 급해진 아수라 사자가 발길질을 하자 요신이 피가 뚝뚝 떨어지는 입으로 사자의 신발을 물어뜯으려고 들었다. 이에 급하게 다리를 움츠린 아수라 사자는 에라 모르겠다, 하고 마구잡이로 칼을 휘두르기 시작했다.

침입자들이 건너편으로 넘어가고 있었다. 먼저 절벽에 올라선 한 명이 다른 한 명을 향해 팔을 뻗는 중이었다. 몸을 앞으로 기울이고 있는 지금 다리를 끊어 버리면 둘 모두를 골짜기에 처박을 수 있었다.

쇠사슬을 끊어야만 한다!

피가 무차별적으로 튀고, 저며진 살점이 온 사방을 나뒹굴고, 뼈가 부러지는 소리가 그칠 줄을 몰랐다. 폭풍처럼 쏟아지는 칼질 아래에서, 요신은 순식간에 형체를 알아볼 수 없게 다져졌다. 그는 몸을 사리지도, 칼을 막으려고도 들지 않고 자기 생명이 잔혹하게 난도질당하도록 내버려 두었다.

요신은 결사적으로 말뚝을 껴안고 쇠사슬을 제 온몸으로 보호하면서, 맞은편 절벽만을 뚫어져라 응시하고 있었다. 진작 흩어졌어야 할, 빈사 상태에 이른 의식을 붙잡고 주인님과 절벽 사이에 남은 거리를 계산하고 있었다.

거의 다 됐어! 거의⋯⋯. 조금만 더 버티다 죽는 거야, 조금만 더 버티다가⋯⋯.

아수라 사자는 죽기 살기로 칼을 휘두르고 있었다. 한 인간의 의지력이 이 정도까지 질길 수 있으리라고는 상상조차 못해 본 그였다. 이만큼 도륙을 당했으면 진작 죽었어야 정상이건만, 아직껏 무지막지한 힘으로 쇠사슬을 끌어안고 있다니.

죽음을 앞둔 인간이 필생의 힘을 모조리 긁어모아 폭발시킨 괴력은 실로 무시무시했다. 다진 고깃덩이가 된 뒤에도 말뚝에서 도저히 떼어 낼 수가 없을 정도로.

그것은 반석과도 같은 의지력이요, 육체와 정신의 한계를 초월한 힘이었다. 눈발이 퍼붓듯 집중적으로 쏟아지는 칼질 아래에서 피가 끝도 없이 튀었지만, 요신은 말뚝을 껴안은 손을 풀지 않았다.

사실 아수라 사자 본인도 이미 희망을 잃은 뒤였다. 결국 그는 손을 파르르 떨면서 칼질을 멈췄다. 칼날에 덕지덕지 엉겨 붙은 피와 살점이 몹시도 눈에 거슬렸다. 눈보라를 뚫고 시선을 건너편 절벽으로 옮기자 맞잡은 두 인물의 손이 보였다.

늦었구나…….

두 인물이 손을 맞잡는 순간, 줄곧 맞은편 절벽만을 뚫어져라 노려보고 있던 요신의 입에서 가느다란 한숨이 새어 나왔다.

됐어……. 이번 생의 마지막 임무를, 드디어 완수했어…….

죽을힘을 다해 버티다가 한숨이 트이자 그 즉시 세상이 끝나는 것 같은 격통이 그를 덮치고, 거대한 어둠이 몰려와 하늘과 땅을 집어삼켰다.

요신의 손이 스르르 풀렸다. 나찰도 사나이의 영혼이 흐뭇한 웃음을 머금은 채 눈보라 한복판으로 날아올랐다.

주인님……. 제가 그랬죠. 다시는 배반하지 않는다고!

❀

눈보라 한복판에서 홀연 고개를 돌린 맹부요가 광풍과 폭설에 묻혀 있는 구름다리 저편을 멍하니 쳐다봤다.

"왜 그래?"

그녀의 뒤쪽에서 전북야가 나지막이 물었다.

"방금 여기 올라서는데 요신이 부르는 소리를 들은 것 같아서요."

"정확히 무슨 소리를 들었길래?"

전북야가 의아하다는 듯 물었다.

"아무리 바람이 세도 요신이 소리를 질렀으면 나도 들었어야 하는데."

"'주인님 몸조심하세요.'라고……."

운무 너머를 빤히 응시하며, 맹부요가 미간을 찌푸렸다.

"말로는 표현 못 하겠는데 뭔가 엄청 이상한 기분이에요……."

"요신한테 혹시 무슨 일이 있을까 봐 걱정되는 탓이겠지."

전북야가 말했다.

"안심해라. 아까 우리 둘 다 봤다시피 통로 안은 텅 비어 있었어. 그때 나갔으면 별일 없었을 거다. 게다가 몸이 날래고 경공술도 쓸 만한 자이니 여차하면 어디에든 숨겠지. 우리를 따라오느니 그쪽이 훨씬 나아. 구름다리만 해도 밑면이 다리 위보다 훨씬 미끄러운 통에 위기의 연속이지 않았나."

맹부요는 '음.' 하고 동의를 표했다. 그녀가 생각하기에도 요신이 가진 기지라면 별문제가 없을 것 같기는 했다. 고개를 내저어 마음속 불안을 털어 버린 그녀가 말했다.

"자기 몸 하나만 잘 지키면 될 거예요. 호위병들하고는 엇갈린다 쳐도 나중에 당신이 내려가서 챙기면 되니까."

눈치 빠른 전북야가 즉시 말꼬리를 물고 늘어졌다.

"내가? 그럼 너는?"

맹부요는 말없이 하늘을 올려다봤다.

나? 과연 나는 돌아갈 수 있을까?

문득 품 안에서 무언가가 움직이는 것 같더니 원보 대인이 옷섶을 비집고 나왔다. 서글픈 눈으로 신전 뒤편 설산을 쳐다보던 녀석이 곧 눈을 장청 신전으로 옮겼다. 그러더니 맹부요를 향해 발짓을 해 보였다. 신전으로 돌아가야겠다는 말이었다.

여기서부터는 전주가 녀석의 움직임을 감지할 수 있었다. 계속 맹부요를 따라다니는 건 오히려 그녀를 위험하게 만드는 짓이었다.

맹부요는 고개를 끄덕여 준 후, 그새 몰라보게 홀쭉해진 털뭉치가 눈밭 위를 미끄러져 가는 걸 보며 내심 한숨지었다.

그녀는 얼음 낀 바위 뒤에 몸을 숨기고서 앞쪽에 있는 건축물을 올려다봤다. 그것은 가파른 절벽 중간에 외따로이 서 있는 성이었으되, 우뚝 치솟은 벽의 폭은 일반적인 성벽 수준이절대 아니었다. 전체가 하얀색인지라 멀리서 보면 꼭 눈과 얼음으로 지어 놓은 것처럼 보였다. 각도의 제약으로 인해 성벽너머의 건물들은 볼 수 없었지만, 성벽 폭을 통해 본 장청 신전의 규모는 작은 도시라 칭해도 어폐가 없을 정도였다.

저게 장청 신전인가? 오주대륙에서 제일가는 무당이 산다는바로 그?

그런데 이상하게도 주변에 사람이 하나도 보이지 않았다. 휑해 보이기만 하는 성벽 어딘가에 숨겨져 있을 방어 시설을 찾아 주변 곳곳을 훑어보던 맹부요가 돌연 눈을 번쩍 빛냈다. 외딴 성처럼 솟아 있는 장청 신전 뒤편 멀찍이에서 얼음으로 뒤덮인 산봉우리를 발견한 탓이었다.

산봉우리의 높이는 족히 천 장은 되어 보였고, 위로 올라갈수록 뾰족해지는 형태였다. 꼭 거대한 송곳이 얼음과 눈의 산맥 한복판에 꽂힌 채 하늘을 떠받치고 있는 것 같았다.

저 산봉우리!

본 적이 있었다. 천역 안에서 계단을 타고 올라가 만났던, 온 사방이 눈 천지에 신조차 울부짖게 만드는 바람이 드나들던, 그 얼음 동굴!

원래 벼랑 아래쪽에 숨어 있던 맹부요가 훌쩍 기습적으로 몸을 날렸다. 그녀의 움직임이 얼마나 빨랐던지, 전북야는 미처 왜 그러느냐고 물어볼 새도 없었다.

맹부요가 순식간에 수십 장 거리를 멀어지자 전북야도 망설임 없이 뒤를 따라붙었다. 허공을 가로지르며 그가 문이 굳게 닫혀 있는 장청 신전을 문득 돌아봤을 때, 안쪽에서 희미하지만 어수선한 소리가 새어 나왔다. 웅장한 순백의 성벽 뒤편에서 일곱 빛깔 광채가 번뜩이는 것도 같았다.

성벽의 규모 탓에 안에서 정확히 무슨 일이 벌어지고 있는지는 안 보였지만, 낌새가 심상치 않았다. 입구를 지키고 있어야 할 수비병들도 그것 때문에 철수한 듯했다.

허공으로 날아오른 두 사람의 뒤쪽, 구름다리 건너에서는 비운의 아수라 사자가 시야에서 사라지는 침입자들을 멍하니 지켜보고 있었다.

"재수가 없으려니까!"

거칠게 한마디를 내뱉은 그는 그때껏 쇠사슬에 매달려 있는, 형체를 알아볼 수 없게 된 지 오래인 고깃덩어리를 골짜기 아래로 걷어찼다. 그런 다음 당장 신전에 보고를 올릴지 아니면 그냥 입 닫고 있을지를 잠시 고민하다가, 눈을 희번뜩 빛내면서 중얼거렸다.

"마호라가부 그놈한테 뒤집어씌우면 그만이야. 나는 순찰을 갔다 와서 아무것도 모르는 거고!"

그는 쇠사슬에 묻은 핏자국을 발로 깨끗이 비벼 닦은 후, 마치 아무 일도 없었던 양 뒤돌아섰다.

맹부요는 까맣게 모르고 있었다. 바로 조금 전 눈보라 저편에서, 쇠사슬의 저쪽 끄트머리에서, 자신의 첫 번째 수하이자 두 차례 자신을 배반한 전력이 있으며, 앞으로 다시는 주인을 저버리지 않겠노라 맹세했던 유들유들한 사내가, 세상 가장 참혹한 죽음으로 생의 최후이자 최고로 중요한 약속을 지켜 냈음을.

두 번의 배신에도 넓은 마음으로 저를 품어 준 주인의 관용을 잊지 않은 그는, 마침내 이곳 구름다리에서 제 피로써 지난날의 나약함과 이기심을 깨끗이 씻어 냈다.

사실 나약하고 이기적인 면은 누구에게나 있기 마련이고, 예전에는 요신도 그게 큰 잘못이라고 생각하지 않았다. 그러나 맹부요 곁에 있으면서, 그녀가 뿜어내는 강인한 광휘가 자신의 비겁하고 위축된 모습을 환히 드러내는 걸 보며 생각이 달라졌다. 그녀의 넓은 아량과 자신의 옹졸함이 하루하루 더 비교되어 곁에 붙어 있는 것조차 송구스러워질 정도였다.

그러다가 마침내 오늘, 그 역시 맹부요와 같은 광휘를 뿜어내어 눈보라 속에서 험난한 구름다리를 건너는 그녀의 앞길을 밝혀 줄 수 있게 되었다.

그녀는 비천한 하구류 출신으로 세상 사람들에게 업신여김 당하던 시정잡배의 인생을 충만하게 채워 준 은인이었다. 그녀가 그에게 베풀어 준 진짜 은혜는 금전도 아니요, 지위도 아니요, 차별 없는 대우와 신뢰였다. 바로 그 평등한 대우와 신뢰가 있었기에, 그는 그녀를 등지는 대신 장청 신전으로 이어지는 험로의 마지막 구간에 자신의 생명을 영영 남기는 것을 택했다.

최후를 앞두고 맹부요를 향해 보냈던 소리 없는 외침이 어렴풋이나마 그녀의 귀에 가 닿았으니, 그는 웃으며 눈을 감을 수 있었다.

맹부요는 마치 연기처럼, 구름다리로부터 빠르게 멀어지고 있었다. 자신의 등 뒤에서 그토록 장렬하게 죽어 간 이가 있다는 사실도, 처벌이 겁난 아수라 사자가 상황을 은폐하기로 한 덕분에 순조롭게 접천봉에 접근할 수 있게 된 것도, 그녀는 전혀 알지 못했다.

그녀는 예리한 칼날이 되어 차고도 투명한 바람을 가르면서 산꼭대기로 향했다. 옷자락이 뾰족한 바위에 찢겨 나가면서 허공에 검푸른 천 조각들이 나풀나풀 흩날렸다. 눈송이의 추락을 애도하는 검은색 나비와도 같은 모습이었다.

산봉우리까지 가는 길은 너무나 익숙했다. 그녀는 거침없이, 조금의 망설임도 없이 그 길을 밟아 가고 있었다.

산 중턱에 다다른 그녀는 잠시 제자리에 멈춰서 얼음층 밑에 파인 굴 몇 개를 훑어봤다. 안에는 여러 사람이 머문 흔적이 남아 있었다. 산꼭대기를 오르내리려면 반드시 지나야 하는 길목을 여러 명이 지키고 있었다면…… 감시역이 분명했다.

대체 무엇을, 누구를 감시했던 거지? 왜 지금은 철수한 거지?

심장이 쿵쾅쿵쾅 들뛰기 시작했다.

왜 철수한 걸까? 감시 대상이 풀려나서?

아니면…….

두 번째 가정이 그녀의 온몸을 싸늘하게 식게 만들었다. 더 깊게 생각해 볼 엄두가 안 났다.

아주 잠시만 발걸음을 멈춘 그녀는 다시 위쪽을 향해 몸을 날렸다.

대단원 (하)

　얼음 동굴을 300미터 앞둔 지점에서 어수선한 흔적이 발견
됐다. 거대한 바위가 군데군데 깨져 나가 있었다. 그걸 본 맹부
요는 순간 눈빛이 흔들렸지만, 곧장 다시 정상을 향한 발걸음
에 박차를 가했다.

　그녀의 발밑에서는 아까부터 눈가루가 자욱하게 피어오르고
있었다. 마치 순백의 용이 그녀의 뒤를 계속 따라오는 듯한 모
습이었다. 그러다가 산꼭대기 바로 아래에 이르러 백룡이 돌연
모습을 감추었다. 맹부요가 우뚝 멈춰 섰기 때문이었다.

　정상을 올려다본 그녀는 독특한 바늘귀 모양의 동굴을 발견
했다. 막대한 아픔이 순식간에 그녀의 눈을 가득 채웠다.

　역시, 그 얼음 동굴이었어…….

　이 봉우리를 발견하기 전에는 천역에서 본 모든 것은 그저

진법 안에 흔해 빠진 환술의 결과물에 불과하다고, 진지하게 받아들일 필요 없다고 자신을 속일 수라도 있었다. 봉우리를 발견한 후에도 그저 비슷하게 생겼을 뿐이라고, 북방 설산의 생김새는 어차피 다 거기서 거기라고 애써 거짓말을 했었다.

그러나 세상에 또 있을 리가 없는, 양쪽이 뚫린 얼음 동굴이 눈앞에 등장한 순간, 그녀의 가슴 역시 양쪽으로 뻥 뚫려 버렸고 거기서 피가 철철 쏟아졌다.

환각이 아니었어, 환상이 아니었어……. 진짜 현실이었어, 현실이었어…….

진작부터 내심 예감하고는 있었지만, 그게 사실을 확인한 이 순간의 막대한 고통을 줄여 주지는 못했다. 일순 몸이 휘청했다. 멀쩡히 서 있던 절정 고수가 아무 이유도 없이 쓰러질뻔한 것이다. 뒤에서 전북야가 부축해 주려 했지만, 그녀는 전북야의 손을 조용히 밀어내고 얼음 동굴에 눈길을 던졌다.

고작 한 걸음이면 닿을 거리가 왜 이리 멀게 느껴지는지.

그녀는 순간적으로 겁이 나기까지 했다. 자신이 본 그의 최후가 진짜일까 봐 무서웠다. 그때 들었던 말이 눈앞에서 현실화될까 봐 무서웠다. 천신만고 끝에 사대 신역을 통과해 그를 구하러 왔건만, 자신을 기다리는 것이 영원한 이별일까 봐 무서웠다.

나더러 어찌 견디라고. 나더러 어찌 견디라고!

그녀는 차디찬 바람 속에 서 있었다. 흩날리던 머리카락에 순식간에 얼음 입자가 엉겨 붙었다. 머리카락이 나부낄 때마다 나는 사각사각 소리가 심장이 잘게 갈려 나가는 소리처럼 들렸다.

있는 힘껏 감아쥔 손아귀 안에서 손톱이 살갗을 소리 없이 파고들어 붉은 초승달 모양 상처를 냈다. 하늘 가장자리에서도 피처럼 붉은 달이 그녀의 괴로운 마음을 비추고 있었다.

마침내 맹부요가 움직였다. 급박하게 내달려 왔던 조금 전까지와는 달리 천천히, 한 걸음 한 걸음 위쪽으로 향했다. 조금은 경직된 듯하면서도 안정적인 걸음걸이였다. 지금은 무엇보다 차분해질 필요가 있었다. 그러지 못하면 가슴을 옥죄는 불안감 때문에 당장 발을 헛디디고야 말 것 같았다.

그녀는 짧은 길을 무려 반 각에 걸쳐 걸었다. 그러고는 문제의 얼음 동굴을, 얼음 동굴 안의 형틀을 마주했다. 바람이 동굴을 관통하면서 형틀에 매달린 쇠사슬을 때리자 쟁그랑쟁그랑, 맑고도 차가운 소리가 울렸다.

그토록 보고 싶었으나 보기 두려웠던 그 사람은 없었다.

조심스럽게 걸음을 옮겨 동굴 입구에 다다른 맹부요는 광활한 하늘로부터 내달려 온 칼바람에 일순 휘청이고 말았다. 온몸의 세포 하나하나가 바람에 관통당하는 기분이었다. 혈관 속에 뜨거운 피 대신 냉기가 들어차고, 심장마저 한 줌 눈얼음과 바꿔치기당한 것 같았다.

이루 말할 수 없는 추위에 무공으로 천하제일을 찍다시피 한 맹부요마저 순식간에 체온을 빼앗기고 속수무책으로 얼어붙었다. 그녀는 멍하니 서서 바람을 맞으며, 이 순간의 추위보다 더 차갑게 식어 버린 마음으로 생각했다.

이렇게나 추운 곳에서, 이렇게나 추운 곳에서…….

눈길을 옮기던 그녀는 다시 한번 휘청하고 말았다. 형틀에 난 구멍이, 형틀 뒤편에 늘어져 있는 쇠사슬이, 형틀과 쇠사슬에 시간순으로 층층이 얼어붙은 선혈이, 곳곳에 얼룩덜룩하게 남아 있는 눈이 시리도록 붉은 핏자국이, 시야에 들어온 탓이었다.

쇠사슬에, 형틀 구멍에, 농도 짙은 핏빛이 방울져 떨어진 모양 그대로 얼어붙어 있었다. 한 남자가 그 자리에서 겪은 고통 전부를 영영 박제해 두고 싶은 듯이.

그녀를 위해 겪은 고통 전부를!

맹부요는 그 핏자국에서 오래오래 눈을 떼지 못했다. 얼굴이 창백해지도록, 표정이 텅 비도록, 심장이 산산이 부서져서 빛을 잃어 가는 별이 되고 온 하늘에 흩날리는 눈발이 되어 장청신산 산머리에서 흔적도 없이 날려 가 버리도록.

그렇게 한참이 지나서야, 그녀는 핏빛 얼음 결정을 향해 천천히 손을 뻗었다. 손끝이 얼음에 닿자마자 왈칵 눈물이 쏟아져 뺨을 온통 적셨다. 손가락의 체온에 눈물의 열기가 더해져 핏빛 얼음이 차츰차츰 녹기 시작하면서, 손바닥 위로 물방울이 똑똑 떨어졌다.

그녀는 마치 그의 다리에 매달리듯 형틀을 끌어안고 힘없이 바닥으로 무너져 내렸다. 그러고는 소리 없이 쏟아지는 눈물을 내버려 둔 채, 차디찬 쇳덩이를 검붉게 물들인 핏자국에 뺨을 갖다 댔다.

무극……, 무극…….

스승님이 당신을 많이 아끼니까 괜찮을 거라고 했으면서. 술 상을 준비해 놓고 기다린다고 했으면서. 나는 여기 이렇게 당도했는데, 당신은 어디 있는 거야?

멀리서 오는 객을 위해 좋은 술을 준비해 놓겠다며 미소 짓던 구의 대전의 주인은 어디에 있는 거야?

무탈할 거라고 그러더니, 술자리를 준비해 놓는다고 하더니. 막상 나를 맞이한 건 까마득한 접천봉, 뼈를 에는 눈얼음, 피묻은 형틀, 유혈이 낭자한 감옥이잖아……

거짓말이었어……. 다 거짓말이었어…….

가슴 밑바닥에서부터 피눈물이 북받쳐 올랐다. 그녀는 평생 쓸 눈물을 한꺼번에 다 쏟아 내려는 것처럼 울었다.

사랑하지만 사랑할 수 없었던 지난 세월 전부가 그칠 줄 모르는 물줄기로 화하였다. 그의 피와 그녀의 눈물이 뒤섞여 뺨을 적시고, 형틀을 적시고, 얼음 동굴 밖까지 흘러나가, 새들조차 날아들지 않는 까마득한 설산 산봉우리 아래로 떨어졌다.

그녀는 앞서 천역에서처럼 울부짖거나 광분하지 않았다. 아예 작은 소리조차 내지 않았다. 슬픔이 극에 달해 소리를 잃은 눈물, 그 조용한 눈물에는 도리어 괴멸적인 힘이 있었다. 하늘과 땅마저 감히 그녀를 방해하지 못하고 숙연히 침묵했다.

얼음장 같은 바람이 쌩쌩 휘몰아치는 가운데, 가느스름한 초승달이 산꼭대기에서 형틀을 부여안고 있는 가냘픈 여인을, 얼어붙은 눈밭에 꿇어앉은 그녀의 모습을 비추고 있었다. 여인은 달빛 아래에서 소리 없이, 오래도록 눈물지었다.

굳게 감긴 눈꺼풀 아래로 끝도 없이 쏟아지는 눈물에 얼음으로부터 녹아내린 핏물이 섞여 들었다. 허공으로 추락하는 순간 분홍빛 얼음 구슬로 화했다가, 소리 없이 하늘과 땅 사이로 흩어졌다.

한참 뒤, 맹부요가 천천히 몸을 일으켰다. 일어서며 형틀에서 팔을 풀자 희미하게 '쩌적' 하는 소리가 나면서, 얼음에 들러붙어 있던 손바닥에서 껍질이 한 꺼풀 떨어져 나갔다. 새빨간 피가 뚝뚝 떨어져 동굴에 남아 있는 핏빛 얼음에 스며들었다.

맹부요는 피투성이가 된 손바닥을 무감하게 내려다봤다. 통증 같은 건 느껴지지 않았다. 격랑이 들끓는 가슴속 맹렬한 격통에 비하면 다른 아픔은 아픈 것도 아니었다.

손바닥에서 떨어진 핏방울과 기존의 핏빛 얼음이 하나로 합쳐져 달빛 아래에서 붉게 반짝였다. 이로써 구천 마루에는 그녀의 피가 남겨졌다. 영영 떨어질 수 없게 그의 것과 한데 섞인 채.

좋아, 잘되었어.

자신의 것과 뒤섞여 새빨갛게 번진 핏자국을 내려다보며, 맹부요는 그게 결코 오래된 혈흔이 아님을 확신했다. 그건 바로 얼마 전까지만 해도 그가 이곳에 있었다는 뜻이었다.

그럼 지금은 어디로 갔단 말인가?

맹부요의 주먹에 힘이 들어갔다. 감히 상상할 엄두조차 나지 않았다. 그가 치명상을 입은 채 이곳에 묶여 밤낮으로 칼바람에 몸이 꿰뚫리며 보냈을, 그 기나긴 시간들.

아홉 달……, 아홉 달…….

죽음보다 못한 270일 밤낮이 그에게는 얼마나 사무치게 길고 끔찍한 고통이었을까?

그녀는 손바닥으로 가슴을 힘줘 누르면서, 더 중요한 일들로 머릿속을 채우고자 노력했다. 그중 하나는 무극의 생사를 확인하는 것이었다. 그의 생사를 알 만한 사람으로 머릿속에 떠오르는 건 딱 한 명뿐이었다.

맹부요는 차분하게 돌아서서, 차분하게 앞만 보며, 차분하게 산 아래로 향했다. 지나치다 싶을 만큼 고요한 그녀의 눈동자 안에는 오싹할 정도의 결연함과 단호함이 서려 있었다.

줄곧 묵묵히 곁을 지키고 있던 전북야는 그 눈을 보는 순간 가슴이 덜컥 내려앉았다. 그녀를 붙잡아 다친 손바닥에 붕대라도 감아 주고 싶었지만, 맹부요는 몸을 살짝 틀면서 유령처럼 그를 스쳐 지나 역시 유령처럼 훌쩍 멀어져 갔다.

산에 올라올 때는 속도를 내면서도 적의 눈에 띄지 않도록 조심하던 그녀였지만, 내려갈 때의 동선은 보란 듯이 대범했다. 날듯이 접천봉을 내려온 그녀는 곧장 장청 신전의 웅장한 성벽 쪽으로 직행했다.

그녀가 대뜸 성문을 두드리려고 하자 질겁한 전북야가 번개처럼 날아와 팔을 붙들었다.

"부요, 너!"

"맹부요가 장청 전주를 뵙고자 합니다!"

순순히 그의 힘에 딸려 가는가 싶던 맹부요가 돌연 소리쳤다. 온몸의 진기를 실어 내지른 맑고도 또렷한 목소리가 주변을 광범위하게 휩쓸자 곧 장청산맥 전체가 메아리로 들썩였다.

장청 전주를 뵙고자 합니다, 장청 전주를 뵙고자 합니다, 장청 전주를 뵙고자 합니다…….

실로 웅장하고 압도적인 목소리였다. 장청 신전 경내를 넘어 신산 기슭에 사는 들쥐마저 자다가 화들짝 놀라 깨어났을 정도였다.

전북야는 한숨을 내쉬었다. 자기가 말린다고 말려질 상황이 아니었다. 맹부요는 한번 마음먹은 일은 기어코 저지르고야 마는 여자였다.

접천봉에 다녀오기 전까지만 해도 그녀는 매사 조심 또 조심하는 모습이었다. 당시 바람은 장청 신전을 자극하지 않고 최대한 조용히 장손무극을 빼내는 것이었다.

그러나 장손무극의 행방이 미궁에 빠져 버린 지금은 상황이 달라졌다. 이제 그녀는 과감히 앞으로 나서서 세상 가장 비밀스럽고도 강대한 인물과 직접 대면할 수밖에 없는 입장이었다.

그러나 뚜렷한 목표가 있는 맹부요는 두렵지 않았다. 그녀는 고개를 젖히고, 진력을 이용해 목소리를 아득히 멀리까지 퍼뜨렸다.

남몰래 숨어 다니는 건 이제 끝이었다. 그녀는 정당하게 장청 신전을 찾아온 방문자요, 사대 신역을 통과한 합격자였다. 누군가 자기 목숨을 노리고 있건 말건, 그건 그녀가 알 바가 아니었다.

장청 신전은 온 천하에서 가장 강한 여인이 내지른 맑고도 또렷한 외침 속에 그저 과묵하게 서 있었다. 그녀의 지대한 기백에 경악이라도 한 것인지 작은 인기척조차 없었다.

맹부요는 긴말할 것 없이 앞으로 나서서 순백색 성문을 걷어찼다. '쾅' 하는 굉음이 울리는 동시에, 특수 재질로 비할 데 없이 견고하게 제작된 성문에 수 자 깊이에 달하는 발자국이 찍혔다.

수백 년 동안 온 천하의 숭배를 받아 온 성지, 고귀한 위치에서 중생을 굽어봐 온 장청 신전의 성문을 방문객이 걷어찬 것은 역사상 처음 있는 일이었다. 사실상 맹부요가 걷어찬 것은 장청 전주의 얼굴이라고 봐도 무방했다.

마침내 침묵이 깨지고, 성안에서 일사불란한 발소리가 나기 시작하더니 수 장 높이에 달하는 문이 요란한 소리를 내며 열렸다. 성안에 흐드러지게 깔린 별빛과 첩첩이 줄지어 늘어선 전각들이 차례로 맹부요의 눈앞에 모습을 드러냈다.

성문 앞에서부터 무수히 많은 푸른색 불빛이 점진적으로 높이를 더해 가며 공중에 떠서 성안으로 길게 이어진 길을 비추고 있었다. 위쪽을 향해 뻗어 있는 순백의 대리석 진입로는 마치 하늘 꼭대기 천계로 통하는 백옥 계단처럼 보였다. 그 길의 끝에는 구름에 반쯤 가려진 대전이 우뚝 서 있었다. 거대한 푸른색 전각은 웅장하고도 아름다웠다.

눈기운을 품은 운무가 매화를 닮은 육각형 결정이 되어 날아 내리는 가운데, 운무 너머 깊숙한 안쪽에는 화려한 비단 폭을 펼쳐 놓은 듯한 꽃밭이 자리하고 있었다. 갖가지 꽃 중에서도 특히 구름처럼 풍성한 연보라색 오동꽃이 주위의 싸늘한 순백을 배경으로 눈부신 아름다움을 뽐내고 있었다.

같은 장소에 두 개의 계절이 공존하다니, 상상조차 힘든 일이었다. 아니면 저 꽃들은 전부 환영에 불과한 걸까?

"맹부요는 안으로 들라!"

대전에서 길고도 느릿한 부름이 울려 나왔다. 목소리 자체가 종잡을 수 없이 가물가물해서 정확히 어느 지점이 출처인지 꼭 집어내기는 힘들었다.

피식 코웃음을 친 맹부요가 무감하게 말했다.

"무게 좀 잡을 줄 아네."

그녀는 불빛으로 인해 대전 옆쪽에 만들어진 음영을 쓱 한 번 쳐다본 다음 성큼성큼 걸음을 옮기기 시작했다. 옥가루를 뿌려 놓은 듯 반짝이는 순백의 진입로를 따라 걸으면서, 맹부요는 눈 녹은 물과 진흙으로 질척하게 젖은 신발을 아무렇지 않게 바닥에 문질러 닦았다.

진입로 주변 불빛이 만들어 낸 그림자 속에는 어마어마한 수의 인원이 조용히 몸을 숨기고 있었다. 그들이 이루고 있는 대형은 그 자체로 웅장하고도 살기등등한 하나의 진법이었다. 이 많은 사람이 모여 있는데 숨소리마저 일사불란하다는 건 이들이 고도로 훈련된 자들이라는 의미였다. 그러나 맹부요는 그들에게 눈길조차 주지 않았다.

전북야 역시 마찬가지였다. 그가 할 일은 오로지 맹부요의 곁을 지키는 것뿐이었다. 그녀가 향하는 곳이 천상이 됐든 저승이 됐든, 설령 세상 사람 전부가 그의 앞을 가로막는다고 해도, 그는 결단코 그녀의 곁을 지킬 것이었다. 비록 일생을 허락받지는 못할지라도, 한순간이라도 더 그녀 곁에 머물 수 있다면 그걸로 족했다.

"무슨 용건으로 신전을 찾아왔는가?"

길게 이어진 계단 끝에 홀연 푸른색 장포의 노인이 등장하더니, 점잖고도 초탈한 자세로 아래를 굽어보며 하문했다.

맹부요는 고개를 꼿꼿이 세우고 계속 걸음을 옮기면서 무덤덤하게 되물었다.

"전주 되십니까?"

노인이 오연하게 답했다.

"본 좌는 야차부를 관장하는 신전의 일곱 번째 장로다."

"금시초문입니다만."

맹부요는 심드렁하게 대꾸하면서 마저 걸음을 내디뎠다.

"멈추지 못할까!"

분노로 낯빛이 시퍼렇게 질린 칠장로가 소맷자락을 떨치며 소리쳤다.

"문을 열어 준 것만도 전례가 없는 일이거늘, 어찌 이다지도 무례하게 전주께서 계시는 대전까지 밀고 들어온단 말인가!"

"장청 신전에는 오랜 규칙이 있을 텐데요."

노인이 서 있는 위치까지 두 계단을 남겨 두고 멈춘 맹부요가 고개를 세우고 번갯불이 튀는 눈을 들었다. 분명 더 높은 곳에 있는 건 노인이건만, 오히려 맹부요 쪽이 그를 내립떠보는 분위기였다.

"사대 신역을 통과한 자는 신전의 귀빈으로서 전주에게 소원 한 가지를 빌 수 있습니다. 너무 오랫동안 통과자가 없어서 규칙을 잊은 겁니까? 아니면, 지금 그 태도가 신전이 귀빈에게 갖추는 예우입니까?"

그러자 격분한 칠장로가 날 선 눈으로 그녀를 노려보며 받아 쳤다.

"귀빈은 무슨, 네까짓 요……."

"칠장로!"

돌연, 담담한 음성이 날아들었다. 감정이나 연령대가 읽히지 않는 것은 물론, 출처가 어디인지도 전혀 가늠이 되지 않는 소리였다. 바로 귓가에서 울리는 것 같기도 하고, 아득히 먼 하늘 끝에서 들려오는 것 같기도 했다. 딱히 크거나 위용 넘치는 목소리가 아니었음에도 즉각 입을 다문 칠장로가 허리를 숙이고 뒤로 물러났다.

맹부요는 고개를 세운 채 차분한 눈으로 앞쪽 대전을 응시했다. 섬세하면서도 굳은 턱 선이 푸른색 조명이 만들어 낸 음영에 젖어 얇은 옥도처럼 수려한 자태를 과시하고 있었다.

마침내 계단 꼭대기 그늘 속에서 금빛 장포를 걸친 인물이 서서히 모습을 드러냈다. 지극히 기묘한 등장이었다.

훌쩍 날아든 것도, 그렇다고 걸어온 것도 아니었다. 흡사 그는 처음부터 거기 있었고, 단지 어둠이 한 꺼풀 걷히면서 천신 과도 같은 금빛 신형이 자연히 드러난 것 같았다.

"맹부요, 왜 여길 찾아왔지?"

쇼하고 있군. 자기 손에 죽을 뻔한 게 몇 번인데, 왜 찾아왔냐고?

맹부요는 입꼬리를 비틀어 올리면서, 또박또박 답했다.

"규칙대로 소원을 빌고자 왔습니다."

신전 전체에 침묵이 내려앉았다. 싸늘한 분위기의 침묵이었다. 어디선가 희미한 소리들이 들려왔다. 공기 중에 듣기 좋은 음악이 흐르고 있는 것 같기도 했다.

장청 전주의 얼굴은 어두운 그늘에 잠겨 있었다. 테두리가 검게 장식된 황금색 장포 차림인 그는 얼굴에도 고풍스러운 황금 가면을 쓰고 있었다.

장청 전주는 맹부요보다도 더 차분한 눈으로 오래도록 그녀를 바라봤다. 그것은 원수를 보는 눈빛도, 낯선 사람을 보는 눈빛도 아니었다. 그보다는 온갖 방해 공작을 극복하고 기어코 자기 앞에 나타난, 극도로 혐오스러운 대상을 보는 눈빛에 가까웠다.

한참이 지나, 무심한 질문이 던져졌다.

"무엇을 원하는가?"

맹부요가 눈썹을 꿈틀했다.

작전이 먹혀들고 있었다. 예상대로 무당 영감은 곧 죽어도 체면은 차려야 하는 작자였다. 전주의 존엄 유지가 최우선 순위인 무당 집단이 자신들의 오랜 전통을 공개적으로 부정하지는 못하리라는 게 당초 그녀의 계산이었다. 당당하게 등장해 대중 앞에서 약속 이행을 요구한다면 영감도 일단은 응할 수밖에 없으리라 보고 모험을 감행한 것이었다.

그건 둘째 치고, 맹부요는 곧 눈을 반짝 빛냈다. 음영이 진 계단 위쪽, 장청 전주의 뒤편에서 벌건 대머리가 불쑥 튀어나온 것이다.

달걀처럼 반들반들 번쩍거리는 대머리의 주인공이 아들 며느리를 보듯 흐뭇한 눈으로 맹부요를 쳐다봤다. 부풍에서 그녀를 새사람 만들겠다고 덤비다 번번이 나가떨어졌던, 그러다가 막판에는 역전의 화적질로 그녀와 우정을 쌓았던, 뇌동이었다.

뇌동의 곁에는 월백색 의복의 중년 여인이 서 있었다. 단아한 용모에 눈처럼 흰 피부를 가진 여인은 친근하고 호감 어린 뇌동의 눈빛과 달리 퍽 불만이 많아 보였다.

본 적 없는 얼굴이었지만, 맹부요는 직감적으로 그 여인이 바로 뇌동과 친분이 깊다는 종월의 스승, 의선 곡일질임을 알아챘다. 종월을 떠올리자 순간 숨이 턱 막혔다.

그 뒤로 어떻게 됐을까? 지금은 어디에 있을까? 스승님이 달려왔으니 무사한 거겠지?

그나저나 곡일질의 눈빛이 영 곱지가 않았다. 맹부요는 참담한 심정이었다.

그래, 내가 죄인인 건 사실이지.

뇌동과 곡일질은 둘 다 신전과 교분이 있는 동시에 오주대륙 내에서 명망 높은 연장자들이었다. 두 사람이 보고 있는 이상, 제아무리 장청 전주라도 소원을 빌 기회를 마음대로 떼어먹지는 못할 게 확실했다.

연보라색 오동꽃이 흩날리는 구의 대전 앞, 장청 전주는 계단 꼭대기에 서서 맹부요를 내려다보고 있었다. 눈부시게 빛나는 용모, 백옥 같은 살결에 어렴풋이 도는 붉은 기운. 상상하던 것보다는 훨씬 더 밝은 분위기였지만, 여인의 자태는 분명 아리따운 연꽃을 닮아 있었다.

요련!

장청 신전의 창시자가 한평생 홀리다시피 사랑했던. 밤낮으로 자신의 신력과 피를 먹이며 키워 내, 종국에는 하늘의 섭리를 거스르고 인간의 형상마저 부여했던, 손바닥 안의 연꽃!

그 요련이 돌아왔음이었다. 수백 년 전 신전을 궤멸시킬 뻔한 요물이 결국은 또다시 신성한 장청 신전 경내에 발을 들인 것이다.

오주를 떠날 것이다? 원래 있던 곳으로 돌아갈 것이다?

보내 주고 싶지도 않을뿐더러 보내 준다 쳐도 저 요물이 또 다른 기회를 틈타 다시 나타나지 않는다는 보장이 어디 있는가? 그때는 자신이 신전을 떠난 이후일 터인데, 그럼 저 요물이 신전을 파괴하고 세상을 혼란에 빠뜨리도록 그냥 두란 말인가?

수백 년 전, 신전의 창시는 요련으로 인하여 스스로를 파괴하고 신전 전체를 파괴하기 직전까지 갔었다. 접혼 지하 궁전에서의 격전으로 신전 정예 대부분이 목숨을 잃었고, 주화입마에 빠진 창시자는 후계자에게 신력을 제대로 전달해 주지도 못해 역대 전주들에게 대대로 우환을 남겼다.

지금까지도 후유증이 가시지 않은 대재난, 그 재난의 시발점이 바로 저 요련이었다!

그런 요련이 다시 그분 곁으로 돌아와 인간이 지켜야 할 도리를 뒤집고 중생을 미혹하는 꼴을 어찌 가만히 두고 볼 수 있겠는가?

그는 평생을 수련에만 전심전력으로 몰두해 왔다. 생의 대부분을 폐관 수련으로 보낸 덕분에 역대 전주들 중 가장 높은 경지를 달성할 수 있었다.

이 정도면 창시자의 신력에서 비롯된 결함과 위험 요소를 극복할 수 있으리라 생각했건만, 그간 쏟아부은 피땀에도 결국은 숙명의 송곳니에 물어뜯기는 결말을 피할 수가 없었다.

미간에 도는 푸르스름한 기운을 발견한 날, 그의 심장 역시 푸르스름한 유리로 변해 '쨍' 하고 박살 나고 말았다.

우화등선······. 우화등선?

창시자 때부터 시작해 역대 장청 전주 모두가 마물로 전락하는 최후를 맞이한 걸 몰라서 하는 소리였다.

세간에서는 창시자가 우화등선 직전 한 달을 접천봉에서의 폐관 수련으로 보냈다고 알지만, 실상은 팔부 천왕이 힘을 합쳐 창시자를 접천봉에 감금한 것이었다.

당시 그는 이미 마왕이었다. 온 세상이 우러러보는 신은 그 자리에 없었다.

그래도 죽기 직전에는 자기 과오를 뉘우치고 다음 대 전주에게 신력을 넘겨주기는 했지만, 그때는 아무도 몰랐다. 광기 어린 그 힘이 위험천만한 칼날이 되어 역대 전주들의 운명 깊숙이 파고들 줄은.

역대 전주 개개인마다 시기의 차이는 있었지만, 일단 미간에 창시자와 같은 푸른색 기운이 나타나게 되면 그건 곧 마물로 화할 날이 머지않았다는 뜻이었다.

20여 년 전 창시자가 무극국에 환생했을 때 장청 전주는 기쁨과 불안을 동시에 느꼈다. 마침내 결자해지의 순간이 온 것 자체는 기뻤다. 창시자의 환생은 지난 수백 년간 장청 신전을 짓누르고 있던 먹구름이 마침내 걷히리라는 의미였으니. 그러면서도 한편으로는 창시자가 또다시 요련을 만나 똑같은 역사를 반복하는 것은 아닐까 불안해졌다.

하여 그는 하루하루 운명을 점치며 요물이 환생할 날을 기다렸고, 요물은 역시나 다시 돌아왔다. 문제는 생년월일시까지 뽑아 놨음에도 요물의 행방을 도통 알 수가 없다는 것이었다.

그런데 웬걸, 여길 제 발로 찾아올 줄이야!

잘된 일이었다. 장청 신전이 작금의 악몽으로부터 완전히 벗어나는 길은 요물의 혼을 회수해 접혼 지하 궁전에 영원히 가두는 것뿐이었다.

그러니 죽여야 한다! 기필코!

일국의 황제면 어떠하고 병력을 풀어 궁창을 친들 어떠하랴. 신정 국가인 궁창의 백성들은 상상 이상으로 나라에 헌신적이었다. 어느 나라 군대가 됐든 궁창에 발을 들이려면 만백성의 결사 항전에 맞부딪칠 각오부터 해야 할 것이었다. 전주인 자신이 있는 이상, 장청 신전이 건재한 이상, 궁창이 패망할 일은 없었다.

깊은 물과도 같이 고요하되 차갑고 결연한 장청 전주의 눈빛이 맹부요를 내리덮었다.

창시자와 관련된 사실들은 지난 수백 년간 장청 신전 최대의 비밀이었다. 역대 전주들을 제외하면 지금껏 아무도 모르는 일이었고, 앞으로도 그 누구에게든 공개될 가능성은 없었다.

평소였다면 요련을 제거할 기회가 훨씬 더 많이 있었을 테지만, 장청 전주는 그간 온갖 사람과 잡다한 일들에 알게 모르게 발이 묶여 있었다. 그러느라 요련을 대전 바로 앞까지 들이고야 만 것이었다.

차라리 잘된 일인지도 몰랐다. 눈앞에서라면 더 확실하게 처리할 수 있을 테니.

"무엇을 원하는가?"

전주가 맹부요를 보며, 다시 한번 물었다.

무엇을 원하는가?

무엇을 원하는가?

무엇을…….

원하는가?

맹부요는 순간 멍해졌다.

스물한 해 동안 겪은 고난이, 스물한 해 동안 헤쳐 온 온갖 역경이, 스물한 해 동안 걸어온 기나긴 여정이, 죽을힘을 다해 앞만 보며 달려온 스물한 해가, 땀을 흘리고, 피를 뿌리고, 뼈가 부러지고, 심장이 찢기면서, 한 걸음 한 걸음 선혈과 고통으로 길을 닦고, 허덕이며 앞으로 나아가고, 오주 일곱 나라의 요동치는 정세 속에서 살아남고자 엎치락뒤치락하고, 수도 없이 죽음의 위기에 내몰리고, 수도 없이 절망에 빠지고, 온몸이 상처투성이가 되고, 말로 표현 못 할 고통에 시달리며 지켜 낸 악몽과도 같은 집념이…….

고작, 무엇을 원하냐는 이 한마디를 위해서였던가?

상상 속에서 몇 번이나 다짐했는지 몰랐다. 마침내 장청 신전에 입성해 신통력을 지닌 현자로부터 소원이 무엇이냐는 질문을 받으면 반드시 큰 소리로 단호하게, 집에 보내 달라고 할 거라고.

그토록 많은 것들을 바쳤고, 꿈속에서도 다시 보고 싶지 않을 만큼 뼈아픈 여정을 걸어왔는데, 손끝에 닿기 직전인 희망을 두고 마지막 순간에 포기할 이유가 없지 않은가.

집에 보내 줘!

21년 동안 줄곧 마음속으로 외쳐 온 말이었다. 그 어떤 역경 속에서도 흔들리거나, 바뀌거나, 왜곡된 적 없는 소원을 드디어 이룰 순간이 온 것이다.

오늘을 놓치면 지난 고생이 모두 허사로 돌아갈 뿐만 아니라, 앞으로는 영영 기회가 없을 터였다. 이 한마디를 듣기가 얼마나 힘들었던가. 돌이켜 생각해 보는 것만으로도 온몸이 덜덜 떨리는 느낌이었다.

그녀는 실제로도 떨고 있었다. 줄곧 차분하고 의연했던 그녀였지만, 지금은 고요하던 수면 아래 깊숙이에서부터 물살이 이는 중이었다. 가슴 밑바닥에서부터 올라온 떨림에 온몸의 혈맥이 파르르 진동하고, 위아랫니가 부딪치면서 미세하게 딱딱거리는 소리가 났다.

영원토록 잊히지 못할 과거의 장면 장면이 삽시간에 파도처럼 밀어닥쳤다.

새하얀 병원 풍경, 초췌한 엄마, 초라한 오두막집, 창밖의 유채꽃……. 병상에서의 기다림, 낡아 빠진 동화책, 표지에 그려진 오리, 너덜너덜한 책 페이지를 어루만지는 손과 그 위의 검버섯들…….

맹부요는 털썩 무릎을 꿇었다. 얼음장 같은 계단에 꿇어앉아 몸을 옆으로 틀고서, 시공 너머 머나먼 그곳을 향해 깍듯이 세 번 머리를 조아렸다. 그런 다음 먼지를 깔고 엎드려 차디찬 옥돌 계단에 얼굴을 붙인 채, 뼛속까지 스미는 한기와 슬픔 속에서 나지막이, 차분하게 말했다.

"장손무극을 풀어 주십시오!"

장손무극을 풀어 주십시오!

서서히 흘러나온 눈물 한 방울이 계단 위로 떨어져 옥석의 결 사이로 스며들었다. 작고 하얀 얼룩이 점점 깊어지는 모습은 마치 세포가 불에 지져지면서 생긴, 영원히 낫지 않을 상흔을 보는 듯했다.

엄마, 미안해.

인생에는 나 자신의 소원보다 훨씬 중요한 것들이 있었어.

너무나 깊은 애정과 지지, 관용과 단념, 희생과 이해, 깨끗한 포기, 쟁취를 위한 분투, 피와 눈물로 점철된 내 여정 속에서 언제나 반짝이며 앞길을 비춰 준, 그 무엇보다도 값진 것들.

그 사람이 없었다면, 그들이 없었다면, 나는 여기까지 오지 못했을 거야. 무엇에도 얽매이지 않고 홀로 걷겠다 했지만, 어느새 수많은 이들의 희생과 헌신이 나를 받쳐 주고 있었어.

그들이 내 인생을 만들었고, 나를 살게 했고, 생명을 바쳐 내 앞길을 닦아 줬고, 자기들 심장에서 피를 뽑아 만든 실로 내 상처를 봉합해 줬어.

나는 이미 내 피와 생명에 선명히 아로새겨진 그 흔적들을 떨쳐 낼 수가 없게 되어 버렸어. 그건 줄곧 내 앞길을 밝혀 주었던 빛이었고, 언뜻 여리고 무력해 보이지만 실상은 그 어떤 힘으로도 뿌리칠 수가 없어.

용……서……해…… 줘!

계단에 엎드려서 몇 안 되는 음절을 뱉는 일이 평생 해 본 그 어떤 일보다 힘겹게 느껴졌다.

주위는 한없이 고요했고, 연보라색 오동꽃만이 유유히 날아 내리고 있었다. 바람 가득 향긋한 꽃 내음이 배어 있었지만, 이 순간 결단의 힘겨움과 포기의 서글픔을 가려 주지는 못했다.

"장손무극은 우리 신전의 제자이거늘, 너와 무슨 상관이 있어서?"

장청 전주의 목소리에서 의아한 기색이 묻어났다. 다만, 그늘에 가려진 그의 눈은 아까보다 더 싸늘하게 날이 서 있었다.

허리를 세운 맹부요가 그를 뚫어져라 응시하며 한 자 한 자 말했다.

"제 소원은…… 그것……뿐입니다!"

장청 전주가 짧은 침묵 끝에 입을 열었다.

"곧 죽을 목숨이다. 이미 돌이킬 수 없다."

휘청인 맹부요가 다급히 말했다.

"살려 내 주세요!"

"네가 무슨 자격으로 그를 살려 내라 하느냐?"

장청 전주가 무심한 눈빛을 보냈다.

"본 좌가 소원을 두 개나 들어준다고 했던가?"

"결국은 제 목숨을 원하는 거 아닙니까?"

처연하게 웃으며 일어선 맹부요가 손을 양쪽으로 펴 보였다.

"제가 대신 죽겠습니다. 그럼 됩니까?"

"부요!"

무섭게 일갈한 전북야가 마치 광풍이 몰아치듯 계단 위로 돌진해 왔다. 그러자 맹부요가 대뜸 자기 목에 비수를 갖다 댔다.

"올라오지 말아요. 당신 발보다는 내 손이 빠를 테니까."

얼굴에서 핏기가 싹 가신 전북야가 제자리에 우뚝 멈춰 섰다. 바람도 없는데 옷자락이 흔들렸다.

지켜보던 뇌동은 눈썹을 찌푸렸고, 곡일질은 작게 한숨을 내쉬었다.

"이제 그만 본론으로 들어가죠!"

맹부요가 천천히 앞으로 나섰다.

"성문을 걷어찼을 때 이미 그 문으로 살아서 나갈 생각은 버렸습니다. 목숨으로 대가를 치르라고 해도 좋고, 저를 다른 데 쓰겠다고 해도 좋습니다. 장손무극만 풀어 준다면 이 맹부요는 죽이든 살리든 마음대로 해도 좋단 말입니다!"

장청 전주의 눈이 맹부요에게 고정됐다. 눈앞의 여인은 조금도 겁내는 기색 없이 결연하기만 한 표정이었다. 아까부터 신력을 방출해 위압감을 조성하고 있는데도 얼굴색 하나 변하지 않았다. 바로 그런 점 때문에라도 절대 살려 둘 수가 없었다.

"본 좌가 네 목숨은 받아서 어디에 쓰겠느냐?"

잠시 후 전주가 차갑게 말했다.

"무극은 장청 신전의 성주다. 네가 구하고 말고 할 신분이 아니라는 뜻이다. 중죄를 지어 처형될 예정이기는 했으나, 네 소원이 정 그렇다면야 규칙대로 소원을 들어주마. 단, 장청 신전에 와서 소원을 비는 자는 반드시 자신이 가진 것 한 가지를 내놓아야 한다. 자, 선택하라!"

전주가 손을 내젓자 대전 한쪽이 돌연 환해지면서 살구색 휘장이 모습을 드러냈다. 휘장 뒤편에는 용 여덟 마리가 조각된 황금색 솥 모양 예기가 놓여 있었다. 예기는 받침대 위에서 천천히 회전하고 있었고, 조각된 용들은 하나같이 커다란 입을 위협적으로 벌린 모습이었다.

"선택지는 여덟 개다. 가서 직접 택하라."

장청 전주가 건조하게 말했다.

"모든 것은 네 운에 달렸다."

"내가 해!"

뒤편에서 쩌렁쩌렁한 외침이 울리더니, 전북야가 예기를 향해 달려들었다.

"내가 대신 하겠다!"

그러나 장청 전주는 소맷자락을 한 번 휘두르는 것만으로 전북야의 진로를 즉각 차단했다.

계단 중간에서 더 올라갈 수 없게 된 전북야는 군말 없이 검을 뽑아 자기 앞을 가로막고 있는 허공을 내리쳤다. 검광이 너무나 쉽게 무형의 장애물을 관통하는 것을 본 그는 기쁜 마음에 냅다 앞으로 달려 나갔다. 그러나 검광은 잘만 통과한 장벽을, 전북야 본인은 통과할 수가 없었다.

바짝 약이 오른 전북야가 '쐑' 하고 검을 돌려서 다짜고짜 장청 전주를 내려찍으려고 했다. 그걸 본 장청 전주의 미간이 구겨졌다. 곧이어 황금색 소맷자락이 살짝 움직이는 것 같더니, 희미한 푸른빛 광채가 반짝했다.

바로 그 직후, 전북야가 질풍처럼 내지른 칼끝은 어느새 장청 전주의 손에 붙잡혀 있었다. 전주가 손안에 붙잡힌 검을 가볍게 털자 전북야는 붕 튕겨 나가 뇌동 앞에 떨어졌다.

전주는 담담하게 말했다.

"제자 단속 잘 하시오."

손을 쓱 내밀어 전북야를 붙든 뇌동이 그에게 슬쩍 눈치를 준 후 웅웅 울리는 목소리로 대꾸했다.

"이보시오, 전주. 적당히 해야지, 정도를 넘어서면 나도 보고만 있을 수는 없소!"

"본 좌가 말했듯이 소원을 비는 것은 본인 의지이고, 선택의 결과는 전적으로 운에 달렸소."

장청 전주의 표정은 태연하기만 했다.

"운이 좋으면 털끝 하나 안 다치고 끝날 수도 있지."

가만 들어 보니 말마따나 장청 신전에는 아무런 잘못이 없는지라, 뇌동 측에서도 더는 손쓸 도리가 없었다.

피식 웃어 버린 맹부요가 전북야를 보면서 작게 속삭였다.

"폐하는 정말 좋은 사람이에요……. 그렇지만, 미안해요."

지금껏 한순간도 맹부요에게서 눈을 떼지 않던 전북야가 그 소리를 듣더니 갑자기 맹부요를 외면했다. 고개가 획 돌아가는 찰나, 눈물 한 방울이 날아가 전각 앞쪽으로 나와 있는 기둥을 때렸다.

사나이에게도 눈물은 있으나 그것을 쉬이 내보이지 않음은 진정 상심할 때에 이르지 않았기 때문이어라!

전북야는 지금까지 상심이라면 이미 할 만큼 했다고 생각하고 있었다. 존귀하고 영예로우나 한없이 외롭던 나날에 적막한 밤중을 서성이게 만들던 사무치는 그리움, 그녀의 뒷모습을 하염없이 좇아다니면서 점차 알게 된 절망, 좇아갈수록 아플 뿐이라는 걸 알면서도 더 아프기를 마다하지 않았기에 점점 깊어진 마음의 상처.

그는 자신이 그 어떤 사나운 불길과 같은 아픔도 다 견뎌 낼 수 있을 만큼 강하다고 생각했다. 그러다가 이 순간에 와서야 아픔에는 극치라는 게 없음을 깨달았다.

부요……, 왜 그런 말을 하는 거지? 너는 이 전북야에게 미안할 일을 한 적이 없는데!

내가 진정 두려운 건 너를 얻지 못하는 것이 아니다. 네가 행복하지 못할까 봐, 즐겁지 못할까 봐, 수복을 누릴 만큼 누리지 못할까 봐, 나는 다만 그게 두려울 뿐이었다.

맹부요는 전북야에게서 눈을 돌리며 싱긋 웃었다. 그녀는 가벼운 발걸음으로 계단을 마저 올라 황금색 예기 앞에 섰다.

대전 풍경은 전체적으로 어둑해서, 여덟 마리 용이 장식된 황금색 예기 말고는 명확히 눈에 들어오는 게 없었다. 으슥한 구석 쪽에서 얼핏 시선이 느껴지는 것도 같았으나, 정작 주변을 훑어봤을 때는 아무것도 발견되지 않았다.

잠시 머리를 굴리던 맹부요가 물었다.

"가진 걸 내놓을 수는 있지만, 그걸 받고 약속을 지킨다는 보장은 어떻게 해 주실 겁니까? 설마 이쪽만 손해 보고 끝나는 건 아니겠죠?"

"본 좌의 말이 가지는 무게는 그리 가볍지 않거늘, 번복할 리가 있겠느냐?"

장청 전주가 차갑게 대꾸했다.

"무당은 영 믿음이 안 가는지라."

맹부요의 대답은 더 차가웠다.

장청 전주가 맹부요를 향해 냉담한 눈길을 보냈다. 자기 스스로 죽음을 택하게 만들 수 있다면, 이쪽에서 손에 피를 묻히는 것보다 훨씬 나을 것이다. 죽음에 직면한 요물의 원한이 무슨 화를 불러올지 모르니.

"장청 신전의 존속, 그리고 변치 않을 존엄과 영예를 걸고 맹세하겠다!"

잠시 후 장청 전주가 구의 대전 정문 앞에 장식된 비룡의 두 눈에 손을 올리고 말했다.

"본 좌는 반드시 약속을 이행할 것이요, 만약 이를 어긴다면 만 번 죽는 고통을 당하고 혼돈 지옥에 떨어질 것이다!"

"원래도 지옥에 계셔야 할 분 아니셨나."

무덤덤하게 중얼거린 맹부요가 고개를 돌려 쩍 벌어진 용의 입을 쳐다봤다.

저 안에 손을 넣으면 과연 무엇이 잡혀 나올까? 내가 잃게 되는 것은 눈일까, 목소리일까, 건강일까, 아니면…….

장청 전주의 얼굴을 쓱 한 번 곁눈질한 다음 다른 방향을 한 번 더 쳐다본 맹부요는 곧바로 감을 잡고 피식 웃어 버렸다.

고를 필요도 없겠군. 선택지가 그렇게 호락호락할 리가 없지.

예기에 닿기 직전이었던 손을 천천히 거둬들이며, 그녀가 말했다.

"굳이 고를 게 있겠습니까?"

"음?"

연한 금빛을 띤 얼굴 중 유독 미간에서만 푸르스름한 기운이 간헐적으로 솟아오르는 장청 전주의 모습은 상당히 기괴했다.

"어차피 제가 드릴 수 있는 것은 이 몸에 흐르는 뜨거운 피뿐인걸요."

예기를 후려쳐 납작하게 뭉개 버린 맹부요가 전주 쪽을 돌아보며 찬웃음을 흘렸다.

"다른 건 못 드리겠다는 말입니다."

"이제 와서 말을 바꾸다니?"

장청 전주가 눈썹을 치켜세웠다.

"나더러 네 피를 어디에 쓰라는 것이냐?"

"내 피가 정 싫다면 당신 피라도 보는 수밖에!"

쾅! 펑!

하늘과 땅 사이에 불꽃처럼 붉은 연꽃이 찬란히 피어났다! 대전 안에서는 눈부신 광채가 둥근 우산 형태로 폭발했다!

두 번의 굉음이 동시에 울리면서 두 갈래의 찬란한 광휘가 대전을 휩쓸었다. 조금 전까지만 해도 어둑어둑하던 대전이 순식간에 환한 빛을 뿜어내고, 그 빛이 민첩하게 움직이는 두 개의 그림자를 비추었다.

그중 하나는 맹부요였다. 단숨에 휘장을 찢어발긴 그녀가 '찌익' 하고 천이 뜯기는 소리 속에서 육중한 예기를 들어 올려 장청 전주에게 집어 던졌다. 손바닥에서 발산되는 붉은 기운 섞인 백옥색 광채에 그녀의 이목구비가 차갑고도 선명하게 두드러졌다.

다른 하나는 제비천이었다. 구의 대전에 일 장을 날리며 등장한 그는 악귀가 따로 없는 모습이었지만, 그 와중에 역설적이게도 우아함이 뚝뚝 흘렀다. 그의 나머지 한쪽 손을 중심으로는 사람들이 우르르 끌려다니고 있었다. 사람들을 도망치게 놔두지도, 그렇다고 자기한테 가까이 접근하게 두지도 않으면서, 제비천이 느긋하게 웃었다.

"저놈의 비열한 계략에 넘어가지 않은 걸 보면 머리가 꽤 돌아가는구나!"

그는 푸른 옷에 높은 관을 쓴 남자와 손바닥을 맞대고 있었는데, 아마 장력 대결을 펼치는 중인 듯했다. 그의 긴 머리카락은 마치 살아 있는 것처럼 꿈틀대면서 지면에 거무스름한 그림자를 가닥가닥 드리운 채, 옷 색깔이 각기 다른 사람들을 휘감고 있었다.

맹부요는 그들이 누구인지 알지 못했으나, 그들의 정체를 아는 뇌동은 약간의 시샘을 느꼈다.

제비천, 저 괴물 같은 작자! 혼자서 장청 신전 팔부 천왕과 장로 전원을 제압하다니!

순백의 무지개가 하늘을 관통했다. 대전을 반으로 쪼개 버릴 듯이 무서운 기세였다.

그러나 맹부요가 살기등등하게 내지른 분노의 일격 앞에서도 장청 전주는 코웃음을 쳤을 뿐이었다. 전주가 손가락을 튕기자 마른하늘에 '쩌정' 하고 쇳소리가 울리더니, 천지를 납작 뭉개 버릴 기세로 날아가던 예기가 돌연 금빛 가루가 되어 스르르 흩어졌다.

거기서 끝이 아니었다. 예기를 가루로 만든 뒤에도 소멸하지 않은 금색 빛줄기가 맹부요의 가슴을 덮쳤다. 맹부요는 공중에서 허리를 뒤로 젖히며 깃털처럼 가볍게 공격을 피했다.

바로 그 순간, 금빛 광채가 갑자기 여러 갈래로 갈라져 철책처럼 그녀를 포위했다. 맹부요가 손을 휘둘렀다. 연꽃과도 같은 다섯 손가락이 붉게 빛나면서 금색 철책을 튕겨 냈다. 튕겨 나간 철책은 금방 소멸했지만, 개중 한 가닥이 귀신같이 날아와 그녀의 왼쪽 팔에 꽂혔다.

한 장 밖까지 분출된 선혈이 옥돌 계단에 흩뿌려졌다. 비처럼 내리는 금빛 가루와 연보라색 오동꽃에 붉은 피가 더해져 눈이 시린 색채 대비를 만들어 냈다.

주변에 있는 사람들 모두가 움찔했다. 제비천마저 잠시 눈길을 빼앗겼을 정도였다.

제비천의 눈에 놀람과 분한 기색이 동시에 어렸다. 너무 오랫동안 잠만 자느라 발전이 없었던 게 통탄스러웠다. 고작 천기한테 발이 묶여 저 엄청난 실력과 한판 붙어 볼 기회를 놓치다니, 자신의 퇴보를 절감하게 되는 순간이었다.

호적수를 상대해 볼 기회를 놓친다는 것은 인생에 있어 얼마나 한스러운 일인가!

"금강을 이리 다오!"

제비천의 돌발적인 외침에 전북야가 자기 어깨 위에 웅크리고 있던 금강을 즉각 던져 줬다. 오색찬란한 앵무새가 허공을 가르자 여기저기서 너도나도 새를 낚아채겠다고 덤벼들었다.

장청 전주도 그 틈바구니에 끼어들려는 것 같더니 무슨 이유에서인지 멈칫했다. 주변이 워낙 난리통이라 다들 눈치를 못

챘지만, 전주의 얼굴에서는 푸른 기운이 무서울 만큼 빠르게 번쩍거리고 있었다.

제비천이 손을 뻗어 금강을 불러들이는 찰나, 노인 둘이 새를 가로챌 요량으로 잽싸게 도약했다. 한 사람은 푸르죽죽한 낯빛에 머리가 하얗게 셌고, 얼굴에 쓴 수라 가면 밖으로 흉악한 용모가 드러나 보였다. 온통 뱀으로 장식된 장포를 입은 다른 한 명은 덩치가 유달리 컸다. 그 육중한 몸이 움직이면서 내는 파공음에 대전 반쪽이 웅웅 울리다시피 했다.

"아수라왕, 마호라가왕!"

내내 제비천과 장력을 겨루고 있던 푸른 옷의 가루라왕이 외쳤다.

"저 짐승에게 무신의 진혼이 있습니다! 죽여요!"

그의 말이 끝나기도 전에 흑과 백, 두 개의 그림자가 솟구쳐 올라 허공에서 '쩡' 하고 두 대왕과 충돌했다. 아수라왕과 마호라가왕이 밀려나는 사이에 금강은 제비천의 손에 들어갔다.

마호라가왕이 천둥 같은 호통을 터뜨렸다.

"뇌동, 곡일질, 당신들이 악인의 앞잡이 노릇을 하다니!"

"내가 언제 무력을 썼던가?"

뇌동의 목소리는 마호라가왕보다 더 컸다. 가까이 있다가는 귀가 먹을 지경이었다.

"문득 이쪽이 다른 데보다 시원할 것 같아서 여기 서 있으려고 한 것뿐인데."

뇌동은 문짝처럼 떡 벌어진 덩치로 두 왕의 앞길을 대놓고 가로막고 있었다.

"여럿이서 한 사람 괴롭히는 꼴은 못 보는 편이라."

곡일질은 억지스러운 변명 없이, 눈썹을 찌푸리며 쌀쌀하게
말을 뱉었다.

"그게 누가 됐든지 간에."

그 소리에 눈썹을 까딱 치켜세운 제비천이 줄곧 가루라왕의
손바닥에 대고 있던 손가락을 슬쩍 움직이더니, 웃음기 섞인
투로 말했다.

"새로운 걸 맛보여 줄까."

가루라왕은 손바닥에 이물감을 느끼고 황급히 팔을 움츠렸
다. 하도 제비천에게 지긋지긋하게 시달린 참이라 일단 벗어났
다는 사실에 기뻐하고 있는데, 제비천이 소맷자락으로 허공을
긋는 모습이 보였다.

주변이 온통 적군인 대전 한복판에 누구도 침범할 수 없는
자신만의 영역을 구축한 제비천이 씩 웃음 지었다.

"네 버르장머리는 이따가 고쳐 주마!"

그러고는 눈을 돌려 뇌동과 곡일질을 쳐다보며 말했다.

"어이, 주변을 지켜 다오!"

"내가 어쩌다가 저런 작자를 돕게 된 거지?"

곤혹스러운 얼굴로 하늘을 쳐다보던 뇌동은 결국 답을 얻지
못했다. 결국 에라 모르겠다, 하고 저벅저벅 걸어가서 제비천
앞에 '쿵' 하고 멈춰 섰다.

"난 누굴 지키는 게 아니라 그냥 여기 서 있는 거다!"

그러자 눈썹을 찌푸린 곡일질이 뇌동을 쳐다보며 한마디 했다.

"하여튼 좋은 건 못 배우고 이상한 것만 배워 와서는."

뇌동은 아무것도 못 들은 척 하늘만 멀뚱히 올려다보고 있었다…….

가루라왕은 인상을 구긴 채 금강과의 합혼을 준비하는 제비천을 응시하고 있었다. 이제부터 어떻게 대처해야 좋을지 생각이 많았다.

제비천을 붙잡아 두는 데 사제인 자신을 이용하려는 전주의 속셈은 그도 빤히 알고 있었다. 이제 성주는 권세를 잃었고, 야차부를 관장하는 칠장로를 제외한 나머지 장로들과 천중, 용중 이외의 팔부 대왕들은 암암리에 그의 밑으로 들어온 뒤였다.

이 상황에서 제비천 일당과 목숨 걸고 싸워 봐야 제 살만 깎아 먹는 격인데, 왜 굳이 그래야 하는가?

이때 문득 떠오른 생각에 그의 눈이 장청 전주 쪽으로 옮겨 갔다. 최근 들어 자꾸 미간에 푸르스름한 기운이 나타났다가 사라지기를 반복하는 걸 보면 사형이 우화등선할 날도 얼마 남지 않은 것 같았다. 그 전에 후계자 구도를 확실히 굳혀 놔야 했다.

훗날 장청 신전은 그의 소유가 될 터인데, 지금 뭐 하러 저 많은 자들을 적으로 돌린단 말인가?

싸움박질 못 해 안달이 난 제비천은 사형 쪽에 갖다 붙이면 그만이었다. 속으로 셈을 마친 그는 한 걸음 뒤로 물러서면서 다른 대왕들에게도 눈치를 줬다.

그 이후로도 대왕들의 공격은 계속 이어졌지만, 가루라왕의 의중을 알아챈 그들은 파공음만 요란하게 냈지, 실상 공격에 힘을 싣지는 않았다. 상대가 천하의 뇌동과 곡일질인 만큼, 처리하는 데 시간이 좀 걸려도 의심을 사지는 않으리라는 게 그들의 생각이었다.

덕분에 몹시 언짢아진 뇌동이 눈을 부라렸다. 크게 한판 벌여 보나 했더니 상대편이 이렇게 괴이쩍게 나올 줄이야. 오늘처럼 시시한 싸움은 살아생전 처음이었다…….

제비천 쪽의 상황이 묘하게 흘러가는 가운데, 맹부요 쪽은 아슬아슬한 싸움을 이어 가고 있었다. 대전 아래에 새카맣게 운집해 있는 팔부군은 둘째 치고, 맹부요 입장에서는 장청 전주 하나만으로도 거대한 산, 혹은 아득한 바다를 마주하고 있는 기분이었다.

그녀가 던진 예기를 장청 전주가 가루로 만들어 버리고, 전주가 쏘아 보낸 금빛 광채에 왼쪽 팔을 다쳤을 때, 맹부요는 자신이 아직 그의 적수가 못 된다는 것을 깨달았다. 자신만이 아니라 이곳에 있는 모두가 마찬가지였다.

합혼 의식을 마친 제비천이라면 한번 해 볼 수도 있겠으나, 의식이 끝날 때까지 자신이 버텨 낼 수 있을지는 미지수였다.

더군다나 아직껏 전투 개시조차 안 한 칠장로며 신전 팔부까지 줄줄이 대기 중인 상황이었다.

어쩌면 여기가 바로 자신이 죽을 자리인지도 몰랐다.

그래, 그런들 어떠하랴. 은혜도, 원한도, 갚을 것은 다 갚았고 장청 신산을 마음껏 누벼 보기도 했다. 이렇게 통쾌하게 장청 신전 대문을 걷어차 본 사람이, 이렇게 통쾌하게 한세상 살아 본 사람이 있으면 또 얼마나 있겠는가?

지금쯤이면 대완군이 이미 궁창 땅을 밟았을 테지?

기어코 내 옷이 찢기고 피가 흩뿌려지는 걸 봐야겠다면, 내 너의 땅을 빼앗고 시체를 쌓아 주는 것으로 화답하마! 그러면 억울할 것도 없지!

다만 이때, 장손무극이 생각나는 것은 어찌할 수가 없었다.

무극은 지금 어디 있는 걸까?

아까 용의 입에 손을 집어넣기 직전, 돌연히 아주 미약한 소리가 들려왔었다. 정확히 무슨 뜻을 가진 말은 아니었지만, 그 묘한 소리를 듣는 순간 어째서인지 가슴이 조여들면서 아무 까닭 없이 손을 멈추게 됐다.

처음에는 무극이라고 생각했으나, 자신이 온 걸 보고도 무극이 모습을 드러내지 않는다는 건 말이 안 됐다.

너무 많이 다쳐서 움직일 수가 없는 걸까? 아니면 다른 모종의 이유가 있어서?

가슴이 죄어들었다. 아픔과 불안이 작은 뱀이 되어 그녀의 혈맥 구석구석을 헤엄쳐 다니고 있었다. 뱀이 지나는 곳마다 꽉 막힌 듯한 질식감이 들었다. 그녀는 가까스로 마음을 가라앉힌 후, 눈썹을 치켜세우고 장청 전주를 싸늘하게 노려봤다.

장청 전주의 눈빛은 그녀보다도 더 차가웠다. 이렇게 된 이상, 환생한 창시자가 신전을 부흥시켜 주리라는 희망을 포기하는 한이 있더라도 신전에 후환을 남길 수는 없었다.

진기를 집중시켜 맹부요를 겨눈 그가 기습적으로 허공을 움켜잡았다. 그 즉시 맹부요의 바로 옆쪽에서 파공음이 울리더니, 주변 공기가 단숨에 얇은 종잇장처럼 압축되어 찢기면서 뿌드득거리는 소리가 났다.

겹겹 진기가 주변을 에워싸고 조여드는 중이었다. 맹부요를 안에 가둬 놓고 쥐어짜 죽이려는 것처럼.

쐐액!

새빨간 장검이 무지개를 그리면서 날아와 허공을 갈랐다.

촤앗!

백옥색 열 손가락이 은은한 광채를 발하면서 허공을 내리찍었다. 대기가 뒤흔들리면서 대전 건물 전체가 따라서 진동하는 것 같았다.

그런데 다음 순간, 전북야가 내지른 장검이 난데없이 맹부요의 가슴을 후려칠 기세로 방향을 틀었다. 맹부요가 뻗은 열 손가락도 갑자기 전북야의 얼굴을 잡아 뜯으려는 것처럼 위쪽으로 쳐들렸다.

소스라치게 놀란 두 사람의 눈빛이 공중에서 부딪쳤다. 황급히 몸을 틀어 서로를 비켜 간 둘은 각기 비틀거리면서 세 걸음

씩 뒤로 물러났다.

전주가 펼친 한 수에 뒷걸음질 친 두 사람.

장청 전주의 얼굴에 놀란 기색이 드러났다. 저 둘을 단번에 끝장낼 한 수라고 생각했건만, 고작 세 걸음 물러서게 만들었을 뿐이라니.

언뜻 무공처럼 보인 조금 전의 공격은 사실 선대로부터 이어받은 신술을 사용해 공간을 찢어발김으로써 한순간에 적의 목숨을 빼앗는 수법이었다. 원래는 그의 사제인 가루라왕, 즉 세인들이 말하는 십대 강자 서열 1위 천기를 제외하고는 당해 낼 자가 없다고 알고 있었다.

요련이 그새 이 정도까지 강해졌단 말인가? 그렇다면 더더욱 살려 둘 수가 없었다.

조금 놀라기는 했지만, 사실상 장청 전주는 마음만 먹으면 이 자리에 있는 인원 전체를 손바닥 뒤집듯 간단히 몰살시킬 수 있는 존재였다. 신과 인간 사이에는 하늘과 땅 만큼이나 큰 격차가 존재하는 법이었다. 야심가인 가루라왕이 왜 지금껏 그를 죽일 시도를 못 했겠는가?

장청 전주가 찬웃음을 흘리며 손가락을 튕겼다. 갑자기 맹부요의 눈앞이 캄캄해졌다. 무언가에 얻어맞아 현기증이 일었다는 게 아니라, 정말로 온 세상이 까맣게 변했다.

천신이 기습적으로 밤의 장막을 쳤거나, 아니면 신의 손이 하늘에 걸린 태양을 가렸거나, 그것도 아니면 세상 모든 새카만 것들로부터 농도 짙은 검은색을 우려내서 그녀의 눈앞에 들어부은 것 같았다.

　시야가 캄캄해진 것뿐만 아니라 몸에서 무게감이 사라지기까지 했다. 운부 신역에서 느꼈던 바로 그 감각이었다. 그때는 둥둥 떠다닐 수라도 있었지만, 이번에는 온몸의 힘이 쪽 빨려나가는 동시에 머리와 어깨를 셀 수 없이 많은 산이 짓누르는 느낌이었다.

　무시무시한 압력에 오장육부가 뒤집히고 눈앞에 별이 번쩍였다. 달짝지근한 액체가 목구멍을 치고 올라오는 것 같더니, 입에서 피가 뿜어져 나왔다.

　보이는 건 없고, 심장은 쿵쾅거리고, 압력에 짓눌린 피가 혈관 안에서 역류하면서 몸을 뚫고 나오려고 했다. 피부가 얇아지고 군데군데가 불그스름하게 변하기 시작했다. 살갖 아래 실핏줄이 터졌기 때문이었다. 조금 있으면 동맥과 심장까지 터져버릴 판이었다.

　장청신술, 창천지중蒼天之重.

　하늘에서 빌려 온 그 압도적인 무게를 견뎌 낼 사람은 세상에 없었다.

　맹부요는 부들부들 떨면서 손으로 땅을 짚은 채, 통제를 벗어난 혈액이 마구잡이로 날뛰는 소리를 듣고 있었다. 그럼에도 그녀는 대리석 틈바구니에 손톱을 박은 채로 한 발자국도 물러서지 않았다.

　주변은 비할 데 없이 고요하고도 비할 데 없이 시끄러웠다. 고요한 것은 하늘과 땅이요, 시끄러운 것은 그녀의 심장이었다.

죽을힘을 다해 버티고 있는 맹부요는 문득 옆쪽에 사람 그림자가 어른거리는 걸 감지했다. 누군가 그녀를 일으켜 세워 주려는 듯 다가왔다.

그 사람의 손이 그녀를 부축해 주자 순식간에 압력의 절반이 빠졌다. 몸이 그나마 가벼워지고, 폭주하는 피 때문에 죽을 것 같던 느낌도 한결 나아졌다. 어렵사리 옆을 쳐다본 그녀는 자기 무게를 나눠 가진 사람이 역시나 전북야임을 확인할 수 있었다.

전북야의 영준하고 진한 눈매 역시 땀에 젖어 있었다. 이 가공할 압력 아래에서 누군가를 부축한다는 건 동작 자체만으로도 극도로 힘겨운 일이었지만, 전북야는 끝까지 그녀에게서 손을 떼지 않았다.

두 사람은 서로에게 의지해 땅을 단단히 딛고 서서 제자리를 지켰다.

눈을 번뜩 빛낸 장청 전주가 압력을 더 높이려는 찰나였다. 대전 안쪽을 휙휙 돌아다니는 흰색 그림자와 검은색 그림자가 얼핏 눈에 띄었다. 자그마한 그림자 두 개는 싸움이 붙은 것처럼 보였다. 서로 치고받고 하더니 한 마리가 다른 한 마리를 인정사정없이 물어뜯었다.

원보와 흑진주가 또 아옹다옹하는 모양이었다…….

장청 전주의 미간에 주름이 잡혔다. 곧이어 잠깐 한눈을 팔았다가 다시 눈길을 돌리자 흑진주가 원보 대인을 냅다 걷어차 장청 전주, 자신 쪽으로 날려 보내는 게 보였다.

원보 대인이 붕 떠서 날아오며 애처롭게 찍찍거렸다. 만약 중간에서 잡아 주지 않고 곧장 뒤쪽 신상에 처박히게 둔다면, 저 속도로 봤을 때 납작한 고기 전병 신세가 될 것이 확실했다.

장청 전주는 다시 한번 미간을 찌푸렸다. 백 년에 한 마리밖에 태어나지 않는 장청 신수는 예로부터 신의 계시를 상징하는 상서로운 짐승이었다. 장청 신수를 잃는다면 신전의 체면에도 타격이 있을 수밖에 없었다. 결국 그는 팔을 살짝 들어 원보 대인을 받았다.

손안에 안착하자마자 데구루루 굴러 전주의 손가락을 끌어 안은 원보 대인이 엉엉 울면서, 가슴 가득한 감격을 한도 끝도 없이 쏟아 놓았다.

장청 전주는 녀석을 홱 뿌리쳤다. 그가 손가락에 범벅이 된 눈물 콧물을 불쾌하다는 듯이 쳐다보면서 손수건을 대령하라는 손짓을 했을 때였다.

갑자기 맹부요가 돌진해 왔다. 압력이 줄어들자마자 바람처럼 원래 자리를 벗어난 맹부요가 공중에서 열 손가락을 연속으로 튕겼다. 그러자 손가락에서 쏘아져 나온 수십 가닥의 붉은 광채가 흡사 만개한 연꽃처럼 넓게 펼쳐져서 장청 전주를 집어삼키듯 덮쳤다.

장청 전주는 찬웃음을 흘렸다. 그가 손바닥으로 허공을 짓누르는 시늉을 하자 붉은 광채는 맥없이 찌부러져 힘을 잃었다.

그사이에 장청 전주의 코앞까지 들이닥친 맹부요가 그의 품속으로 뛰어들었다. 장청 전주가 콧방귀를 뀌면서 맹부요를 잡아 내던지려고 하자 그녀가 품속에서 기습적으로 한 바퀴를 굴렀다.

순간 맑고도 그윽한 향기가 장청 전주를 압도했다. 여인의 이마와 맞닿아 있는 손바닥에서 비단처럼 매끈한 감촉이 느껴졌다.

평생 여색을 가까이해 본 적이 없는 장청 전주는 순간적으로 멍해졌다. 선대 전주로부터 신술을 얻고 난 뒤로는 마음만 먹으면 손가락 하나 까딱하는 것만으로도 사람을 죽일 수 있게 되었고, 그때부터는 누구도 감히 그의 곁에 접근하지 못했었다. 그런 고로 오랫동안 무공을 사용할 일이 없었기에, 그는 이제 초식 운용 방면에서의 순발력이 무뎌질 대로 무뎌진 상태였다. 맹부요가 부딪쳐 왔을 때, 잠시였지만 어떤 초식을 써서 뿌리쳐야 좋을지 감조차 안 왔다.

맹부요의 황당하고도 간 큰 돌진은 만약 상대가 십대 강자 천기였다면 골로 가기 딱 좋은 작전이었다. 하지만 긴 세월 고고한 상전 노릇만 해 온 장청 전주에게는 이보다 잘 먹히는 작전이 없었다.

장청 전주가 흠칫하자 그의 품 안에서 구른 맹부요가 씩 웃었다. 입가가 피범벅인지라 악귀가 따로 없는 웃음이었다.

입술이 벌어지면서 드러난 그녀의 잇새에는 어느새 아주 작은 비수가 물려 있었다. 그녀는 몸이 회전하는 힘을 빌려 고개를 홱 저었다.

촤앗!

비수가 새카만 반사광을 발하면서 번개처럼 장청 전주의 가슴팍을 긋고 지나가자, 그 궤적을 따라 핏빛 반원이 그려졌다.

반원은 크지 않았고, 상처도 깊지 않았다. 비수가 한층 더 깊게 살갗을 파고들기 직전에 장청 전주의 체내에 존재하는 신통력이 면전에서 회전 중인 암살자 맹부요를 멀찍이 튕겨 냈다.

튕겨 나간 맹부요를 받아 준 것은 전북야였다. 지면에 내려선 그녀가 비수를 손안에 감아쥐고 차갑게 웃었다.

장청 전주의 가슴에서 피가 튀던 순간, 신전 구성원들은 상하를 막론하고 기함했다. '헉' 하고 숨을 들이켜는 소리가 파도처럼 번져 나가 대전을 웅웅 울렸다.

전주님이 부상을 입다니! 신통력을 가진 천인이자 무적의 존재로서, 다른 사람들의 목숨을 쥐락펴락해 온 전주님이, 구의 대전에 피를 뿌리는 날이 올 줄이야!

칠장로 역시 사색이 되었다. 여타 하급 제자들과 달리, 그는 장청 신전의 무공에 어떠한 강점과 약점이 존재하는지를 너무나 잘 알았다. 진력이 온몸을 고루 돌게 되면 언뜻 봐서는 천하무적일 것 같지만, 실상은 그렇지가 않았다. 작게라도 상처를 입었다가는 그냥 상처에서만 끝나는 게 아니라 진원 전체가 망가질 수 있었다.

전주님은 이미 금강불괴신이 아닌가. 어떻게 저 몸에 상처가 날 수 있는 거지?

장청 전주의 낯빛이 침통하게 가라앉았다. 다른 사람은 몰라도 그 스스로는 알고 있었다.

맹부요가 코앞까지 들이닥친 건 있을 수 있는 일이라 쳐도, 인간 세상의 평범한 무기가 어떻게 그의 몸에 상처를 내겠는가? 맹부요의 손에 들려 있던 무기는 과거 창시자께서 쓰셨다고 전해지는 비수, 열심裂心이 분명했다.

신산의 명철로 만들어진, 천하에 둘도 없을 비수.

그 어떤 진기와 혼원지체도 파할 수 있기에, 목표물은 반드시 피를 볼 수밖에는 없는!

열심은 운부 향로의 중심핵과 마찬가지로 이미 오래전 모습을 감추어 지금은 전설로만 전해지는 물건이었다.

대체 그걸 어디서 구했단 말인가? 처음 대전에 발을 디뎠을 때는 분명 가지고 있지 않았으니, 그렇다는 건……

장청 전주의 눈길이 옥계단 위에 흩뿌려진 금빛 잔해로 향했다. 맹부요가 계단 꼭대기에 올라온 뒤에 확실하게 손을 댔던 물건은 황금색 예기가 유일했다.

그가 맹부요에게 제물을 선택하게 할 것을 누군가 미리 내다보고 예기 아래에 비수를 숨겨 두었던 것이다!

가슴 밑바닥에서부터 주체할 수 없는 분노가 솟구치고, 살의가 끓어올랐다. 노기로 얼굴이 새파랗게 질린 채 손바닥을 천천히 들어 올린 장청 전주는 가슴속에서 푸르스름한 불꽃이 번쩍거리는 걸 느꼈다. 진기를 운행하여 억눌러 보았지만, 이번에는 어째 가라앉지를 않았다.

장청 전주의 표정이 굳었다. 지금까지 마화魔火가 일어날 때마다 진기로 다스려 왔던 그였다. 그러나 오늘은 가슴에 생긴 작은 상처 하나 때문에 사달이 나고야 만 것이었다.

근래 들어 마화의 움직임이 점점 더 활발해지고 있었다. 아마 그도 곧 선대 전주와 같은 길을 가게 될 모양이었다.

장청 신전의 역대 전주들은 마물로 변한 이후 모두 행방불명 됐다. 그 결말 없는 최후를 떠올릴 때마다 그는 몸서리 쳤다.

지금껏 진력으로 마화를 억누르면서, 환생한 요련의 혼백을 이용해 자신을 치유할 날만을 기다려 왔건만.

가슴에 난 상처로 진력이 새어 나가는 통에 마화에 대한 통제력을 일시적으로 잃어버린 상황이었다. 마력이 폭발하면 그는 강대해지겠지만, 남들 눈에 그리 보기 좋은 모습은 아닐 것이다. 저 많은 수하들과 제자들 앞에서 마물로 변해 추태를 보일 수는 없었다. 잠시라도 폐관 수련에 들어가 마화를 억누르는 게 시급했다.

눈을 번뜩 빛낸 그는 칠장로를 불러서 몇 마디 귓속말로 분부한 뒤, 가루라왕에게도 가까이 오라는 눈치를 줬다.

"저들을 포위하고, 감히 빠져나가려는 자는 가차 없이 사살하도록 하라!"

그러고는 가루라왕을 냉랭히 응시하며 말했다.

"주저할 필요 없다. 더는 신전 팔부를 포섭하느라 머리 쓸 것도 없다. 맹부요만 처단해 주면 전주 자리는 그 즉시 긴나라왕에게 돌아갈 터이니!"

가루라왕은 뛸 듯이 기쁜 한편, 속마음을 낱낱이 들킨 것이 민망스러웠다.

그런 그를 장청 전주가 차가운 눈으로 쳐다봤다.

"차기 전주 자리를 탐내는 것이 그릇된 일은 아니다만, 설마 신전 팔부 전체가 진정 네 밑으로 들어왔다고 생각한 것이더냐? 본 좌 곁에 남은 사람은 삼장로와 칠장로밖에 없고? 쯧! 지금껏 그 장난질을 보면서도 곱게 넘어가 준 것은 네가 그래도 본 좌를 상대로 역심을 품지는 않았기 때문이다."

그러자 온몸을 부르르 떤 가루라왕이 뒤로 물러나 황급히 허리를 숙였다.

"제가 어리석었습니다. 부디 용서를……."

"명심하라, 맹부요를 죽여야 한다!"

장청 전주는 더 이상 지체하지 않고 소맷자락을 떨치며 돌아섰다.

"실패할 경우 뒷일이 어찌 될지는 너도 알겠지."

연신 '예, 예.' 대답하고 난 가루라왕은 총총히 멀어져 가는 전주의 뒷모습을 눈으로 배웅하며 어느새 온몸이 땀으로 젖은 걸 느꼈다. 전주가 자리를 뜨기 전에 했던 말이 다시 생각나면서 가슴이 죄어들었다. 이제 더 이상 다른 꿍꿍이를 꾸밀 엄두가 나지 않았다.

그는 소맷자락을 휘두르며 소리쳤다.

"무엇들 하는가! 사살하라!"

아수라왕과 마호라가왕이 다시금 뇌동과 곡일질에게 공격을 쏟아붓고, 줄곧 관망 중이던 삼장로, 오장로, 육장로도 훌쩍 몸을 날려 각기 대전 귀퉁이에 버티고 섰다. 이어서 팔부군이 물밀 듯이 밀려와 맹부요 일행을 겹겹이 에워쌌다.

맹부요와 전북야는 등을 맞대고 섰다. 한 사람은 장검을 거머쥐고 오연하게 적들을 굽어보고 있었고, 다른 한 사람은 비수를 눕혀 들고 주위를 향해 냉소를 보내고 있었다.

가루라왕이 그런 두 사람을 싸늘하게 노려봤다. 지금 장청 신전은 물샐틈없이 봉쇄된 상태였다. 맹부요가 아니라 대라금선이 온다 해도 살아 나가지는 못할 터였다. 드디어 천행자 일맥이 빛을 볼 날이 온 것이다……. 가루라왕은 고개를 들고 매우 흡족한 양 눈을 가늘게 좁히면서, 장청 신전 태상황이 되는 꿈에 젖어 들었다.

그러나 잠시 후 갑자기 무언가 생각난 게 있는지, 낯빛이 미세하게 변했다.

맙소사, 그자를 잊고 있었어!

❖

장청 전주는 휘황찬란한 구의 대전을 급한 걸음으로 가로질러 궁궐 중앙으로 향했다. 그곳에는 화려하고 웅장하기 그지없는 여타 전각들과는 분위기가 완전히 딴판인 독채가 마련되어 있었다.

마화가 일기 시작한 이후로 그는 외딴 원락을 지어 놓고 혼자 지내고 있었다. 이상 상태를 남들에게 들키지 않기 위해 곁에는 믿을 만한 하인 하나만 남겨 두었다.

신전 안에서 이를 수상하게 보는 시선은 없었다. 역대 전주들이 만년에 이르러 저질렀던 각종 기괴한 행각들을 생각하면 이번 전주는 아주 양호한 축이기 때문이었다.

그의 걸음은 빠르고 거침없었고, 곧 원락 외곽을 에워싸고 있는 무성한 나무숲이 그의 눈에 들어왔다.

대륙 최북단에 위치한 장청 신전은 설원 한복판에 외따로이 서 있는 성이었다. 하지만 신전이 세워진 자리는 보기 드물게 화기가 흐르는 골짜기여서, 사시사철 따스한 기온 속에 만발한 꽃을 볼 수 있었다. 화초를 좋아하지 않는 그가 원락 주변에 나무를 잔뜩 심어 놓은 것은 주변의 눈길을 피하기 위함이었다.

가슴속에서 점점 격렬하게 들끓는 마화 탓에 장청 전주의 얼굴에서는 푸르스름한 기운이 계속 번쩍이고 있었다. 쉼 없이 꿈틀거리는 열기가 그를 초조하게 만들었다. 그는 평소처럼 점잖게 행동하지 못하고 곧장 숲을 가로질러 원락 안으로 향했다.

소맷자락이 풀숲을 건드리면서 사락거리는 소리를 냈다. 땅바닥에는 가느다란 나무 그림자가 들쭉날쭉하게 드리워져 있었다.

한창 급하게 걷고 있는데, 머리 위쪽에서 돌연 파공음이 들려왔다. 엄청난 빠르기로 접근해 온 소리가 어느새 귓가 바로 옆에서 울린다고 생각하는 순간, 검은 그림자가 코앞까지 들이닥쳤다.

손을 휘둘러 상대를 밀쳐 내려는 장청 전주의 눈에 새카맣고 꼬질꼬질한 발바닥이 들어왔다. 족히 3년은 안 씻은 것 같은 발에서 숨 막히는 악취가 풍겨 왔다. 돼지우리에서 구르던 돼지를 갖다 놔도 저 발바닥보다는 깨끗할 것 같았다. 게다가 엄지발가락 옆에는 발바닥보다 더 더러운 이쑤시개가 끼어 있었다.

3년 안 씻은 발에 이쑤시개 하나 끼고서 천하의 장청 전주를 암살하러 온 자라니!

태생이 깔끔한 성격인 장청 전주는 도저히 그 꼬락서니를 견딜 수가 없었다. 본인의 깨끗한 손으로 그걸 만지는 것은 물론이요, 옷자락이 닿는 것조차도 끔찍했다.

그는 일단 후퇴했다. 금빛 구름처럼 훌쩍 몸을 날려 그대로 나무숲을 빠져나가려고 했다.

그런데 그가 후퇴하리라는 것까지 계산에 미리 포함되어 있었는지, 발바닥이 공중에서 무섭도록 유려한 궤적을 그리며 물러나고, 대신 녹색의 무언가가 날아왔다. 구불구불하고 탄성 있는 형체가 허공을 한 바퀴 빙그르르 감싸더니 곧장 그의 등을 향해 쇄도했다.

장청 전주가 소맷자락을 떨치자 초록색 나뭇잎들이 우르르 떠올라 마치 칼날처럼 상대방을 향해 날아갔다. 장청 전주의 조종을 받는 나뭇잎들은 하나하나가 단단하고 예리한 비수나 다름없었다.

얇은 나뭇잎들이 '쐐액' 하면서 날카로운 궤적을 그리자 줄기가 실하지 못한 나무가 뎅강뎅강 잘려 나갔다. 그러나 정체불명의 녹색 물체를 베지는 못했다.

녹색 물체가 찐득하게 늘어지면서 공중에서 한 바퀴 돌자,

칼날보다도 예리한 나뭇잎들이 그것의 표면에 들러붙어서는 그대로 함께 장청 전주의 등을 노리고 쇄도해 왔다.

장청 전주는 등에 닿기 직전에 손가락으로 물체를 튕겨 냈다. 그런 후 어째 손가락 끝에 끈적하고 축축한 느낌이 들어서 살펴보니, 녹색과 누런색이 섞인 점액질이 엉겨 붙어 있는 게 아닌가.

그는 흠칫하고야 말았다. 점액질의 정체는 이미 한눈에 알아본 뒤였지만, 자기 손에 정말 그런 것이 붙어 있다는 사실을 도저히 받아들일 수가 없었다.

콧물! 콧물 덩어리!

격분한 장청 전주가 무섭게 팔을 휘두르자 넓은 소맷자락에 맞은 나무들이 굉음을 내며 우르르 쓰러졌다. 그 결과 나무 위에서 발차기를 날리고 코를 풀던 비루한 살수도 더는 숨을 곳이 없어졌다. 그는 자욱한 흙먼지 속에서 훌쩍 도약했다.

그는 도약 후에 잠시도 허공에서 그냥 머물지 않았다. 그의 신법은 아예 자취를 쫓을 수 없을 정도로 민첩했다. 한 줄기 바람처럼, 빛처럼. 흐르는 물처럼, 어딘가에 당도했다 싶으면 거기서부터 또다시 흘러가고, 꺾이거나 막히거나 멈추는 법이 없는, 아름답도록 날렵한 신법이었다. 물론, 거기서 아름다움을 느끼려면 때가 꼬질꼬질한 옷과 추레한 분위기는 무시해야 한다는 전제가 붙지만.

여하튼 그는 가만히 있을 때는 추할지 몰라도 움직이기 시작하면 확실히 근사한 자였다. 그의 움직임에서는 고결한 우아함

마저 느껴졌다. 장청 전주와 직접 맞부닥치는 걸 피하면서 현란하게 주변을 누비는 그의 동작에는 빈틈이 없었다.

장청 전주는 몇 번이나 살초를 날렸지만, 번번이 콧물대법이라든지 가래신공에 막혀 중간에 물러설 수밖에 없었다. 그러는 사이에 두 사람이 주고받은 공격은 어느덧 백 수에 근접해 가고 있었다.

장청 전주는 신술을 사용할 수가 없는 처지였다. 여기서 신술을 썼다가는 또 마화가 날뛸 테고, 그때는 수습이 더 어려워질 게 뻔했다. 진력 역시 마음껏 쓸 수 없었다. 몸에 난 상처 때문이었다.

그렇다고 무뢰한 같은 놈을 상대로 지금처럼 싸움을 이어 가자니 구역질 나는 콧물이며 발바닥을 계속 봐야 한다는 사실이 끔찍했다. 그 점이 안 그래도 이미 꿈틀거리기 시작한 마화를 자꾸 자극하고 있었다.

장청 전주의 미간에서 푸른빛이 번쩍거렸다. 폭주가 임박했다는 뜻이었다.

추레한 살수가 또 한 번 가래신공을 동원해 살초를 피해 갔을 때였다. 마침내 화가 머리끝까지 난 장청 전주가 손을 들어 올렸다. 손가락이 갑자기 황금색으로 변하는 동시에 전주가 힘줘 주먹을 말아 쥐자 허공에서 파열음이 울렸다. 살수 주위의 나무들이 일제히 폭발한 것이었다.

충격에 휘말린 땅거죽이 덩달아 떠들리고 나무 부스러기가 어지러이 흩날리는 가운데, 강철처럼 단단하게 변한 나무토막

들이 날카로운 소리를 내면서 날아가 살수를 에워쌌다. 그 그물처럼 촘촘하게 짜인 진기의 격류 속에는 장청 전주의 절대적인 진력이 깃들어 있었다.

삽시간에 주위가 철통처럼 단단하게 봉쇄당했다. 그 안에서 무사히 탈출할 사람은 세상에 아무도 없었다.

다음 순간, 히죽 웃은 살수가 머리통을 팔로 감싸더니, 지극히 점잖지 못한 자세로 땅바닥을 굴러 어지럽게 날아드는 나뭇조각 사이를 빠져나갔다. 실로 절묘한 구르기였으나, 그가 지나간 자리에는 점점이 핏자국이 남았다. 신술과 무공이 섞인 극강의 한 수에 결국은 상처를 입고 만 것이었다.

살수가 이리저리 굴러다니면서 얼굴을 일그러뜨리고 끙끙거리는 걸 보며, 장청 전주는 냉소를 흘렸다. 진기가 약간 불안정한 상태이기는 했지만, 슬슬 놈을 끝장낼 때가 온 것 같았다.

그런데 앞으로 한 걸음을 내딛자마자 발바닥이 따끔했다. 아래를 내려다본 그는 발밑에 언제부터 거기 있었는지 모를 장침이 꽂혀 있는 걸 발견했다. 침은 이미 그의 발바닥을 관통한 뒤였다.

아까까지만 해도 분명 없던 물건이요, 아까였다면 있어도 소용이 없었을 물건이었다. 평소에는 걸을 때 발이 지면에 닿지 않기 때문이었다.

지금 땅바닥에 내려선 것은, 아까 적과 백 수를 겨루면서 울화가 치미는 통에 평상심을 잃은 데다가 부상으로 인해 진기가 아래로 몰린 탓이었다. 바로 그 백 수가 오가는 사이에 적이 민

첩한 신법에 기대어 쥐도 새도 모르게 땅에 장침을 꽂아 놓은
것이다.

아무리 금강불괴신을 완성한 장청 전주라고 해도 발바닥까
지 그렇지는 못했다. 설마하니 싸움 중에 발바닥을 노리는 자
가 있으리라고 상상이나 해 봤으랴.

실력은 분명 엄청난 고수이건만, 상대에게는 고수다운 풍모
가 눈을 씻고 찾아봐도 없었다.

발바닥이 따끔한 순간 그는 즉시 사달이 났음을 직감했다.
무뢰한 놈에게 유인당해 걸음을 내딛다가 하필 용천혈을 찔린
것이었다.

장청 신전의 무공에서 무엇보다 치명적으로 보는 부상 부위
가 바로 혈도였다. 장침으로 인해 순간적으로 진력이 통제 불
능으로 솟구치면서 마화가 격렬하게 끓어올랐다. 맹부요에게
칼을 맞았을 때보다도 더 격한 반응이었다.

지금은 싸움을 끝맺는 데 연연할 때가 아니었다. 뭉그적거
리다가는 이 자리에서 당장 사고가 터져도 이상할 게 없었다.

다리를 들어 장침을 뽑아 버린 장청 전주는 추레한 살수를
뒤에 남겨 둔 채, 한걸음에 수 장 거리를 뛰어넘어 원락 안으로
피신했다.

땅바닥에서 몸을 일으킨 살수는 굳이 장청 전주를 쫓아가려
고 하지 않았다. 사방에서 신전 수비병들이 소란을 눈치채고
몰려드는 중이었다.

다리를 절룩거리면서 황급히 자리를 뜨는 길에 그가 코를 팽

풀고는 중얼거렸다.

"꼬맹아, 사부는 최선을 다했느니라! 나도 일단은 살고 봐야지. 나머지는 너희 운에 맡기는 수밖에 없음이야……."

원락에 들어선 장청 전주가 소리쳤다.

"긴나라왕을 불러들이라!"

그러자 하인 아대가 공손히 아뢰었다.

"한참 전에 와서 기다리고 있습니다."

"무얼 그리 일찍 온 게야?"

장청 전주가 안으로 향하며 별생각 없이 던진 질문에 아대가 머뭇거렸다. 대답하기 거북한 사정이 있는 모양이었다.

곧바로 이유를 알아챈 장청 전주가 인상을 찌푸렸다.

"계집애가 마음만 급해서는, 그저 무극을 죽일 생각밖에는 없지! 그간 음으로 양으로 얼마나 집요하게 무극을 노렸더냐!"

"긴나라왕도 불안해서 그럴 테지요……."

아대가 머뭇머뭇 말했다.

"후계자 자리가 붕 떠 있으니 아무래도 문제가……."

"이제 걱정할 필요 없을 게다."

내실로 들어가 가면을 벗은 장청 전주가 가부좌를 틀고 앉으며 무덤덤하게 말했다.

"결정을 내렸으니."

아대는 숙연히 허리를 굽혔고, 장청 전주는 더 이상 아무 말도 하지 않았다.

실내를 가득 채운 푸른색 연무 속에서 장청 전주가 두 눈을 지그시 감았다. 피로한 기색이었다. 그의 얼굴에는 주름이 없었지만, 어쩐 하루 사이에 급격히 나이를 먹은 것처럼 보였다.

원인 제공자인 장손무극이 직접 이 굴레를 끊어 주기를, 신전을 다시 일으켜 세워 주기를 간절히 바라 온 그였다. 그러나 그 바람은 맹부요의 손에 들린 비수를 보는 순간 끝장났다.

게다가 오늘 만난 갖가지 변수들 탓에 마물로 전락할 순간이 정말 코앞이었다. 이제 선택의 여지가 없었다.

장탄식을 흘린 장청 전주가 나지막이 읊조렸다.

"끝내…… 안 되는 것인가……."

그러다가 중간에 읊조림을 멈춘 그가 두 무릎 위에 손을 올리고 눈꺼풀을 반쯤 들어 올렸다.

"긴나라왕을 차기 전주로 세우기로 마음을 정하였노라."

아대가 허리를 깊이 숙였다. 그로부터 잠시간 침묵이 흐르고, 장청 전주가 말을 이었다.

"장손무극도 이리 데려오도록!"

아대가 나간 후, 장청 전주는 고요한 내실에 차분히 가부좌를 틀고 앉아 운기조식을 시도했다. 그러나 가슴이 울렁거려 도저히 집중할 수가 없었다. 몸에 열이 올랐다가 차갑게 식기를 반복하는 통에 그야말로 좌불안석이었다. 어쩔 수 없이 운기조식을 단념한 그는 일단 조용히 두 사람이 오기를 기다리기로 했다.

둘 중 아대가 먼저 데려온 쪽은 장손무극이었다. 며칠 전 천역이 깨졌다는 걸 감지한 장청 전주는 장손무극을 접천봉에서 데리고 내려와 자신의 원락 안 밀실에 가둬 두었다.

그의 마음이 이미 어느 정도 기운 것을 눈치챘는지, 그때부터 긴나라왕이 시도 때도 없이 찾아와 장손무극을 죽이려고 했다. 선뜻 장손무극의 목숨을 내어 줄 수 없었던 그는 매번 긴나라왕을 저지했었지만, 돌아가는 상황을 보니 이제는 정말 살려 둬서는 안 될 것 같았다.

장손무극을 장청 전주 앞에 내려놓은 아대가 목소리를 낮춰 말했다.

"긴나라왕은 조금 전 대전에 불려 갔다고 합니다. 금방 올 것입니다."

장청 전주는 고개를 끄덕인 후, 하나뿐인 자신의 애제자를 내려다봤다. 장손무극은 시종일관 고개를 떨군 채였다. 의식이 있는지 없는지도 명확하지 않았다.

장청 전주가 감지한 제자의 호흡은 이미 끊겼다고 해도 믿을 만큼 미약했다. 진원이 거의 소진되었다는 증거였다. 굳이 전주 자신의 손으로 처리하지 않아도 어차피 곧 명이 다할 것 같았다.

불세출의 총기를 타고난 아이가 한순간의 어리석음으로 인하여 이 무슨 고생인가…….

창시자의 환생이자 신전에서 일인지하 만인지상의 지위를

누리며 존경받던 아이.

원래대로라면 아무 문제 없이 차기 전주 자리에 올라 신전 부흥의 주역이 되었을 테고, 동시에 무극국의 군주로서 한 사람이 두 나라의 황제를 겸임하는 전무후무한 역사를 세웠을 터인데.

사나이로 태어나 그보다 더한 영광이 또 있으랴? 고작 요련 하나 때문에 그 모든 것을 기꺼이 버리고 종국에는 제 목숨까지 내다 바치다니, 이 얼마나 어리석은 짓인가!

그 연꽃의 요사스러움이 하늘을 찌르는 것은 사실이었다. 실로 사악한 물건이 아닐 수 없었다. 한낱 사물에 불과하던 시절에도 창시자를 완전히 홀렸을 정도이니.

창시자는 자신의 피와 신력을 먹여 연꽃을 키웠고, 급기야는 하늘의 섭리를 거슬러 그것에게 영혼까지 만들어 주었다. 신전의 장로들이 그 요물을 처단하려고 하자 창시자는 신전 전체를 적으로 돌리기를 주저하지 않았다. 그러고는 요련을 아무도 찾을 수 없도록 감춰 버렸다.

이제야 안 사실이지만, 당시 창시자는 진정 막강한 신력을 가지고 있었다. 그는 천명의 궤도를 비틀고 시공간을 갈라 요련을 다른 세계로 보냈던 것이다. 이번 생에서 재회할 때까지 요련이 그곳에서 윤회를 반복하도록.

어쩌면 이 또한 운명인 것일까. 돌고 돌아 결국은 만나게 되는. 창시자의 영혼은 영영 요련의 속박을 벗어날 수 없는지도 몰랐다.

한숨을 내쉰 장청 전주는 착잡한 기분으로 눈을 감았다. 결국, 운명에 따라 장손무극은 스스로 죽을 자리를 찾아갔고, 자신이 일생 쏟아부은 피와 땀은 전부 허사로 돌아가고 말았구나 싶었다.

곧이어 귓가에 작게 문을 두드리는 소리가 들려왔다. 장청 전주가 눈길을 옮기며 담담하게 말했다.

"들어오라."

문이 열리고, 조심스럽게 안으로 들어온 긴나라왕이 깍듯이 허리를 숙였다.

"전주님, 영혼을 가지러 다녀오느라 시간이 지체되고 말았습니다. 용서하십시오!"

"영혼을 가지러?"

장청 전주의 눈이 번쩍 떠졌다.

"누구의 영혼 말이냐?"

그러자 긴나라왕이 은근히 뿌듯함이 묻어나는 미소를 지으면서 손바닥을 펴 보였다.

긴나라왕의 손바닥 위에서는 구슬 한 알이 백옥 같은 흰빛에 엷은 붉은빛이 섞인 광채를 발하고 있었다. 구슬 중앙에는 어렴풋이 사람 그림자도 보였다.

구슬을 자세히 살펴보고 난 장청 전주의 얼굴에 들뜬 기색이 고스란히 드러났다.

"그 요녀의 혼백이로구나!"

순간 바닥에 누워 있는 장손무극이 꿈틀하는 것 같았으나,

더 이상의 움직임은 없었다.

"가루라왕이 전주님의 지시를 받들어 직접 그 요녀를 처단했습니다."

긴나라왕이 미소 지었다.

"경하드립니다, 전주님!"

"네 아비가 너를 위해 많이 애썼구나."

장청 전주가 온화한 표정으로 긴나라왕을 쓱 쳐다봤다.

"그렇다 해도 신전의 주인이 되고 나면 가슴에 천하를 품어야 하느니라. 사사로운 정에 휘둘려 공사를 망치는 것은 윗사람으로서 해서는 아니 되는 짓이다. 태연아, 알아듣겠느냐?"

긴나라왕이 가면을 벗었다. 가면 아래에서 영원히 나이를 먹지 않는, 동그랗고 깜찍한 얼굴이 드러났다.

그녀는 눈빛에 차오른 기쁨을 숨기지 않고 의기양양하게 웃음 지었다.

"친히 가르침을 주시니 감사할 따름입니다. 꼭 명심하겠습니다!"

장청 전주가 구슬을 건네받아 손바닥으로 눌러 으깼다. 새하얀 광채만 남은 구슬은 전주의 황금빛 손바닥을 벗어나려고 필사적으로 바르작거리다가, 결국 그 강대한 흡인력을 당해 내지 못하고 서서히 손바닥 안으로 흡수됐다.

길고도 느린 숨을 뱉은 장청 전주가 손바닥에 압력을 가하자, 잠깐 동안 얼굴 위에서 푸르스름한 기운이 빠르게 어른거리다가 점차 흐릿해졌다. 그러는 동시에 찬란한 황금색 광채가 치솟아 실내 절반을 환하게 밝혔다.

잠시 후, 얼굴이 몰라보게 좋아진 장청 전주가 눈을 떴다. 태연이 한껏 들뜬 목소리로 말했다.

"경하드립니다! 화근을 제거했으니 이제 순조롭게 우화등선하시겠군요!"

이어서 입꼬리를 끌어 올리며, 기쁨에 겨워 덧붙였다.

"수백 년에 달하는 신전 역사상 진정으로 우화등선을 이루는 분은 전주님이 처음이십니다!"

미소 지으며 고개를 끄덕이고 있는 장청 전주도 무척이나 기쁜 기색이었다.

태연이 고개를 휙 돌려 바닥에 누워 있는 장손무극을 쳐다봤다. 조금 전까지만 해도 환하기 그지없던 표정이 금방 차갑게 식었다. 그러더니 장손무극의 등을 가차 없이 짓밟으며, 웃음기 섞인 투로 느릿느릿 말했다.

"전주님, 이 반역자는…… 살려 둘 필요가 없지 않을까요?"

"처분은 네게 맡기마."

장청 전주가 기분 좋게 손을 내저었다.

"이 방을 피로 더럽히지만 말거라."

"예."

웃는 낯으로 장손무극을 덥석 붙잡아 문간으로 질질 끌고 가던 태연이 중간에 갑자기 멈춰 섰다.

"전주님, 이 반역자 말입니다. 듣자 하니 만다라 꽃잎이 벌써 열아홉 개라는 것 같던데요."

"그러하다."

장청 전주가 아쉽다는 듯 탄식했다.

"너보다도 한 장 많거늘, 아깝게 되었지……."

"만다라 꽃잎을 뽑을 수도 있다고 들었습니다만."

장청 전주 쪽으로 눈을 돌린 태연이 약은 미소를 지었다.

"흐음, 그냥 죽이면 낭비이니……."

"이 녀석 보게!"

기분이 워낙 좋은 참인지라 장청 전주의 태도는 어느 때보다도 열려 있고 자애로웠다. 잠시 생각에 잠기는가 싶던 그가 곧 입을 열었다.

"하면, 이리 와 보거라. 무극의 만다라 꽃잎을 네게 옮겨 주마. 그러는 김에 본 좌의 신술도 넘겨줄 터이니 오늘부로 전주 자리를 이어받도록 하여라!"

"아……."

예상 밖의 낭보에 태연의 눈이 커다래졌다. 하지만 그녀는 곧 주저하는 모습을 보였다.

"그리 급할 필요까지야 있겠습니까? 더 기다려도 괜찮습니다!"

"네게 자리를 넘겨주어야 본 좌도 우화등선할 준비를 하는 데 집중할 수 있느니라."

장청 전주가 손짓을 보냈다.

"가까이 오너라."

태연이 다가가서 앉은 후, 장청 전주는 아대를 불러들여 장손무극을 다른 한쪽에 앉히도록 했다. 장청 전주는 정신을 잃은 장손무극의 미간을 손가락으로 톡 찍었다. 장손무극이 천천히 눈을 떴다.

"마지막으로 하고 싶은 말이 있느냐?"

장청 전주가 제자를 담담히 응시했다. 묵묵히 입을 다물고 있던 장손무극이 잠시 후 고개를 돌려 창밖을 바라봤다.

"내다볼 것 없다. 그 계집의 혼백은 이미 내가 흡수했느니라."

장청 전주의 말투는 차분했다.

"이로써 그 계집은 지하 궁전에 갇혀 영원토록 환생하지 못할 것이다."

장손무극이 흠칫 몸을 떨었다. 본래도 힘없이 풀려 있던 눈빛이 한층 더 어두워졌다. 입술을 꾹 다물고, 시들지 않는 봄 풍경에 미련이 남은 듯 창밖을 곁눈질하던 그가 이내 눈길을 거둬들이고는 조용히 말했다.

"그렇다면 차라리 잘되었습니다. 빨리 끝내 주십시오."

장청 전주는 장손무극을 빤히 쳐다보다가, 종국에는 별말을 하지 않고 허리춤에 묶여 있는 옥패를 끌렀다. 투명한 옥석 표면에는 아무런 무늬도 새겨져 있지 않았으나, 빛을 받는 각도에 따라 옥석 내부에서 자욱한 연무와 눈보라에 휩싸인 성이 언뜻언뜻 모습을 드러냈다.

장청 전주가 옥패를 태연에게 건네며 말했다.

"바깥세상처럼 번잡한 절차는 없다. 의례는 차후에 네가 장로들에게 준비시켜라. 본 좌는 오늘부로 우화등선을 위해 폐관에 들 것이니 특별한 일이 아니거든 방해하지 말고."

태연은 큰절을 올린 후 공손하게 옥패를 받아 들었다. 빙긋이 웃고 난 장청 전주가 천천히 팔을 뻗어 한 손을 장손무극의 명치에, 다른 한 손은 태연의 정수리에 올렸다.

그 모습을 본 아대가 발소리를 죽이고 밖으로 향했다. 문을 닫고 나온 그는 방에서 최대한 멀찍이 떨어졌다. 그 누구의 방해도 허용되지 않을 만큼 중요한 의식임을 아는 까닭이었다.

방 안에는 어스름한 광채가 일렁이고 있었다. 장청 전주의 손이 명치를 누르자 장손무극이 몸을 파르르 떨었다. 창백하던 얼굴에 돌연 기묘한 홍조가 오르더니 금방 다시 물러가고, 낯빛이 시체처럼 새하얘졌다.

장청 전주는 양쪽 손바닥에 닿아 있는 육신을 힘줘 붙잡았다. 하나는 과거 그의 후계자였던 자의 몸이요, 다른 하나는 현재 후계자의 것이었다. 둘의 위치가 바뀔 날은 절대 오지 않으리라 생각했건만, 운명이란 참으로 얄궂었다. 지금 그는 원래 후계자의 공력을 송두리째 들어내 새 후계자에게로 옮기려 하고 있었다.

사실 그 두 가지 과정을 동시에 진행하는 데는 극심한 기력 소모가 뒤따랐다. 이미 몸 두 군데에 상처를 입은 상태에서 시도할 만한 일은 결코 아니었다.

하지만 장청 전주는 지금 기분이 대단히 좋았다. 오랫동안 가슴속을 뒤덮고 있던 먹구름이 싹 걷힌 느낌이었다. 밖으로 흘러나가던 진력이 다시금 차오르기 시작하면서 전신에 뜨거운 힘이 넘치고 몸이 날아갈 것처럼 가벼웠다. 이 넘치는 기운을 어딘가에 쓰지 않는다면 오히려 그게 더 괴로울 것 같았다.

손바닥에서 금빛 광채가 명멸했다. 그는 왼손으로 장청 신전 내공의 결정체인 만다라 꽃잎을 한 장 한 장 뽑아내는 중이었다.

장청 신전 고위층들은 절정급 내공을 연마할 시기가 되면 전주의 지시에 따라 만다라 꽃잎을 복용했다. 이때 먹는 만다라 꽃잎은 장청 신산에서만 나는 보배로, 기를 응집시키는 특성이 있어 내공 수련의 효율을 대폭 높여 주는 역할을 했다.

단전에 자리 잡은 만다라 꽃잎은 전신을 도는 진기를 자양분 삼아 점차 꽃잎 수를 늘려 가기에, 꽃잎 수가 많을수록 그 주인이 가진 공력 또한 높다고 볼 수 있었다. 그래서 장청 신전에서는 단전에 가지고 있는 만다라 꽃잎의 수에 따라 서열이 정해지고, 다들 수련을 통해 많은 만다라 꽃잎을 소유하게 되는 것을 영광으로 여겼다.

하지만 얻는 게 있으면 잃는 것도 있는 법이거늘, 그 사실을 아는 사람은 많지 않았다. 만다라 꽃잎은 진기의 응집을 촉진하는 동시에 전신의 진기를 제게 종속시키며, 인위적으로 뽑아내는 게 가능했다.

150년 전 반란을 일으켰던 야차대왕 사공기가 천하제일의 무공 고수로서 승리가 확실시되던 상황에서, 주화입마에 빠진 전주의 일격에 맥없이 허물어진 이유가 바로 거기에 있었다. 당시 전주가 사공기를 제압한 방법은 간단했다. 만다라 꽃잎만 뽑아 버리면 그만이었으니.

사실상 만다라 꽃잎은 장청 신전의 역대 전주들이 수하를 통제하는 데 사용해 온 일종의 도구라고 할 수 있었다. 초대 전주가 신전을 난장판으로 만들고 마왕이 되어 버린 뒤, 인간의 속내는 누구도 헤아릴 수 없음을 절감한 제2대 전주의 손에서 만들어진 것이 바로 만다라 꽃잎이었다.

내막을 까맣게 모르는 일반 제자들은 용감무쌍하기로 세상에서 으뜸가는 팔부 대왕을 일격에 제압하는 전주를 보며 그 거룩한 위엄에 무한한 숭배를 바쳤고, 그로써 신전은 더욱 신비로운 존재로 발돋움하는 효과를 얻을 수 있었다.

장청 전주는 빙긋이 웃으며 생각했다. 만다라 꽃잎 열아홉 장은 쉬이 만들어지는 것이 아니거늘, 태연이 횡재를 한 셈이라고.

한편, 태연의 정수리와 맞닿아 있는 손바닥을 통해 계속해서 신력을 부어 주는 사이에 두 사람의 의식이 서로 교차하는 순간이 왔다.

태연의 머릿속 생각들이 장청 전주의 눈앞으로 날아들었다. 그는 사념의 소용돌이 속에서 미소 지으며 소녀의 출생을, 성장을, 장손무극을 처음 만나던 순간을, 장손무극에 대한 미움을, 악착같이 차녀공을 연마하던 과정을, 장손무극과 끝도 없이 경쟁하던 나날들을 읽어 내려갔다. 익히 알고 있는 내용들을 쭉 읽어 내려가며, 장청 전주는 조금 우습다는 생각을 했다.

이 아이의 머릿속은 어째 온통 장손무극뿐인지…….

산에서 내려가고, 그와 함께 있는 그녀를 보고, 단칼에 그를 찌르고, 한밤중에 그와 밀담을 나누고, 얼음 동굴에서 그의 차갑게 식은 몸을 어루만지고, 방에서 이불을 뒤집어쓴 채 눈물

흘리고, 그러고 나서 남들 앞에서는 멀쩡히 웃고…….

장청 전주의 낯빛이 급변했다.

태연!

그는 당장 둘에게서 손을 떼려 했지만 이미 늦은 뒤였다.

장손무극의 명치를 누르고 있던 왼쪽 손바닥이 무언가에 붙들린 것처럼 꿈쩍도 하지 않았다. 그러는 동시에, 가라앉은 줄 알았던 가슴속 마화가 갑자기 '퍼엉' 하고 타오르면서 온몸의 진기를 역류시켰다.

역류한 진기가 가슴과 발바닥의 상처를 통해 격렬하게 밖으로 분출됐다. 삽시간에 온 세상을 울긋불긋하게 물들인 핏빛이 곧이어 그를 향해 무차별적으로 쏟아졌다!

장청 전주는 포효했다. 경천동지할 노호를 터뜨렸다고 생각했다. 그러나 정작 입에서 나온 것은 지극히 낮게 깔린 절규였다. 사나운 야성과 광적인 포악성을 품은 절규에 방 안 전체가 부르르 진동했다.

장청 전주의 절규와 동시에 본디 숨이 끊어져 가던 장손무극이 고개를 번쩍 들었고, 태연은 당장 바닥을 박차고 오르려고 했다.

"그대로 있어!"

장손무극이 매섭게 소리쳤다.

"내가 붙잡아 둘 테니 그 틈에 신력을 마저 흡수하도록 해라. 중간에 그만두면 안 돼!"

항상 여유로운 모습의 그에게서 이처럼 날카로운 말과 표정이 나오기란 흔한 일이 아니었다. 태연은 더 이상 움직일 엄두를 내지 못하고 얌전히 자리에 앉았다. 그녀의 눈은 장손무극에게서 한시도 떨어질 줄을 몰랐고, 동그란 얼굴에는 초조한 기색이 뚜렷했다.

그녀와 달리 장손무극은 그새 차분함을 되찾은 뒤였다. 그때 껏 양쪽 손목과 어깨에 박혀 있던 시신정을 단숨에 뽑아내자 피가 시뻘겋게 튀었다. 장손무극은 그 와중에도 얼굴색 하나 변하지 않고, 손에 들린 시신정을 장청 전주의 가슴에 내리꽂았다.

대못이 사람 몸뚱이를 정확히 찔렀건만, 어울리지 않게도 흡사 금속과 금속이 맞부딪친 양 맑고 낭랑한 소리가 울렸다. 시신정은 장청 전주의 살갗을 조금도 파고들지 못했다.

첫 공격이 실패로 끝나자 장손무극은 빠르게 태세를 전환해 시신정을 집어 던지고 훌쩍 몸을 날렸다. 그러나 장청 전주의 도약이 그보다 빨랐다. 순식간에 공중을 가로질러 온 장청 전주가 그의 앞을 막아섰다.

공중에서 장손무극을 쳐다본 장청 전주는 미소 짓고 있는 제자를 발견했다. 피에 흠뻑 젖은 옷을 걸치고도 여전히 기품 넘치는 모습인 장손무극이 스승을 내립떠보면서 건조하게 말했다.

"스승님, 경하드립니다. 드디어 마물이 되셨군요!"

움찔, 장청 전주의 몸이 경련했다. 세상에서 제일 듣기 무서웠던 말이 그의 머릿속을 난장판으로 만들어 놨다.

안 그래도 안팎으로 타격에 시달리느라 붕괴 직전이었던 의식이 성난 파도처럼 폭주하기 시작했다. 하루 사이에 거듭 부상을 입은 데다가 조금 전에 기력을 상당 부분 소모하기까지 한 상태에서, 오장육부가 폭주하는 의식에 걷잡을 수 없이 치이고 휩쓸렸다.

울부짖음과도 같은 소리를 토한 장청 전주는 소맷자락을 휘두르면서 장손무극에게 덤벼들었다. 장손무극도 입만 웃으면서 전주를 향해 달려들었다.

작은 방 안에서 황금색과 연보라색 그림자가 한데 뒤엉켰다. 한쪽은 동작이 묵직한 완성형이라는 느낌이고, 다른 한쪽은 날렵하고도 매끄러웠다. 한쪽이 전장을 흉포하게 찢어발기면 다른 한쪽이 소리 없이 그것을 보수하는 형국이었다.

금빛과 보랏빛이 비좁은 공간을 빙빙 돌면서 마치 한 쌍의 날개처럼 붙었다가 떨어지기를 반복했다. 일반적인 고수들의 지축을 뒤흔드는 대결이 아니라, 사뿐하지만 위험천만한 싸움이었다.

바람 소리가 벽면을 스치고 지나가노라면 눈에 띄는 흔적이 새겨지는 대신 고운 분말이 한 겹씩 떨어져 나왔다. 바닥으로 떨어지는 분말 중에는 휘장에서 나온 것도 있었고, 부들방석, 도자기, 금으로 만들어진 기물에서 나온 것도 있었다.

어떤 물건이든지 간에, 원래 그것이 어떤 상태였으며 얼마나 단단했는지와 무관하게, 강대하며 완전무결한 진력의 압박 아래에서는 순식간에 가루가 되어 버리고 마는 것이었다.

지면에는 금세 색색의 분말이 켜켜이 쌓였다. 노랑이 한 겹, 보라가 한 겹, 하양이 한 겹, 초록이 한 겹……. 그것들의 본래

모습이 무엇이었는지는 알 길이 없었다.

온 천하를 통틀어 이보다 더 위험할 수는 없을 전투가 천하 제일의 사제 사이에서, 세상 최고로 무정한 스승과 세상 최고로 심계 깊은 제자 사이에서 벌어지고 있었다.

둘은 태연이 눈을 감은 채 신술을 흡수하는 내내 뒤엉켜 싸웠다. 시간이 얼마나 흘렀을까, 황금빛 그림자는 이제 간헐적으로 피를 쏟았고, 연보라색 그림자도 걸음이 비틀거리기 시작했다.

전자는 여러 사람이 합심해서 짠 계략에 연속으로 당해 주화입마에 빠진 상태였고, 후자는 한 사람을 위하여 그 모든 치욕을 참고 발걸음마다 보루를 쌓으며 오늘까지 오느라 몸과 마음이 지칠 대로 지쳐 버린 뒤였다.

전자는 이미 맑은 정신이 아니었다. 그의 머릿속에 남은 것은 눈앞에 있는 자를 죽여야 한다는 집념뿐이었다. 징그럽도록 오랜 세월 동안 그를 상대로 함정을 판 자였다. 절대로 살려 둘 수 없었다.

후자는 이제 이번 생의 마지막 사명만을 남겨 두고 있었다. 스승을 붙잡아 두고, 파괴하는 것. 그리하여 그녀의 염원을 이뤄 주는 것.

양쪽 모두 공멸을 각오한 채, 이 장렬한 충돌의 결말을 향해 내달리고 있었다.

퍼억!

둔탁한 소리가 울렸다. 장청 전주와 장손무극이 바짝 맞붙어

서로를 견제하며 힘겨루기에 돌입했다. 장청 전주는 장손무극의 명치를 손바닥으로 짓누르고 있었고, 장손무극은 팔꿈치를 장청 전주의 목울대에 들이대고 있었다.

두 사람 다 몸을 미세하게 떨면서, 상대방의 급소를 향해 조금이라도 더 밀고 들어가고자 사력을 다하는 중이었다. 각자의 상처에서 솟구친 선혈이 상대방의 몸에까지 튀었다.

"너……, 너……."

장청 전주는 머릿속이 엉망진창이었다. 혈맥마저 실뭉치처럼 뒤엉켜 버린 듯했다. 지독하게도 엉클어지고 꼬여서, 아무리 풀어 보려 해도, 가위로 잘라 보려 해도, 잡아당겨 끊어 보려 해도, 점점 죄어들어 피를 보게 될 뿐이었다.

그런가 하면 심장은 말이 질주하듯이 격렬하게 뛰고 있었다. 이러다가 결국에는 가슴을 뚫고 나오고야 말 것 같았다.

극도의 혼란 속에서도 장청 전주는 기어코 질문을 내뱉었다.

"너……, 어떻게……."

"공력이라면 이미…… 되찾았습니다……."

장손무극도 호흡이 거칠기는 했지만, 그의 창백한 얼굴에는 여전히 엷은 미소가 어려 있었다.

"접천봉에는 처음부터…… 원해서 간 것이었습니다. 만약 그런 방식으로가 아니었다면, 과연…… 마음 놓고 저를 그곳에 올려 보내셨겠습니까?"

"태연이…… 너와 짜고……."

"맞습니다."

장손무극이 웃으며 말했다.

"스승님의…… 긴나라왕에게는…… 제가 한참 전에 미리 언질을 주었지요……."

"태연이 네 적수가…… 아니었다고……."

"한 번도…… 그랬던 적 없습니다……."

"너, 혹시 창시자님의 그것을…… 얻었……."

"장청……삼술三術……."

장청 전주가 한순간 경련했다. 도저히 납득할 수 없다는 듯 전주의 눈이 커다랗게 벌어졌다.

"실전되었건만……, 실전되었건만……."

"다들 그렇게…… 믿고 있었을 뿐이지요……."

장손무극이 조용히 말했다.

"만다라 꽃잎은…… 제 스스로 녹였습니다. 혼백이 깃든 구슬은, 가짜를 준비했지요……. 아까 스승님께 전달된 것은 야차대왕 사공기의…… 혼백입니다……. 그리고 비수 열심은, 아시다시피 대전에 두었고……."

"대단하구나……. 참으로 대단해……."

장청 전주도 제자를 보며 마주 웃는 것 같더니, 곧 입에서 피를 뿜었다.

심장이 점점 더 급하게 뛰고 있었다. 격렬하게 펄떡이는 심장 박동이 온 방을 울리는 것 같았다. 피의 흐름도 시간이 갈수록 세차졌다. 150년 전의 그 포악하고 오만했던 야차대왕의 영혼이, 누차 함정에 빠져 상처투성이가 된 장청 전주의 육신을 맹렬한 기세로 들이받고 있었다. 그를 영영 빠져나올 수 없는 지옥으로 끌고 내려가기 위함이었다.

장청 전주가 뿜어낸 피가 장손무극의 얼굴에 끼얹어졌다. 장손무극은 피하지 않았다. 사실상 피할 기력이 없기도 했다.

눈처럼 새하얀 뺨에 양귀비꽃같이 피어난 핏빛이 가슴 떨리도록 선명했다. 장청 전주는 그런 장손무극을 바라보며, 정말로 한 떨기 양귀비꽃을 보고 있는 듯한 기분에 빠졌다.

그가 줄곧 애지중지했던 문하생, 그의 자랑스러운 수제자, 환생한 창시자, 장청 신전 역사상 최고의 천재.

그는 지금껏 자신이 장손무극을 속속들이 알고 있다고 생각했다. 그러다가 이제야, 실상은 제자에 대해 너무나도 무지했음을 깨달았다.

그토록 깊은 심계라니. 그토록 오래전부터 치밀하기 그지없는 판을 짜 놓고, 그간 모두를 감쪽같이 속여 넘겼다니. 웃음밖에 나오지 않았다.

태연과 후계자 자리를 두고 경쟁해?

이제 보니 그 경쟁 구도는 승계를 미루기 위한 구실에 지나지 않았다. 어쩐지 매번 승계 이야기가 나올 때마다 태연과 마찰을 일으켜 정신을 그쪽으로 돌려놓더라니.

그간 태연과 장손무극 간의 그칠 줄 모르는 싸움에 휩쓸려 신전이 허비한 정력이 얼마던가. 다들 권력 투쟁에 바빠 오주 대륙에 신경을 못 쓰는 사이, 장손무극의 날개 아래에서는 요련이 무탈하게 성장하며 나날이 강대해지고 있었던 것이다.

그러다가 마침내 요련이 궁창에 당도하자 장손무극은 스스로 미끼가 되기를 주저하지 않았고, 목적을 위해 제 발로 사지에 걸어 들어갔다.

그 후에는 숙적의 탈을 쓴 맹우 태연의 보호를 받으면서 접천봉에 올랐다. 그곳에서 신전 창시자가 남긴 장청삼술을 얻어 자신에게 채워진 유일한 족쇄인 만다라 꽃잎을 제거했다.

그 뒤로도 치밀한 작전은 계속 이어졌다. 결국, 장손무극은 기쁨에 들뜬 스승으로 하여금 야차대왕의 혼백을 흡수하게 했고, 태연과 자신을 동시에 상대하게 만들었다.

실로 기막힌 계략이 아닌가!

그래……. 그 무서울 정도의 심계가 아니고서야 반신반인의 경지에 이른 제 스승을 무슨 수로 당해 냈겠는가?

그만큼 길게 내다보고 계략을 짜지 않았다면 무슨 수로 신전 전체를 속여 넘기고 가루라왕마저 저를 도와준 꼴로 만들 수가 있었겠는가!

만약 그 머리를 신전의 대업에 썼다면 신전은 진작에 부흥을 이루어 냈을 것이다.

그러나 무극은 오로지 계집 하나를 위해 그 모든 일을 하고, 그 많은 고초를 겪고, 그 치밀한 판을 짰다. 오로지 계집 하나를 위해서. 함께하기 위해서도 아닌, 단지 그 계집을 무사히 보내 주기 위해서!

그러니 결국은 어리석다 할 수밖에!

장청 전주는 제정신이 아닌 와중에 웃음을 흘렸다. 냉랭한 웃음이었다. 그러고는 가슴을 가득 채운 광기 어린 열기와 뼛속까지 스미는 한기 속에서, 장손무극의 명치를 짚은 손바닥에 지그시 힘을 줬다.

그 순간, 장손무극이 들고 있던 팔꿈치가 각도를 올려 그의 목울대를 쳤다.

까득!

조용한 실내에 미세하지만 소름 끼치는 소리가 울렸다.

맞붙어 힘겨루기를 벌이던 두 사람의 몸이 홀연 떨어지더니 '쿵' 하고 바닥에 쓰러졌다.

장청 전주는 바닥에 누운 채, 공중으로 날아오르는 자신을 보았다. 평소보다 훨씬 가벼운 모습의 자신이 허공에 둥둥 떠서는 바닥에 누워 있는 자신을 내려다보고, 스르르 눈을 감는 장손무극을 내려다봤다. 주위에는 오색찬란한 색채들이 넘실거리고 있었다.

이것이…… 우화등선인가?

흡족하게 웃고 난 장청 전주는 그 스쳐 가는 색채들 속에서 자신을 놓아 버렸다. 수십 년간 누구보다도 높은 자리에 있으며 적막과 집착을 떨쳐 내지 못했던 인생을 놓아 버렸다.

본 좌는…… 절대로 패배하지 않는다.

❁

"누군가 죽었군."

제비천은 뇌동과 곡일질 덕분에 포위 공격 개시에 앞서 무사히 합혼 의식을 마친 뒤였다. 그런 다음 능숙한 솜씨로 적들의 황천행을 배웅해 주던 그가 치열한 전투 한복판에서 맹부요에게 툭 던진 한마디가 바로 누가 죽었다는 것이었다.

그 소리에 흠칫 동작을 늦춘 맹부요가 얼빠진 얼굴을 하고 물었다.

"죽다니, 누가?"

지금 여기서 죽어 나가는 사람이 어디 한둘인가? 갑자기 웬 뚱딴지같은 소리?

"평범한 사람이 죽었다는 말이 아니니라."

제비천이 못마땅한 눈빛을 보냈다.

"저기 보아라!"

고개를 든 맹부요는 하늘을 느리게 가로지르는 회백색 별똥별을 발견했다.

"비범한 인물이 죽으면 별들도 반응하는 법이거든."

제비천이 웬일로 부연 설명까지 덧붙여 주는 인내심을 발휘했다.

"훗날 네가 죽거든 그때도 별 하나가 반짝반짝할 거다."

맹부요는 이미 그의 농담에 맞장구를 쳐 줄 정신이 아니었다. 멍하니 서 있느라 신전 병사 하나가 칼로 자기를 내리치려 하는 것조차 눈치채지 못했다.

제비천은 소맷자락을 휘둘러 병사를 떨구어 내고는 몹시 마뜩잖은 기색으로 맹부요를 흘겨봤다.

"뭐 하자는 게야? 어르신은 힘들게 싸우는데, 거기 서서 빈둥거리기 죄스럽지도 않나?"

맹부요는 넋이 반쯤 나간 채로 같은 생각만을 계속 곱씹고 있었다.

비범한 인물이 죽으면 별들도 반응한다, 별들이 반응한다……. 장청 신전 사람들은 지금 전부 여기 있는데……. 전주하고 무극을 제외하고는 전부. 무공으로든 신술로든 당해 낼 자가 없는 전주가 멀쩡하다가 갑자기 죽었을 리는 없고, 그럼, 그럼…….

맹부요가 돌연 내달리기 시작했다. 별안간 힘으로 인파를 밀어 버리면서, 아까 장청 전주가 사라진 쪽으로 질주해 갔다.

가루라왕이 황급히 소리쳤다.

"잡아라! 막아!"

맹부요는 무시무시한 속도로 달렸지만, 그녀가 있는 곳은 인파 한복판이었다. 팔부군이 진로를 겹겹이 가로막고 있었고, 장로들은 하나같이 만만치 않은 고수였다.

그녀는 이리저리 방향을 바꿔 가며 몇 번이나 포위망을 뚫었지만, 그때마다 얼마 못 가 다시 안쪽으로 뒷걸음질 쳐야만 했다. 그녀가 날카로운 칼날처럼 인파를 가르면, 인파는 날이 넓은 장광도가 되어 그녀를 다시 안으로 밀어 넣었다.

그렇다고 포기할 수는 없었다. 밟고, 걷어차고, 내리찍고, 빠개고, 베고, 썰고……. 핏빛이 흥건한 가운데 이성 없는 도륙이 자행됐다.

아무도 날 막지 못해! 무극! 무극!

장청 전주, 죽여 버리겠어!

꽃

아담한 원락의 내실 안, 파르스름한 연기가 바닥에 누운 두 사람 위를 빙빙 맴돌고 있었다. 두 사람의 상태는 죽은 듯이 조용하거나, 혹은 정말로 죽었거나, 양쪽 중 하나였다.

그것이 바로 태연이 신술로 인한 몽환의 경지에서 깨어나 제일 처음 본 광경이었다. 깜짝 놀라 자기도 모르게 소리를 지른 태연은 곧장 장손무극에게로 달려들어 그를 부둥켜안았다.

"사형! 사형!"

장손무극이 천천히 눈을 떴다. 핏자국과의 대비 탓에 안 그래도 창백한 얼굴이 더욱 백설처럼 희었다.

태연을 올려다보는 눈동자가 처음에는 불확실한 희망에 젖어 일렁이는 것 같더니, 이내 희미한 실망감을 드러냈다가, 금방 또 감정을 감추고서 그녀를 향해 미소를 보냈다. 그 미소 한 자락에, 태연의 눈에서 왈칵 눈물이 쏟아졌다.

"너를 너무 힘들게 했구나."

조용히 한숨을 내쉰 장손무극이 손을 뻗어 태연의 눈물을 닦아 주었다.

"그 긴 세월을……."

"아니!"

닭똥 같은 눈물을 뚝뚝 흘리며, 태연이 목메어 흐느꼈다.

"내가 좋아서 한 일이었어! 내가 좋아서…….."

장손무극의 입가에 엷은 미소가 걸렸다. 눈길을 돌려 멍하니 창밖을 바라보던 그가 무슨 생각을 했는지 한숨짓더니, 나지막한 목소리로 운을 뗐다.

"태연."

"응…….."

"이제 신력을…… 계승했으니…….."

장손무극이 눈길을 다시 옮겨 와 태연을 진지하게 응시하며, 그녀의 소맷자락을 붙들었다.

"부디……, 부디 그녀를 도와 다오…….."

태연은 눈을 감아 버렸다. 그녀의 뺨을 따라 방울져 굴러 내린 눈물이 그의 얼굴 위로 떨어졌다. 가슴 가득 쓰라린 아픔이 들어차서, 어떠한 말도 쥐어짜 낼 수가 없었다. 그녀는 한참 뒤에야 그대로 눈을 감은 채 훌쩍이면서 '응.' 하고 답했다.

품 안에서는 아무런 움직임이 없었다. 어디선가 엷은 숨결이 흘러왔다. 존재감도, 온기도, 너무나 미약하여 창가에 핀 서리꽃조차 녹이지 못할, 그런 숨결이었다.

태연이 느릿느릿 눈을 떴다. 눈물로 번진 시야에 평온히 눈을 감고 있는 장손무극이 들어왔다. 입가에는 희미한 미소가 어려 있었고, 얼굴은 투명하리만치 창백했다.

태연은 넋을 잃고 그 모습을 응시하다가, 조심스레 장손무극의 얼굴을 어루만졌다. 손가락이 그의 이목구비를 하나하나 더

들어 갔다. 조금씩, 조금씩…….

잠시 후, 고개를 든 태연이 작게 탄식했다.

"왜 이리 여위었어……."

곧이어 그녀는 잠깐 동안 창밖 풍경에 눈을 빼앗겼다. 나무 그림자가 한들거리고 꽃향기가 은은히 감도는, 익숙한 풍경. 어째서인지 그 풍경이 오늘따라 유달리 예뻐 보였다.

구하였으나 얻지 못한 것들과 잡아 두고 싶었으나 놓쳐 버린 것들이 얼마였던가. 삶이란 사계절 푸르른 저 나무들이나 영원히 시들지 않는 저 꽃들과 같을 수는 없는 것이리라.

태연은 눈길을 거두고 깨달음에서 우러나온 미소를 지었다. 그러고는 손을 장손무극의 정수리로 가져갔다.

손가락이 움직여 가는 순간, 슬프지만 결연한 웃음이 입꼬리에 번졌다. 그녀는 조금의 주저도 없이 손바닥을 장손무극의 백회혈에 올렸다. 그런 다음 눈을 감았다. 손바닥에서 은은하게 발산된 광채가 흡사 끊길 듯 말 듯 흐르는 샘물처럼, 죽음을 앞둔 육신 안으로 흘러들어 갔다.

그렇게 흘러들어 망가진 경맥을 보수하고, 울혈이 맺힌 오장육부에 온기를 불어넣고, 빠져나가던 생명을 붙잡았다. 역대 전주들로부터 전해진 대광명신술의 가느다란 흐름.

그녀는 불과 한 시진 전에 자신의 몸이 받아들였던 그 흐름을 이제 장손무극에게 전해 주고 있었다.

눈처럼 창백하던 장손무극의 얼굴이 서서히 죽음의 기운을 떨쳐 내는 게 보였다. 여전히 하얗기는 했지만, 어느덧 생기로운 광채가 되돌아온 뒤였다. 잠시간 멈췄던 맥박도 약하게나마 뛰기 시작하면서 생명의 증거로 미세한 진동을 발산했다.

무에서 유로의 전환이었다.

반대로 태연의 얼굴빛은 점점 시들어 가고 있었다. 마치 눈 속에 파묻힌 마지막 한 송이 월계화와도 같은 모습이었다. 처음에는 화사하게 빛을 발하다가, 결국은 혹독한 추위를 이기지 못하고 서서히 시들어 떨어지는 월계화.

반 시진 후, 장손무극에게서 손을 뗀 태연은 몸을 가누지 못하고 스르르 허물어졌다. 그녀는 장손무극 곁에 모로 누운 채 한참을 일어나지 못했다. 아까 의식의 교환이 일어나는 과정에서 비밀을 들키고야 말았을 때, 장청 전주는 즉각 그녀를 죽이려고 했다. 그녀의 만다라 꽃잎을 뽑은 것이다.

그래도 장손무극의 개입으로 신술은 무사히 넘겨받았으니, 그걸 잘 활용만 한다면 진력은 없어도 신술을 가진 전주로 살 수도 있었다. 장청 신전 전주들은 신술만으로도 천하를 발아래 두고도 남았기에, 원래 무공을 쓰는 일이 거의 없었으니까. 단, 신술마저 잃으면 더는 목숨을 부지할 방도가 없었다.

산다는 건 참 좋은 일이고, 그녀는 살고 싶었다. 하지만 생에 대한 미련보다는 그의 죽음을, 그가 자기 눈앞에서 죽어 가는 모습을 보고 싶지 않은 마음이 더 간절했다.

이대로 그를 떠나보낸다면 이 길고 적적한 인생의 나머지 시간들을 홀로 어찌 견딘단 말인가?

장청 신전 전주라는 드높은 위치, 인생의 정점, 권력욕의 최고봉……. 그건 그녀가 원하던 게 아니었다. 그런 것 따위는 어떻게 되든 상관없었다.

그녀는 오로지, 자신의 강대하고 전능한 사형이 앞으로도 쭉 그러할 수 있기를, 그것 하나만을 바랐다.

"그 여자는…… 직접 가서 도와주도록 해……."

몸을 뒤척여 장손무극 위에 엎드린 태연이 그의 가슴을 베고 희미하게 웃었다.

"아무래도 나는, 못 할 것 같네……."

태연은 그대로 그의 가슴에 엎드려 점차 안정되어 가는 심장 박동에 귀를 기울였다. 입가에 아련한 미소를 머금은 그녀는 황홀한 현악 연주를 감상하는 듯한 모습이었다.

그랬다. 그를 잃을 뻔한 위기를 아슬아슬하게 넘기고서 듣는 심장 박동 소리는 세상에서 가장 아름다운 음악 그 자체였다. 태연은 그가 연주를 계속해 주기를 소망했다. 아주아주 오래도록.

그녀는 평생 그를 위해 가면을 쓰고 두 얼굴로 살았다. 역할극 도중에 진짜 자신을 잃어버리는 순간도 왕왕 있었고, 그의 적을 연기하느라 가슴이 갈기갈기 찢길 때도 많았다.

밖으로 튀어나오려는 진심 탓에 실수할 뻔한 적도 한두 번이 아니었지만, 그때마다 그녀는 빠르게 자신을 다잡았다. 이건 우리 둘만의 비밀이라고, 그러니까 고되다고 생각해서는 안 된다고, 이게 아니면 평생 그와 비밀을 공유해 볼 기회는 다시 오지 않을 거라고 되뇌면서.

이제 그 사명을 완수했기에 하늘이 그녀를 떠나보내려는 모양이었다. 이로써 그는 그의 세계에서 행복을 찾아갈 테고, 그녀는 그녀의 피안에서 황량한 세월을 지킬 것이다.

"그런데, 나중에는 후회했어……."

태연이 가만히 장손무극의 얼굴에 뺨을 갖다 댔다. 뜨거운 눈물이 그의 서늘한 피부에 열기를 전달했다.

그에게는 일생 온기를 나눌 이가 따로 있었고, 하여 그녀의 온기는 필요로 하지 않았다. 아마 지금이 이번 생에 그와 가장 가까이 있는 순간일 것이다. 그리고 지금이 지나면 영영 이별이리라.

"첩자 노릇이라는 거, 너무너무 힘들더라……. 접천봉에 묶여 있는 동안은 하루하루가 악몽이었어. 낮에는 사형을 능욕하고, 괴롭히고, 밤이면 사형 상처를 앞에 두고서 울고. 처소에 돌아가서는 소리 안 내려고 이불을 물고서 침상 위를 얼마나 굴렀는지 몰라. 아홉 달……. 그 아홉 달 사이에 내 처소의 이불은 하나도 남김없이 넝마가 됐어. 무극, 무극……. 그때 처음으로 절감했어. 아, 인생의 진짜 잔인함이란 바로 이런 거구나……."

사랑함에도 상대가 내 것이 될 수 없다는 사실은 그리 대단한 상처도 아니었다. 심장이 미어지던 낮과 밤들, 가슴을 불로 지지는 것 같던 애태움, 사람들 앞에서는 의기양양하게 웃고 뒤에서는 한없이 괴로워하던 나날들, 온몸이 찢기는 것 같던 그 모든 순간들……. 거기서 벗어날 날이 마침내 왔건만, 숙명은 이미 막바지에 이르러 있었다.

적막한 산중에 보아 줄 이 없이 피었던 꽃 이제 떨어지누나. 그윽한 향기마저 다하였으니 그저 한숨짓노라.

뜨거운 눈물로 얼룩진 태연의 뺨이 장손무극의 뺨을 따라 살짝 미끄러져 내려갔다. 조심스레 아래로 옮겨 간 입술이 그의 입술을 덮었다.

잇새에서 무언가가 움직이나 싶더니, 한순간 환한 광채가 새어 나오다가 금방 자취를 감췄다. 꽃잎 열여덟 장을 가진 순백의 만다라화가 장손무극의 입 속으로 옮겨진 뒤였다.

나의 사형……. 나의 사랑.

앞으로 세상 가장 높은 산봉우리에 서서 속세의 풍파와 변천을 굽어보는 일은 사형의 몫이 되겠지.

부디, 까마득하게 높은 이곳이 너무 쓸쓸하지는 않기를. 영원토록 가시지 않을 장청 신산의 음습한 추위가 사형의 옷자락을 차게 식히지는 않기를.

나는 이제 홀로, 영영 돌아올 수 없는 길을 가려 해.

이번 생 내내 다른 사람을 사랑하는 사형을 사랑했고, 사형을 위해 거짓된 연극을 하면서 내 본심과는 완전히 어긋난 모습으로 살았어. 다음 생에는 이런 고통은 당하지 않을래.

뭇 산에 에워싸인 장청 신전은 사시사철 봄이었지만, 산 너머 궁창의 대지는 끝이 보이지 않는 눈보라에 뒤덮여 있었다. 아득히 먼 산맥으로부터 온 눈송이가 색색의 꽃잎과 함께 바람에 실려 격자창 안으로 날아들었다. 너무나 가볍고 서늘한 감촉이, 유리처럼 깨지기 쉬운 생명을 닮아 있었다.

누군가 망망대해에서 비파를 타고 있는 듯했다. 어렴풋이 들려오는 그 곡조는, 관산 넘어 떠나가는 이를 위한 스산한 노래였다.

태연은 천천히 눈을 감았다. 서서히 의식이 구름이 되어 적막한 10만 장 인간 세상과 꽃잎 흩날리는 3천 리 장청 신산을 떠돌았다.

어슴푸레하게, 지난날의 그 장면이 보이는 것 같았다. 오동꽃 활짝 피고 보랏빛 구름 하늘거리는 가운데, 소년이 눈앞에 등장하던 모습 또한 그 엷은 보랏빛 구름을 닮아 있었다. 소년이 미풍 속에서 살짝 허리를 굽히자 옷자락이 꿈결처럼 펼쳐졌고, 짙은 아수라 연꽃 향기가 소녀의 어여쁜 시절에 흠뻑 스며들었다.

태연은 보았다. 봄기운이 한창인 중운전에서 자신의 손을 잡는 그를. 자신을 내려다보는 그의 그림 같은 이목구비를.

그의 조용한 목소리가 들렸다.

'태연, 도와줘서 고맙다!'

목소리가 이어졌다.

'전주 자리는 반드시 네 것이 될 터이니 안심해라.'

무극, 무극! 내가 원했던 건 처음부터 전주 자리가 아니었어.

그저 스치는 빛 같기도 하고 또는 환상 같기도 한 옛일들이 강물처럼 덧없이 흘러갔다. 기억에 각인된, 오래되었으나 항상 새롭던 장면들이 차츰차츰 색채를 잃어 갔다.

그러다가 마지막에는 누렇게 색이 바랜 한 장면만이 남더니,

아마도 당시 오주대륙에서 가장 담담했을, 그러나 실상은 그녀의 가슴을 뒤흔든 대화가 간명한 필치로 덧그려졌다.

'삼십삼 천궁 중 가장 높기로는 이별하는 이한천이요, 사백사십 가지 병 중 가장 고되기로는 상사병이라.'

'상사병이라니 당치 않다.'

'음? 하면, 그 표식은 누구를 위해서?'

'생에서 결코 놓쳐서는 안 될 사람.'

'그러고도 상사병이 아니다?'

'틀렸다. 그리움은 길지만 인생은 짧고, 홍진세계는 끝이 없으나 삶과 죽음은 찰나에 불과하지. 나를 기다리는 것이 만남일지 엇갈림일지 알지 못할진대 그저 그리워만 하며 세월을 보낼 수야 없다.'

'어쩔 작정이지?'

'그녀가 속세에 있다면 속세로 갈 것이다.'

'그곳은 곧 혼란에 빠질 터인데.'

'세상에 혼란이 닥치면 막아 내고 지옥이 열리면 걸어 들어갈 것이요, 사해가 노하여도 헤쳐 나갈 것이며 창생이 가로막으면 내 뒤엎을 것이다.'

'왜 그렇게까지?'

'그녀를 위해서라면 번잡한 세상 풍파, 그 어떠한 고난도 두렵지 않기에.'

사형.

아마 영원히 모르겠지만, 나도 사형을 위해서라면 번잡한 세상 풍파 모든 고난이 두렵지 않았어.

✿

맹부요는 내내 악전고투 중이었다. 선혈과 비명으로 뒤범벅된 구의 대전에서, 그녀는 피와 뼈를 밟으며 앞으로 나아갔다. 앞을 가로막는 자는 누구든 그 순간부로 불구대천의 원수였다.

맹부요 일행은 수적으로 열세였으나, 대신 한 명 한 명이 모두 정상급 고수였다. 특히 제비천은 혼자 장로 전원을 상대하며, 꼬리에 꼬리를 무는 괴이한 술법으로 장로들을 궁지에 몰아넣고 있었다.

거기다가 한술 더 떠서, 제비천은 음률을 다루는 것이 주특기인 건달바부의 음악진을 자기 입맛대로 주물러 놓기까지 했다. 듣는 이의 정신을 홀딱 빼 놓던 황홀한 악곡이 그의 딱딱대는 죽방울 소리에 휘말려 엉망진창으로 꼬이다가 종국에는 귀곡성으로 전락했다. 그 와중에 금강이 목청을 돋우어 '세상에서 제일로 센 어르신' 운운하는 노래까지 불러 젖히는 통에 대전은 말 그대로 혼돈의 도가니였다.

"용부, 진법을!"

줄곧 인상을 구기고 있던 가루라왕이 마침내 얼음장 같은 목소리로 지시했다.

용부의 진법은 신전 팔부 중에서 최고일 뿐 아니라, 천하를 통틀어서도 최고였다. 게다가 장청 신전에 대대로 전해 내려오는 각종 진법은 장손무극의 손을 거쳐 한층 더 발전을 이루었다. 장손무극 휘하의 용부가 펼치는 진법은 신술을 계승한 전주만 아니라면 세상 누구든지 꼼짝 못 하게 가둬 둘 수 있었다.

그러나 용부군은 움직이지 않았다. 전투가 시작되고부터 쭉, 용부는 가만히 서서 한자리만을 지키고 있었다.

가루라왕의 지시를 받은 용부 사자가 남의 집 불구경하는 투로 말했다.

"저희 용부는 지은 죄가 있어 처분을 기다리는 중인지라, 전투에 참가할 자격을 박탈당한 상태입니다. 전주께서 금령을 풀어 주시기 전에는 그 어떠한 싸움에도 끼어들 수 없습니다."

"뻔뻔한 놈 같으니!"

가루라왕이 발끈했다.

"나는 신임 전주의 아비로서 너희를 부릴 권한이 있느니라!"

그를 쳐다보던 용부 사자가 허리를 꾸벅 숙이며 말했다.

"전주님의 영패를 보여 주십시오. 그리고 명령은 신임 전주께서 구두로 직접 내려 주셔야겠습니다."

"네놈이!"

화가 나서 얼굴이 새파래진 가루라왕이 마호라가부 병사들 쪽으로 고개를 돌렸다. 신전에 모셔 둔 채 한 번도 사용한 적이 없는 고성능 대형 쇠뇌를 내와서 저 빌어먹을 것들을 다 쏴 죽이라고 할 생각이었다.

그런데 이때, 등 뒤에서 누군가의 담담한 음성이 들려왔다.

"전주가 친히 명하니, 모두 물러서거라!"

화들짝 뒤로 돌아선 가루라왕은 전주의 신분을 상징하는 금포를 걸치고 황금 가면을 쓴 남자가 유유히 걸어오는 모습을 발견했다.

남자는 물 흐르는 듯한 걸음걸이로 까마득하게 이어진 계단을 표표히 올라왔다. 마치 순금에서 뿜어져 나오는 것 같은 광채가 피로 물든 지면의 눈가루를 만나 반짝반짝 부서졌다. 그 찬란한 광휘 속에서, 남자는 어딘지 모르게 생경한 냉담함을 풍기고 있었다.

"전주님, 어찌……."

아연실색한 얼굴로 전주를 맞이한 가루라왕이 이내 전주의 어깨 너머를 기웃거리며 말했다.

"부상은 괜찮으신 것입니까? 저, 그런데, 긴나라왕은……."

남자의 눈동자가 미세하게 흔들렸다. 고개 숙여 가루라왕을 내려다보고 있던 그가 가루라왕을 붙들려는 것처럼 손을 뻗었다. 가루라왕은 어리둥절한 채로도 일단 손을 마주 내밀었다.

다음 순간, 가루라왕의 면전까지 뻗어 온 남자의 손끝에서 금빛이 반짝했다. 원래는 그를 붙잡으려는 것 같던 손이 갑자기 모양을 바꾸더니, 마치 봄날의 미풍처럼, 혹은 단비처럼, 그의 혈도 전체를 가볍게 스치고 갔다.

가루라왕은 그 즉시 뻣뻣하게 굳어 버리고 말았다. 온몸의 혈도가 전부 막혀서 혈행까지 멈춘 것 같았다. 심지어는 눈조차 깜빡일 수 없었다. 가루라왕이 할 수 있는 일이라고는 대전을 등진 채로 그 자리에 굳어 서서 눈앞의 남자를 멍하니 쳐다보는 것뿐이었다.

천하를 주름잡는 십대 강자 서열 1위, 가루라왕 천기가 단한 수에 제압당한 것이다.

무방비한 부분이 없었다고는 못 하겠지만, 그래도 가루라왕이 상대가 전주 여옹이 아님을 눈치챈 시점은 꽤 빨랐다.

그런데 이상했다. 상대가 사용한 힘은 분명 장청 전주의 신술이었다.

전주는? 태연은? 대체 무슨 일이 벌어진…….

"죽여 버리겠어!"

돌연 대전 안에서 매서운 외침이 터져 나오더니, 순백의 바탕에 붉은 기운이 도는 광채와 함께 가냘픈 그림자 하나가 폭발하듯 등장했다. 찬란한 빛을 뿌리며 날렵하게 공중을 가로질러 오는 그림자의 모습은 흡사 한 줄기 번개를 보는 듯했다. 무한한 살기와 원한을 품은 번개가 마치 하늘도 두 쪽 내 버릴 수 있는 칼날처럼, 남자를 향해 결연하고도 거침없이 달려들었다.

저자를 처단하지 못할 거라면 이 한 몸 차라리 부서져 버리는 게 나아!

그녀의 몸 앞쪽에서 피어난 진홍빛 검광이 적의 가슴을 노리고 쇄도했다. 무슨 일이 있어도 장청 전주의 몸뚱이를 한 번은 꿰뚫으리라 다짐하며, 실패하면 죽는다는 생각으로, 전력을 쏟아부은 일격이었다.

그녀는 맹렬히 하강하는 한 마리 새처럼 3천 칸 옥돌 계단을 거침없이 미끄러져 내려갔다. 주변에서 나풀거리던 오동꽃들이 강렬한 살기와 거센 돌풍에 놀라 일제히 움직임을 멈추었다가, 다음 순간 폭발적으로 휘날렸다. 그것은 마치, 천지간에 보랏빛 비단 폭이 드넓게 펼쳐지는 듯한 광경이었다.

보랏빛 비단으로 몸을 휘감고 날아내리는 여인의 머리카락은 먹물처럼 검었고, 눈은 붉었으며, 뺨은 백옥처럼 희었다. 그 눈빛과 얼굴빛의 대비는 흡사 백옥 술잔에 망설임 없이 쏟아부은 연지가 술잔 안에서 촤라락 퍼지는 모습처럼 강렬한 아름다움을 자아냈다.

계단 아래쪽 남자의 황금빛 옷자락이 바람을 타고 나부꼈다. 그는 조용히 고개를 들고서, 구름 위에서부터 휘몰아쳐 오는 그녀를, 길고도 험난했던 여정을 휩쓸고 이제 불꽃 같은 열기와 피나는 쓰라림을 품고 자신을 향해 휘몰아쳐 오는 그녀를 올려다봤다.

짧은 순간 동안 수많은 감정이 남자의 눈동자를 스쳐 갔다. 대견함, 아픔, 기쁨, 감격, 다행스러움, 애달픔……, 그리고 마침내 일단락되었다는 감회. 스러지지 않을 감정들이 하늘까지 이어진 옥돌 계단 위를 오르내렸다.

홀연 남자가 검을 비껴들고 돌진해 오는 맹부요를 향해 두 팔을 벌렸다. 완전히 무방비하게, 자신의 품을 열어 보였다. 그러고는 나직이 그녀의 이름을 불렀다.

"부요."

착.

통제 불가능한 관성에 떠밀려 검광이 남자에게 닿기 직전,

맹부요는 공중에서 얼어붙고 말았다.

그녀는 믿을 수 없다는 듯 남자를 노려봤다. 이제야 비로소 그의 복잡한 눈빛이 제대로 눈에 들어왔다. 그의 눈매에 서린 고아함과 빛나는 기품, 오로지 자신에게서 떨어질 줄을 모르는 그 눈길이 보였다. 희미한 아수라 연꽃 향기가 남자의 주위를 구름처럼 떠돌고 있었다.

태양이 떠올라 설산 꼭대기 장청 신전을 비추자 외딴 성의 옥계단이 햇살을 받아 찬란하게 반짝였다. 그 계단 위에서 겹겹 장애물과 수없이 많은 죽음의 위기를 넘어 마침내 다시 만난 한 쌍의 연인이 서로를 바라보고 있었다. 바람이 잦아들고, 꽃잎이 유유히 날아내렸다.

맹부요는 손에서 힘이 풀리고 몸이 축 늘어지는 걸 느꼈다. 온몸의 기운이 한꺼번에 다 빠져나가는 기분이었다.

공중에서 허물어져 내린 그녀는 두 팔 벌려 기다리는 그의 품에 안겼다. 높이 날던 새가 피 묻은 몸으로 광활한 하늘을 가로질러 운명으로 정해진 보금자리로 돌아가듯이.

그녀는 가장 아프고도 경이롭도록 아름다운 순간에 자신을 아주 오래 기다려 준 품에 내려앉았다.

이로써 모든 것이 정리되었다.

대대로 장청 신전에서 전주의 정통성을 판단하는 조건은 신술을 계승했느냐는 것뿐이었다. 어떤 방법으로 전주 자리를 얻었든 신술을 가졌다면 그가 곧 궁창의 주인이었고, 궁창 만백성은 오직 전주 한 사람에게만 충성을 바쳤다. 신술의 광휘와 만다라 꽃잎의 위엄을 거역할 자는 없었다.

치열하던 싸움은 전주의 괴이한 세대교체로 인해 한순간에 끝이 났다. 팔부는 전투에서 손을 뗐고, 장로들도 싸움을 멈추었으며, 가루라왕은 당분간 연금이 결정됐다. 태연 때문에라도 장손무극이 가루라왕에게 그 이상 손을 댈 일은 없었다. 일단은 가둬 두었다가 구체적인 거취 문제는 이후에 다시 결정할 예정이었다.

제비천은 상당한 불만을 표출했다. 싸울 상대가 없어졌기 때문이었다.

제비천이 자기와 결판을 내게 가루라왕을 풀어 달라고 하자, 장손무극이 무심히 대꾸했다.

"가루라왕은 아끼던 여식을 잃고 불안정한 상태입니다. 기어이 그 틈을 노리셔야겠습니까?"

자존심 때문에 더는 못 조르게 된 제비천이 장손무극을 한참 노려보다가 말했다.

"1년을 내리 싸웠더니 힘들기는 하군. 지금은 가지만 다음번에 와서는 꼭 네 녀석 버릇을 고쳐 놓을 것이니라!"

장손무극이 미소 지었다.

"언제든 환영입니다."

무신 대인의 눈길이 한순간 맹부요에게로 향했다. 대전에 나타난 맹부요를 봤을 때부터 제비천은 이미 그녀를 자빠뜨릴 의욕을 잃은 뒤였다. 임자가 따로 있음이 확실해졌기 때문이었다. 남의 손을 탄 물건은 사절이었다.

장손무극은 제비천 대인의 드높은 긍지에 대단히 흡족해하면서, 친히 그를 바깥까지 배웅했다. 이러니저러니 해도 제비천이 이번 일에 많은 기여를 한 것은 사실이었다.

제비천이 산 밑에서부터 쭉 밀고 올라오면서 장청 전주와 가루라왕 등의 힘을 분산시켜 주지 않았다면 장손무극 자신의 계획도 그렇고 부요의 진법 탈출도 그렇고, 양쪽 모두 난이도가 훨씬 더 높았을 가능성이 컸다.

고수들이 운집한 대전에서의 싸움 중에도 그랬다. 그가 장청 전주를 상대하는 데 온 힘을 쏟고 있을 때 만약 제비천이 합혼 의식을 마치고 가세하지 않았더라면, 설령 용부군이 막판에 그의 지시대로 신전을 등지고 부요를 구하러 나섰다 해도 그녀의 안전을 완벽히 보장하기는 어려웠을 것이다.

장청 전주는 지나치게 강대했다. 그는 어느 누구도 흔들지 못할 존재였다. 전주의 의식이 장청 신전 전체를 뒤덮고 있었기에, 장손무극은 그 어떤 도움도 받지 못하고 홀로 분투할 수밖에 없었다.

아주 오래전부터 부요를 위해 준비를 시작하기는 했지만, 모든 것이 순조로우리라 낙관하기는 어려웠다. 그의 앞에는 너무 많은 변수가 가로놓여 있었고, 많은 부분을 운에 기대야만 했다. 그 과정에서 한 번이라도 삐끗한다면 그걸로 전부 끝장이었다.

그렇다고 지레 겁먹고 한번 부딪쳐 보지도 못한다면 이번 생은 그야말로 헛산 셈이었다. 그는 일찍이, 해 보고 실패하는 편이 억울하지 않겠다는 생각을 했다.

다행히 그가 무려 10여 년이라는 세월을 들여 가짜 적을 만들어 냈으리라고는 그 누구도 상상하지 못했다. 아무도 몰랐겠지만, 그는 부요와의 첫 만남에서 그녀가 바로 신전에서 말하는 요녀가 아닐까 하는 의심에 휩싸였고, 그때 곧장 태연에게 자신의 적이 되어 달라고 부탁했다. 그것이 그가 마지막까지 아껴 둔 역전의 비밀 무기였다.

언젠가 부요가 신전에 맞서는 날, 그녀에게 작은 살길이라도 열어 주기 위해 그는 10년을 하루같이 고심을 거듭하며 작전을 짰다. 그 결과, 어쨌든…… 모든 위기를 극복해 냈다. 태연은 안타깝게 되었지만.

태연의 마음은 물론 그도 알고 있었다. 그가 보상으로 해 줄 수 있는 것은 전주 자리를 주는 것뿐이었다. 그러나 마지막 순간 태연의 선택으로 인해 그는 영영 갚을 수 없는 빚을 지게 되었다.

장손무극은 전주의 신분을 상징하는 옥패를 매만지면서, 구름 너머 먼 하늘을 올려다봤다. 어렴풋이 태연의 목소리가 들려오는 것 같았다.

"사형을 만날 수 있었던 건 행운이었지만, 난 타고난 복이 없었나 봐."

태연, 다음 생에는 나와 마주치지 말아라. 그때는 너 자신으로 살도록 해.

가슴 안으로 바람이 불어 들었다. 그의 몸속에서는 태연의 만다라 꽃잎이 빙글빙글 돌고 있었다. 그것은 소녀가 떠나면서 그에게 남긴 영원불변의 흔적이었고, 그는 일생 그 흔적을 지울 수 없을 것이었다.

인연이 쌓이면 세계가 생겨나고, 세계가 생겨나면 거기서 또 새로운 인연이 쌓일지니. 모든 인연이 다하면 세계도 소멸하지만, 세계를 떠나는 것 또한 인연의 일부이리라.

그가 긴 한숨을 내쉬었을 때였다. 문득, 등에 온기가 닿았다. 누군가 뒤에서 그를 살며시 끌어안은 것이었다. 따스하고 보드라운 손이 앞으로 다가와 그의 손안으로 미끄러져 들어왔다.

그는 뒤돌아보는 대신 그저 미소 지으며 그 손을 감아쥐고 가만가만 어루만졌다. 등 뒤의 여인이 가늘게 떨고 있는 게 느껴졌다. 중간에 의복이 있음에도 등에 기대 있는 얼굴에서 냉기가 전해졌다.

"다들…… 돌아갔소?"

형식은 물음이었지만 사실은 답을 알면서 물은 것이었다.

맹부요가 고개를 끄덕이더니 얼굴을 그의 등에 바짝 붙였다. 조금의 온기라도 더 얻고 싶은 듯이. 그래서 그 온기로 가슴 깊은 곳의 미안함과 서글픔을 달래고 싶은 듯이.

그녀는 전북야 일행을 막 배웅하고 온 참이었다. 대한 황제는 장손무극이 나타난 이후로 줄곧 입을 꾹 닫고 있었다. 강렬하게 빛나던 눈빛이 약간 그늘진 것도 같았으나, 표정만은 담담했다.

앞서 옥돌 계단을 날아 내려가 장청 전주를 찌르려고 했을 때, 그녀가 들고 있던 것은 전북야의 검이었다. 그녀는 전북야를 배웅하면서 검을 돌려주려 했으나, 그는 검을 한참이나 뚫어져라 쳐다보기만 했을 뿐 받으려 들지 않았다.

대한 황족의 검은 본디 남의 손에 넘겨줄 수 없는 물건이었다. 검을 넘겨주게 되면 그것은 곧 일생의 존엄과 영예, 지위를 송두리째 바침을 뜻하므로.

그러나 전북야는 그녀에게 세 번 검을 넘겼고, 세 번 모두 어쩔 수 없이 돌려받았다. 그녀는 그에게 있어 일생 단 하나뿐인 예외이자 죽을 때까지 닿을 수 없을 아득한 하늘가였다.

온 마음을 바쳐, 그 머나먼 길을 줄곧 쫓아오면서 그녀를 자신의 것이라고 주장했지만, 정작 그가 여정을 걷는 내내 본 것은 점점 멀어져 가는 그녀의 모습이었다.

대한 황제는 고개를 들어 투명하게 반짝이는 설산 앞에 서 있는 맹부요를 올려다봤다. 그의 눈에는 설산보다 그녀가 더 반짝였다.

그녀는 본디 설산의 흙에서 태어난 특별한 연꽃이었고, 여기까지 그 길고 긴 길을 피를 밟으며 걸어온 것은 오로지 제자리를 찾기 위해서였다.

하늘이 적어 내려간 그녀의 일생 중에서 그가 맡은 것은, 비록 내용은 강렬할지 몰라도 결국 끝을 맺지 못하고 중간에 끊기는 어느 한 대목에 지나지 않았다.

그는 한참이나 그녀를 바라보다가, 웃어 버렸다. 검은색과 붉은색이 섞인 옷의 남자가 바람 속에서 '펄럭' 소리가 나게 소맷자락을 떨쳐 그간의 여정이 남긴 피와 불티, 먼지를 털어 내고 큰 소리로 웃어 젖혔다. 우렁찬 웃음소리가 신전 가장 높은 곳에서부터 시작해 끝없이 이어진 설산 저 멀리까지 퍼져 나가자, 뭇 산들이 일제히 공명하면서 산맥 전체에 한바탕 가루눈이 흩뿌려졌다.

"이번 생은 이것으로 족하다!"

웃으면서 말한 그는 검을 건네받아 '철컹' 하고 칼집에 집어넣은 후, 더는 뒤를 돌아보지 않고 후련하게 자리를 떴다.

반짝이는 붉은빛 문양으로 장식된 칠흑의 장포가 눈밭을 배경으로 선명하게 빛났다. 새하얀 대지에 찍힌 먹물 자국과도 같은 그의 모습은 수십 리를 멀어진 뒤에도 여전히 또렷하기만 했다. 광활한 대지 위에 그려진 저 호쾌한 사내의 먹물 같은, 혹은 선혈 같은 인생은 앞으로 언제까지고 닳아 지워지지 않을 것이었다.

이번 생에 우리가 만날 수 있었던 것만으로도 족하다!

맹부요는 멀어져 가는 그를 울적하게 바라보다가, 곧 막연한 불안감을 안고 뇌동과 곡일질에게로 향했다. 뇌동은 별다른 말 없이 쓰게 웃으며 고개만 가로저었다. 그렇게 새빨간 머리통을 장난감 북처럼 절레절레 흔들다가, 맹부요가 고맙다는 말을 전하자 솥뚜껑 같은 손을 내둘렀다.

"되었다! 고마우면 뭐 어쩌게? 감사의 표시로 야아[1]하고 혼인이라도 하겠다면야 그 고마움 내 흔쾌히 받아 주고!"

마찬가지로 쓴웃음만 짓고 있던 맹부요가 이내 무언가를 떠올리고는 뇌동에게 물었다.

"어르신, 뇌동결이라는 무공이 있다고 들었는데 혹시 어르신이 만드셨어요?"

"엉?"

뇌동이 반지르르한 머리를 긁적이다가 눈을 커다랗게 떴다.

"뇌동결이라고?"

그러더니 잠깐 생각 끝에 곧 입을 열었다.

"옛날에 하도 할 일이 없어서 만들었던 내공 공법 말인가? 에이, 그건 쓸 만한 게 못 돼! 겉보기만 그럴듯하지, 우리 문파 무공의 정수는 절반도 채 안 담겼거든. 그거 내다 버린 지가 언제인데!"

맹부요는 잠자코 그 이야기를 들으면서, 뇌동결을 위해 그녀를 버리고 심지어 마지막에는 자기 목숨마저 잃은 연경진을 떠올렸다.

연경진이 그렇게나 갖지 못해 안달을 내던, 평생의 행복을 대가로 바쳐서라도 얻고자 했던 무공이, 알고 보니 남이 헌신짝처럼 버린 것이었다니.

인생이란 이토록 얄궂은 것이던가.

---

1 전복야를 친근하게 부르는 것.

한숨을 폭 내쉰 그녀는 이어서 곡일질 쪽으로 고개를 돌렸다. 사실 그녀는 한참 전부터 곡일질에게 종월의 행방을 물어보고 싶었으나, 싸움판이 벌어지는 통에 기회를 잡지 못했었다. 그러다가 마침내 기회가 왔건만, 중년 여인의 차갑고도 아름다운 눈동자 앞에 선 맹부요는 배짱이라면 자신 있는 그녀답지 않게 어쩐지 입이 떨어지질 않았다.

"물을 엄두가 안 나는 것이냐, 아니면 물을 마음이 없는 것이냐?"

결국은 곡일질이 먼저 입을 열었다. 맹부요가 입술을 달싹이는 찰나였다.

"정말 내키지 않았는데."

곡일질이 싸늘하게 말했다.

"월아의 얼굴을 봐서 도와준 것이다."

순간 맹부요의 얼굴이 환해졌다.

종월이 무사해!

"미련한 녀석……."

곡일질이 조용히 한숨을 내쉬었다.

"안 그래도 살날이 얼마 남지 않았는데 그 와중에……. 어쩔 수 없지, 최선을 다해 보는 수밖에."

웃던 얼굴 그대로 굳어 버린 맹부요가 멍하니 곡일질을 쳐다봤다.

지금…… 무슨 말을 하는 거지?

"월아의 몸이 성치 못한 것을 몰랐더냐?"

곡일질이 냉랭하게 말했다.

"월아는 복수를 위해 부풍의 무녀와 거래를 했다. 무녀의 힘으로 헌원국 고대 술법을 시전해서 얼굴을 바꿀 수 있게 되었지. 환안대법換顏大法은 본디 수명을 깎아 먹는 술법이다. 거기다가 몹쓸 심보를 품은 무녀가 술법을 시전하는 도중에 손을 써서…… 월아는 그 때문에 원래도 마흔을 넘기지 못할 몸이었다."

한 발자국 뒤로 물러선 맹부요가 뒤에 있는 난간을 붙들었다. 한백옥 난간은 얼음장처럼 차가웠다. 하지만 그보다 차게 얼어붙은 것은 그녀의 마음이었다.

"나와 그 아이가 가진 의술로 몸을 잘 보살피기만 했어도 몇 해는 더 살 수 있었지. 그런데 안타깝게……."

곡일질은 더 이상 맹부요에게 눈길을 주지 않고 뒤돌아섰다.

"원기가 너무 상했어."

대쪽같이 꼿꼿하고 싸늘한 여인은 한 번도 뒤를 돌아보지 않고서, 전각들 사이에 난 길을 따라 버들잎처럼 훌쩍 아래로 날아 내려갔다.

맹부요는 손을 뻗었지만, 정작 붙잡자니 그럴 면목이 없었다. 자기가 붙잡는다고 과연 무엇을 붙잡을 수나 있을지, 그것조차 혼란스러웠다.

운명은 도도하게 흐르는 강물과 같아 한번 지나가고 나면 다시는 돌이킬 수 없건만. 설사 지난날로 다시 돌아간다 해도 지금과 똑같이 서글픈 결말을 맞게 될지 모르건만.

맹부요는 오래도록 손을 내민 채로 있었지만, 그 손에 잡힌 것은 신전 꼭대기의 뼛속까지 스미는 찬 바람뿐이었다. 그렇게 한참이 지나, 그녀의 손끝으로 무거운 눈물 한 방울이 떨어져 내렸다.

그녀는 알지 못했으나, 산기슭에 당도한 곡일질은 사람들 눈에 띄지 않을 골짜기 안 귀틀집에서 눈처럼 하얀 옷을 입은 남자를 안고 나왔다. 곡일질은 남자의 초췌한 얼굴에서 한동안 눈을 떼지 못했다. 유리처럼 연약한 그의 생명이 조금씩, 조금씩, 시간의 헤픈 흐름에 따라 꺾여 가는 소리가 들리는 듯했다.

정작 남자는 장청 신전 쪽만을 바라보고 있었다. 그의 눈길은 마치 연과 같아서, 아무리 멀리 떨어져 있어도 결국은 한쪽 끝이 그녀의 손에 묶인 채였다.

"그렇게나 미련이 많으면서, 왜 보러 가지 않았느냐?"

종월은 웃음으로 대답을 대신했다.

이런 꼴은 보여서 무엇 할까. 가슴은 아프게 해서 무엇 할까.

종월은 그녀의 마음에 영원히 간직될 모습이 사대 신역에서의 건재하던 자신이길 바랐다. 자신에 대한 그녀의 기억이 암경에서 마지막으로 입을 맞추던 그 순간에 영원히 머무르길 바랐다.

이기적이게도, 그는 냉정한 독설가 종월을 가장 따스하고 부드러운 모습으로 그녀의 인생에 영원토록 남겨 두고 싶었다.

"너 때문에 울더구나."

그 말을 듣고도 묵묵히 있던 종월이 한참 뒤에야 입을 열었다.

"그 여인의 눈물이 돈이 되는 것도 아닐 텐데요."

피식 웃는가 싶던 곡일질의 눈에 눈물이 차올랐다. 잠시 후, 그녀가 다시 말했다.

"그 눈물이 아니었다면 뺨을 한 대 쳤을 게야."

"아직 늦지 않았으니 돌아가서 치고 오셔도 됩니다."

고개를 돌려 종월을 쳐다본 곡일질이 이내 얼굴에서 웃음기를 지우고 한숨을 내쉬었다.

"미련한 것. 나처럼 입만 까칠하지, 속은 물러 터져서는. 우리는 둘 다…… 참으로 바보 같구나……."

"아니요."

백의의 남자가 아까와 같은 방향에 미련 많은 눈길을 던졌다. 이번 생에는 아마 지금이 마지막이리라…….

"그저 운명일 뿐입니다."

❀

"우리 군은 되돌아갔나 모르겠어요. 전북야 쪽 병력도 조만간 철수할 거라고 믿어요."

장손무극의 등에 살며시 기대어, 맹부요가 나지막이 말했다.

"기우가 궁창에 너무 큰 상처를 입히지는 않았길 바라고요."

"제왕의 분노는 피를 부르기 마련이지."

장손무극이 그녀의 손을 힘줘 감아쥐었다.

"그러니 우리는 이제부터 정신 수양에 힘써야 하오. 특히 그대는 더욱더."

얼굴빛이 급격히 어두워진 맹부요가 이내 웃음을 터뜨렸다.

"나한테 스승님이 신전에 계신다더니, 못 찾겠던데요."

"성령 대인이라면 이미 떠나셨소."

장손무극이 말했다.

"그대를 보면 기분이 몹시 나쁠 것 같다더군. 그대가 스승보다 더 강해져서. 스승이 제자한테 밀리는 상황은 피하고 싶으니 앞으로도 만나지 말자고 하셨소."

맹부요가 투덜거렸다.

"그놈의 늙은이, 속 좁은 거 봐!"

그런데 어째 생각할수록 이상하다 싶었다.

"어떻게 여기 있었던 거죠?"

"나도 자세히는 알지 못하오."

장손무극이 말했다.

"그분이 신전에 계시는 동안 나는 자리를 비운 상태였소. 그대를 위해 오셨는지도 모르지. 전주의 발을 찔렀던 장침의 위력은 대단했소. 장침이 아니었다면 나도 전주를 상대로 그렇게 오래 버티지 못했을 수도 있소. 어쩌면 그대의 스승님은 과거 창시자를 모셨던 1대 신복神僕의 후예가 아닐까 싶기도 하오."

"신복이요?"

"장청 신전의 전주들은 대대로 자신을 모시는 하인을 데리고 있었지."

장손무극은 죽은 전주를 따라서 자결한 아대를 떠올리며 한숨을 흘렸다.

"다만 창시자의 신복은 그분이 우화등선한 이후 어디론가 사라져 버렸소. 그는 분명 임종 직전의 창시자로부터 어떠한 지시를 받았을 것이오. 그래서 성령 대인이 그대를 제자로 거둔 것일 수도 있소."

장손무극은 비록 창시자가 남긴 기록 일부를 접했고 장청삼 술도 얻기는 했지만, 창시자의 기억이 고스란히 그에게 전해진 것은 아니었기에 몇몇 사안의 경우는 추측에 의존해 결론을 내는 수밖에 없었다.

어쩌면 당시 임종을 앞둔 창시자는 요련과의 일생을 또 한 번 똑같이 반복하기를 원치 않았는지도 모른다. 아마 새로운 생에서는 새로운 사람이 되어 완전히 새로운 모습으로 다시 시작하고 싶었을 것이다.

그래서 오늘날의 장손무극은 창시자 그 자체가 아니고, 오늘날의 맹부요도 본디 창시자의 피를 먹고 자랐던 그 연꽃이 아닌 것이리라. 비록 창시자와 요련의 피를 이어받기는 했지만, 두 사람은 자신들만의 인생 역정과 생각, 그리고 선택권을 가지고 있었다.

장손무극이 들려주는 두 사람의 과거사에 조용히 귀를 기울이던 맹부요가 잠시 후 말했다.

"이제 보니 시천은 그때 그 연꽃의 꽃잎이었네요. 운부 향로는 창시자가 요련에게 인간의 육신을 만들어 주는 데 썼던 도구고. 내가 태어날 때 물고 있던 연꽃은 내 본체였던 거예요. 연꽃 본체와 시천, 그리고 운부 향로에 남아 있던 연꽃의 신력이라는 세 가지 조건이 다 갖춰져야만 신전으로 돌아올 수 있었던 거죠. 내가 충분히 강해진 다음에 돌아올 수 있도록 창시자께서 마음을 많이 쓰셨나 봐요. 그런데 반대로 생각하면, 만약 세 가지 조건이 다 못 모였으면 난 평생 꿈을 이룰 가망이 없었던 거 아니에요?"

"전생의 연꽃은 너무나 작고 연약했소. 사람이 되고 나서도 의식은 혼돈 상태여서 자신을 지킬 수가 없었지. 신전 내 강경파들에 의해 제거당할 뻔한 적이 한두 번이 아니었소. 창시자는 바로 그런 연유에서 그대를 속세로 보내 역경을 주고 새로운 자신을 완성하게 한 것이오."

장손무극이 그녀를 지긋이 바라봤다.

"그에게 있어 그대와 결국 함께할 수 있을지는 그리 중요한 문제가 아니었소. 그대가 충분히 강해지고, 그리하여 자신을 보호할 수 있게 되고, 마음이 이끄는 대로 행복하게 생을 살아가는 것이야말로 그의 가장 큰 바람이었다오."

맹부요가 그와 눈을 맞췄다. 그녀는 알고 있었다. 장손무극이 말한 '그'는 자기 자신을 가리킨다는 걸.

지난 생의 창시자와 이번 생의 장손무극, 비록 성격은 완전히 똑같지 않을지 몰라도 그녀에 대한 마음만은 하나같았다. 그녀를 소유하는 것이 아니라, 그녀에게 날개를 달아 주는 데서 기쁨을 찾는 것.

"부요!"

손을 잡은 채로 천천히 돌아선 장손무극이 차갑게 식은 그녀의 몸을 품에 안았다.

"기뻤소……. 신에게 소원을 빌 때, 나를 선택해 주어서."

그 이후로 원만한 나날들이 이어지는 듯했다.

대완과 부풍의 군대는 궁창에서 물러갔고, 대한과 무극도 전쟁을 중단했다. 기껏 출병했다가 빈손으로 돌아가게 된 데 불만이 많던 소칠은 전북야의 암묵적인 허가하에, 남의 집에 불난 틈을 타 도둑질 중인 상연으로 말 머리를 돌렸다.

당시 소칠이 이끄는 군대 내에는 운흔도 있었다. 그는 신산에서 내려와 외부에 맹부요의 소식을 전한 후에도 장청 신전으로 향하지 않았다. 부요가 무사하다는 걸 알기만 했으면 됐지, 공연히 가서 그녀의 일상을 방해할 필요는 없다고 생각한 것이었다.

지금껏 힘겨운 길을 걸어온 그녀에게 구태여 부적절한 부담을 줄 필요가 있겠는가?

마침 이때 상연군을 이끄는 장수는 연렬이었고, 연렬은 소칠을 기습할 계략을 꾸미고 있었다. 우연히 그 사실을 알게 된 운흔은 참고 참다가 결국 연렬에게 칼을 겨눴다.

연렬은 운흔을 보고 매우 기뻐하며 당장 연씨 집안으로 돌아오라고 종용하는 한편, 연경진의 행방에 대해서도 물었다. 운흔은 그의 요구를 거절했고, 연경진이 어떻게 죽었는지를 있는 그대로 알려 줬다.

그 이야기를 듣고 정신이 반쯤 나간 연렬은 이후 이어진 몇 차례의 전투에서 모조리 대패했다. 그러다가 급기야는 상연 황제가 그를 도성으로 압송하라는 명을 내렸다. 군의 총사령관으로서 병사들을 혹사시키고 나라에 해악을 끼친 죄를 묻겠다는 것이었다.

본디 운흔은 연렬을 구해 줄 마음이 없었으나, 연경진이 죽기 전에 남긴 당부를 차마 외면하지 못하고 결국은 연렬의 뒤를 따라붙었다. 연경진의 얼굴을 봐서, 황제가 연렬을 처형하려 들면 딱 목숨만 살려 줘야겠다는 게 운흔의 생각이었다.

그런데 웬걸, 알고 보니 연렬은 그리 만만한 자가 아니었다. 황제가 자신을 제거하려고 하자, 병권을 손아귀에 쥔 연렬은 '장수가 멀리 나와 싸우다 보면 주군의 명령을 다 따를 수 없을 때도 있는 법이다.'를 외치며 내친김에 반역을 일으켜 버렸다.

이리하여 상연은 대한의 침략에 더하여 내부의 우환에까지 직면하게 되었다. 근 수년간 줄곧 무극국의 압박에 시달리다가 대한이 무극국을 치는 틈을 타서 한몫 챙겨 보려 했더니만, 생각지도 못한 내우외환이 닥친 것이다.

이미 오래전부터 속이 텅 빈 고층 건물 꼴인 제심의 정권은 추풍낙엽처럼 흔들리다가 와르르 무너져 내렸다. 때는 겨울이었고, 황궁에서 벌어진 최후의 전투에서 연렬군에 의해 포위당한 제심의는 자기 몸에 불을 붙여 자살했다.

승리에 한껏 취해 황좌에 앉은 연렬도 좋은 날이 오래가지는 않았으니, 그가 원인 불명의 죽음을 맞은 것이 즉위 후 고작 사흘 만의 일이었다. 이후 신료들의 권력 다툼으로 난장판이 된 상연은 순식간에 대한의 수중에 떨어졌다.

최후의 승자가 된 소칠은 그대로 여세를 몰아 패전국 놈들을 통째로 몰살하겠노라 큰소리를 쳤다. 그러자 고향 사람들이 도륙당하는 걸 내버려 둘 수 없었던 운흔이 당장 저지에 나섰다.

소칠은 군의 진두에 나와 결연히 화살을 부러뜨리면서, 상연의 문무관들에게 대결을 신청했다. 만약 대결에서 지면 즉시 철군할 것이요, 자기가 이기면 도전자의 가문부터 멸족시키겠다는 것이 소칠이 내건 조건이었다.

상연 문무백관은 그 황당한 요구 조건에 반색하는 동시에 수심에 잠겼다.

대한의 소칠 장군이라 하면 용맹하기로 천하에 이름을 날리는 인물인데, 감히 누가 그를 당해 낸단 말인가?

요리조리 굴려지던 신료들의 눈이 마지막으로 향한 곳에는 운흔이 있었다. 운흔은 비록 태연 조정 소속이었으나, 연렬이 죽기 전에 그를 후계자로 세운 바 있었다. 물론 운흔은 그 자리를 거절했지만, 좋든 싫든 명목상으로는 상연의 차기 황제인 셈이었다.

차기 황젯감이 마침 천하에서 손꼽히는 고수인데, 신하들과 백성들을 위해 나서는 것이야 당연하지 않은가?

하여, 상연 문무백관은 운흔에게 부디 황위를 계승해 도탄에 빠진 백성들을 구해 달라 연거푸 간청했다.

그 성화에 못 이겨 어쩔 수 없이 황위에 오른 운흔은 대한군 총사령관 소칠과 한바탕 맞대결을 펼쳤고, 결과는 말할 것도 없이 소칠의 패배였다.

약속대로 대한군이 철수해야 할 때가 왔다. 소칠이 호쾌하게 팔을 내젓자 천군만마가 '착' 하는 소리와 함께 일제히 말 머리를 돌렸다.

소칠은 막 뒤로 돌아서자마자 입을 삐죽이면서 꿍얼거렸다.

"몰살은 무슨, 다 누구 대장 만들어 주려고 입 턴 거지."

운흔은 까맣게 몰랐지만, 사실 제심의는 그렇게 빨리 패할 상황이 아니었고, 연렬 역시 급사하기에는 아직 너무 젊은 나이였다.

그러나 천하를 주름잡고 있는 두 여왕이 힘을 합쳐 운흔의 앞길에 가로놓인 장애물을 치워 주기로 한 이상, 그 장애물이 누가 됐든 한 방에 나가떨어지는 것은 정해진 수순이었다.

제심의는 기우가 훈련시킨 대완 비밀 부대에 의해 순식간에 포위당했고, 연렬은 부풍 주술사의 손에 쥐도 새도 모르게 죽임당했던 것이었다.

아무것도 욕심내지 않고 평생을 그저 흘러가는 대로 살고자 했던 소년은 이리하여 결국 높고도 사무치게 추운 옥좌에 올려졌다.

그러고는 다른 두 나라의 황제들과 마찬가지로 인생의 최정점에서, 지평선 위로 우뚝 치솟은 황궁 정전의 아홉 마리 용으로 장식된 의자 위에서, 멀리 구름 너머 대륙 최북단 설산 정상을 향해 날아가는 아름다운 여인만을 하염없이 바라보고 있게 되었다.

✿

구름 너머, 대륙 최북단 설산 정상.

오주대륙에 휘몰아치는 풍운도 맹부요가 실로 오랜만에 누리는 평화로운 일상을 방해하지는 못했다. 그녀는 장손무극과 함께 산을 유람하고 물가에서 노닐었다. 온통 눈밭뿐인 장청신산에 딱히 무슨 놀잇거리가 있을 리 없었지만, 두 사람은 신나게 산맥을 구석구석 돌아다니고, 눈 아래에서 기화요초들을 찾아내고, 깊은 골짜기에 내려가 신비한 동물들을 구경했다.

정말로 할 게 없을 때는 은룡처럼 굽이치는 산세를 바라보고, 일렁이는 운해를 바라보고, 설산 꼭대기에서 떠오른 태양이 천지를 은백색으로 빛내는 모습을 바라보았다. 그러다가 눈길이 얽히노라면 얼음 결정보다도 맑은 서로의 눈빛을 발견하곤 했다.

그들은 발길 닿는 데로 무심히 돌아다니는 것 같았지만, 부지불식간에 약속이나 한 듯 같은 곳으로 향할 때가 많았다. 언젠가 한 번은 바위가 삐죽삐죽 솟은 낭떠러지 앞에서 문득 멈춰 선 두 사람이 발밑의 운해를 보며 누가 먼저랄 것 없이 같은 말을 한 적도 있었다.

"아아, 우리 그때 여기서……."

동시에 입을 다문 두 사람은 서로를 보며 웃어 버렸다.

전생은 이미 지워졌어도 혈맥 깊숙한 곳에 남겨진 부름은 여전한 것일까. 수백 년이 지났음에도 함께 걸었던 곳에 발길이 이르는 순간, 서로가 공유했던 기억들이 왈칵 밀려드는 걸 보면 그런 듯도 했다.

가끔은 아무 데도 나가지 않고 신전에서 사무를 보는 날도 있었다. 장손무극은 이제 궁창과 무극, 두 나라의 주인이었다.

그는 제정일치 사회인 궁창을 대상으로 대규모 제도 개혁을 계획하고 있었다. 종교와 정치를 분리함으로써 점차 내륙의 중앙 집권제 국가들과 비슷한 모습을 갖추어 가겠다는 것이었다.

처음부터 신권 국가로 시작해 수백 년간 체제를 유지해 온 궁창으로서는 쉽지 않을 일이었다. 하지만 맹부요는 시간이 조금 걸리더라도 장손무극이 결국 해내고 말 것이라 믿어 의심치 않았다.

신권이 백성들에게 미치는 영향력을 점진적으로 줄여 가다 보면 장청 신전이 정치에서 완전히 떨어져 나가는 날이 올 것이고, 정치와 종교가 분리되면 백성들도 더는 허황되고 실속 없는 신권에 삶을 지배당할 필요가 없어질 것이다.

장청 신전의 시작과 끝은 모두 그였다. 당장에 대대적이고 거국적으로 추진하기야 어렵겠지만, 이런 안건은 가능한 한 일찍부터 슬금슬금 밑 작업을 해 놓아야 좋은 법이었다. 그리고 그 부분은 장손무극의 특기였다.

우선 첫 단계는 신전에서 만들어 놓은 각종 지방 관직을 없

애는 것이었다. 그런 다음에는 분전과 분단을 없애고, 성省·
주州·현縣 제도를 도입하고, 신전 교도 선발제를 개혁해 전국
을 대상으로 인재 등용의 문을 개방함으로써 하급 관료들의 소
양을 높일 계획이었다. 그렇게 아래에서부터 시작해 점차 위쪽
으로 올라가다 보면 장청 신전의 정치적 실권은 결국 허울밖에
남지 않을 터였다.

장손무극이 일에 매진하는 동안 맹부요는 한쪽에 턱을 괴고
앉아서 화롯불이나 쬐고 있곤 했다. 옆에서 다소곳이 먹을 갈
아 주는 따위의 봉사는 맹부요 폐하에게 있을 수가 없는 일이
었다.

그녀가 해바라기 씨를 까먹고 까먹고 또 까먹다가 진력이 날
때쯤이면 전주께서 친히 신력을 동원하여 껍질을 까 주셨다.
그렇게 까진 알맹이는 그녀의 몫이요, 빈 껍데기는 구미와 원
보 대인에게 돌아갔다. 두 마리 짐승이 항의라도 할라치면 맹
부요는 둘을 바깥 눈밭으로 던져 버렸다. 원보 대인은 추위에
딱히 개의치 않았으나 구미는 몹시 서러워하며 문을 박박 긁어
댔다.

내가 세 번이나 구해 줬는데! 상 준다고 해 놓고!

애석하게도 여제께서는 그다지 양심적인 인물이 못 되시는
지라, 하세월 문을 긁어 봤자 맹부요가 구미에게 던져 주는 건
해바라기 씨 한 뭉치가 고작이었다. 그것도 알아서 까먹으라고
껍질째로.

해바라기 씨를 먹을 만큼 먹고 나면 그다음으로 맹부요가 하

는 일은 꾸벅꾸벅 졸기였다. 머리를 연신 툭, 툭, 떨구면서도 그녀는 한사코 방에 가서 자려 하지 않았다. 그러면서 번번이 장손무극의 상주문에 침을 흘렸다.

장손무극은 일 하나를 끝내고 고개를 들 때마다 등불 아래에서 차마 봐 줄 수가 없는 몰골로 졸고 있는 연꽃을 발견하기 마련이었다. 그러면 피식 웃으면서 붓을 놓고, 그녀를 방으로 안아 가서 잠자리에 드는 수밖에 없었다.

물론 여기서 말하는 잠자리는 어디까지나 잠에 방점이 찍혀 있을 뿐, 더 이상의 의미는 없었다. 아직 결혼도 전인데, 그까짓 사소한 개인적 욕망에 져서 완전무결하고도 특별해야 할 신혼 첫날밤의 의의를 훼손할 수는 없다는 것이 맹부요의 생각이었다.

그러한 고로, 무극국 황제 폐하 겸 장청 전주께서는 곁에서 잠든 미인을 보면서도 사내라면 누구나 하고 싶을 행위를 하는 것을 억지로 인내해야만 했다.

이때 쇄정독은 이미 해독된 뒤였다. 해독제의 마지막 재료를 역대 신전 전주가 관리해 왔기에, 오랫동안 맹부요를 괴롭혀 온 문제도 자연히 해결된 것이다. 그랬기에 사실 여제께서는 선을 넘지만 않는다면 장손무극의 행각을 어느 정도까지는 눈감아 줄 의향을 가지고 있었다.

그녀의 일상은 다소 게으르고, 제멋대로에, 망연하게 흘러갔다. 참 오랫동안 한 가지 목표만을 보며 숨도 안 쉬고 달려온 그녀였다. 상황이 일단락되고 나니 갑자기 가슴속이 텅 빈 느낌이었다. 삶의 목적과 의미가 통째로 사라져 버린 것 같았다.

구의 대전에서 선택에 직면했을 때 그녀가 택한 것은 장손무극이었지만, 그렇다고 그 순간부로 엄마를 완전히 내팽개칠 수 있던 건 아니었다. 엄마에게 돌아가는 것은 그녀의 일생을 지배해 온 집념이었다.

이미 피와 영혼 깊숙이 새겨져 버린 집념을 하루아침에 내버린다는 게 어찌 쉽겠는가?

맹부요는 과거의 그 연꽃이되 그 연꽃이 아니기도 했다. 그때의 연꽃은 오로지 창시자 한 사람만을 위해 존재했지만, 속세에서 윤회를 겪고 난 지금의 그녀는 사람들 사이에 섞여 살면서 새로운 자신을 빚어낸 뒤였다. 지난 사랑, 증오, 미련, 그 모두가 온전히 그녀의 것이었다.

그녀는 속내를 입 밖으로 내어 말하지는 않았다. 이미 선택을 했으면 딴생각은 안 하는 게 옳았다.

게다가 저토록 다정한 장손무극에게 어떻게 이야기를 꺼낸단 말인가. 신술을 이어받았으니 이제 당신이 날 원래 세계로 보내 줄 수 있는 거 아니냐고.

과거에는 대단한 신통력을 가졌다는 신전의 현자를 만나겠다고 갖은 애를 다 썼건만, 이제는 그 현자를 바로 곁에 두고도 입을 열 수가 없었다.

그녀는 점점 침울해져 갔지만, 항상 억지로라도 웃었다. 한숨을 푹푹 내쉬지는 않았지만, 항상 정신이 딴 데 팔려 있었다. 밥은 거의 먹지 않았지만, 술은 많이 마셨다. 밤에는 자주 잠꼬대를 했지만, 침상 휘장 밖에 누군가 밤새도록 서서 그녀의 잠꼬대에 귀 기울이며 달빛 아래에 처량한 그림자를 드리우고 있는 줄은 몰랐다.

1년 중 달이 가장 밝은 8월 15일이 또 한 번 돌아왔다. 장청 신산 위에 은쟁반처럼 걸린 달은 이날따라 유달리 높은 하늘 때문인지 그 어느 때보다도 말갛게 빛나고 있었다.

그와 그녀는 구의 대전 경내에서 제일 높은 옥석 누대 위에 근사한 술상을 차려 놓고 그 앞에 앉았다. 시중들 하인 같은 건 필요 없었다. 어렵사리 얻은 단란한 시간을 굳이 남에게 방해받을 이유가 없었으니까.

장손무극이 직접 맹부요의 잔에 술을 따라 줬다. 서늘한 액체가 달빛을 받아 순은처럼 빛났다.

그 은빛을 보며 찬란하게 웃던 맹부요가 말했다.

"봐요, 이거! 하늘에도 달, 술잔에도 달, 여기저기 다 중추절이네!"

술기운으로 발그레하게 물든 맹부요의 뺨을 어루만지던 장손무극이 그녀의 눈동자를 가득 채운 웃음기 속에서 희미한 슬픔을 발견하고는 일순 멈칫했다. 그는 살며시 손가락을 옮겨 그녀의 입술에 맺힌 술 한 방울을 쓱 훔쳐 내고는 미소를 머금었다.

"하여튼 다 흘리면서 마시기는."

한마디 받아치려던 맹부요는 장손무극이 그녀의 입술에서 가져간 젖은 손가락을 자기 입에 대고 쪽 빠는 모습을 보고야 말았다. 맹부요의 얼굴이 새빨갛게 달아올랐다. 달빛 아래에 곱게 피어난 한 떨기 해당화 같은 모습이었다.

"평생 마셔 본 술 중에 제일 마음에 드는 맛이었소."

장손무극이 그녀의 곁에서 웃으며 말했다.

그는 그녀의 맞은편이 아니라 바로 옆에 나란히 붙어 앉아 있었다. 둘 다 옷차림이 가벼웠기에 얇은 옷감 너머로 살갗의 열기가 고스란히 느껴졌다. 손으로 더듬어 본 것도 아니건만, 신기하게도 옷 안에 얼마나 부드럽고 매끄러우며 깊고 그윽한, 환상의 도원경이 있을지 알 것만 같았다.

맹부요는 턱을 괴고 고개를 돌려 옆에 앉아 있는 미남자를 쳐다봤다. 그는 천신이 정성 들여 빚어낸 작품이었다. 세상 누구보다도 빼어난 그 얼굴을 오래 보고 있자면 현기증이 났다. 특히 지금 취기가 살짝 오른 그의 눈은 평소처럼 황홀하게 빛나는 데다가 약간의 일렁임까지 더해져 있었다.

취한 그녀의 눈으로 취한 그를 바라보고 있자니 주변에 절로 그윽한 향기가 떠돌았다. 달빛이 어스름하게 비추고, 반짝이는 은하수를 남몰래 건너 견우를 만나러 가는 직녀의 심정을 알 것 같아졌다.

그녀의 시선을 허한 채 자리에 앉아 있는 장손무극은 웃고 있는 듯한 얼굴이었다. 명암이 불분명하게 엇갈리는 그의 미소는 그녀의 것과 마찬가지로 속내를 쉽사리 읽어 내기 힘든 호선을 그리고 있었다.

"부요……."

맹부요가 살짝 취한 모양새로 '응.' 했다.

"하고 싶은 말이 있지 않소."

맹부요의 손끝이 파르르 떨리는 동시에 술잔 가득 찰랑거리던 술이 절반쯤 쏟아졌다. 술이 확 깨는 기분이었다. 사실대로 말하자면 그녀는 애초에 취한 상태도 아니었다. 근래 주량이 무섭게 늘어서 취하고 싶어도 그게 쉽지가 않았던 것이다.

하고 싶은…… 말이 있지 않냐고……. 역시…… 눈치챘구나. 그럼 그렇지!

맹부요는 피식 웃어 버렸다. 자신이 아무리 열심히 숨겨 보려 한들 세상만사를 꿰뚫어 보는 장손무극의 눈을 피해 갈 수 있을 리가 없었다.

무슨 말이 하고 싶냐고? 너무나 뻔하고 상투적인, 명절에는 부모님 생각이 난다는 말?

모든 일이 일단락되고 나니 도리어 마음 둘 곳이 없어졌다. 오늘 밤의 둥글고 아름다운 달은 그녀로 하여금 지난 생의 아담한 집을, 엄마와 나누어 먹던 월병을 떠올리게 했다.

노른자와 연밥 앙금이 들어간 월병. 그녀는 노른자를 좋아했고, 엄마는 연밥 앙금을 좋아했다. 그래서 먹을 때 딱 반으로 가르는 게 아니라, 연밥 앙금은 남기고 가운데 노른자만 파내느라 멀쩡한 월병을 엉망진창으로 만들곤 했다.

다 먹고 나면 모녀는 깔깔거리면서 손을 잡고 산책을 나갔다. 월병은 칼로리가 높으니까 소화를 시켜 줘야 했다. 말은 소화시키려고 나가는 산책이라고 하면서도 막상 들어올 때는 군밤을 사 들고 오는 날이 많았다.

그럴 때면 종이봉투가 손안에서 바스락바스락 소리를 내고, 군밤의 열기가 봉투 밖까지 스며 나와 음력 8월 작은 마을의 쌀쌀한 밤중을 따스하게 데워 주었다. 노랗고 동글동글 통통한 군밤을 입에 넣으면 환한 달빛 아래에서의 미소처럼 쫀득한 달콤함이 입 안에 퍼졌다.

하지만 지금은, 8월 15일 중추절 밤을 누가 엄마랑 같이 보내 주지? 누가 엄마 옆에서 연밥 앙금 속의 노른자나 노른자 속의 연밥을 먹어 주지? 누가 그 동글동글하고 따끈한 군밤을 엄마 손에 쥐여 주지?

이편이 온전하게 채워지면 대신 저편에서의 재회는 잃어야 하는 것이 그녀의 명운이었다.

장손무극의 손이 조용히 다가와 그녀의 손등을 덮었다. 손바닥에서 전해지는, 델 것 같은 열기에 가슴이 떨렸다. 그녀가 그의 눈 안에서 본 것은 격려, 온기, 그리고 포용이었다. 그녀의 시름이 무엇이든 기꺼이 분담하겠다는.

맹부요는 작게 한숨을 내쉬었다. 역시 나는 연기에 소질이 없구나 싶었다. 조금 더 속이 없거나, 아니면 아예 심계가 깊거나, 그것도 아니면 전생을 잊어버리든지 꼭꼭 숨기든지 했으면 지금처럼 이러지도 저러지도 못하고 상대방까지 난처하게 만들 일은 없었을 텐데.

"그게……."

이제 와서 숨기려고 해 봤자 오히려 그에게 더 못 할 짓을 하는 꼴이었다. 그녀는 눈을 들어 숨김없는 눈빛으로 그를 마주했다.

"엄마는 어쩌고 있는지 궁금해요."

장손무극은 그녀의 손등에 손을 올린 채로 움직이지 않았다. 아까보다 약간 옅어진 것 같은 미소가 이 순간 누대 위를 휘돌아 나가는 달빛을 닮아 있었다.

그는 변함없이 차분한 투로 딱 한 마디만을 했다.

"여길 보오."

비단 폭 같은 달빛이 탁자 앞에 느리게 펼쳐졌다. 그리고 다음 순간, 맹부요는 달빛 너머에서 엄마를 봤다.

아니, 엄마가 아니라 정확히는 병원 침대를 봤다. 삑삑거리는 기계들, 침대 머리맡을 바쁘게 오가는 의사와 간호사들, 침대 가장자리에 늘어져 있는 앙상한 손, 그리고 손 여기저기에 파랗게 남아 있는 주삿바늘 자국과 얼룩덜룩한 검버섯이 보였다. 축 늘어진 손끝 아래쪽으로는 낡은 동화책이 펼쳐진 채 떨어져서 바람에 맥없이 팔랑이고 있었다.

한창 바쁘게 움직이던 사람들이 조금 조용해지는 것 같더니, 곧 의사가 급한 걸음으로 침대 곁을 떠나면서 간호사에게 말했다.

"상태 안 좋으니까 보호자한테 얼른 알려."

그러자 간호사가 종종걸음으로 의사 뒤를 따라붙으며 말했다.

"가족이 없는데요……."

의사가 의아하다는 듯 물었다.

"가족이 없어? 벌써 위험한 고비가 몇 번이나 왔는데도 못 떠날 이유가 있는 것처럼 버티던데, 그럼 누굴 기다리고 있는 거지?"

"……."

맹부요의 얼굴에서 모든 색채가 사라졌다. 그녀는 달 아래에 뻣뻣하게 굳은 채, 달빛의 싸늘함에 조금씩 조금씩 잠식당해 가고 있었다.

아니, 달빛보다도 그녀가 더 싸늘하다고 해야 할까. 달빛은 태고로부터 지금까지 차가웠지만, 그녀는 그보다 훨씬 긴 영겁의 세월을 차갑게 식어 갈 것 같았다.

맹부요의 눈길이 술잔에 내려앉았다. 채 비우지 못한 잔에서 짙게 풍겨 오는 향기가 이 순간에는 채찍질로 느껴졌다.

병 걸린 엄마는 홀로 병실에서 생사를 넘나들고 있는데, 딸은 다른 세상에서 노래하고 술 마시며 정인과 함께 명절을 보내고 있었다.

그 술은 맛 좋은 명주인 한편 독약이기도 했다. 목 넘김은 향긋하고 감미로웠지만, 배 속에서는 절절 끓는 쇳물이 되었다.

술잔을 쥔 맹부요의 손아귀에 힘이 들어갔다. 더 세게, 더더욱 세게.

순금 술잔이 힘없이 우그러지면서 얄팍한 모서리가 만들어져 살갗을 찔렀다. 그러자 피 한 방울이 새빨갛게 배어 나와 찬란하게 빛나는 황금을 적셨다. 눈이 시릴 만큼 강렬한 색채 대비였다.

홀연, 조용히 다가온 손이 이미 제 모습을 잃은 술잔을 그녀의 손아귀에서 빼내 갔다. 장손무극은 소맷자락을 저어 자신이 펼쳐 놨던 달빛을 거두어들인 다음, 하늘을 가득 채운 달 아래에서 하얗게 질려 있는 그녀를 보며 한숨지었다.

그가 그녀를 품에 안았다. 맹부요는 품에 안기자마자 얼굴을 그의 어깨에 묻고 두 팔로 그의 허리를 감싸 안았다. 물에 빠진 사람이 붙잡을 것을 구하는 듯한 모습이었다. 그녀의 차디찬 얼굴과 손이 닿은 자리에는 살얼음이 얼어붙었다.

장손무극은 즉시 내식을 조절해 자신의 몸을 더 따뜻하게 만들었다. 그의 품에 얼굴을 묻은 맹부요가 파들파들 떨고 있었다. 그녀의 체온이 오르락내리락하는 게 느껴졌다. 그러다가 슬슬 술기운이 오르는지 그에게 기댄 몸이 뜨겁게 달아올랐다.

그 열기에 장손무극은 흠칫하고 말았다. 순간적이었지만 위험하다는 생각이 들었다.

오랫동안 함께 다니면서 다정하게 지내기는 했어도 맹부요는 신체 접촉을 유달리 수줍어했다. 그가 조금만 가까이 갈라치면 냉큼 도망가기 일쑤였기에, 오늘 밤처럼 서로 뒤엉키다시피 한 자세는 거의 경험해 본 적이 없었다.

장손무극은 조용히 숨을 골랐다. 그 또한 한창때의 사내였다. 정신과 육체 모두 건강한 사내로서, 사내라면 누구나 가지고 있는 욕망을 그 역시 가지고 있었다. 다만, 남들처럼 아무 여자하고나 잠자리를 하고 싶지는 않을 뿐이었다. 그는 자신의 여인만을 원했다. 자신의 반쪽이 아니면 싫었기에, 20년이 넘는 긴 세월을 기꺼이 기다렸다.

그는 그녀를 안고 함께 구름 위로 날아오르고 싶었다. 서로 타고 오르고 뒤엉키어 한 몸이 되는 것, 그것이야말로 인간 세상에서 가장 숭배받을 가치가 있는 우화등선이요, 속세의 기쁨 속에서 피어나는 찬란한 별빛이었다.

하지만 그럴 수는 없었다. 지금은 그래서는 안 됐다.

지금 그녀는 아파하고 있었다. 저쪽 세상의 모친이 위독하다는 사실을 방금 안 참이었다. 그녀가 자신에게 몸을 맡긴 것은 마음이 너무 아프고 약해져서 무의식적으로 한 행동에 불과했다. 제정신이 아닌 그녀를 이대로 가져 버렸다가는 가장 아름다워야 할 순간을 어두운 그늘로 물들이게 될 것이다.

장손무극은 다소 경직된 동작으로 몸을 일으키면서 그녀를 안아 들었다.

"방에 데려다주겠소."

그녀는 아무 대꾸 없이, 마치 한 마리 고양이처럼 그의 품에 기대어 있었다. 가냘픈 호흡에는 약간의 술 냄새와 여인의 체향이 섞여 있었다. 부드러운 머리카락이 턱을 간질이는 통에 아까보다 더 경직되어 버린 장손무극은 걸음마저 꼬일 판국이었다.

어렵사리 방에 당도한 장손무극은 불을 켜지 않고 달빛 속에서 맹부요를 침상에 내려놨다. 그러고는 그녀의 이마에 가볍게 입술을 눌렀다.

"이만 자도록 하오……."

맹부요는 여전히 아무 말이 없었다. 그러다가 장손무극이 침상에서 일어나려고 하자 갑자기 팔을 뻗어 그의 목을 끌어안았다.

주위에 떠돌던 향기가 물씬 짙어졌다. 온 방 안이 부드러운 향내로 가득했다. 달빛은 지금 그녀의 눈길만큼이나 나긋했다.

장손무극은 가슴이 덜컥했다. 순간 몸에서 힘이 풀리면서 그의 팔다리도 달빛만큼이나 나긋해졌고, 무게 중심이 앞으로 쏠리면서 그녀가 이끄는 대로 다시 침상에 주저앉고 말았다.

그는 침상 가장자리에 엉거주춤하게 꿇어앉은 자세였다. 맹부요가 옷을 잡아당기는 바람에 섬세한 쇄골이 살짝 드러나 달빛을 받고 있었다.

흐트러진 옷매무새를 내버려 둔 채, 그가 나지막한 소리로 그녀의 이름을 불렀다.

"부요……."

그녀가 '으응.' 하고 답했다. 그러더니 그가 뒷말을 이을 새도 없이 입술을 부딪쳐 왔다.

그녀가 먼저 입을 맞추기는 이번이 처음이었다. 자세는 다소 어설펐어도 그녀의 입술은 여린 꽃잎처럼 향긋하고 보드라웠다. 엷게 술 냄새가 느껴졌지만, 그보다 진한 것은 맑고도 그윽한 향기였다. 그녀만의, 몸속 깊은 곳에서 배어 나오는, 깨끗하고도 유혹적인 향기.

그녀는 예전에 어디선가 본 대로 혀끝을 써서 그의 잇새를 살짝 열었고, 그는 피식 웃으면서 그녀의 혀를 기습적으로 휘감았다.

주도권이 그에게로 넘어가고 나자 조금 전의 과감하던 맹부요는 흔적도 없이 모습을 감췄다. 그녀는 당혹해했고, 소극적으로 변했다.

대체 어느새 일어난 일인지, 그가 그녀의 위에 올라와서 옴짝달싹 못 하게 몸을 옭아매고 있었다. 그러고는 세세하게 입을 맞추면서 달콤한 그녀의 온기를 차근차근 맛보기 시작했다.

빈틈없이 맞붙은 입술 사이에서 이가 부딪치는 소리가 났다. 지극히 희미했지만, 가슴 떨리는 소리였다. 맹부요가 파르르 떨자 그의 입술이 그녀의 입술을 떠나 하얀 이마에 살며시 내려앉더니, 이어서 윤기 나는 뺨에도, 서늘하고 깜찍한 코끝에도 입맞춤을 남겼다.

그가 얼굴 곳곳에 입술을 누르면서 살짝씩 살갗을 깨무는 느낌은 아프다기보다는 간질간질했다. 그녀가 견디지 못하고 움츠러드느라 몸을 들썩이자 돌연 그가 억눌린 소리로 '웃.' 하더니, 숨을 거칠게 몰아쉬면서 그녀의 쇄골에 얼굴을 묻었다.

맹부요는 순간 흠칫했다. 그의 몸에 일어난 모종의 변화를 감지한 탓이었다.

당황해서 이러지도 저러지도 못하던 그녀가 좀 비켜나 보려고 다시 꿈틀거리자 그녀의 움직임 때문에 한층 더 단단해진 그가 나지막하게 앓는 듯한 소리를 흘렸다.

그녀가 더는 꼼짝할 엄두를 못 내고 굳어 버린 참인데, 그가 그녀의 옆구리를 잡고 있던 손가락을 '까딱' 구부리는 동시에 허리띠가 스르르 풀어져 내렸다. 그녀가 미처 대응하기도 전에 그의 손끝이 그녀의 몸을 한 바퀴 스치고 지나갔다.

세상에, 옷 벗기는 솜씨가 얼마나 절묘한지.

상황을 인지할 틈도 없이 옷가지들이 유유히 바닥으로 떨어져 발밑에 차곡차곡 쌓였다. 겉옷, 그 안에 입은 장포, 직접 만든 속옷…….

가슴 가리개에는 작은 꽃 한 송이가 수놓여 있었다. 꽃잎 다섯 장짜리 간단한 도안이었다. 그가 고개를 숙여 꽃잎에 입을 맞추자 그녀는 잘게 전율했다.

그가 단번에 가슴 가리개를 벗겼다. 그녀는 화들짝 놀라 반사적으로 팔을 올려 가슴을 가렸지만, 이미 늦어 버린 뒤였다. 그가 조용히 웃는 소리가 들렸다.

"사과하겠소. 이전에는 내가 잘못 봤군……."

그녀가 못 알아들은 얼굴로 쳐다보자 그가 빙긋이 웃으며 눈으로 그녀의 가슴을 훑었다. 순간 엄청난 부끄러움이 그녀를 덮쳤지만, 그 부끄러움은 곧 분한 기분으로 바뀌었다.

그녀는 이대로 질 수는 없다, 하고 그를 확 끌어당겨 허겁지겁 그의 옷섶을 벌렸다. 절대 부드럽다고는 할 수 없는 손길이었다. 그는 서툴게 옷섶을 풀어 헤치는 그녀를 인내심 있게 기다려 주면서, 본인도 걸리적거리는 장애물들을 하나하나 침상 밑으로 내던졌다.

어느 순간 홀연히 방 안으로 서늘한 달빛이 비쳐 들었다. 눈앞이 환해진 두 사람은 은백색 광채 속에서 모든 것을 드러낸 서로를 발견했다.

그녀의 몸태는 수려한 산세와 같았다. 모든 굴곡 하나하나가 더는 유려할 수 없을 시어 그 자체였다. 달빛이 그녀의 몸을 옥처럼, 유리처럼 빛내면서 연한 금빛의 황홀한 곡선을 그려 내고 있었다.

솟을 곳은 솟고, 잘록할 곳은 잘록하고. 그 중간의 낙차는 경탄마저 불러일으켰으며, 은밀하고 깊은 곳은 보는 이를 사로잡아 전율로 이끌었다.

환한 달빛이 부끄러운지, 그녀가 팔을 올려 눈을 반쯤 가렸다. 그러자 팔에서부터 허리까지, 물 흐르듯 유혹적인 곡선이 만들어졌다. 그것은 사내로 하여금 깊숙이 빠져 영원토록 헤어나고 싶지 않게 만드는 소용돌이였다.

그녀는 눈을 대충만 가리고 몰래 그를 훔쳐보고 있었다.

이 남자는 어쩌자고 몸매까지 좋은 걸까? 피부는 또 왜 저렇게 비단결 같고? 하늘이 질투할까 무섭지도 않나?

한창 생각 중에 갑자기 눈앞에 그늘이 지더니 묵직한 무게감이 덮쳐 왔다. 그가 부드럽게 그녀 위에 올라온 것이었다.

그녀는 파르르 떨면서 고개를 한쪽으로 틀었다. 뺨이 그의 어깨에 닿는 찰나, 무언가 이상한 감촉이 느껴졌다.

눈을 크게 뜨고 보니 그곳에는 흉측한 상흔이 자리하고 있었다. 양쪽 어깨 모두 마찬가지였다. 그녀를 안고 있는 손목에도 깊은 흉터가 보였다. 왼쪽이 특히 심했다.

상처가 아문 자리는 약간 솟아올라 있었다. 그의 완벽한 몸에 남은 흠집이었다. 그녀는 가시처럼 눈에 박히는 그 상흔이 너무나 가슴 아팠다.

눈물이 굴러 내려 불그스름한 흉터에 떨어졌다. 울퉁불퉁한 피부 위로 천천히, 물기가 번졌다.

그녀는 흉터를 조심스레 쓰다듬으며 끝도 없이 눈물을 쏟았다. 그 눈물로 자신의 마음을 아프게 하는 상처를 다 씻어 내고 싶은 것처럼. 자신으로 인하여 그가 당한 고통을 씻어 내고, 더 나아가 자신이 그의 일생에 새긴 자취를, 불세출의 기린아인 그에게 본디 새겨지지 말았어야 할 흔적을 모두 씻어 내고 싶은 것처럼.

그는 눈길을 피하고 싶은 것처럼 그쪽 어깨를 그녀에게서 멀어지게 살짝 틀었지만, 상처는 좌우 양쪽에 모두 있었기에 어느 쪽이 앞으로 오든 마찬가지였다.

결국 쓴웃음을 짓고 만 그가 그녀를 힘줘 껴안고 나지막이 속삭였다.

"괜찮소, 아프지 않아……."

그녀는 그의 입에서 어린아이 달래는 것 같은 소리가 나오는 게 어쩐지 바보스럽다고 생각했다. 그 생각에 더 눈물이 났지만, 흩뿌려지는 눈물 속에서도 한 가닥 미소를 띄워 올린 그녀는 손을 뻗어 그의 허리를 끌어안았다.

덕분에 한층 고무된 그가 몸을 그녀에게 더 바짝 붙였다. 그러고는 진주처럼 매끄러운 살결을 부드럽게 손안에 감싸 쥐고서 그 높은 봉우리와 깊숙한 골짜기에, 따스하고 말랑말랑한 그녀의 몸에 한 번, 또 한 번, 입을 맞췄다.

그의 몸도 가늘게 떨리고 있었다. 작열하는 불길이 질주를 종용하고 있었지만 그는 시종일관 부드럽게, 서두르지 않고 단계를 밟아 갔다.

그녀는 그에게 안겨 폭신한 구름이 되었고, 매끄러운 비단 폭이 되었다. 그의 손길 아래에서 뒤척이는 사이 몸 안에 뜨거운 무언가가 일었다. 머릿속이 활활 타오르는 불의 바다로 화했다. 뜨겁고 어지러웠다. 그녀의 손톱이 그의 매끈한 등에 박혔다.

그녀는 그의 입술 아래에서, 손안에서, 점점 충만하게 차오르고 있었지만, 그러는 동시에 극도의 공허감에 사로잡혔다. 생명 깊숙한 곳에서부터, 용암과도 같은 그의 열기가 자신을 채워 줄 것을 갈망하는 외침이 들려오는 듯했다.

그녀는 혼미한 와중에도 본능적으로 골반을 들어 그에게 갖다 붙였다. 그러자 거친 숨을 몰아쉰 그가 가늘게 휘어진 그녀의 허리를 단단히 잡고 자신에게로 끌어당겨 서로의 몸이 더 확실히 맞물릴 수 있도록 했다.

살갗과 살갗이 비벼지면서 불길이 일었다. 그녀가 참지 못하고 신음을 흘리려 하자 그가 그녀를 강하게 끌어안으면서 귓가에 대고 억눌린 숨을 몰아쉬었다.

"부요, 내가 있소."

작게 '으응.' 하고 답한 그녀가 다음 순간 흠칫 경직됐다. 입술 사이로 뭉그러진 신음이 터져 나오고, 허리가 황홀한 각도로 휘었다.

곧 새빨간 연지 색깔 피 한 방울이 흘러내리자 그가 즉각 움직임을 멈췄다. 그러고는 몇 번이고 입맞춤을 퍼부으면서 그녀의 몸이 풀어지기를 기다렸다. 그는 그녀가 봄물처럼 녹아내리고 나서야 다시금 아득히 먼 강산 너머로부터 말을 몰고 내달려 와 그녀의 몸속 깊숙이 돌진해 들어갔다.

그녀는 격렬한 질주 속에서 그의 허리를 있는 힘껏 껴안고 서로가 완벽히 맞물리는 감각을 생생히 느꼈다. 그 고통스러운 희열 한복판에서 갑자기 눈물이 나려 했다.

이로써 자신은 그와 진정으로 하나가 된 것이었다. 이로써 정말로 자신을 그에게 온전히 내어 주었음이었다.

눈물이 흘러내렸다. 그녀는 목메어 울면서 그를 꼭 끌어안고 그의 어깨에 얼굴을 묻었다. 입술을 그의 귓가로 가져간 그녀가 고개를 살짝 기울여 그의 귓불을 입에 머금었다가, 또박또박 속삭였다.

"사랑해요."

사랑해요.

15년 전의 첫 만남, 그리고 4년 전의 재회. 만남과 헤어짐을 반복하며 일곱 나라를 떠돌다가 오늘에 이르러, 나는 오주대륙 북쪽 끝의 이곳에서 마침내 당신에게 숨김없이 말할 수 있게 됐어요. 사랑한다고. 당신을 사랑하게 된 건 아주 오래전의 일이지만, 그걸 말하는 데는 오늘까지의 시간이 걸렸네요.

그녀를 안고 있던 그가 돌연 움직임을 멈추더니, 곧이어 묵직한 체중으로 그녀를 누르면서 고개 숙여 입술을 찾았다. 그러고는 그녀의 입술을 적신 눈물을 자기 입술로 훔쳐 내면서 나직이 웃음을 흘렸다.

"나를 사랑하는데 왜 눈물짓소?"

그녀는 아무 말 없이 손으로 눈을 덮었다.

그러자 그가 별안간 그녀를 안고 몸을 굴렸고, 그녀는 놀라 소리를 지를 틈도 없이 그의 위에 올라탄 자세가 되어 버렸다.

아래쪽의 그가 바다처럼 몽롱한 눈동자로 그녀를 지긋이 올려다보며 물었다.

"언제부터 나를 사랑했소?"

언제부터냐고?

그녀는 갑작스러운 질문에 대답할 말을 찾지 못했다.

언제부터 사랑했느냐고?

순간의 번갯불이 그녀를 관통하면서 새겨 놓고 간 감정인 것 같기도, 또는 오랜 시간에 걸쳐 서서히 가슴에 자리를 잡게 된 감정 같기도 했다.

그녀의 세계 안에서 그는 줄곧 통례를 벗어난 존재였다. 처음부터 떨쳐 버리지 못할 사람이었지만, 지금까지도 익숙해지지 않는 사람이기도 했다.

그녀가 도무지 익숙해질 수 없는 건, 이런 남자가 왜 어디 하나 잘난 구석 없는 나를 사랑하는 걸까, 하는 부분이었다.

대체 무슨 장점이 있어서?

제멋대로지, 이기적이지, 지금껏 그의 가슴을 산산이 조각내면서 여기까지 왔지, 그리고 결국에는······.

그녀는 눈을 질끈 감고 그를 외면했다. 하지만 그는 기어이 대답을 듣고야 말 기세였다.

마치 무언가를 꼭 확인받아야 하는 사람처럼, 그가 다시 한 번 물었다.

"언제부터 나를 사랑했소?"

언제부터냐고?

궁창 사대 신역 안 눈밭에서 핏자국을 발견하고 가슴 아팠던 때부터였는지도, 신이 울부짖는 접천봉 얼음 동굴의 음습한 냉기에 떨던 때부터였는지도, 비가 억수같이 쏟아붓던 선기국 이씨 저택에서의 포옹부터였는지도, 옥형의 이간계에 휘말린 와중에 말하지 않아도 통하는 따스함을 느꼈던 때부터였는지도 몰랐다.

아니면 시간을 더 거슬러 올라가, 무극국 행궁 호수 너머에서 미소 띤 얼굴로 금을 타는 남자를 봤던 때부터일 수도, 요성 호양산 온천에서 혼이 났던 때부터일 수도.

더 거슬러 올라가서는, 현원산에서 낯선 남자가 도움의 손길을 내밀어 줬던 때부터일 수도 있었다…….

어쩌면 전부 아닐 수도 있었다.

긴긴 여행길을 함께해 주며 온 마음을 다해 보살펴 주었던 진심이 부는 바람 따라 스며들어 와 한 방울 한 방울 가슴을 적셨는지도, 그녀가 미처 알지 못하도록 조용히 앞길을 예비해 준 정성 때문인지도, 그녀를 놓아주고 날개를 달아 준 그의 한없이 넓은 가슴 때문인지도 몰랐다…….

그 모든 것들이, 본디 어디에도 얽매이지 않으려 했던 자유로운 영혼으로 하여금 뒤돌아 그를 바라보게 만들었다.

그녀는 눈을 감고 미소 짓다가 그의 얼굴에 입술을 대고 살며시 속삭였다.

"아주아주 오래전부터⋯⋯."

입술이 내려앉는 동시에 눈물도 내려앉았다. 오늘 밤의 그녀는 유난히 눈물이 많았고, 유난히 나긋했고, 유난히 흐트러져 있었다. 처음의 수줍음이 가신 뒤로는 그녀가 먼저 과감하게 그를 탐색하고 희롱했다.

그의 아름다운 옆 선을 따라 입을 맞추고 매끈한 살결 위를 쉬지 않고 미끄러져 다니면서, 아래에 깔린 그가 떨며 헐떡이는 소리를 들었다. 그러면 그는 번번이 자제력을 잃고 그녀 위에 올라타 더 깊고 깊게 그녀를 끌어안았다.

소리 없이 쏟아 낸 눈물과 점점이 흩뿌려진 땀방울이 둘의 몸을 반지르르하게 적셨다.

그녀는 한 마리 물고기처럼 젖은 채 몸과 몸 사이를 헤엄쳐 다니면서 몇 번이고 그를 꽉 껴안았다. 오늘 그녀는 자신을 완전히 던져 그가 여기까지 오면서 잃어버리고 손해 본 것들을 전부 보상해 줄 요량이었다. 가능한 한 많이, 더 많이 보상해 주고 싶었다⋯⋯.

서로를 껴안는 둘의 몸짓은 방탕했고, 열락은 끝날 줄을 몰랐다. 둘은 눈물을 머금고 필사적으로 서로에게 엉켜들었다. 일생의 정혈을 모조리 서로에게 쏟아 내려는 듯이.

동녘이 밝아 올 시간이 얼마 남지 않았을 무렵, 그녀가 완전히 탈진하자 그제야 그녀를 놓아준 그가 땀에 젖은 그녀의 등을 손가락으로 가만가만 쓸어내렸다.

눈을 감고 잠든 척하는 그녀의 귓가에 그의 속삭임이 감겨들었다.

"나도 아주아주 오래전부터, 그대를 사랑했소."

그녀는 눈을 감은 채, 아픈 자신의 심장 박동 속에서 옆자리의 기척에 귀를 기울이다가, 그가 잠들어 고른 숨소리를 내기 시작하고도 한참이 더 지나서야 살그머니 일어나 앉았다.

그는 얌전히 잠들어 있었다. 그녀와 팔다리를 얽지도, 몸으로 그녀를 누르고 있지도 않았다. 덕분에 그녀는 그를 깨우지 않고 일어날 방법을 고민할 필요가 없었다.

그녀는 여명 직전의 어둠 속에서 그의 잠든 얼굴을 가만히 응시했다. 표정은 평온했고, 고귀한 피부는 백옥처럼 희었다. 기다란 속눈썹 아래로는 유려한 곡선의 그림자가 드리워져 있었다.

그녀는 그 두 눈에 입 맞추려는 것처럼 살짝 몸을 기울였다가, 결국은 중간에 멈추고 말았다. 그녀의 입맞춤은 새벽녘 서늘한 공기 속에 남겨졌다.

그런 뒤로 잠시간, 그녀는 무릎을 끌어안고 침상 위에 조용히 앉아 있었다. 어둠이 어깨를 무겁게 짓눌러 와 몸이 파르르 떨렸다.

곧이어 옷을 입고 일어난 그녀는 기척을 죽인 채 문을 나섰다. 한 번도 뒤돌아보지 않고서.

✿

그녀는 장청 신전의 여명 속을 걷고 있었다. 어딘가를 향해 곧장, 손에는 얇은 금박을 한 장 들고서.

그것은 대풍이 남긴 금박 뭉치의 마지막 장이었다.

처음 금박 뭉치가 손에 들어왔을 때는 마지막 장에 잔뜩 그어진 괴상한 선이 대체 무엇을 뜻하는 건지 도무지 알아보질 못했었다. 그러다가 장청 신전에서 꽤 긴 시간을 보내면서 마침내 그것이 신전 지도임을 깨닫게 되었다.

장청 신전 지도가 어떻게 그 책자 안에 있었던 건지, 대풍은 그걸 또 어떻게 입수한 건지, 그리고 그 책자와 그녀의 숙명 사이에 어떤 관계성이 존재하는지는 영영 답을 구할 수 없는 의문으로 남겨질 터였다.

지금 그녀가 주목하는 것은 지도에 특별하게 표시된 한 지점이었다.

신전 내의 접혼 지하 궁전.

그곳은 수백 년 전 창시자가 그녀를 다른 시공간으로 보냈던 장소였다. 창시자는 그녀를 다른 세계로 보내 윤회를 거듭하며 서로가 다시 만날 날을 기다리게 했다.

지금, 그녀는 그곳으로 향하고 있었다.

엄마의 현재 상태를 알기 전에는 자기기만이라도 할 수 있었지만, 지난밤 모든 걸 봐 버린 이상 엄마를 모른 척하고 여기 남아 있을 수는 없었다. 오지 않는 딸을 기다리다가 처량하게 숨을 거두는 엄마를, 배웅해 줄 사람 하나 없이 마지막 길을 떠나는 엄마를 보고만 있을 수는 없었다. 엄마를 그렇게 놔두고 혼자만 여기서 세상 행복을 다 누릴 수는 없었다.

그렇게 얻은 행복은 앞으로 심장을 에는 칼날이 되어 그녀의 양심을 하루하루 난도질하고, 그녀의 인생을 너덜너덜한 피투성이로 만들 터였다.

그때가 되면 그것은 이미 행복이 아니리라.

그녀는 돌아가야만 했다. 지금 가면 다시는 돌이킬 수 없겠지만.

오주대륙을 떠나는 방법이라면 그간 여기저기 다니며 알아보기도 했고, 장청 신전에 내에서 그쪽 방면의 술법에 관련된 기록을 찾아보기도 했다. 그녀가 기대하는 가장 좋은 결말은 돌아가서 엄마의 임종을 지키고, 그런 다음 다시 그의 곁으로 돌아오는 것이었다.

하지만 한편으로는 그녀 자신도 알고 있었다. 그게 얼마나 터무니없는 생각이고 헛된 꿈에 불과한지.

공간을 쪼개 누군가를 원하는 곳으로 보낸다는 것 자체가 성공할 확률이 1만분의 1도 채 안 되는 일이었다. 저쪽으로 무사히 돌아갈 수 있다면 그것만도 엄청난 행운일 텐데, 마음 내키는 대로 왔다 갔다 하길 꿈꾸다니?

그러니 무극, 지난밤의 격렬했던 열락은, 그 흠뻑 젖고 흐트러졌던 순간들은 내가 당신에게 해 줄 수 있는 마지막 보상이었어요. 열에 달뜬 속세에서의 하룻밤이 지난 이후에 뒤돌아보았을 때, 우리 사이에는 파도치는 망망대해가 가로놓여 있을 거예요.

접혼 지하 궁전의 거대한 황금색 문이 그녀의 눈앞에서 느릿느릿 열렸다. 이곳에는 문지기가 없었다. 그녀가 들은 바로는 수백 년 전 신전 창시자가 지하 궁전을 난장판으로 만든 사건 이후로 아무도 발을 들이지 않는다고 했다.

장청 신전의 역대 전주들은 모두 우화등선했다고 알려져 있으니, 명목상 전주들의 관을 안치해 두는 무덤인 이곳은 실질적으로는 의관총조차 못 되는 셈이었다.

그녀는 연꽃이 새겨진 돌계단을 조심스레 밟으면서 아래로 내려갔다. 자신의 발소리가 깊숙하게 뻗은 지하 통로 안에 공허한 울림을 만들어 내는 게 들렸다.

통로는 길고 어두침침했고, 청화 자기 장명등이 깜빡이고 있었다. 바닥에 깔린 거대한 석재에는 세 걸음 간격으로 연꽃이 커다랗게 새겨져 있는 게 보였다. '품자品字' 형태의 능묘가 은은한 금빛 광채 속에서 서서히 그 윤곽을 내보이는 사이, 곁방에서는 비취를 깎아 만든 괴수가 묵묵히 그녀를 지켜보고 있었다.

모든 것이 낯설지 않았다.

지난날 장손무극을 처음 만나고서 꿨던 꿈이 불현듯 떠올랐다. 맹부요는 조금의 망설임도 없이 중앙 널실로 걸어 들어갔다. 그러다가 곧, 걸음을 우뚝 멈추었다.

광활한 공간에 상상의 한계를 넘어서는 장엄함과 경이로움이 펼쳐져 있었다. 새하얀 돌기둥에 조각된 신수는 당장이라도 하늘로 솟구쳐 오를 태세였고, 황금빛 천장에서는 수십 개의 야명주가 반짝이고 있었다. 고개를 들어 머리 위쪽을 보자 궁륭형 천장에 자리한 일월성신이 눈에 들어왔다. 마치 바깥세상과는 별개의 구중천을 만들어 놓은 듯했다.

딱 한 가지 빠진 것은 황금 관이었다. 맹부요는 손안의 금박을 만지작거리고 있었다. 거기 그려진 선들은 이미 그녀의 가슴에 깊게 각인된 지 오래였다. 그녀는 중앙 널실에서 가장 높은 곳, 아홉 칸 황금 계단 꼭대기로 향했다.

그곳에는 청동으로 만들어진 연화대가 놓여 있었다. 웅장하고 화려한 지하 궁전 본당 안에서 유일하게 낡고 우중충한 물건이었다. 연화대 가장자리에는 거무스름한 얼룩이 남아 있었는데, 아마 핏자국인 것 같았다.

연화대 정중앙에는 청옥으로 된 세 발 솥 모양 예기가 올라앉아 있었다. 놀랍게도 그것 역시 본 적이 있는 듯했다.

청옥 예기에 얕게 파여 있는 홈을 확인한 맹부요는 가지고 있던 금박에 피 한 방울을 떨어뜨렸다. 그다음 신전 안에서 찾아낸 기록에서 읽은 대로 금박을 홈에 끼워 넣으려는 찰나였다.

"부요!"

등 뒤에서 느닷없이 들려온 목소리에 맹부요의 몸이 파르르 떨렸다. 그녀는 그대로 돌이 되어 버렸다. 어깨가 굳어서 고개를 돌릴 수가 없는 듯한 모습이었다.

그녀는 잠시 시간이 흐른 후에야 천천히 돌아서서 억지로 미소를 지었다. 그 미소가 얼마나 보기 흉할지는 그녀도 인지하고 있었지만, 그게 아니면 무슨 표정을 지어야 좋을지 도저히 알 수가 없었다.

장손무극이 문에 기대어 묵묵히 그녀를 바라보고 있었다. 분노한 것 같지도, 놀란 것 같지도 않은 모습이었다. 그의 얼굴에는 그 어떠한 감정도 나타나 있지 않았다. 눈동자 안에서 휘몰아치고 있는 폭풍우만 제외하면.

그는 품에 가둘 수 없는 그녀를 눈빛으로라도 휘감아 끌어안고 싶은 것 같았다. 운명적으로 한 군데가 빈 채로 살아갈 수밖에 없는 여인의 모습을 자신에게 아로새기고, 각인시키고, 자신의 생명 깊숙이 끌고 들어가고 싶은 것 같았다. 맹부요는 그런 그의 눈을 애써 외면하면서, 금박을 쥐고 있는 손가락에 힘을 넣었다.

홀연 장손무극이 그녀를 향해 조용히 걸어왔다. 곁으로 다가온 그가 그녀의 손에서 금박을 빼내 갔다. 그때껏 어찌할 바를 모르고 있던 맹부요는 손아귀가 갑자기 느슨해지는 느낌에 가슴이 철렁 내려앉았다.

그런데 한편으로는 오히려 안도감이 드는 것 같기도 했다. 그녀는 얼떨결에, 그가 못 가게 하면 그냥 가지 말아야겠다고 생각했다.

그를 빤히 앞에 세워 두고 어떻게 가겠다고 고집을 부릴 수 있겠는가. 어떻게 그가 보는 앞에서 등을 돌릴 수 있겠는가. 이렇게 강압적으로 대신 결정을 내려 주는 게 차라리 나았다.

그런데 다음 순간, 예상치 못한 말이 들려왔다.

"이 금박은 그렇게 쓰는 물건이 아니오."

맹부요는 움찔하고 말았다. 그가 손가락을 깨물어 금박에 피를 떨어뜨리는 게 보였다. 핏방울이 닿자 금박이 백옥처럼 하얗게 변하면서 은은한 빛무리에 휩싸이더니, 그의 손바닥 위에서 느릿느릿 공중으로 떠올랐다.

"금박에 깃들어 있는 창시자의 신력 일부를 이용하면 천지의 틈새를 통과할 수 있는 것은 사실이오. 하지만 잘못했다가는 영원히 벗어날 수 없는 암흑에 떨어져 언제까지고 별과 별 사이의 추위 속을 떠돌게 될 공산이 크지."

곧이어 그의 손끝에서 황금빛 용암과도 같은 광채가 흘러나와 손바닥 위의 금박을 달구었다. 그러자 금박을 둘러싼 빛무리가 점점 커지고 환해지다가, 급기야는 빛무리 뒤편 장손무극의 표정이 잘 보이지 않을 정도가 되었다.

"현임 전주의 신력을 불어넣어야만 다른 시공의 좌표를 정확히 찾아 그대를 원하는 곳으로 데려다줄 수 있소."

맹부요가 입술을 달싹였다.

말을 하고 싶은데, 가슴이 갑자기 꽉 막힌 것 같았다. 하려던 말들이 눈물과 뒤범벅되어 목구멍에 걸려 있었다. 삼키려 한들 삼킬 수도, 토해 내려 한들 토해 낼 수도 없이, 거기 걸린 채로 가슴을 아프게 짓누르고 있었다.

알고 있었어……. 전부 다 알고 있었어…….

"그대의 몸까지 돌려보내 줄 수는 없소."

장손무극의 손끝에서 금빛 광채가 약동하고 있었다. 그의 표정은 고요한 수면 같았다. 고개를 돌려 그녀를 향해 싱긋 웃어 보이기까지 했다.

"부요, 그대의 몸은 내게 남겨 주오."

맹부요는 입술을 짓씹으며 그를 뚫어져라 응시하고 있었다. 더는 울어서는 안 됐다. 눈물로 번진 시야에는 그의 모습이 또렷하게 담길 수 없을 테니까. 일생 하나뿐일 사랑을 가슴 깊이 새겨 둘 수 없을 테니까.

순백의 광채가 용암 같은 금광에 녹아 백옥 빛깔 비단처럼 길게 늘어지더니, 광활한 공간 안에서 너울너울 춤을 추며 차츰 맹부요 쪽으로 휘감겨 왔다. 광채가 몸에 닿기 직전, 맹부요가 바닥을 박차고 어디론가 뛰어들었다.

그녀가 뛰어든 곳은 장손무극의 품 안이었다. 두 팔로 그를 필사적으로 끌어안은 그녀는 고개를 들어 그의 입술에 깊게 입맞췄다.

그녀의 불꽃처럼 뜨겁고도 얼음같이 차가운 포옹과 동시에, 쭉 처음 그대로였던 장손무극의 표정에 마침내 물결이 번지듯 변화가 일었다. 탄식을 흘리며 고개를 숙인 그가 그녀를 더욱 깊숙한 온기 안으로 인도했다.

화려하나 적막한 지하 궁전 안, 서늘한 광채가 눈물을 머금은 채 입맞춤을 나누는 남녀를 비추고 있었다.

서로를 절박하게 끌어안은 두 사람은 입술과 입술을 조금의 빈틈도 없이 맞붙이고 숨이 막힐 때까지 떨어지지 않았다. 그녀는 그의 허리를 안고 있었고, 그는 그녀의 어깨를 감싸고 있었다.

둘은 이처럼 완벽하게 맞물리는 합은 서로를 제외하면 세상에 다시없으리란 걸 알았다. 하지만 종국에는, 그녀를 위해 손을 놓아야만 했다.

지난 생의 사랑은 우리 둘 다에게 고통이었으니 이번 생에는 너그러운 사랑을 택하오.

공간 안에 회오리바람이 불었다. 황금색 광채와 백옥색 광채가 한데 어우러져 빙글빙글 회전하면서 천천히 아래로 내려오기 시작했다. 생을 화려하고도 생동감 있게 수놓았던 공연 한 편이 이제 영영 막을 내릴 준비를 하는 듯했다.

영원한 이별을 앞두고, 둘은 생에 가장 간절한 입맞춤을 나누었다. 거대한 비단 폭과도 같은 백옥색 광채가 아래쪽을 유유히 휘감아 왔다.

맹부요는 깊은 물 속의 수초가 되어 그의 바다를 부유하며 현기증에 휩싸였다. 머릿속에서 번갯불이 쉴 새 없이 번쩍거리고, 입술과 혀를 섞는 사이에 세계가 혼돈에 빠졌다.

강렬한 극광 한복판에서 그녀는 의식을 잃고, 감각을 잃었다. 뇌리에 남은 것은 자신이 눈앞에 있는 남자를 사랑한다는 사실과 곧 그를 잃게 되리라는 생각뿐이었다.

그 모호하게 번진 세상 속에서 그녀는 갑작스러운 추위와 함께 의식이 가벼워지는 걸 느꼈다. 곧 누군가 정수리를 살짝 치는 것 같더니, 귓가에 나직하고도 온유한 목소리가 감겨들었다.

"가시오."

눈앞이 캄캄해진 그녀는 허겁지겁 팔을 뻗어 그를 붙잡으려고 했다. 하지만 앞으로 내뻗은 손은 실체를 잃은 뒤였고, 그의 모습도 보이지 않았다.

그녀는 뒤를 돌아보려고 안간힘을 다했지만, 결국에는 거대한 파도를 만난 작은 물고기처럼 어디론가 휩쓸려 가고 말았다. 마지막 순간에 그녀가 남길 수 있었던 것은 짧은 외침뿐이었다.

"기다려 줘요! 꼭 돌아올 테니까!"

백옥색 광채는 실내를 한차례 휩쓸고 순식간에 사그라들었다. 맹부요의 환영은 이미 지하 궁전 안에서 모습을 감춘 뒤였고, 바닥에는 영혼 없는 맹부요만이 누워 있었다.

장손무극은 연화대 앞에 차분히 서 있었다. 그가 할 일은 아직 끝난 것이 아니었다. 그의 눈앞에서 황금색 광채가 넘실거리며 펼쳐져 공간 안을 가득 채웠다. 그 광채 속에서, 백옥색 작은 점 하나가 이리저리 튀며 멀어져 가는 모습이 보였다.

장손무극은 그 작은 점에 눈동자를 고정한 채, 점의 궤적을 따라 쉴 새 없이 손가락을 움직였다. 그러는 동안 그의 낯빛은 시시각각 창백해졌고, 이마에서는 굵은 땀방울이 배어나 바닥으로 투둑투둑 떨어졌다. 바닥이 흥건히 젖기까지는 그리 긴 시간이 걸리지 않았다.

지금이 바로 획공대법劃空大法의 전체 과정을 통틀어 가장 중요한 단계였다. 대상을 시공 너머로 보내는 건 쉽지만, 안전하게 정확한 위치에 데려다 놓는 건 어려웠다. 그러기 위해서는 신력을 통째로 쏟아부어 시공간을 사이에 두고 계속 방향을 조정해 주어야 하고, 자칫 실수라도 했다가는 평생 수련한 힘을 모조리 잃거나 심할 경우 목숨마저 잃을 수 있었다.

역대 장청 신전 전주들 중 획공대법을 시전한 사람은 창시자와 그, 둘뿐이었다. 어느 누구도 타인의 소원과 자신의 목숨을 맞바꾸고 싶어 하지는 않았으므로.

시간이 지나면서 광채가 점차 희미해지고, 백옥색 점은 한 치의 빈틈도 허용치 않은 제어하에 마침내 그가 예정해 둔 곳에 다다랐다.

장손무극은 쓰러질 것처럼 비틀거리며 연화대를 붙들었다. 고개를 떨구고 지면을 내려다보던 그는 그곳에서 맹부요가 마지막 순간에 흘린 눈물 자국을 발견했다. 장손무극은 점점 희미해져 가는 그 자국을 오래도록 응시하다가, 서글프게 미소 지었다.

입가의 미소가 사그라들 새도 없이 돌연 휘청한 그가 연화대 위에 피를 토해 냈다. 새빨간 피가 마치 연꽃이 피어나듯 넓게 번졌다. 첫 번째 토혈이 끝나기도 전에 또 한 번 울컥 피가 쏟아졌다. 그는 마치 온몸의 피를 다 쏟아 내야 멈출 것처럼 계속해서 선혈을 토했다.

상체를 연화대 위에 올리고 모든 체중을 싣고 있다 보니 가슴이 짓눌렸다. 장손무극은 새빨간 핏빛 한복판에서 눈을 감은 채 숨을 몰아쉬었다. 피를 토하는 게 더 아픈지 짓눌린 명치가 더 아픈지 구분이 가질 않았다. 아니, 어쩌면 그는 이미 통각을 잃었는지도 몰랐다. 본인 손으로 직접 그녀를 떠나보낸 그 순간부로 그는 더 이상 그가 아니게 되었다.

그로부터 아주 오랜 시간이 흐른 후, 힘겹게 몸을 일으킨 장손무극이 입가에 묻은 피를 흔적 없이 훔쳐 내고 천천히 문밖으로 걸음을 옮겼다. 그런 다음 줄곧 밖을 지키고 있던 신전 제자에게 말했다.

"지금부터 폐관 수련에 들어갈 것이니 누구도 방해하지 못하게 하라."

제자는 공손히 허리를 숙였다. 전주가 폐관에 드는 건 자주 있는 일이었기에 다들 일상사 정도로 생각했다.

돌아서서 지하 궁전 안으로 되돌아온 장손무극은 육중한 문을 닫아걸고 아홉 칸 계단 꼭대기로 올라갔다. 그가 기둥 하나에 손을 대고 힘을 주자 지면이 쩍 갈라지더니, 덜컹거리는 소리와 함께 거대한 황금색 관이 느릿느릿 솟아올랐다.

장손무극은 허리를 굽혀 바닥의 맹부요를 자기 무릎 위로 안아 올렸다. 그러고는 눈빛에 희미한 미소를 담고서 그녀의 얼굴을 조심스레 어루만졌다.

그가 고개를 들었다. 아득히 먼 어딘가를 바라보는 듯한 얼굴로, 입가에는 봄꽃 같은 웃음을 피워 낸 채.

아스라한 추억 속에서 까만 궤짝 문이 열리고, 다섯 살배기 아이의 겁먹은 듯 맑은 눈동자에 그의 모습이 비쳤다.

아스라한 추억 속에서, 호젓한 현원산 절벽을 타고 올라온 소녀가 그를 보고 아름다운 눈을 커다랗게 떴다.

아스라한 추억 속에서, 따스한 바람이 불어오는 호양산 온천을 배경으로 두 사람이 처음 서로를 안고 입을 맞췄다.

아스라한 추억 속에서, 온갖 꽃이 눈부시게 만발한 요성을 배경으로 괴상하지만 어여쁜 치마를 입은 여인이 그에게 난생처음 경험해 보는 떠들썩한 시간을 선물해 주고, 세상에 다시 없을 춤을 함께 춰 주었다.

아스라한 추억 속에서, 선혈이 낭자한 무극국 화주의 지하 감옥을 배경으로 그를 힘줘 끌어안은 그녀가 말했다.

'울어 버려요! 울어 버리라고요……'

아스라한 추억 속에서, 폭우가 쏟아지던 밤 선기국 이씨 저택을 배경으로 미친 듯이 달려와 그의 품을 들이받은 그녀가 가슴을 가득 채운 아픔을 눈물에 실어 쏟아 냈다.

아스라한 추억 속에서, 궁창 구의 대전을 배경으로 바닥에 머리를 조아린 그녀가 결연하고도 차분하게 말했다.

'장손무극을 풀어 주십시오!'

너무나 많은 아름다운 순간들이 어느덧 그의 일생을 충만하게 채우고 있었다. 그는 조용히 미소 지으면서 품 안의 그녀를 더 강하게 껴안았다.

이리될 줄 알았지.

그간 무극국으로 돌아가지 않고 궁창에 남아 있었던 것은 바로 이 순간을 위함이었다. 그는 부요를 너무 잘 알았다. 그녀 자신보다도 훨씬 더.

부요가 지금껏 인내해 주고, 한 번도 그를 채근하지 않고, 희망이 있다는 걸 알면서도 몇 번이고 포기하려 하고, 마지막에 자신을 그에게 내어 준 것만도 그로서는 이미 생각지도 못한 기쁨이었다.

그녀도 그를 위해 포기한 바 있거늘, 그도 당연히 할 수 있지 않겠는가.

선택 앞에서 양쪽 모두를 손에 넣고 싶은 마음이야 사람이라면 누구나 마찬가지겠지만, 그는 알고 있었다. 그러기 위해서는 기적에 가까운 행운이 너무나 많이 필요하다는 것을.

그는 천천히 일어서면서 그녀의 입에 옥구슬 하나를 물려 줬다. 그리고 자신도 똑같은 구슬을 입에 넣은 뒤 그녀를 안고 거대한 황금 관 속으로 들어갔다.

부요, 그대가 돌아서면 내가 있을 곳은 지옥일 것이오.

❀

맹부요가 정신을 차렸을 때, 눈에 보이는 것은 온통 암흑뿐이었다. 역시나 블랙홀 같은 데로 떨어졌구나 싶었다. 이제부터 영원히 암흑 속을 떠돌아야 한다고 생각하자 절망감이 몰려왔다.

그런데 돌연, 어둠 속에서 무언가가 어른거리는 것 같더니 점차 희끗거리는 빛이 보이기 시작하고, 왁자지껄한 말소리가 들려왔다.

"아이고, 괜찮구먼, 괜찮아!"

"다행이네, 살아서……."

"깜짝이야, 진짜! 갑자기 푹 고꾸라지더라니까."

"아가씨, 아가씨!"

그녀의 눈이 천천히 휘둥그레졌다. 현대식 호칭에 적응하기가 힘들었다.

'소저'라고 해야 하는 거 아닌가?

시야 안으로 얼굴들이 우르르 끼어들었다. 남자도 있고, 여자도 있고, 어르신도 있고, 꼬마도 있었다. 다들 그녀에게 몸은 어떤지 묻느라 난리들이었다.

그녀는 정신을 가다듬고 주변인들의 옷차림을 살폈다.

역시 현대로 돌아온 게 맞았다.

순간, 한없는 슬픔이 솟구쳤다. 가슴 깊숙이 파고드는 쓰라림에 눈물이 날 것 같았다.

그녀의 생사를 확인한 행인들이 하나둘 자리를 뜬 후, 그녀는 버둥거리면서 땅을 짚고 일어났다. 일어나서 고개를 돌리자마자 등 뒤 얼마 떨어지지 않은 곳에 'XX시 제1병원'이라고 적힌 간판이 눈에 들어왔다.

엄마!

맹부요는 당장에 병원을 향해 달렸다.

그녀가 달리다 말고 멈춰 선 건 병원 로비에서였다. 거울에는 낯선 여자가 서 있었다. 다른 사람의 몸에 빙의한 것이다.

거울에 비친 낯선 여자를 위아래로 훑어본 그녀는 근심에 빠졌다.

이러고 어떻게 엄마를 보러 가지? 엄마가 날 알아보기나 할까? 만약 못 알아보면, 그때는 뭐라고 설명하지? 죽은 사람 몸에 빙의했다? 살날이 얼마 남지도 않은 엄마를 기겁하게 만들어야 되는 건가?

아무리 이리저리 궁리를 해 봐도 답이 안 나왔다. 일단은 부딪쳐 보는 수밖에 없을 것 같았다. 그녀는 익숙한 병실을 찾아갔다.

하지만 문을 열려던 손은 곧 허공에 멈추었고, 한참을 그 자리에 머물렀다. 여기까지 오기가 너무 힘들었던 탓인지, 문을 밀고 들어가기가 괜히 겁이 났다.

이때, 병실 안에서 헐떡이는 숨소리가 들렸다. 당황한 그녀는 문을 밀어젖히고 안으로 뛰어들었다. 병실 안은 다소 어두침침했다. 엄마는 곧바로 눈에 들어오지 않았고, 침대 곁에 앉아 있는 두 사람이 먼저 시야에 잡혔다. 눈이 빨개져 있는 두 명이 깜짝 놀라 그녀 쪽을 돌아봤다.

연구소 동료 이 군과 뚱보였다. 갑자기 병실에 쳐들어온 낯선 여자를 향해, 두 사람이 의아한 눈길을 보냈다. 맹부요는 그런 둘을 거들떠보지도 않고 곧장 침대를 향해 달려갔다. 그리고 침대 가장자리가 손에 닿는 찰나, 왈칵 눈물을 쏟았다.

엄마…….

목구멍에 걸려 입 밖으로 나오지 못한 부름이었다.

병상의 엄마는 온몸 여기저기에 온갖 튜브를 꽂고 있었다. 튜브에 연결된 기계에서는 '삐, 삐' 소리가 나고, 모니터에서는 가느다란 실선이 빠르지도 느리지도 않게 흐르면서 환자에게 시간이 얼마 남지 않았음을 알려 주고 있었다.

맹부요는 수많은 튜브와 산소마스크 틈바구니에서 엄마의 얼굴을 찾아내기 위해 애썼다. 엄마는 몰라보게 수척해져 있었다. 종잇장 같은 몸이 이불 속에 파묻혀 있는 걸 보고 있자니 몸무게보다 무거운 이불 때문에 숨이나 제대로 쉴 수 있을까, 하는 생각이 들었다.

맹부요는 천천히 팔을 뻗어 엄마의 손을, 노쇠하고, 여위고, 뼈마디가 튀어나오고, 검버섯으로 뒤덮인 손을 잡았다. 손가락이 엄마에게 닿자마자 눈물이 주체할 수 없이 넘쳐흘렀다.

그 순간, 엄마의 손이 꿈틀하더니 기계에서 나던 삐 소리가 갑자기 다급해졌다. 뚱보가 둔한 평소답지 않게 재깍 펄쩍 뛰면서 소리를 질러 댔다.

"빨리! 빨리! 의사 불러!"

의사며 간호사들이 허겁지겁 달려와 얼이 빠진 맹부요를 한쪽으로 밀쳤다. 그러더니 무슨 검사를 하고 응급 처치를 한다며 병실 안을 바쁘게 왔다 갔다 했다.

그들의 급한 발걸음을 멍하니 지켜보던 맹부요의 시야 안에는 곧 어질어질한 빛만이 남았다. 그녀는 현기증 속에서 가슴을 부여잡았다. 숨이 멎을 것만 같았다.

안 돼……. 안 돼…….

일찰나 같기도 하고, 평생처럼 길었던 것 같기도 한 시간이 지난 후, 마침내 마스크를 벗은 의사가 놀랍고도 기쁜 투로 말했다.

"기적입니다! 고비를 넘겼어요!"

긴긴 안도의 한숨을 내쉰 맹부요는 비틀거리며 뒤로 물러나 벽에 등을 기댔다. 곧 뺨을 타고 눈물 두 줄기가 흘러내렸다.

❋

"아주머니, 죽 좀 드셔 보시겠어요?"

반짝거리는 햇살을 받으며, 맹부요가 경쾌한 발걸음으로 병실에 들어섰다. 웃는 모습이 눈부시도록 환했다.

"귀찮을 텐데 번번이 오게 해서 어떡해요, 아가씨."

침대 위의 엄마가 몸을 일으키더니, 기력이 없는 와중에도 반가운 미소를 보냈다.

"당연한 일을요. 저랑 부요랑 얼마나 친한 사이인데요!"

맹부요는 베개를 집어서 엄마한테 받쳐 준 다음, 보온병에서 닭죽 한 그릇을 퍼서 너무 뜨겁지 않은지 온도부터 확인했다.

그녀는 결국 엄마한테 자기가 누군지 털어놓지 못했다. 환자 상태가 기적적으로 호전되기는 했어도 아직은 절대 안정이 필요한 시기라는 의사의 말 때문이었다. 맹부요는 고민 끝에, 엄마를 정말로 보내야 할 때가 오면 그때 사실을 고백하기로 했다. 눈앞에 빤히 보이는 희망을 자기 손으로 말살할 수는 없는 일이었다.

하여, 그녀는 멀리 지방에서 온 아가씨의 사연을 꾸며 냈다. 자기는 과거 고고학 탐사를 다니던 맹부요에게 큰 도움을 받은 적이 있고, 맹부요는 탐사 중에 절벽에서 추락하는 바람에 기억 상실증에 걸렸는데, 지금 자기 집에서 요양하며 천천히 기억을 되찾고 있다는 이야기였다. 병원을 찾아온 건 맹부요한테서 엄마를 돌봐 달라는 부탁을 받아서라고 해 두었다.

말도 안 되는 막장 스토리였지만, 아픈 사람을 상대로는 얼추 먹혀들었다. 이렇게라도 희망을 주면 엄마에게 남은 시간이 조금이나마 늘어날는지도 몰랐다.

그녀가 세심하게 죽을 떠먹여 주는 동안, 창문을 통해 쏟아져 들어온 오후의 햇살이 그녀의 얼굴 한쪽을 찬란하게 물들였다. 그녀의 눈빛은 다정했고, 빙긋이 웃으며 베개에 기대어 죽을 먹고 있는 엄마는 기쁘고 행복한 눈빛이었다.

다만, 엄마의 눈빛 속에는 기쁨 말고도 묘한 무언가가 더 섞여 있었다. 맹부요는 그런 엄마의 눈빛을 마주할 때마다 까닭 없이 가슴이 덜컥덜컥 내려앉았다.

가끔은 그런 생각이 들기도 했다.

혹시 내가 누군지 알아본 건 아닐까?

하지만 생각이 뒤집히는 것은 순식간이었다.

그럴 리가!

그녀가 겪은 것은 다른 사람들은 상상도 못 할 일이었다. 아픈 엄마가 무슨 수로 그런 생각을 하겠는가? 그리고 만약 정체를 알아본 거라면 왜 아무 말도 안 하고 있겠는가?

두 사람은 화기애애한 분위기 속에서 죽 몇 숟갈을 먹여 주고 받아먹었다. 사실 엄마는 대부분 유동식으로 식사를 대체했고, 산소 팩을 한 번도 몸에서 떼어 놓은 적이 없었다. 이러니저러니 해도 결국은 위독한 상태였기에 기적이라고 해 봐야 며칠 더 사는 게 고작일 터였다.

맹부요도 현실을 알고 있었다. 그녀의 바람은 그저 엄마의 마지막 나날들을 곁에서 함께하다가, 어둠의 끝자락에 다다랐을 때 자기 손으로 엄마를 내생에게 맡기는 것뿐이었다.

이날은 컨디션이 좋지 않은 엄마의 잠자리를 봐주고, 시간이 난 김에 필요한 것들을 사러 병원을 나섰다. 이쪽 세상으로 돌아올 때 그녀는 미처 돈 생각을 못 했지만, 다행히 몸의 주인이 값나가는 물건들을 꽤 가지고 있었다. 그걸 팔자 상당한 금액이 손에 쥐어졌다. 당분간 먹고사는 데는 지장이 없을 것 같았다.

연구소에는 다시 돌아갈 생각이 없었거니와, 가고 싶다고 갈 수 있는 것도 아니었다. 그녀는 이제 맹부요가 아니기 때문이었다. 정신병자 취급을 받고 싶지 않다면 처음부터 새로 시작하는 게 맞았다.

어쩌면 새로 시작하고 싶지 않은지도 몰랐다. 그녀는 자신이 한 약속을 기억하고 있었다. 엄마 쪽 상황이 정리되고 나면 돌아간다고 했던.

돌아가는 방법은 알지 못했지만, 평생이 걸린다고 해도 그녀는 포기하지 않을 것이었다.

맹부요는 씁쓸하게 웃어 버렸다. 내가 미치긴 단단히 미쳤지 싶었다. 안간힘을 써서 돌아올 땐 언제고, 이번에는 또 안간힘을 써서 돌아가겠다니. 본인이 생각하기에도 참 한심한 인생이었다.

하지만 아무렴 어떠하랴. 마음 둘 곳이 없는 이상 이 세계의 사람들도, 꽃들도, 모든 게 자신과는 아무런 상관이 없는 것을.

오후의 따사로운 미풍이 누군가의 손길처럼 그녀의 뺨을 어루만지고 지나갔다. 우뚝 걸음을 멈춘 맹부요는 그 자리에 멍하니 서서 고개를 들었다.

무극⋯⋯.

바쁘게 길을 오가는 행인들이 거리 한 지점을 지날 때면 약속이나 한 듯이 고개를 돌려 그곳에 한 번 더 눈을 줬다. 그곳, 차와 사람이 꼬리에 꼬리를 물고 지나는 시끌벅적한 길 한복판에 젊은 여자 하나가 마치 홀로 동떨어진 세상에 있는 듯한 모습으로 서 있었다.

고개를 들어 햇살을 받고 있는 그녀의 얼굴은 눈물로 흠뻑 젖어 있었다.

필요한 물건을 사서 돌아오는 길에 맹부요는 우연히 작고 허름한 가게 하나를 발견했다. 비뚤름하게 걸린 간판에는 '과거

미래관'이라는 상호가 적혀 있었다.

너비라고 해 봐야 좁은 통로 정도밖에 안 되어 보이는 그 가게는 하필 화려한 옷 가게며 호텔들 사이에 끼어 있어서, 못 보고 그냥 지나치기 딱 좋았다. 그러나 맹부요는 묘한 끌림을 느꼈다.

과거와 미래……. 자신이 바로 과거와 미래 사이에서 고뇌하는 사람 아닌가?

근래 그녀는 시공간 너머로 돌아갈 방법을 알아내기 위해 틈날 때마다 유명하다는 사찰을 돌며 고승들을 만나러 다녔다. 하지만 지금껏 소득은 전무했다. 그러던 차에 과거와 미래라는 간판이 가슴속에 똬리 틀고 있는 고뇌를 건드린 것이었다.

그녀는 성큼 가게 안으로 들어갔다. 안쪽 공간은 비좁고 어두침침했다. 탁자 하나, 그리고 종이로 포장되어 수북이 쌓여 있는 약재들이 눈에 들어왔다. 약장수가 지나가는 사람 등쳐 먹으려고 차려 놓은 가게 같았다.

살짝 후회스러워진 맹부요가 그대로 뒷걸음질 쳐서 나가려는데, 어둠 속에서 '으잉?' 하는 소리가 나더니 컬컬하게 갈라진 목소리가 이어졌다.

"대낮부터 무슨 귀신이 돌아다니누?"

그 소리에 눈이 휘둥그레진 맹부요가 냅다 안으로 뛰어 들어가 탁자 뒤편의 인물을 끌어내려고 팔을 뻗었다. 그러나 상대는 대단한 순발력의 소유자였다. '쾅' 하는 소리와 함께 탁자가 세워져서 그녀의 앞을 가로막았다.

맹부요는 잠시 얼이 빠진 채로 있다가 뒤늦게야 지금 몸으로는 무공을 못 한다는 사실을 상기해 냈다. 한숨을 푹 내쉰 그녀가 탁자에다 대고 말했다.

"선생님께 가르침을 좀 구하고 싶어서 그러는데……."

"안 돌아가고 뭐 하는 게야?"

탁자 뒤에서 비쩍 마른 얼굴이 쓰윽 등장했다. 눈썹이며 수염이 너무 덥수룩해서 이목구비가 다 묻혀 있었지만, 그 와중에도 한 쌍의 눈만은 놀라울 만큼 강렬하게 빛나고 있었다. 신기하다는 식으로 맹부요를 위아래로 몇 번 훑어본 상대가 금방 탁자 뒤로 쏙 숨으면서 말했다.

"왜 여기서 뭉개고 있어?"

순간 주체할 수 없이 흥분한 맹부요가 후다닥 탁자 위로 올라갔다.

"저 돌아갈 수 있어요? 돌아갈 수 있어요?"

"있다마다!"

상대가 탁자를 사이에 두고 손을 뻗어 맹부요의 뼈대를 잡아 보더니 말했다.

"보물을 두고도 쓸 줄을 모르니, 영험한 몸뚱이가 아까울 따름이구먼! 대체 누가 이런 몸뚱이를 다 구해 주었을꼬? 1만 명 중에 하나도 찾기 힘들 텐데……."

"어떻게 돌아가는데요?"

상대의 주절거림을 들어 줄 겨를이 없는 맹부요가 채근했다.

"죽으면 돼!"

상대가 별일도 아니라는 식으로 대답했다.

"음양계를 넘나들 수 있는 영매의 몸이 있으면 많은 일이 쉬워지는 법이지. 그 몸을 버리면 자동으로 돌아가게 될 게야."

맹부요는 너무 좋아서 현기증이 나는 바람에 탁자 아래로 곤두박질쳤다. 애써 마음을 가라앉힌 그녀가 가지고 있던 돈을 탈탈 털어 바닥에 내려놓으며 말했다.

"감사합니다! 제 은인이신데, 나중에는 보답할 기회가 없을 것 같아서 얼마 안 되지만 성의 표시라도 할게요."

맹부요는 신이 나 빨라진 걸음으로 가게를 나서며 생각했다.

엄마 잘 배웅해 드리고 나면 나도 바로 세상 뜨는 거야. 아아, 드디어 돌아갈 수 있어!

그런데 조용히 있던 상대방이 그녀가 막 문밖으로 나가려는 찰나 불쑥 말을 던졌다.

"서둘러! 네가 빨리 안 죽으면 다른 사람이 죽을 테니까."

맹부요가 휙 뒤돌아섰다.

"그런 몸을 쓰는 게 그냥 되는 일인 줄 알아?"

상대가 어둠 속에서 그녀를 향해 눈을 흘겼다. 눈알이 번뜩거리는 게 자못 섬뜩했다.

"누군가 신통력으로 유지해 주고 있는 게지! 쯧쯧……, 보통 힘든 일이 아닐 텐데, 21이 3의 몇 배수인고……."

상대가 손가락을 꼽아 가며 빠르게 계산을 해 나갔다.

"최대 한계치는, 음……, 거기에 49를 넣어 보면, 길어 봤자 일주일이 한계겠구먼! 다시 말해 네가 여기서 49일 안에 돌아가지 않으면 상대방은 기운이 다해 죽는다는 게야."

맹부요는 가게 입구에 서 있었다. 온몸이 햇살에 젖어 있는데도 가슴속에 한기가 들었다.

순간적으로 날짜 계산이 안 됐다. 머릿속에서 아무리 숫자를 굴려 봐도 답이 안 나왔다. 아니, 답은 이미 나와 있는데 그걸 바로 볼 용기가 없어서 무의식적으로 피하고 있는지도 몰랐다.

"나중에 가서 왜 말 안 해 줬느냐고 따질 생각 말아!"

탁자 뒤에서 다시 고개를 내민 상대가 한마디를 덧붙였다.

"보아하니 사흘밖에 안 남은 것 같구먼!"

그 소리에 일순 휘청한 맹부요가 잠시 후 기계적으로 말했다.

"감사해요."

그러고는 돌아서서 밖으로 나갔다.

곧이어 탁자 뒤에서 기어 나온 인물이 멀어져 가는 그녀의 뒷모습을 보며 고개를 절레절레 젓다가 한숨을 내쉬었다.

"어렵겠구먼! 늦겠어……."

❋

사흘 남았다니! 사흘이라니…….

사흘이라는 날벼락에 얻어맞은 맹부요는 머릿속이 웅웅 울렸다.

언뜻 좋아지고 있는 것 같지만, 사실 엄마에게 남은 시간은 그리 길지 않았다. 그녀는 엄마의 마지막을 배웅해 주기 위해 줄곧 기다리고 있었다. 엄마에게는 그녀 말고 다른 피붙이가 없었다. 그녀가 온갖 고난을 뚫고 다시 돌아온 건, 세상의 딸들이라면 누구나 해야 할 일을 마치기 위해서였다. 그래 놓고 이 상황에서 난데없이 엄마를 버리고 갈 수는 없었다.

하지만 그녀는 지금껏 모르고 있었다. 자신이 이쪽 세상에서 보내는 일분일초가, 그의 피가 한 방울 한 방울 모여 만들어진 것이라는 사실을. 자신이 여기 머무는 짧은 순간에도 그는 한 걸음 더 죽음의 심연에 가까워지고 있다는 사실을.

알고 보니 최후의 순간에 위험을 무릅쓴 사람은 그녀가 아니었다. 생사의 기로에 선 사람도 그녀가 아니었다. 그날 밤, 절망의 눈물을 머금고 끝없이 상대에게 매달리면서 처량한 심정으로 곧 다가올 끝을 기다린 사람도 그녀가 아니었다. 알고 보니, 그건 전부 그의 몫이었다!

그럼 자신은…… 이제 자신은 어찌해야 하는가? 어찌해야 하는가…….

저편 세계에 있었을 때, 그녀는 살날이 얼마 남지 않은 엄마를 위해 이곳으로 돌아왔다. 이편 세계에 있는 지금, 그녀는 그가 죽어 간다는 걸 알고 그걸 막을 방법도 알지만, 아무것도 할 수가 없었다. 어찌하여 세상에는 애끓는 진퇴양난의 순간이 이토록 많은가.

이제부터는 그녀의 모든 걸음이, 그녀의 모든 동작이, 손을 한 번 들거나 눈길을 한 번 돌리는 것조차도, 전부 그의 생명을 깎아 먹는 초읽기가 될 것이었다. 심장이 잡아 뜯기고, 지져지는 것 같았다. 어느 쪽이나 그녀에겐 지옥이었다.

사흘…….

누가 봐도 부족한 시간이었다. 오늘 당장 엄마가 가지 않는 이상에야…….

순간 맹부요는 몸서리를 쳤다. 마음 같아서는 자기 뺨이라도 때리고 싶었다.

어떻게 그런 생각을 할 수가 있어? 어떻게 그런 생각을 해?

그녀는 멍하니 서서 젖은 눈가를 훔쳐 내고 빠른 걸음으로 병원으로 향했다. 병원에 도착해 병실 문을 열자마자 무의식적으로 심전도 모니터를 쳐다봤다. 그곳에는 아주 안정적인 물결선이 흐르고 있었다. 밋밋하게 뻗은 직선 같은 건 없었다.

눈이 그쪽으로 움직인 건 완전히 무의식중에 일어난 일이었지만, 모니터를 확인하고 난 그녀는 벼락을 맞은 기분이었다.

지금 뭘 한 거지? 뭘 보는 거야? 뭘 기대하고? 무슨 생각을 하고?

맹부요는 그 자리에 선 채로 온몸이 얼음장처럼 차게 식는 걸 느꼈다. 그녀는 어디가 아프기라도 한 사람처럼 덜덜 떨기 시작했다. 똑바로 서 있기가 힘들 정도였다. 그러다가 문득 이상한 느낌이 들어 고개를 숙이자 엄마와 눈이 마주쳤다.

엄마가 조용히 그녀를 쳐다보고 있었다. 깊은 생각에 잠긴 듯한 눈으로.

맹부요는 허둥지둥 입꼬리를 끌어 올려 웃으면서 손을 들어 보였다.

"제가 삭힌 두부 사 왔……."

손을 들고 나서야 아까 제정신이 아닌 사이에 두부를 어딘가에 내팽개쳤다는 걸 깨달은 그녀가 헛기침을 두어 번 하고서 배시시 웃으며 말했다.

"오다가 어디 두고 왔나 봐요. 찾아올게요."

그녀는 엄마의 대답을 기다리지 않고 급히 병실을 나섰다. 문을 빠져나오기 직전에 슬쩍 살핀 엄마의 안색은 아주 좋아 보였다. 그런데 그 생각이 머릿속을 스쳐 가는 순간이 전혀 기쁘질 않았다.

곧이어 그녀는 자신이 기뻐하지 못하고 있다는 사실이 너무 혐오스러워서 죽고 싶어졌다.

어떻게…… 하나도 기쁘지 않을 수가 있어!

병실 밖으로 몇 걸음이나 내디뎠을까, 복도에 걸려 있는 벽시계가 보였다. 눈을 들자마자 시간이 눈에 들어왔다. 시간이 눈에 들어오는 찰나, 그녀는 반사적으로 계산을 시작했다.

만약 엄마가 지금…….

자기 머릿속에 떠오른 생각에 또 한 번 몸서리가 쳐졌다.

내가 지금 뭘 계산하는 거야? 내가 지금 뭘 계산하는 거야!

더는 시계를 쳐다볼 수가 없었다. 그녀는 미친 사람처럼 복도를 내달려 화장실로 뛰어 들어갔다. 그러고는 세면대에 물을 틀고, '쏴아아' 하고 쏟아지는 하얀 물줄기 아래에 머리를 처박았다.

그녀는 그대로 물을 고스란히 맞으며, 세찬 물줄기가 자신의 얼굴을 씻어 내고 자신의 야비함을 씻어 내게 두었다.

　내가 어떻게……, 내가 어떻게!

　째깍, 귓가에 어렴풋이 시계 소리가 들렸다. 고개를 들자 화장실 위쪽에도 벽시계가 걸려 있는 게 보였다. 초침이 째깍째깍 가고, 분침이 급하게 움직이고, 시침이 그녀의 시야 안에서 무서운 속도로 내달렸다.

　시간, 시간, 시간!

　일분일초가 모두 고통이었다. 일분일초, 예리한 칼날이 그녀의 심장을 조각조각 난도질했다. 조각난 심장을 밟고 걷노라면 발밑이 온통 피바다였다. 빠르게 달려가는 시간이 증오스러웠다. 무력한 인생이 증오스러웠다.

　운명은 왜 이렇게 많은 난제로 나를 괴롭히면서 작은 희망으로 구원받는 것조차 허락하지 않는 것일까.

　맹부요는 지면을 박차고 뛰어올라 문 위에 걸려 있는 빌어먹을 시계에 주먹을 한 방 먹였다.

　멈춰, 멈추라고! 나한테 시간을 줘, 시간을 달란 말이야!

　이때, 화장실 앞을 다급하게 지나치는 발소리가 들렸다. 의사며 간호사들이 카트를 밀고 어디론가 달려가고 있었다.

　방향을 보니 엄마의 병실 쪽이었다!

　맹부요는 기쁜 마음에 껑충 뛰어서 그들의 뒤를 따라붙었다. 하지만 그들은 엄마가 있는 병실 입구를 그냥 지나쳐 옆 병실로 들어갔다. 맹부요는 엄마의 병실 앞에 멍하니 멈춰 섰다. 손발이 얼음장처럼 차가웠다.

더 최악인 건 문이 열려 있고, 엄마가 멀쩡한 정신으로 침대에 누워서 병실 입구의 그녀를 쳐다보고 있다는 사실이었다.

조금 전의 절박한 모습을 엄마에게 들킨 건 아닐까? 조금 전 내 눈빛에 실망감이 드러났을까? 그걸 엄마가 보진 않았을까?

가슴이 싸늘하게 식었다. 욱신욱신 아팠다. 누군가 심장을 쥐어짜고, 비틀고, 짓누르고, 으깨고 있는 것 같았다.

세상이 먼지로 화했다. 피가 그득 들어찬 그녀의 가슴속에서 '쾅' 하고 박살 났다.

도저히 엄마의 눈길을 견딜 수가 없었기에, 그녀는 돌아서서 정신없이 계단으로 달려갔다. 복도 모퉁이를 돌자 엘리베이터 옆 쪽문이 나왔다. 그쪽은 사람들이 거의 다니지 않는 대피용 통로였다. 맹부요는 비상구 문을 머리로 들이받아 열자마자 다리가 풀리면서 계단 아래로 굴러떨어졌다.

딱딱한 시멘트 계단에 등이 찍혔다. 온몸이 삽시간에 상처투성이가 됐다. 하지만 이만큼 아프기라도 해야 무너지는 가슴을 견뎌 낼 수 있을 것 같았다. 그녀는 비틀거리며 일어나다가 다시 다리가 꺾여 계단 중간에 나동그라졌다. 그러고 나자 몸에서 기운이 쭉 빠졌다.

그녀는 이마를 벽 모퉁이에 대고 짓이겼다. 육신의 아픔으로 가슴속의 무한한 고통을 잊어 보려는 것처럼.

새하얀 벽에 핏물이 얼룩덜룩 묻어나고, 그 위로 다시 그녀의 이마가 문대졌다. 피와 눈물, 땀방울이 합쳐져서 줄줄 흘러내렸다. 석회 섞인 핏물이 벽면을 온통 분홍색으로 물들였다.

내가 어떻게 엄마가 죽기를 바랄 수 있어……. 내가 어떻게 아까 그렇게나 좋아할 수가 있어……. 내가 어떻게 이토록 비열하고 이기적일 수가 있어, 어떻게 혈육의 죽음을 대가로 내 행복을 찾으려고 할 수가 있어…….

내가 어떻게 여기 편안히 있으면서 그 사람 생명을 깎아 먹을 수가 있어? 내가 어떻게 시간이 가는 걸 빤히 보면서 아무것도 안 할 수가 있어? 내가 어떻게 그 사람의 온 마음과 피땀을 다 누려 놓고, 햇볕도 안 드는 지하 궁전에 그 사람을 영영 홀로 던져 놓을 수가 있어?

나는 이러지도, 저러지도 못해. 하늘이시여! 왜 저를 더 이기적이고 뻔뻔하게 낳지 않으셨나이까? 그랬으면 무의식 속 절박한 기대 때문에 한없는 자책에 빠지지는 않았어도 됐을 텐데! 그랬으면 아예 돌아오지 않을 수도 있었을 텐데. 그랬으면 그를 잊고 이곳에서 새로 시작할 수도 있었을 텐데.

그랬으면 심지어는…… 산소 밸브를 잠가 버릴 수도 있었을 텐데!

맹부요는 어두컴컴한 대피용 통로에서 홀로 목메어 통곡하면서 머리카락을 마구잡이로 쥐어뜯었다. 얼마 안 가 피 묻은 머리카락과 부러진 손톱이 바닥에 어지럽게 널브러졌다.

그녀는 자기 영혼까지 박살 낼 기세로 벽을 들이받았다. 사실상 그녀는 이미 산산이 부서진 뒤였다.

고난의 연속이었던 운명 속에서, 심장을 찌르고 영혼을 찢어 발기는 괴로움 속에서, 할 수 있다는 걸 알면서도 하지 못하고,

급기야 그런 생각을 떠올린 것만으로도 죄스러워지는 비통함 속에서…….

마지막에 이르러 한 점 기운도 남지 않은 그녀는 먼지 쌓인 바닥에 쓰러졌다. 그러고는 초점 없는 눈을 커다랗게 뜬 채, 허공으로 유유히 떠올랐던 먼지들이 다시 천천히 가라앉아 자신을 매장하는 모습을 지켜봤다.

그녀는 자신을 장사 지냈다. 이미 죽었다 생각하기로 했다. 엄마가 갈 날을 기다리며 괴로워하는 것도 더는 싫었다. 자기 행복을 찾겠다고 살날이 얼마 안 남은 엄마를 홀로 죽게 남겨 두고 떠날 수도 없었다. 임종을 지키고 장례를 치를 가족 하나 없게 만들 수는 없었다.

자기 손으로 산소 밸브를 잠그는 건 더더욱 못 할 짓이었다.

그렇다면 남은 건, 장손무극과 함께 죽는 길뿐이었다.

운명이 자신의 편이 아니리란 건 알고 있던 바였다. 그녀가 할 수 있는 일은 이 한목숨 바쳐 장손무극의 곁을 지키는 게 유일했다. 살아서는 못 한다면 귀신이 되어서 하면 그만이었다. 영원한 암흑에 떨어지는 한이 있더라도 양심의 평온을 얻고 싶었다.

그녀는 엄마를 보낸 후에 자살하기로 했다. 영혼은 우주 안에서 아무런 제약도 받지 않는 존재이니, 귀신이 되면 그와 함께할 수 있을지도 몰랐다.

마침내 결론에 도달한 기분이었다. 가슴이 후련했다. 죽고자 하면 살리라는 말의 의미가 무엇인지 알 것 같았다.

그녀는 바닥을 짚고 일어나 옷에 묻은 먼지를 털어 내고, 물로 얼굴과 손의 핏자국을 씻어 내고, 소매를 내려서 손의 상처를 감추고, 본인을 얼추 멀쩡한 모습으로 만든 뒤 병실로 돌아갔다.

그런 다음 엄마에게 아무렇지 않게 말을 건넸다.

"아직 안 주무셨어요? 일찍 쉬셔야죠!"

엄마는 아무런 말도 없이, 아까와 똑같은 자세로 등을 비스듬히 세우고 누워 있었다. 맹부요는 몸도 마음도 지칠 대로 지친 상태에서 힘겹게 웃음을 지어 보이고는, 밤에 잘 때 쓰는 간이침대에 털썩 주저앉았다. 베개에 몸을 기댄 다음부터는 꼼짝도 할 수가 없었다.

그 와중에 엄마가 물 한 잔을 건네주기에 받아서 컵을 깨끗이 비웠다. 그러고 나자 머리가 무거워지고, 눈꺼풀도 무거워졌다. 의식이 급속도로 혼미해지고 있었다.

몽롱한 비현실감 속에서, 자신을 부르는 온화한 목소리가 들려왔다.

"부요!"

맹부요는 몸을 흠칫 떨었다. 처음에는 장손무극의 부름이 환청으로 들리는가 했는데, 나중에는 그게 아닌 것 같았다. 눈을 떠 목소리의 주인을 확인하고 싶었다. 하지만 눈꺼풀이 쇳덩이처럼 무거워서 도저히 들어 올릴 수가 없었다. 그녀는 살짝 가쁜 숨을 몰아쉬면서 강요된 잠에 빠져들었다.

밤의 어둠이 점차 짙어져 갔다. 멀리서 비쳐 들어온 불빛이

불 꺼진 병실 절반을 밝히고, 침대 위의 엄마를 비추고 있었다.

허리를 숙여 맹부요의 침대 가까이 다가간 엄마가 링거 바늘을 뽑아내더니, 힘겹게 손을 뻗어 맹부요의 머리를 살며시 쓰다듬었다. 맹부요를 바라보는 엄마의 눈빛은 온화하고도 너그러웠고, 이해와 아픔이 가득 담겨 있었다.

만약 이때 맹부요가 눈을 떴다면 '그'와 똑같은 눈으로 자신을 보고 있는 엄마를 발견했으리라. 이 세상에서 그녀를 가장 사랑하는 두 사람은 똑같은 눈을 하고 있었다.

어스름한 불빛 한 줄기가 깊게 잠든 여자의 얼굴에 드리워 있었다. 엄마는 그녀의 머리카락을, 잃었다가 되찾은 자신의 어린 딸을 조용히 쓰다듬었다. 앙상한 손가락을 뻗어 잠결에도 잔뜩 찌푸려진 눈썹을 반듯하게 펴 준 엄마가 흐뭇하고도 편안한 미소를 지으며 딸의 얼굴을 어루만졌다.

사실 그 얼굴은 부요의 것이 아니었지만, 영혼은 부요라는 걸 엄마는 알고 있었다. 이유도, 설명도 필요 없는 일이었다. 본디 세상에서 가장 설명하기 힘든 것이 바로 혈연끼리의 끌림과 말하지 않아도 통하는 마음이니.

둘은 유달리 각별한 모녀지간이었다. 긴 시간 서로를 굳게 의지하며 살아왔고, 엄마는 딸의 선생님이자 언니이자 친구이기도 했다. 그녀와 딸 사이에는 남들이 따라올 수 없는 유대가 존재했다. 둘은 영혼 깊숙이 서로를 이해하고 염려했다.

그랬기에 부요는 어떠한 상황에서도 엄마를 버릴 수가 없었고, 엄마는 첫눈에 부요를 알아봤다. 그녀의 딸을 빼고 세상 어느 누가 또 그토록 압도적으로 강렬한 눈빛을 가질 수 있겠는가?

"그 눈빛을 한 번 더 보지 못하는 게 아쉽구나…….."

엄마가 조용히 말했다.

"부요, 엄마는 우리 딸이 너무 보고 싶었어! 그렇지만…… 알아보는 티를 낼 수는 없었단다."

알아보는 티를 내 버리면 이후에 해야 할 일을 할 수가 없었다. 부요를 영원히 가책 속에서 살게 할 수는 없었다.

"지금 많이 곤란한 거 맞지?"

엄마가 상처투성이인 딸의 손을 안타깝게 어루만졌다.

"엄마 때문에 곤란한 거지? 부요…….. 너는 너무 착해, 너무 착한 아이야! 이제 네가 가고 싶은 곳으로 가서 네가 하고 싶은 일을 하렴…….."

미소를 지으며, 엄마가 부드러운 두 손을 한데 포개 주었다.

"행복한 네 모습을 봤어. 온 마음을 다해 널 사랑해 주는 사람을 봤단다. 엄마로서 이보다 더 기쁜 일이 또 있겠니?"

죽음은 그저 긴긴 잠일 뿐이었지만, 그녀가 안심하고 몸을 눕히려면 부요가 행복하리라는 확신이 필요했다.

"가렴…….."

엄마가 자세를 숙여 딸의 이마에 가볍게 입 맞췄다.

"엄마는 언제까지나 널 사랑한단다."

병실 한구석을 비추는 어스름한 불빛 속에서, 엄마의 핏기 없는 입술이 딸의 매끈한 이마에 내려앉았다.

죽음과 청춘이 동시에 피고 지니, 진정한 사랑은 이별을 두

려워하지 않으리라.

맹부요는 끝까지 눈을 뜨지 못했지만, 서서히 물기가 배어 나오며 눈꼬리에는 눈물 한 방울이 맺혔다. 눈물방울이 어슴푸 레한 노란색 조명 아래에서 진주알 같은 반짝임을 발했다.

손을 뻗어 그 눈물을 받아 낸 엄마는 한동안 넋을 잃고 눈물 에서 눈길을 떼지 못했다. 그러다가 이내 딸의 이불 가장자리 를 잘 다독여 주고는 천천히 자기 자리로 돌아갔다.

어둠 속에 부스럭거리는 소리가 울렸다. 엄마가 침대 위에서 차근차근 자기 자신을 정돈하는 소리였다.

그런 다음, 엄마는 손을 뻗어 산소 밸브를 잠갔다.

🪷

사흘 후, XX시 공동묘지.

맹부요는 새로 만들어진 무덤 앞에 새하얀 카네이션 다발을 내려놨다. 묘비에 붙은 사진 속 여인은 생전의 온화하고도 차 분한 모습 그대로인 채, 미소를 머금고 맹부요를 바라보고 있 었다.

3월 봄바람은 따사로웠고, 그녀는 그녀를 사랑하는 이의 가 슴속에 영원히 아름답게 살아 있을 것이었다.

맹부요는 묘비에 다른 내용 없이 한 구절만을 새겨 넣었다.

진정한 사랑은 서로에게 날개를 달아 주는 데서부터 비

롯된다.

엄마, 나 수면제를 먹은 그날 밤에 완전히 정신을 잃은 게 아니었어. 오주대륙에서 겪은 시련들이 내 의지를 강하게 단련시켰거든.

나약한 몸은 잠들고 말았지만, 의식만은 깨어 있었어. 무슨일이 벌어지는지 다 알면서도 막을 수가 없었어. 그건 날 위한엄마의 배려였지.

여기까지 온 이상 서로에게 가책을 느낄 필요는 없다고 생각해. 난 엄마의 마지막 배려를 저버리고 싶지 않아. 한눈에 날 알아봤으면서도 내가 엄마를 죽음으로 내몰았다는 죄책감 속에서살게 될까 봐 모르는 척했던 거 알아.

걱정하지 마. 그런 일은 없을 거야! 약속해. 이제부터 어디를가든, 어떤 일이 닥치든, 누구보다 행복해지도록 노력한다고.

비단처럼 부드러운 3월의 햇살이 여인의 가냘픈 뒷모습을 비추고 있었다. 그녀는 햇살 속에서 소맷자락 한가득 향긋한 꽃내음을 품은 채 묘지 깊숙한 안쪽의 숲으로 걸어 들어갔다. 숙명이 기다리고 있는 종착지를 향해, 사랑의 저편을 향해······.

맹부요가 다시 눈을 떴을 때, 제일 먼저 시야에 들어온 것은찬란하게 빛나는 궁륭형 천장과 일월성신이었다. 그녀는 기쁨에 눈시울이 뜨거워졌다.

그러던 찰나, 자신이 어째 좀 이상한 데 들어와 있는 것 같다는 느낌이 들었다. 자세히 보니 자신이 누워 있는 곳은 관이었고, 관 속에는 또 한 사람이 더 있었다. 그녀는 두 팔을 뻗어 흡족하게 그의 몸을 껴안았다.

우웅, 드디어 돌아왔구나!

그러나 다음 순간, 그녀는 흠칫 경직되고 말았다.

몸이 왜 이렇게 차?

당황한 그녀는 허둥지둥 몸을 일으켜 장손무극의 얼굴을 세세히 살폈다. 두 눈은 굳게 감겨 있었고, 안색은 창백했다. 생기라고는 한 점도 찾아볼 수 없는 모습이었다. 손목을 잡아 봐도 맥박이 전혀 느껴지지 않았다. 진기를 불어넣어도 움직임이 없었다. 붙잡고 흔들어 봐도 반응이 없었다.

가슴이 텅 비어 버리고 그 안을 눈 뭉치가 뒤죽박죽으로 메운 느낌이었다. 멍하니 일어나 앉기는 했지만, 이제부터 뭘 어찌해야 좋을지 알 수가 없었다.

운명이란 이토록 가증스러운 것이었던가? 가까스로 돌아와서 마주한 게 결국은 영원한 이별이란 말인가?

넋이 나간 채로 주위를 둘러보던 그녀는 관 맞은편에서 모래시계를 하나 발견했다. 얼른 일어나서 살펴봤지만, 모래는 이미 다 떨어진 뒤였다. 가슴이 쿵 내려앉으면서 눈앞이 캄캄해졌다.

역시 너무 늦어 버린 건가?

그녀는 관 밖으로 나가려고 버둥거렸다. 나가서 아직 안 떨어진 모래가 한 알갱이라도 있는지 자세히 확인해 보겠다는 생각이었다.

바로 그때, 등 뒤에서 서늘한 손이 뻗어 와 그녀의 허리를 붙들었다. 곧이어 천지가 빙그르르 도는 것 같더니, 어느새 그녀는 관 바닥에 등을 대고 누워 상대의 체중에 눌려 있었다.

희미한 아수라 연꽃 향기가 밀려오고, 그의 부드럽고도 절박한 입술이 깜짝 놀라 소리를 지르려던 그녀의 입술을 덮었다. 눈을 깜빡이는 사이, 그녀의 눈가로 눈물이 굴러 내렸다.

❋

궁창 천승天勝 원년, 장손무극이 장청 신전 전주 자리에 올랐다. 그리고 이듬해, 대완이 부풍 탑이족 영역으로 군대를 출정시켜 강토 3천 리를 점령했다.

천승 2년, 대완 여제 맹부요가 궁창과 무극 두 나라의 황제인 장손무극과 혼인했다. 여제가 혼수로 준비한 탑이족 강토 덕분에 중간에 탑이족을 두고 양쪽으로 갈라져 있던 궁창과 무극 땅이 마침내 하나로 연결되었다.

같은 해, 부풍 여왕 아란주가 대완과 무극의 신하로서 영원히 두 나라에 예속되고자 자청하여, 부풍이 대완 관할로 편입되었다. 강산을 혼수 삼아 시집온 맹부요 덕분에 천하의 3분의 1이 장손무극의 것이 되었다.

상연 장녕長寧 3년, 상연 황제 연경흔이 태연으로 진군해 석

달 만에 나라를 멸망시키고, 상연과 태연을 다시 합쳐 국호를 '대연大燕'으로 하였다.

이로써 천하는 무극(장손무극), 대한(전북야), 헌원(종월), 대연(운흔이자 연경흔), 대완(부요), 다섯으로 나뉘었다. 다섯 나라 황제들은 모두 천하제일의 절정 고수였고, 세상은 이들을 합쳐 '오성五聖'이라 불렀다.

천승 8년, 대완과 무극이 정식으로 합병되어 국호를 '대성大成'으로 고쳤다. 대성 황조의 개국 황후는 오주대륙 역사상 가장 찬란하게 빛나는 여인이었다.

강대하고도 자유로웠던 그녀는 일생 세운 위대한 업적으로 말미암아 오주대륙 전역에서 극진한 숭배를 받았으며, 역사에는 '신영 황후'라는 이름으로 남았다.

헌원 승업承業 5년, 헌원 황제가 구화전에서 붕어했다. 그의 나이 서른둘이었다. 그는 슬하에 1남 1녀를 남겼다. 두 아이 모두 비빈 소생이었으나, 아이들의 어미가 정확히 누구인지는 그도 기억하지 못했다. '그녀'가 아닌 이상 나머지 여자들은 누가 누구든 다 마찬가지였다. 그는 다만 헌원국을 이어받을 사람이 필요했기에 온 힘을 다해 몇 해를 더 버티면서 후사를 남겼을 뿐이었다. 황후는 일생 세우지 않았다.

그와 마찬가지로 대한과 대연의 황제들도 많은 비빈을 두지 않았다. 삼국의 황궁이 그처럼 텅 비어 적막하니, 여인들의 곱고 아리따운 자태는 운무 속에서 헛되이 지는 꽃에 지나지 않았고, 그 어떠한 흥성거림도 아득한 구름 너머 손 닿지 않을 곳에 있을 뿐이었다.

비빈들은 한창 어여쁠 나이에 입궁하여 백발이 성성해질 때까지도 황제의 얼굴을 몇 번 구경하지 못했다. 그녀들의 존재 이유는 오직 후사를 생산하는 것이었으며, 황궁의 안주인 자리는 언제까지고 비어 있었다.

세 나라 모두, 황후가 없었다.

외전 1 결혼기

"그대 생각에 우리 혼례는 어디서 치르는 것이 좋겠소?"

맹부요가 앉아 있는 의자 뒤에 붙어 턱을 그녀의 어깨에 올린 장손무극이 귓불에다 대고 바람을 불었다. 한 번, 잠시 쉬었다가 또 한 번, 또 잠시 쉬었다가……

그의 얼굴을 가차 없이 밀어낸 맹부요는 고개를 돌리지도, 뒤를 훑어보지도, 눈을 맞추지도 않고 무표정으로 답을 대신했다.

나 바쁘거든? 시시한 질문 따위에 던져 줄 관심 없다고!

그러나 장손무극 폐하께서는 맹부요 여제의 태도를 이유로 본인 계획을 수정할 분이 아니셨다. 얼굴이 밀려나자 한층 더 과감하게 손을 쓱 들이민 장손무극이 맹부요의 섬세한 귓불을 살며시 잡고 햇살에 비춰 보기 시작했다. 작고, 하얗고, 정교한 귓불이 찬란한 햇빛에 비쳐 구슬처럼 투명하게 빛났다. 안쪽의 붉은 실핏줄까지 환히 들여다보이는 게, 최상급 옥석이 태생적으로 품고 있는 유려한 결을 보는 것 같았다.

남이 귓불을 만져 주는 건 기분 좋은 일이었다. 더군다나 폐하의 손길은 언제나 나긋나긋했다.

금세 나른해진 맹부요는 따스한 햇살에 잠긴 채 멍하니 넋을 놓았다. 주위를 스치는 5월 초여름 바람에는 희미한 아수라 연꽃 향기가 섞여 있었다. 그 독보적인 향기는 무리 지어 핀 앵초, 과엽국, 사계해당, 진달래, 게발선인장 등의 향내 속에서도 특유의 청신함으로 그녀를 에워쌌다.

그녀는 편안하게 숨을 내쉬면서 고개를 뒤로 젖혔다. 지금 하는 행위를 전적으로 윤허한다는 뜻이었다.

만지작, 만지작만지작, 만지작, 만지작만지작…….

왜 갑자기 가슴이 간질간질하지? 요……, 엉……큼…… 한…… 손!

번쩍 눈을 뜬 맹부요가 형형한 안광을 뿜으면서 손가락을 튕기자 매서운 바람 소리가 났다.

"오조겹룡수五爪拾龍手!"

이에 방금 막 허가 범위를 벗어난 손이 휙 뒤집히면서 그녀의 손을 감아쥐더니 겸사겸사 주물럭거렸다.

"수복모호권收服母虎拳!"

"놔요! 떨어지라고!"

손을 빼려다가 실패한 맹부요가 발길질을 해 댔다.

"저리 가라니까! 꼴도 보기 싫어, 꼴도 보기 싫어, 꼴도 보기 싫어!"

싱긋 웃으면서 팔을 뻗어 호랑이 여사의 다리를 붙든 장손무극이 비위도 좋게 그녀를 어르고 달랬다.

"착하지! 손으로 때려도 되고 입으로 욕을 해도 되지만 다리는 쓰면 안 되오! 우리 태자가 다칠 것은 둘째 치고서라도 그대가 다칠까 봐 더 걱정이니."

"죽어 버려!"

차라리 조용히 있었으면 나았을 것을, 괜히 한 말이 어느 분의 성질을 제대로 건드리고 말았다. 머리카락을 빳빳이 곤두세운 맹부요가 눈에서 번갯불을 뿜으며 삿대질을 했다.

"누구 마음대로 우리 태자예요? 나 시집 안 가, 혼자 키울 거야, 나중에 대완 물려줄 거야! 얘는 당신네 태자가 아니라 내, 태, 자, 거, 든, 요!"

"좋소, 그대 태자 하시오!"

장손무극이 그녀를 마저 달랬다.

"일단은 그대 태자 하고 나중에 우리 태자 하면 되지."

그러고는 다정하게 그녀를 부축해 줬다.

"꽃 보며 눈물짓고 달 보며 한숨짓는 일은 그만두오. 가엾게도, 꽃이 다 시들지 않았소."

맹부요는 그를 밀쳐 내고 얼굴을 딱딱하게 굳혔다. 이에 장손무극이 눈치를 주자, 옆에 있던 원보 대인이 그 즉시 공손히 달려와서 과자 한 조각을 머리 위로 높이 들어 올렸다. 서방님한테 밥상 올리는 현모양처 뺨치는 자태였다.

아래쪽을 쓱 한 번 쳐다보고 '음?' 한 맹부요가 이내 과자를 집어서 야금야금 베어 먹기 시작했다. 원보 대인과 폐하는 기쁨을 감추지 못했다.

여제께서 성의를 받아 주셨구나! 이 세상 최고로 존귀한 임산부인 여제께서 성의를 받아 주셨어!

임산부! 그랬다, 임산부.

세상 가장 존귀하며 가장 보배롭고도 가장 비참하고 가장 혼란스러운 임산부!

신혼 초야의 첫 경험을 몹시도 신성하게 여기던 1인이 관 속에서 정신이 들어 격정적인 포옹과 입맞춤을 나눈 직후, 돌연 산달이 임박해 배불뚝이가 된 자신을 발견했다고 생각해 보라……. 이건 비참해도 너무 비참한 상황인 거다!

그날 이후로 맹부요의 얼굴에서는 하루도 먹구름이 걷힐 날이 없었다.

결혼식도 없고, 오붓한 허니문도 없고, 새 생명이 포근한 보금자리를 찾아왔다는 사실에 기뻐할 새도, 태동에 귀 기울일 새도, 내 핏줄이 세상에 나온다는 행복감을 맛볼 새도, 착상에서부터 시작해 차근차근 성장 단계를 거치면서 아이의 수많은 '첫 순간'을 함께 경험할 새도 없었다.

1초 전까지만 해도 본인을 소녀로 알았는데, 1초 뒤에 정신을 차려 보니 애가 나오기 직전이라니. 이는 한 인간의 멘탈에 대한 실로 막대한 도전이 아닐 수 없었다.

하여 그날, 맹부요와 헤어진 지 어언 9개월 만에 지하 궁전에서 험상궂은 얼굴로 걸어 나오는 그녀를 다시 보게 된 원보 대인은 눈을 끔뻑끔뻑하다가 감개무량한 탄식을 흘리고야 말았던 것이었다.

역시 여제께서는 달라도 무언가 다르도다. 낭창낭창한 소녀에서 얼굴 가득 기미가 낀 속도위반 애 엄마로의 극적인 변신을 저토록 신속하게 해치워 버리다니.

급변신의 아이콘 맹부요 여제는 그때부터 어쩌면 생에 한 번뿐일 수도 있는 까칠 대폭발기에 접어들었다. 쥐를 보면 괘씸하다 하고, 여우를 보면 염치없다 하고, 어느 남정네를 보면 온갖 치졸한 트집을 잡기 일쑤였다.

관짝 안에서 본인의 비참한 처지를 깨달은 직후에도 그녀는 그 남정네를 꼬집으며 포효했었다.

'난데없이 배 속에 애라니? 누가 쑤셔 넣은 건데!'

이에 품성 좋은 황제 폐하께서 차근차근 일러 주시길.

'8월 15일, 원의전에서, 그대가 내 옷을 잡아당기더니…….'

'그만!'

아련한 추억에 잠긴 폐하를 냅다 꼬집은 임산부가 소리쳤다.

'싫어!'

그러자 폐하께서 차분하게 대꾸하셨다.

'나는 좋소.'

맹부요가 냉소를 흘렸다.

'그쪽이 뭔데요? 내 애니까 내가 알아서 해요.'

폐하께서 미소 지으셨다.

'하지만 지금껏 아이를 돌봐 온 사람은 나요. 아이도 이미 나를 아버지로 알고 있고.'

그가 흐뭇하게 손을 뻗어 맹부요의 배에 살짝 올리자 아니나 다를까, '이미 그를 아버지로 알고 있는' 녀석이 무언가를 느낀 듯이 배 속에서 움직였다.

맹부요는 태동에 놀라 순간적으로 얼떨떨해졌다.

자기한테 애가 있고, 그 애가 벌써 발차기를 한다니, 기분이 너무 이상했다…….

하지만 멍한 상태도 잠시였다. 곧 정신이 돌아온 그녀는 분통을 터뜨렸다.

뭔데! 그까짓 배 몇 번 만졌다고 내 배 속에서 큰 애가 당신 애가 될 것 같아?

눈을 부라리는 임산부를 앞에 두고, 폐하께서 몹시 섭섭하다는 양 한숨을 쉬셨다.

'그 녀석 건사하느라 얼마나 힘들었는데…….'

힘들었던 건 사실이었다. 본디 두 사람 정도의 경지에 오르면 벽곡辟穀 수련이 끝나, 물을 뺀 나머지 음식은 먹어도 그만 안 먹어도 그만인 것이 보통이었다. 신전에서 만든 정원단定元 丹 하나만 입에 물면 아무 탈 없이 귀식 상태에 들 수 있었다.

문제는 맹부요가 다시 돌아오던 때에 발생했다. 그녀가 너무 늦어진 탓에 쇠약해진 장손무극이 혼백을 자신에게로 이끄는 과정에서 약간의 실수를 저질렀고, 그로 인해 맹부요는 몇 개월을 더 잔 다음에야 깨어날 수 있게 됐다.

난감한 상황이었다. 모친은 몰라도 배 속 아이는 파구소를 못하지 않나!

장손무극은 맹부요가 귀식 상태로 있는 동안 아이의 건강한 성장을 위해 무던히도 애를 썼다. 장청 신산에서 구할 수 있는 약초며 영약은 전부 구해다 먹였고, 생각해 낼 수 있는 방법이란 방법은 모조리 써 봤다. 종월이 장기간 영약을 써서 맹부요의 체질을 남다르게 다져 놓았기에 망정이지, 그녀가 아니라 다른 사람이었다면 배 속 아이는 십중팔구 지켜 내지 못했을 터였다.

여제께서는 원래가 입만 거칠었지 속은 물러 터진 유형이셨다. 그 굳건한 심장도 어느 분의 온화함 앞에서는 분할 만큼 흐물흐물하게 녹아 버리곤 했다. 폐하의 눈썹이 아래로 처지면 그녀는 심장이 떨렸고, 폐하가 한숨을 흘리면 그녀는 가슴이 죄어들었고, 폐하가 망연자실해 있으면 그녀는 당장에 자기가 혹시 너무 막무가내였는지, 너무 상스러웠는지, 너무 속이 좁았는지 돌아보기 시작했다.

하아! 관두자······.

애가 벌써 제 아빠인 줄 안다는데 뭘 어쩌겠나. 어찌 됐건 애는 내 배에서 나올 거고 내가 엄마인 건 누구도 부인할 수 없는 사실 아닌가?

이렇듯 여제께서는 몹시 비통하게나마 현실을 받아들이고 초단기 임신 및 출산 준비 기간에 돌입하셨다.

정말이지 짧아도 너무 짧았다. 임신 사실을 안 시점부터 해

산까지 간격이라고는 고작 20일밖에 없었으니까. 중간에 식을 올리기에도 너무 촉박한 기간이었다. 물론, 식은 할 수 있었어도 남사스러워서 안 했겠지만…….

덕분에 임신 초기 입덧 등등의 괴로움은 겪지 않아도 됐지만, 만삭 무렵의 체중 증가, 다리 부종, 수면 장애만으로도 맹부요는 심히 불만스러웠다. 거기다가 입맛은 또 왜 이렇게 당기는지, 위장 용량이 나날이 무서운 속도로 증가하고 있었다. 그런 고로 그녀는 거의 매일 밤 자다 일어나 돼지 다리를 찾곤 했다. 그것도 반드시 개당 세 근이 넘는 대자로.

물론 폐하께서는 그녀를 만족시켜 주기 위해 침전 밖 작은 주방을 밤낮으로 돌리는 등 최선을 다하는 모습을 보여 주셨다. 그녀가 돼지 다리가 아니라 원보 고기를 먹고 싶다고 했어도 아마 원보 대인과 잘 상의해 본 뒤 넓적다리 살을 떼어다 바쳤을 것이다.

여제께서 오밤중 침상에서 이불을 끌어안고 돼지고기를 뜯노라면 폐하께서는 맞은편에 앉아 그 모습을 그윽하게 바라보시곤 했다. 바로 그 눈빛이 여제를 착각에 빠뜨렸다.

폐하의 눈빛만 보자면 자신이 머리를 산발한 채 손에 기름기를 덕지덕지 묻히고 뼈를 바르고 있는 게 아니라, 꽃대궐 한복판에 단정히 앉아 우아하게 꽃놀이를 하는 듯한 기분이었던 것이다. 게다가 그녀의 침전 안에는 본인이 고기를 뜯는 자태가 얼마나 용맹한지 확인시켜 줄 만한 거울이 하나도 없었다. 하여, 그녀는 자신이 고기를 뜯어도 아름답기 그지없는 한 떨기 꽃인 줄로 알고 있었다.

　그래도 그 꽃은 머리가 나쁜 편이 아니었다. 폐하의 눈빛에
홀려 본인의 진짜 몸무게를 잊을 때가 많긴 했어도, 가끔은 고
기를 뜯다 말고 우수에 젖어 천장을 올려다보곤 했다. 그러다
가 요즘 들어서 날이 갈수록 해발 고도가 높아지는 양 볼을 만
지작거리며 헤아려 보는 것이었다.

　배 속에 든 녀석을 빼고 계산했을 때 자기 몸에 살집이 얼마
나 될지……. 아마 엄청난 수치가 나오지 싶었다.

　계산으로 도출된 숫자가 워낙 어마어마했기에 여제는 거짓
말을 할 줄 모르는 거울을 일부러 외면하는 자기기만적인 작태
를 보이면서, 본인의 몸무게에 대해 전적으로 무지하며 무관심
한 태도로 일관했다.

　그녀는 상당히 감상적인 우울에 심취해 있었다. 이를테면 이
런 식이었다.

　세상이 나를 저버렸다……. 내 아이조차도 엄마인 내가 자기
존재를 알기도 전에 멋대로 제 아빠를 정했지.

　운명은 나를 농락했다……. 그 흔한 예고조차 없이, 내게 소
녀에서 여자에서 모친으로의 삼단뛰기를 강요했지.

　세상이 나를 업신여기고, 기만하고, 저버리고, 속인다면 나
도 세상을 씹어 먹고, 뜯고, 삼키고, 마시리라!

　그리하여 해발 고도는 높아지고, 지방은 쌓여 갔으며, 폐하
께서는 흐뭇해하셨다. 살집이 늘수록 아이는 더 튼실하게 자랄
터이니.

한편, 원보 대인은 나름 정밀한 계산 끝에 결론을 얻은 참이었다.

음, 맹부요의 비만율은 무한히 내 수준에 수렴 중이야…….

그러던 어느 날, 새로 들어온 궁녀 하나가 실수로 거울을 덮어 놓은 천을 벗기는 사고가 일어났다. 무심결에 그쪽으로 시선을 돌린 맹부요는 거울 속에서 예쁘장한 돼지 한 마리를 발견하고야 말았으니…….

"끼아악!"

침전에 비명이 울린 그날부로 여제께서는 곡기를 끊으셨다.

임산부가 단식에 들어가면 굶어야 할 사람이 둘이었다. 사태의 심각성에 황궁 전체가 당장 발을 동동 구르는 가운데, 특히 맹부요의 식단을 돌보는 의관은 공황 상태에 내몰렸다. 궐 안에서 그나마 느긋한 사람은 보고를 듣고 맹부요의 침전으로 향하신 폐하 한 분이 유일했다.

상식선에서 보자면, 아이 아빠로서 폐하께서 보일 반응은 회유, 버럭, 화해의 3단계일 것이다.

경요[2] 버전을 예로 들면 대략…….

"어떻게 밥을 안 먹을 수가 있소? 어떻게 안 먹을 수가 있어! 당신이 안 먹으면 우리 아이는 어쩌란 말이오? 그 아이는 우리 사랑의 결정체요! 내가 나빴소, 내 잘못이오. 얼마든지 때리고 욕해도 좋으니 제발 당신을 괴롭히지만 말아 주오! 당신이 고

---

2 대만의 로맨스 소설 작가.

생하면 아픈 것은 내 마음이니!"

고룡[3] 버전을 예로 들면 대략…….

"안 먹을 거요?"

"안 먹어요!"

"정말 안 먹겠다?"

"안 먹는다고요!"

"이 검, 보이나?"

"그걸로 뭘 어쩌겠다는 거죠?"

"안 먹겠다면……."

싸늘하게 번뜩이는 검이 동맥에 다가붙었다.

"죽어야지!"

주성치 버전을 예로 들면 대략…….

"진짜 안 먹소? 확실히 안 먹소? 안 먹을 거면 진작 말을 하지! 안 먹는다고 말을 안 하면 먹는지 안 먹는지 어떻게 아나? 그래, 안 먹을 거면 안 먹든가. 가 보겠소!"

맹부요는 주변의 동요에도 끄떡하지 않고 앉아 폐하께서 죄를 물으러 행차하시기를 기다렸다. 세 가지 버전 중 어느 게 현실화되든 여제께는 다 대응할 방법이 있었다.

어디 한번 덤벼 보시지, 나도 만반의 준비를 끝냈으니까.

경요 버전…….

"아이랑 나랑 그냥 죽게 놔둬요, 죽게 놔두라고! 난 당신 같

---

3 대만의 무협 소설 작가.

은 사람 몰라! 내가 품었던 사랑의 꿈은 이제 당신하고 아무런 상관없는 거야……."

고룡 버전…….

그녀는 번뜩이는 칼날을 차갑게 응시했다.

쏴아아, 바람이 불자 석 장 밖에서 홀연 낙엽이 떨어졌다.

"그냥 당신이 죽어!"

푹!

흑의인이 소리 없이 흙바닥으로 무너져 내렸다.

"내가 죽느니 당신이 죽는 쪽이 낫지."

그녀는 생명이 빠져나간 몸뚱이를 내려다보며, 검을 적신 핏방울을 후, 불어 날렸다.

"알겠어? 난 누가 명령질 하는 거 딱 질색이라고!"

주성치 버전…….

"니 어미 이름이 뭐냐?"

그날 밤, 단식 투쟁을 하는 중인 여제의 침전에 폐하께서 입성하셨다.

그날 밤, 침전 안에서 나는 소리를 엿듣던 원보 대인과 구미는 명당자리를 놓고 한바탕 싸움을 벌였다. 최종적으로는 원보 대인이 엉덩이 털 약간을 희생하고 간신히 승리해 전각 처마의 최고 명당을 차지했다.

그날 밤, 엿듣기를 마친 원보 대인은 처마 끄트머리에 웅크리고 앉아 45도 각도로 고개를 들고 오래도록 달을 올려다봤다. 달을 보며 예스러운 정취에 젖어 있다가 문득 시상을 떠올린 대인이 단숨에 한시 한 수를 읊었다.

굵은 현의 묵직한 소리는 소나기가 쏟아지는 듯하고, 가는 현의 애달픈 소리는 밀어를 속삭이는 듯하도다. 굵고 가는 소리가 엇갈려 연주되니, 큰 돼지와 작은 돼지가 옥쟁반 위를 구르는 것 같구나.[4]

원보 대인은 자신의 대범한 역작이 기록으로 남겨질 가치가 충분하다고 생각했다. 그리하여 종이에다 복령병을 붙여 글귀를 옮긴 뒤, 절친한 벗들과 돌려 보았다.

이때, 지나가던 멋모르는 놈이 시를 훑어보고는 지적했다.

이거 순수 본인 작품은 아닌 것 같소이다만?

그 소리에 원보 대인이 벌컥 화를 냈다.

몹시 유감스러운 말이 아닐 수 없군. 한 글자 한 글자에 나의 피땀이 서려 있건만. 시가, 산문, 잡록 영역에서 쌓은 다년간의 조예와 도서관에서 얻은 풍부한 지식 및 각종 영감을 글로 빚어내 물 흐르는 듯한 일필휘지로 써 내려간 것인데……

뭐라, 촌에서 채소 파는 원 씨네 둘째 아들이 지은 시랑 비슷한 것 같다고? 그럴 리가, 절대 그럴 리가 없어! 원 씨네 둘째는 존경스러운 풀뿌리 시인이지만, 그렇다고 내가 남의 시를 하나하나 체화시킬 만큼 기운이 남아돌지는 않는다고. 만약 비슷한 점이 있다면 그건 내 기억력이 너무 좋은 탓일 테지!

이를 두고 구미는 다음과 같이 감탄하였다.

---

4 백거이의 〈비파행〉에서 구슬을 돼지로 바꾸었다.

문장을 저렇게 토씨 하나 안 틀리고 기억하려면 대체 지능이 얼마나 높아야 하는가……. 기억력이란 참으로 불가사의한 것이야…….

원보 대인의 시는 온 나라로 널리 퍼져 나갔다. 나중에는 호사가들에 의해 《황제비사皇帝秘史》에까지 실렸고, '소나기'와 '밀어'라는 함축적인 시어는 상당히 소모적인 연구, 토론, 논쟁, 띄우기와 후려치기의 대상이 되었다………. 물론, 그건 훗날의 이야기지만.

어쨌든 결론적으로 폐하께서 여제의 침전에서 밤을 통째로 보내고 난 다음 날, 여제는 수라상을 들이라는 명을 내렸다. 그리고 원보 대인이 약간의 과자를 올렸을 때도 기꺼이 성의를 받아 주었다.

과자를 바치고 난 원보 대인은 황제 폐하께 비법을 물어보았다. 까칠한 임산부의 마음을 대체 무엇으로 움직였느냐고. 역시 아이의 건강으로 협박한 것이냐고.

폐하께서는 초탈한 눈으로 본인의 애완동물을 쓱 쳐다보셨다.

예가 아닌 것은 보지도 말고, 묻지도 말고, 입에 올리지도 말지어다!

천하의 장손무극이 '당신이 안 먹으면 아이는 어찌하오.' 따위의 한심한 소리를 입 밖으로 낼 리가. 안 그래도 엉겁결에 애 낳는 기계가 되어 버렸다는 생각에 비통해하는 임산부를, 무엇보다 아이가 제일 중요하다는 식의 말로 더 자극해서야 되겠는가? 바보 천치가 아니고서야 그런 소리는 못 하지!

장손무극은 흡족하게 웃으며 생각했다.

오늘 밤에는 자세를 바꿔 보아야겠구나……

이 무렵 맹부요는 이미 궁창을 떠나 해산을 앞둔 임산부에게 가장 편안한 기후를 가진 무극국에 와 있었다. 황궁 나인들은 그녀가 갓 당도했을 때부터 정신없이 부산을 떨어 댔다. 다들 극도의 긴장으로 하얗게 질린 얼굴에, 눈에는 핏발이 서 있었다.

출산 준비를 위해 그녀에게 배정된 의관은 총 열 명이었는데, 의관들은 서로 우연히 마주쳤을 때의 인사말마저 '생산하셨소?'로 바꾸었다.

하루는 의관 한 명이 아침을 먹다가 부뚜막에 올려 둔 찐빵이 제대로 안 쪄진 걸 발견했다. 며칠째 눈을 붙이지 못한 그는 몽롱한 상태에서 중얼거렸다.

"생이잖아……."

'생' 소리를 들은 다른 의관들이 자리를 박차고 뛰쳐나갔다. 시중을 들던 궁녀는 그릇을 엎었다. 소식을 기다리던 태감은 폐하께서 계신 정전으로 내달렸다. 폐하께서는 조회를 해산시키셨다. 맹부요의 침궁 앞은 우르르 몰려와 문을 두드려 대는 인파로 꽉 메워졌다. 폐하께서는 지붕을 넘고 담을 타셨다.

마침내 고개를 내민 여제께서 눈썹을 치켜세우셨다.

이것들아 잠 좀 자자!

스무날이 눈 깜짝할 사이에 지나고, 마침내 해산일이 도래했다.

아침 댓바람부터 황궁 전체에 긴장감이 흐르고 있었다. 원보 대인은 앞발을 배배 꼬면서 황금같이 귀한 제 털을 무의식중에 하나하나 뽑았고, 구미는 꼬리 아홉 개를 살랑살랑 흔들면서 애가 아홉 명 태어나면 꼬리마다 하나씩 올리면 되겠다는 생각을 하고 있었다. 철성은 멀찍이 화단에 쪼그리고 앉아 있었는데, 동작만 봐서는 화단에 비료를 주는 것 같았으나 실상은 폐하께서 아끼시는 꽃들을 저도 모르는 새 남김없이 잡아 뽑고 있었다.

한편, 폐하께서는……

장손무극은 지극히 차분하게, 오늘을 위해 마련된 산실을 지키고 있었다.

앞서 백발이 성성한 태부 어른이 예법에 맞지 않음을 이유로 들어 산실에 머무는 것을 몇 번이고 만류하자 폐하께서는 매우 상냥하게 웃으시며, 대단히 사근사근한 투로 이렇게 말씀하셨다.

"이 나라에서는 짐의 말이 곧 법입니다."

게다가 휘장 뒤에서 듣고 있던 산모까지 숨을 헐떡이면서 한마디 외침을 보탰다.

"규칙은 깨지라고 있는 거지!"

용맹한 황제 2인조를 앞에 두고 할 말을 잃어버린 태부 어른은 결국 눈물을 머금고 물러날 수밖에 없었다.

이윽고 맹부요 쪽으로 돌아선 장손무극이 빙긋이 웃으며 그녀의 손을 잡고는 속삭였다.

"걱정할 것 없소, 내가 곁에 있으리다."

"걱정 안 해요!"

장손무극보다 훨씬 아무렇지 않아 보이는 여제께서 기세등등하게 팔을 휘두르며 말했다.

"녀석, 냉큼 나와야 할걸요! 감히 반항만 해 봐라, 아예 평생 못 나오게 해 줄 테니까!"

"……."

그러나…… 많은 경우에 협박이란 목적을 달성하는 데 효과적인 수단이 못 되는 법이었다.

아침 햇살이 막 비칠 때부터 시작해 달이 중천에 뜨도록 나와야 할 녀석이 나오지 않았다. 그쯤 되자 의관들은 탈진해 바닥에 널브러졌고, 기운 넘치는 맹부요는 장손무극 및 그가 기르는 애완동물 일동에게 돌아가며 한 번씩 욕을 퍼부은 뒤였다. 급기야 그녀가 애완동물들의 2세 안부까지 묻자 원보 대인은 말없이 눈물을 글썽였다.

야이, 아직 어디에 있는지도 모르는 내 아들내미 털을 홀딱 뽑겠다니, 차라리 평생 혼자 살고 만다…….

하늘 꼭대기를 지나 서쪽으로 기우는 달이 불빛 환한 춘심전 처마 끝에 걸려 떨어질락 말락 하던 무렵, 우렁찬 갓난아기 울음소리가 밤하늘을 갈랐다.

"생산하셨어요!"

"낳……았…… ."

"생산하셨어요!"

산파의 들뜬 외침이 숨 막히는 정적을 깨뜨렸다. 곧이어 기쁨의 함성이 궁 안팎을 뒤흔들었다. 순간적으로 너무 흥분한 나머지 제 털을 한 움큼이나 뽑아 버린 원보 대인은 금방 눈물을 찔찔 짜며 아까워했다. 이성을 잃은 철성은 밖으로 뛰쳐나가는 구미를 덥석 붙잡아 흙 속에 처박았다…… .

마침 조금 전에 맹부요의 침상 곁을 떠나 휘장 밖으로 나와 있던 폐하의 경우는…… 지극히 차분하게, 휘청하셨다…… .

폐하께서는 한평생 넘어져 본 적이 없는 분이셨기에, 그 광경에 극도의 충격을 받은 의관들은 미처 부축해 드릴 생각을 하지 못했다. 사실상 부축은 필요하지도 않았다. 휙 몸을 돌린 폐하께서 그대로 휘장 안쪽 침상을 향해 미끄러져 가셨으므로.

이때 폐하의 움직임에 화들짝 놀라 그를 돌아본 황실 소속 초일류 산파가 무언가 말을 하려다가 말고 갑자기 다시 침상 쪽을 훑어보았다. 그러더니 장손무극에게 빽 소리를 질렀다.

"잠깐만요!"

생애 처음으로 체통 없는 짓을 할 뻔한 장손무극이 산파에게 저지당한 찰나.

"아아!"

경악에 찬 외침이 들려와 그를 제자리에 꼼짝 못 하게 묶어 버렸다. 무엄한 산파의 죄를 묻는 일 따위는 뒷전이 됐다. 산파 가 침상 곁으로 돌아가자마자 휘장 뒤에서 맹부요의 거친 목소 리가 터져 나왔기 때문이었다.

"맙소사! 이럴 수는 없어!"

이럴 수는 없다니, 뭐가?

대체 무슨 수가?

대체 뭐지?

뭐지?

조금 전까지만 해도 마냥 좋아서 윗사람, 아랫사람 할 것 없 이 느슨하게 풀려 흥청거리던 황궁이 순식간에 얼어붙었다.

털 한 움큼을 쥐고 멍하니 서 있는 원보 대인의 발톱 사이로 하얀 털이 바스스 흩날렸다. 구미는 바둥거리며 화단 진흙에서 빠져나오다가 말고 다시 구멍 속으로 처박혔다. 철성은 손아귀 에 쥐고 있던 가시 돋친 장미 묘목을 구미의 머리 위에 푹푹 꽂 았다.

장손무극은 꽈배기처럼 감긴 휘장을 붙든 채로 돌이 되어 있 었다. 미목수려하고 전지전능하신 미인 폐하께서 꽈배기 휘장 을 껴안고 벼락 맞은 표정을 하고 계시다니. 지켜보는 이들도 벼락을 맞은 기분이었다.

태산이 코앞에서 무너져도 눈 하나 깜짝 안 하실 분이 지금 어떤 표정인지 보라. 이전에도 본 적 없고 이후에도 아마 다시는 없을 광경이로다…….

그들과 달리 장손무극 쪽은 남의 표정 따위에 전혀 관심이 없었다. 사내가 아무리 전지전능하다 해도 제 여인이 아이를 낳을 때만큼은 아무런 도움이 못 되는 법이다. 맹부요의 체질을 잘 알기에 그녀에게 출산이 저승 문턱을 넘나드는 일일 것이라고는 생각지 않았지만, 그래도 산파의 놀란 표정은 그의 심장을 떨어뜨리기에 충분했다.

그리고 다음 순간, 하늘이 무너지는 듯한 깨달음이 그를 후려쳤다. 마치, 아마, 대략, 흡사, 아이 울음소리가 안 나는 것 같은데?

엄청난 충격이었다. 이 순간의 적막이 그에게는 청천벽력과 같았다. 장손무극은 안고 있던 휘장 뭉치를 집어 던지고 당장 안쪽으로 내달렸다.

바로 그때, 별안간 굉음이 들려왔다.

"으와앙!"

과장이 아니라 정말로…… 그것은 굉음이었다.

모두가 숨을 죽이고 있는 실내의 적막을 깨고 난데없이 천둥이 친 것 같았다. 갓난아기 울음소리를 찾느라 귀를 쫑긋 세우고 있던 사람들은 예고 없이 폭발한 굉음으로 인해 약 3초간 귀머거리가 됐다. 3초 동안 다들 웅웅거리는 이명 말고는 세상 그 어떤 소리도 들을 수 없었다. 침상에서 제일 가까이에 있는 장손무극은 재차 휘청거리다가 황급히 기둥을 붙들었다…….

"생산하셨습니다!"

또 한 번의 경사스러운 외침이 울려 퍼졌다. 그러나 듣던 이들은 짜증스럽다는 반응이었다.

낳은 줄 누가 모르나! 얼른 안고 나올 것이지 왜 자꾸 소리만 지르는 거야!

장손무극은 다시금 불안해졌다. 맹부요가 출산 장면을 직접 보는 건 사절이라고 몇 번이나 못을 박았지만, 지금은 거기까지 신경 쓸 여유가 없었다.

휘장을 내려놓은 그가 다시 한번 진입을 시도하는 찰나였다. 안쪽에서 맹부요가 욕지거리를 뱉었다.

"빌어먹을! 이런 망할!"

이어서 궁녀들이 바쁘게 왔다 갔다 하는 소리와 산파가 놀라는 소리가 들렸다.

참다못한 장손무극이 정말로 뛰어 들어가려는데, 제일 안쪽 얇은 망사 휘장 한 겹이 스윽 걷히더니 산파가 그제야 싱글벙글 웃으며 걸어 나왔다.

"생산……하셨습니다……."

장손무극은 산파가 왜 생산했다는 말을 세 번이나 하는 것인지 의문을 느꼈다. 게다가 세 번 모두 말투도 제각각이었다.

그런데 미처 결론을 내기도 전에 그를 향해 꾸벅 허리를 굽힌 산파가 노란색 강보에 싸인 무언가를 품에 안겨 줬다.

"축하드리옵니다, 폐하!"

접힌 팔이 묵직해지자 순간 가슴이 철렁한 장손무극은 강보 안을 확인하기도 전에 허겁지겁 팔에 진기부터 주입했다. 가슴이 떨리고 손에 힘이 풀려서 강보를 떨어뜨릴까 봐 겁이 난 까닭이었다.

이윽고 그가 시선을 돌려 강보 안을 살펴보려는데, 반대편 팔에 또 다른 강보가 묵직하게 얹어졌다.

"경하드리옵니다, 폐하!"

흠칫한 것도 잠시, 장손무극은 곧 환희에 휩싸였다.

쌍둥이라니!

그런데 그 환희에서 채 벗어날 틈도 없이 산파가 무슨 마술이라도 부리듯 휘장 안쪽에서 또 다른 강보를 주섬주섬 들고나와 미소와 함께 그에게 건넸다.

"감축드리옵니다, 폐하!"

"......"

천지가 얼어붙고.

날아가던 새가 떨어지고.

의관 일동이 비틀거리고.

장손무극은 돌이 되었다.

"......"

갓난애 하나보다 충격적인 것은 갓난애 둘이요.

갓난애 둘보다도 충격적인 것은 갓난애 셋이라!

셋.

무려 셋!

그로부터 오랜 세월이 지나, 등불 아래에서 안경을 쓰고 《대성국사大成國史》를 읽던 원보 대인은 황후의 출산 대목에 이르러 장탄식을 금치 못했다.

미친, 우리 쥐들보다 더 번식력이 좋아…….

다산의 여왕 이야기는 일단 차치해 두기로 하고, 현시점에는 대단히 심각한 문제가 하나 있었다. 마지막 강보를 품에 안은 채, 산파가 몹시 난처한 표정으로 폐하의 팔을 쳐다보고 있었던 것이다.

벌써 자리가 다 찼는데 이걸 대체 어디다 놓는단 말인가. 턱 밑에 끼워드리기라도 해?

그러나 우리의 황제 폐하께서는 역시나 오주대륙의 최강자로서 부족함이 없는 분이셨다. 무척 침착하게도, 왼팔에 있는 비교적 작은 강보의 위치를 옆으로 살짝 옮긴 그가 산파에게 눈치를 줬다. 나머지 한 녀석은 요기 빈 공간에 어떻게 잘 끼워 넣어 보라고…….

이리하여 평소 독보적 기품을 자랑하던 폐하께서는 양팔 가득 애 셋을 안고, 침착하려 애쓰는 와중에도 속절없이 떨리는 손과 비틀거리는 발걸음을 온 전각 안의 의관들에게 내보이며, 아이들의 영웅적 모친을 만나기 위해 휘장 안쪽으로 향했다.

폐하의 영명하시고 위풍당당하며 선인과도 같은 형상이 와장창 무너지는 순간이었다…….

세 개의 강보가 폐하의 팔에 안겨 발하는 존재감이란 무척 현실적인 한편 정신을 아득하게 했다. 개중 둘은 쥐 죽은 듯 조용했고, 나머지 하나가 유독 시끄러웠다. 그 한 녀석의 울음소리가 온 전각 안을 쩌렁쩌렁하게 울리고 있었다. 혼자서 3인분을 하는 셈이었다.

어느새 눈시울이 젖어 든 신료들이 천장을 올려다봤다.

하늘이시여, 대대로 자손이 귀한 장손씨 가문을 가엾게 여기시어 마침내 만능 출산왕을 보내 주신 것이옵니까? 황후께서는 참으로 강대하십니다. 싸움, 욕설, 꼼수에서부터 호구 벗겨 먹기, 나라 빼앗기, 정권 탈취에다가 애 낳기까지, 못하시는 게 없어요!

그중에서도 특히 마지막 항목은 신료들의 깊은 존경심을 자아냈다.

흔한 게 쌍둥이인 요즘, 고작 둘로는 시대에 뒤처지니 낳을 거면 셋은 낳아 두 팔 가득 안아 보겠다는 것 아니신가.

늠름하십니다, 황후마마!

그때 황후는 늠름한 모습으로 침상에 앉아 도무지 이해가 안 간다는 양 혼잣말을 중얼거리고 있었다.

"맙소사, 대체 어디서 무려 셋이 나온 거야?"

그렇게 한참을 고민하다가 어느 순간 번쩍 눈을 빛낸 그녀가 두 손을 가슴에 얹었다.

"늠름하십니다, 폐하!"

마침 애 셋을 안고 휘장 안으로 들어서던 장손무극이 또 한 번 비틀했다. 하지만 이번에는 어느 때보다도 빠르게 자세를 다잡았다. 품 안에 있는 보물들 때문이었다. 자기는 넘어져서 머리가 깨지는 한이 있어도 아이들한테는 생채기 하나 낼 수 없었다.

품 안의 셋 중 둘은 옹알옹알 울고 있었고, 하나는 경천동지할 굉음을 내고 있었다. 쪼글쪼글하고 빨갛고 보드라운 것이, 진짜 아이를 안고 있다기보다는 세상에서 제일 감미로운 꿈을 꾸는 것 같았다.

장손무극은 빙긋이 웃으면서 품 안을 내려다봤다. 살면서 감히 가슴에 품어 볼 엄두조차 못 냈던 꿈을 내려다보는 사이, 그의 눈빛에 아이들의 가냘픈 몸보다 더 부드러운 미소가 어렸다. 그 미소는 곧 눈가로 그윽하게 번져 나가 그의 일생 중 가장 평온하고도 온화한 호선을 그려 냈다.

장손무극의 미소 안에는 다소 얼떨떨하고 멍한 기색도 섞여 있었다. 매사 침착하던 그였지만, 이번에는 생각지도 못한 기쁨이 너무 많이, 너무 급작스럽게 몰려온 탓에 마치 신기루 속에 있는 듯한 기분이었다. 조금이라도 크게 움직였다가는 지금 꾸고 있는 단꿈이 팟, 하고 깨져 버릴 것만 같았다.

그는 품 안의 강보 셋을 오늘의 기적을 낳은 장본인에게 안겨 주려고 했다. 함께 아이들을 확인해야 실감이 좀 날 것 같아서였다.

그러나 침상 위의 어느 분께서는 장손무극보다 훨씬 현실을 받아들이기 어려워하고 있었다. 눈이 풀린 채 멍하니 침상 위로 쓰러진 그녀가 베개를 집어다가 얼굴 위에 푹 덮으면서 신음했다.

"안 돼, 안 돼! 이건 너무 희한하잖아, 감당 불가라고! 하나 받아들이는 데만도 얼마나 오랜 마음의 준비가 필요했는데, 한 번에 셋이라니. 안 돼, 정신 줄 놓겠어. 나 진짜 정신 줄 놓을 것 같아!"

그러나 폐하께서는 위기에 봉착한 여제의 정신 건강에 아랑 곳하지 않고 빙긋이 웃으며 진보라색 강보 하나를 맹부요의 얼굴에 대 줬다.

"자, 맞혀 보오. 딸일 것 같소, 아들일 것 같소?"

우는 소리가 얼마나 우렁찬지, 강보에 눌린 맹부요의 얼굴이 부르르 떨렸을 정도였다. 굳이 강보를 헤쳐 보지 않아도 아이가 전력을 다해 악을 쓰고 있다는 걸 알 수 있었다.

세상에, 아직 발육도 제대로 안 된 자그마한 몸에서 어떻게 이런 데시벨이 나오는 걸까.

귀를 틀어막은 맹부요가 눈을 흘기며 말했다.

"맞혀 보긴 뭘 맞혀 봐요. 여자애 목청이 이렇게 클 수가 있 겠어요?"

그런데 어째 대답이 없었다. 뭐지, 하고 흘끔 위를 올려다본 맹부요는 침상 옆에 서서 빙글빙글 웃고 있는 장손무극을 발견 했다. 참으로 괘씸한 웃음이었다. 눈동자를 요리조리 굴리던 그녀는 뒤늦게야 깨달았다.

아, 나도 목청 큰 여자였던가. 어, 음……, 설마 아니겠지?

파르르 떨리는 손가락을 뻗어 강보를 슬쩍 들춰 본 그녀는 차마 눈 뜨고는 볼 수 없을 만큼 참혹한 표정이 됐다.

"저기……."

장손무극의 품에 얌전히 안겨 있는 나머지 둘을 콕콕 찌르며, 맹부요가 거의 자포자기한 투로 물었다.

"혹시 전부 딸이에요?"

장손무극은 그저 웃기만 했다. 맹부요의 눈에 비친 그 웃음은 어떻게 봐도 위로의 뜻이었다.

저기요, 셋이나 낳은 것도 무섭지만 셋 다 여자애인 건 더무서운 일이라고요! 기껏 힘썼더니 사내애는 하나도 안 나오고, 당첨률이 왜 이렇게 형편없어. 이래서야 손이 귀한 장손씨집안에 미안해지잖아…….

생각할수록 면목이 없어진 그녀가 고개를 축 늘어뜨리고 침통하게 말했다.

"보아하니 나중에 당신 황위는 사위한테 물려줘야겠어요."

"그런 이야기는 아직 이르오."

침상에 앉은 장손무극이 아까부터 쉬지도 않고 울고 있는 녀석을 안아 올리는 한편 나머지 둘을 이불에 내려놓았다.

"부마를 들여도 좋고 황후를 들여도 좋지. 아직은 거기까지마음을 쓸 때가 아니오. 그보다는 기저귀를 어떻게 갈지가 문제로군."

"뭐 또 오줌 바다를 만들어 놨어요?"

역할 몰입이 무척 신속한 맹부요가 직접 기저귀를 갈겠다고씩씩하게 손을 뻗는가 싶더니, 중간에 갑자기 멈칫했다.

"어라……. 황후를 들여요?"

곧바로 강보 두 개를 휙 들추고 주요 부위를 확인한 후 다시 휙 덮은 그녀가 안도의 한숨을 내쉬었다.

"간 떨어지는 줄 알았네! 전부 다 여자애면 하나 더 낳아야 하나, 그러고 있었단 말이에요. 이 짓을 또 하기는 진짜 싫은데……."

맹부요가 아이 셋을 안고 살짝 민망하게 웃고 있는데, 갑자기 눈앞에 그늘이 드리웠다. 장손무극이 허리를 숙인 것이었다.

희미한 아수라 연꽃 향기가 그녀의 이마를 스쳐 가더니 뺨에 따스하고 부드러운 입술이 내려앉았다. 이윽고 뿌듯하고도 기분 좋은 웃음소리와 함께, 그의 가슴에서 비롯된 나지막한 울림이 그녀에게로 전해졌다.

"부요, 고맙소……."

얼굴이 발그레해진 맹부요는 산파가 빙그레 미소 지으며 휘장 밖으로 피해 주는 모습을 쭈뼛쭈뼛 쳐다봤다. 그사이 장손무극이 고개를 기울여 그녀의 반대편 뺨에 살며시 입맞춤을 남겼다.

"나를 위해 또 낳아 주려 한 것은 더 고맙소."

꽃

"이쪽이 형이야!"

곤히 잠든 아이를 조몰락거리면서, 맹부요가 배시시 웃었다.

아이가 인상을 쓰며 울음을 터뜨릴 때까지 통통한 볼살을 떡 주무르듯 주무르던 맹부요는, 녀석이 급기야 엄마를 걷어차겠다고 발을 버둥거리자 그제야 손을 뗐다.

성깔 과격한 거 봐, 얘가 형인 게 당연하잖아!

"찍찍! 찍찍찍찍찍(아니거든, 이쪽이 형이거든)!"

원보 대인은 다른 녀석을 앞발로 주무르면서, 세상모르고 잠든 모양새를 흡족하게 내려다보고 있었다. 원보 대인의 앞발이 얼굴 어느 부위를 밟건 아이는 느긋하게 누워 미동도 하지 않았다.

능글맞은 주인님을 이렇게나 닮았는데, 얘가 형이지!

"얘라고!"

맹부요가 아들의 발차기를 손바닥으로 톡 쳐 냈다.

"내가 엄마니까 내가 정해!"

"찍찍!"

하늘이 무너져도 쿨쿨 잘만 잘 녀석 위에서 원보 대인이 으르렁거렸다.

내가 천기신서니까 내가 정해!

영원히 풀리지 않을 수수께끼를 둘러싸고 벌어진 1만 번째 논쟁이었다.

세쌍둥이의 출생 순서에 관한 수수께끼.

일단 누가 막내인지는 논란의 여지가 없었다. 공주님의 목청이 워낙 남달랐으므로. 하지만 앞의 둘은…….

당시에는 폐하께서도 경황이 없어 부적절한 행동을 하셨고,

산파도 마음의 준비가 안 되어 있었다. 산파는 먼저 하나가 태어나자마자 휘장을 끌어안고 미끄러져 온 폐하에게 잠시 시선을 빼앗겼고, 다시 침상으로 고개를 돌렸을 때는 두 번째 녀석이 '쑥쑥' 나온 뒤였다. 둘이 거의 동시에 나온 데다가 어느 쪽도 큰 소리로 울지 않았기에 산파도 당혹할 수밖에 없었다.

맹부요 쪽은…… 애들이 태어난 시진도 모르는 사람이 두 아들 중 1초 먼저 나온 게 누구인지를 알 것 같은가? 그녀에게 너무 많은 것을 기대하지 말라.

삼 남매의 출생 시진은 장손무극이 세 번의 '생산하셨습니다!' 소리에 근거해 상당히 정확하게 파악하고 있었다. 아들 둘 중 누가 형이고 아우인가는 나중에 자기들끼리 한판 붙어서 정하면 될 일이었다.

세 아이들은 엄마 젖을 먹으며 컸다. 일단 맹부요의 머릿속에는 몸매 관리라는 개념이 없었거니와, 가슴의 굳건함을 위해 수유를 포기한다는 건 그녀로서는 상상도 못 할 일이었다.

직접 아이에게 젖을 물리지 않는 오주대륙 황족들 사이에서는 그녀가 첫 모유 수유 사례였다. 장손무극이 고생스럽지 않겠느냐며 만류했으나, 여제께서는 코웃음으로 응수하셨다.

모유를 먹어야 지능이 높다는데! 내 자식이 멍청할 수는 없음이야! 그건 내 체면이 달린 일이니까!

다행히 젖은 넘치도록 나왔다. 아마 임신 기간에 돼지고기를 많이 뜯어서 그런 것 같았다.

맹부요는 때때로 울적해지기도 했다. 자기는 역시 딱 봐도 억척스러운 잡초라는 생각이 들어서였다. 뭘 하든 드세고, 질기고, 섬세한 구석이라고는 없는.

애를 낳아도 한 방에 셋을 낳고 젖은 또 분수처럼 넘쳐나니, 바람결에 한들거리는 버들가지 같은 여타 오주대륙 황실 여인들과는 달리 황족다운 존귀함 따위는 눈 씻고 찾아보려 해도 없다 하겠다.

장손무극의 어머니는 그를 배 속에 품은 아홉 달 내내 음식을 거의 입에 대지 못했고, 낳을 때는 사흘 밤낮을 난산으로 고생하느라 자칫 목숨을 잃을 뻔했다고 들었다. 게다가 그렇게 태어난 장손무극은 혼자였음에도 그녀가 한꺼번에 낳은 세 녀석 중 어느 누구보다도 작아서, 기침만 해도 공중에서 세 바퀴를 뱅글뱅글 돌 정도였다나.

그쯤은 되어야 섬세하고, 귀족적이고, 우아하다고 할 수 있지 않겠는가!

울적한 생각을 마치면 그녀는 마저 아이들에게 젖을 물리면서 금세 행복감에 젖었다.

세상에서 가장 감미로운 음악이 무엇인가? 바로 내 자식이 내 품에서 배불리 먹고 입맛 다시는 소리다. 그리고 내 자식이 쿨쿨 자면서 내는 고른 숨소리, 내 자식이 손가락을 입에 물고 옹알대는 소리도……. 오밤중에 배고프다고 여기저기서 칭얼대는 소리조차도 맹부요에게는 지극히 아름다운 선율로 들렸다.

그녀는 그까짓 새침한 기품을 지키겠답시고 구름 꼭대기에서 세상사 충만함을 잊은 채로 살고 싶지는 않았다. 그녀가 원하는 것은 보통의 엄마들이 꿈꾸는 소박한 행복이었다.

아이들이 내 품 안에 있는 것. 아이들은 그녀의 품 안에 있었고, 그녀는 그의 품 안에 있었다.

장손무극은 근래 침상을 떠나는 걸 몹시 힘겨워했다. 조회에 나가고 공무를 볼 때를 제외하면 하루 대부분의 시간을 맹부요의 침상에서 보냈다. 물론 속사정을 살펴보자면 침상이 좋다는 것은 허울이요, 실상은 맹부요를 두고 세 녀석과 소유권 다툼을 벌이는 중이었다.

여제께서는 태생이 낭만과 거리가 멀어 그의 애정 표현을 가차 없이 쳐 내기 일쑤였지만, 아무래도 초보 엄마인지라 허둥거릴 때가 많았고, 그러한 순간들이 폐하에게는 기회였다.

예를 들어 아이들에게 젖을 먹이는 젊은 모친이 발하는 온화하고 평화로운 후광을 보며 황홀함에 젖는다든가, 최근 여제의 가슴이 갖춘 탄력과 부드러움, 풍만함을 경배한다든가 할 수 있는…….

세 녀석은 서로 죽이 그리 잘 맞는 것 같지 않았다. 다 같이 잠들 때도 거의 없어서, 언제나 하나가 자면 나머지 둘은 눈이 또랑또랑하곤 했다. 먹고 노는 것도 항상 엇박자였다. 게다가 맹부요는 어지간한 건 자기 손으로 해치워야 직성이 풀리는 유형인 고로, 주변에 도와주는 여관들이 잔뜩 있음에도 정신없이 바쁠 때가 많았다.

셋 중 막내는 겉만 봐서는 엄마 아빠의 우월한 유전자를 고루 물려받은 듯 하얗고 깜찍하고 동글동글했지만, 그 속에는 치 떨리는 실체가 들어 있었다. 엄마 아빠가 바쁜 와중에 뽀뽀라도 한 번 하거나 잠깐 껴안기라도 할라치면, 어쩜 그렇게 귀신같이 아는지 자다가도 눈을 번쩍 뜨고 젖을 먹다가도 입에 든 걸 '퉤' 뱉어 버렸다. 그러고는 냅다 밀어내는 것이었다. 장손무극이 아니라 맹부요를.

그랬다. 막내가 밀쳐 내는 건 제 엄마였다. 그다음에는 까르륵까르륵 웃으면서 아빠한테 팔을 벌렸다. 그러면 아빠는 예뻐 어쩔 줄 모르면서 얼른 막내딸을 안아 줬다. 그렇게 제 아빠 품을 한번 차지하고 나면 막내는 죽어도 그 자리를 뺏기지 않으려고 들었다.

장손무극은 그런 막내딸을 유달리 귀여워해서, 틈날 때마다 무릎에 앉혀 놓고 달걀노른자와 우유를 뭉근하게 끓여서 만든 간식 같은 걸 먹이곤 했다. 막내는 아빠가 주는 거라면 뭐든 넙죽넙죽 잘 받아먹었다. 신이 난 얼굴로 맛있어 죽겠다고 짭짭거리는 모양새가, 질척한 이유식 따위가 아니라 세상에서 제일 맛있는 진미를 음미하는 것처럼 보였다.

그럴 때마다 맹부요는 표정이 안 좋았다.

너 왜 내가 그거 먹여 줄 때는 혓바닥으로 밀어내는데?

간식을 다 먹고 나면 한숨 잘 차례였다. 막내는 제 아빠 옷섶을 꼭 붙들고 얌전하게 잠들었다.

그러면 맹부요는 또 표정이 안 좋아졌다.

너 왜 나한테서는 밥 다 먹고도 한참을 떼쓰고 나서야 겨우 자는데?

막내는 아빠를 꼭 붙들고 자다가 아빠가 조금이라도 움직일라 치면 바로 칭얼거렸다. 그런 경우 모범 아빠 장손무극은 얼른 자세를 바로잡고 앉아서, 미소 띤 얼굴로 딸을 안고 두 시진은 너 끈히 자리를 지켰다.

그러면 맹부요는 또 표정이 안 좋아졌다.

너 왜 내 품에서 자다 깨면 냅다 악부터 쓰는데? 네 목청 때문에 요즘 귀가 부쩍 안 들리잖아!

야, 이 엘렉트라 콤플렉스야! 야, 이 이중인격아!

딸의 악질적인 구석을 발견한 맹부요는 홀로 번민했다. 그렇다고 장손무극한테 곧이곧대로 일러바칠 수는 없지 않나. 속이 시커면 당신 딸이 나한테서 남편 빼앗아 가려 한다고. 긍지 높은 여제께서는 장손무극을 향한 본인의 소유욕을 절대로 인정할 수가 없으셨다.

나머지 둘로 말할 것 같으면……. 그쪽도 맹부요의 기대처럼 순둥이들은 아니었다. 갓 태어났을 때 보여 준 얌전한 모습은 아무래도 그냥 껍데기에 불과했던 것 같았다.

둘 중에서도 특히 머리카락이며 눈썹이 풍성하고 눈동자가 유달리 까맣게 반짝거리는 녀석은, 종일 알전구 같은 눈을 부릅뜨고 있는 게, 자는 시간이 제 형제의 절반밖에 안 되는 듯했다. 녀석은 깨어 있는 시간 대부분을 파괴에 할애했다. 종이 찢기, 구미 주물럭거리기, 원보 털 뽑기, 구미랑 원보 붙잡아서 짝 맞추기. 이상 네 가지가 녀석이 제일 좋아하는 취미 활동이었다.

마지막 남은 하나는……. 조용하기는 확실히 조용했다. 태어나서부터 이때까지 우는 소리를 들어 본 횟수가 손에 꼽았다. 외모와 분위기는 제 아빠를 그대로 빼다 박았다. 계략녀와 파괴왕에게 시달릴 만큼 시달린 맹부요는 장손무극의 축소판 같은 녀석에게 특히 많은 애정을 쏟았다. 그러나 그 애정은 얼마 못 가 냉혹한 현실의 벽에 부딪히고 말았다.

그 일은 삼 남매가 돌을 앞두고 있던 어느 날 점심때 맹부요가 빤히 보는 앞에서 벌어졌다.

얌전한 녀석이 침상에서 오줌을 싸고 저도 찝찝했는지 기저귀를 제 손으로 더듬더듬 끌어 내렸다. 그러고는 맨 엉덩이를 이불에다 열심히 문대다가, 엉덩이가 보송해지자 그제야 엉금엉금 기어서 그 자리를 벗어났다.

그런데 바로 그 직후, 옆에서 자던 나머지 한 녀석이 아무것도 모르고 뒤척이다가 마침 오줌 닦개로 쓰인 부분에 얼굴을 풀썩 파묻질 않겠는가…….

파렴치한 놈!

맹부요는 비통함을 이기지 못하고 하늘을 올려다봤다.

무려 셋을 낳았건만, 어째서 모친의 우수하고, 정의롭고, 자비롭고, 선량하고, 성스럽고, 고결한 자질을 물려받은 녀석은 하나도 없단 말인가?

그렇다고 이제 와서 내 자식이 아니라고 할 수도 없는 노릇이었다. 맹부요는 비통한 현실을 받아들이기로 하고, 대신 강력한 수단으로 분풀이를 하겠노라 결심했다.

그녀가 택한 분풀이 방식은 세 녀석의 이름에 초를 치는 것이었다. 족보에 올라갈 세 남매의 이름은 장손제長孫霽, 장손림長孫霖, 장손비長孫霏로 정해져 있었지만, 아명은 그녀 마음대로 지을 수 있었다. 그리하여 눈이 커다랗고 번쩍거리는 장손제의 아명은 '울트라맨'이 되었고, 장손무극의 축소판인 장손림의 아명은 매천내혹[5], 약칭 '혹아'가 되었으며, 아빠한테 집착하는 계략녀 장손비의 아명은 '춘화'가 되었다.

두 아들의 끝내주는 아명은 장손무극으로부터 이렇다 할 반응을 끌어내지 못했으나, 하나뿐인 딸의 춘화라는 이름만은 그의 마음에 쏙 드는 모양이었다. 고귀하신 무극국 황제 폐하께서도 이름을 천하게 지을수록 아이한테 좋다는 민간 속설을 믿고 계셨던 것이다.

그는 귀하디귀한 금지옥엽 막내딸의 아명이 너무 저급해서 오히려 고상함의 경지에 이르렀으며, 발음도 입에 착 붙는다고 생각했다. 그래서 젖내 나는 딸아이의 보드라운 몸을 수시로 안아 들고 방긋방긋 웃으면서 아명을 불러 주었다.

"춘화, 화화……."

그러면 장손춘화 공주는 미모의 부황을 향해 유치 네 개를 내보이며 행복하고도 애교 있게 웃어 주었고, 옆에 앉은 맹부요의 얼굴에도 행복한 미소가 피어났다.

춘화, 장손춘화, 두고 보렴. 조금 더 커서 말을 배우고 나면 지

---

5 '팬티를 안 입다'와 중국어 발음이 비슷한 한자의 조합이다.

굿지굿하게 따라다니는 아명 때문에 질질 짜게 될 테니까…….

애도 낳았겠다, 아찔한 이름들도 지어 줬겠다, 마침내 약간의 여유가 생긴 맹부요는 마치, 아마, 대략, 흡사, 할 일이 하나더 있었던 것 같다는 느낌을 받았다.

그녀가 아이를 낳았다는 사실은 이때껏 대외비로 지켜지고 있었다. 장손무극이야 당연히 천하만국에 공표하지 못해 안달이 나 있었지만, 맹부요는 그런 대망신을 감당할 자신이 없었다. 고대까지 넘어와서 속도위반이라니, 이 시대 신여성들의 롤모델이 되고 싶지는 않았다.

하여, 그녀는 장손무극을 협박하는 것조차 서슴지 않았다.

혼인하기 싫으신가? 혼인이 욕심나면 입 다물고 계시지!

육아도 어언 1년 차인 지금, 그녀는 찐 살이 다 내렸고 허깨비 같던 아이들은 살이 부쩍 올랐다. 젖을 뗀 삼 남매는 하루가 다르게 죽순처럼 쑥쑥 자라고 있었다. 묵직하고 빵빵해진 녀석들은 자그마한 제 침상에 누워 손톱을 잘근잘근 뜯으면서, 원보 대인만 봤다 하면 털을 뽑을 줄도 알게 되었다. 그리고 이 무렵, 미뤄 뒀던 인륜대사가 마침내 다시 일정표에 올랐다.

1년 전처럼 봄바람이 살랑살랑 불어오는 날, 위에서 내려다보이는 경치가 일품이라는 이유로 근래 단연 선호하시는 자세로 맹부요의 의자 등받이에 다가붙은 어느 분께서 나른하게 물으셨다.

"합환주를 비우고 당당하게 내 침상에서 자겠소, 아니면 합환주는 생략하고 이불부터 내 침궁으로 옮겨 오겠소?"

"뭐요?"

맹부요가 귀를 후비적거리더니, 실눈을 뜨고 하늘을 올려다 봤다.

"바람이 너무 불어서 안 들리네……."

그녀의 무릎에 웅크리고 앉아 있는 원보 대인도 산들바람 지나는 쾌청한 하늘을 올려다보고는, 휘날릴 기미라고는 전혀 없이 축 늘어져 있는 바람막이를 쓸어내렸다.

그러게, 바람이 진짜 세구먼…….

장손무극 역시 참으로 그렇다는 듯이 하늘을 올려다봤다. 여제의 눈 가리고 아웅하는 식 발언에 대해서는 어떠한 반응도 내놓지 않은 채였다. 곧이어 피식 웃고 난 그가 옆쪽에 자리를 잡고 앉더니, 옷 속에서 종이 한 장을 꺼내 자세히 뜯어보기 시작했다.

폐하의 2차 공세에 대비하고 있던 맹부요는 맥 빠지게 끝난 전투가 다소 당황스러운지라, 자기도 모르게 눈길이 자꾸만 그쪽으로 슬금슬금 향했다. 간사한 폐하의 낚시질에 걸려들지 말자고 다짐을 하면서도, 대체 뭘 저렇게 열심히 보는 건지 신경이 쓰였다.

호기심 많기로 유명하신 어느 분께서는 결국 못 참고 의자 위에서 궁둥이를 뭉그적뭉그적 옮기다가, 잠시 후 헛기침을 뱉었다.

"뭐 보는데요?"

그러나 장손무극은 그녀를 거들떠보지도 않고 종이를 살피는 데만 집중 중이었다. 그러더니 나중에는 탁자에서 붓을 가져다가 무언가를 쓱쓱 그리기까지 했다.

안달이 난 맹부요는 원보 대인을 향해 입을 삐죽거리면서, 네가 가서 뭔지 좀 보라고 눈치를 줬다. 원보 대인이 새카만 눈망울로 그녀를 쳐다보면서 순진하기 짝이 없는 표정을 지었다.

응? 왜 그래? 중풍? 안면 마비? 아니면 바람이 너무 세서 입 돌아간 거?

이렇게 되면 다른 방법이 없었다. 뻔뻔한 쥐 새끼를 매섭게 한 번 노려봐 준 맹부요가 손가락으로 장손무극의 옷소매를 깔짝거리면서 배시시 웃었다.

"저기, 뭐 그리는데요? 내가 미술 좀 하는데, 조언 한두 가지 해 줘요?"

그러자 장손무극이 그녀를 쓱 쳐다봤다.

"되었소. 그대는 아마 흥미 없을 것이오."

그 말에 빈정이 팍 상한 맹부요가 그의 손에 있는 종이를 단숨에 낚아챘다.

"달라면 줄 것이지 말이 많아!"

그러더니 종이를 훑어보고 나서 '하' 하고 웃었다.

"폐하, 언제부터 옷 만드는 데 관심이 있으셨어요?"

종이 위에 간략하게 그려져 있는 것은 예복 디자인 초안이었다. 양식은 전통 예복과 맹부요가 익히 아는 현대식 이브닝드레스의 중간 정도 되어 보였다. 나쁘다고는 할 수 없었지만, 몇몇 결정적인 부분의 라인이 그다지 매끄럽지 못했다.

그림 옆에는 장손무극의 필적으로 '녹색', '회색', '갈색'이라는 글자가 적혀 있었다. 옷 색깔을 놓고 고민 중인 것 같았다.

예쁜 옷을 앞에 둔 여자라면 누구나 손이 근질거리기 마련이다. 어딘가 부족한 것 같고, 기대치에 다다르지 못하는 옷을 앞에 두면 더욱이 그 자리에서 디자이너에 빙의하게 되는 게 인지상정이다.

맹부요가 냉큼 훈수를 뒀다.

"녹색, 회색, 갈색이 다 뭐예요. 어디서 색깔이랍시고 이상한 것들만 주워 왔어, 옷감이 아깝네! 빨강으로 해요! 제일 빛나고, 제일 선명하고, 제일 순도 높은 빨강! 이 옷에는 그게 근사하게 어울리니까!"

"오?"

그다지 신뢰가 안 간다는 양 심드렁하게 듣고 있던 장손무극이 그녀를 비스듬히 곁눈질했다.

"상의감에서 이름난 장인들을 불러 모아 만든 새 궁중 예복이오. 규모가 큰 국빈 연회에 쓰일 것이라 화려하면서도 장엄하지. 짐은 그들의 안목을 믿소."

"내 안목은 못 믿겠다고요?"

맹부요가 눈썹을 치켜세웠다.

"솔직히 내가 사람 고르는 눈이 없어서 그렇지, 나머지 안목은 최고라고요!"

"정확히 반대겠지."

장손무극이 미소 지으면서 손가락을 좌우로 까딱까딱 움직였다.

"짐이 보기에 그대의 그저 그런 안목 중에 발군으로 뛰어난 것은 사람 고르는 눈뿐이오."

맹부요가 질색을 하며 쏘아붙였다.

"창피한 줄도 모르고!"

그러자 원보 대인이 당장 붕 날아올라 그녀에게 발차기를 꽂았다.

아주 보자 보자 하니깐! 이게 어디서 꿀 빨 건 다 빨고 군소리야!

"내기해요."

자기 남자한테 옷 보는 눈도 없다는 소리 듣고 분하지 않을 여자가 어디 있을까. 맹부요가 음침하게 이를 갈았다.

"상의감에 시켜서 당신이 고른 색깔이랑 이 초안대로 한 벌 만들게 하고, 내가 바꾼 색깔이랑 모양으로도 한 벌 짓게 해요. 어느 쪽이 더 근사한지는 완성품 보고 얘기하자고요!"

"좋소."

장손무극이 아무래도 좋다는 식으로 초안을 그녀에게 쥐여 주었다.

"그렇다면 그대 마음 가는 대로 고쳐 보오."

종이를 받자마자 쓱싹쓱싹 디테일을 수정하면서, 맹부요가 들으란 듯이 코웃음을 쳤다.

"하, 이걸 지금 머메이드 스커트라고. 대걸레 아님?"

"허리는 최대한 심플하고 미끈하게 빼면 되지, 양쪽에 붙은 프릴 장식은 뭐야. 지느러미?"

"노티 나게 일자 네크라인이라니! 깊게 파야겠다, 가느다란 세로줄처럼. 하얀 속살이 보일락 말락, 이런 게 바로 매혹이지! 낄낄……."

어느새 가까이 다가붙은 장손무극이 적극적으로 의견을 개진했다.

"이건…… 너무 보이지 않소?"

"이 정도가 뭐 걱정이에요."

맹부요가 그를 흘겨봤다.

"봄가을용이니까 가벼운 어깨걸이 같은 거 하나 툭 걸치면 그만인걸."

장손무극이 그제야 웃었다.

"오, 그거 좋군. 그렇다면 안심이오."

디자인 수정에 정신이 팔려 그의 혼잣말을 듣지 못한 맹부요가 바로 이어서 물었다.

"한가한가 봐요? 이런 사소한 일까지 당신이 신경 써요?"

"이게 다 후궁에 주인이 없기 때문 아니겠소."

장손무극이 한숨을 내쉬었다.

"그대도 알다시피 이런 일은 황후가 처리해야 할 내궁 사무요. 황후가 없으니 상의감에서도 어쩔 수 없이 내게 가져온 것이지."

즉각 입을 다문 맹부요는 더 이상 아무 소리도 하지 않고, 아까보다 훨씬 큰 책임감을 느끼며 열심히 붓을 놀렸다. 이미 애까지 낳았겠다, 언젠가는 결국 황후 자리에 앉아야 할 터였다.

지금 두 사람은 단지 형식상의 문제를 놓고 줄다리기를 벌이고 있는 것뿐이었다. 한 사람은 창피한 줄도 모르고 온 천하에 알리고 싶어 하고, 애 데리고 식장 들어가기 민망한 다른 한 사람은 조용히 넘어가고 싶어 하는 상황인데, 사실상 지금 같은 대치 국면이 길어지는 게 능사는 아니었다. 아니면 우선 후궁 사무부터 넘겨받는다고 할까?

그런데 의외로 먼저 화제를 돌린 건 장손무극 쪽이었다. 수정이 끝난 도안을 다시 챙기며, 장손무극이 확인하듯 물었다.

"이게 그대가 원하는 예복이오?"

"그래요!"

맹부요가 의기양양하게 대답했다.

"너무 근사해서 다들 쓰러질걸요!"

대답을 들은 어느 분의 얼굴에 환한 미소가 넘실거렸다.

"이런 예복을 원한다는 것이 확실하오?"

맹부요가 힘줘 고개를 끄덕였다.

"더할 나위 없이 완벽해요!"

"좋소!"

장손무극이 무심하게 덧붙였다.

"실은 상의감에서 아까 그 예복에 맞추어 남자용 옷의 초안도 함께 올렸다오. 필요 없을 것 같아서 반려하기는 했지만."

"남자용도 있어요?"

맹부요가 지대한 관심을 드러냈다.

"어떻게 생겼는데요? 오주대륙 남자들 옷은 솔직히 칭찬해 줄 만한 구석이 하나도 없어요. 예전에 당신이 입었던 승마복 말고는……."

지난날 승마복을 입고 생일 연회에 나타났던 장손무극의 자태를 떠올리며 안광을 번뜩인 맹부요가 표시 안 나게 침을 꼴깍 삼켰다.

곧이어 장손무극이 쪼글쪼글하게 구겨진 종이 뭉치를 꺼내 놨다.

"바로 그 승마복을 변형시킨 것이라던데, 관심 있소? 버리기 전이라서 다행이군. 이것도 줄 터이니 그대가 손봐서 남녀 한 조로 만들어 보시오."

사양하지 않고 종이 뭉치를 받아 든 맹부요가 일류 디자이너라도 된 양 초안을 훑어보기 시작했다. 그 진지한 얼굴을 응시하며 입꼬리를 슬며시 말아 올린 장손무극이 곧 허리를 숙여 그녀의 이마에 가볍게 입술을 눌렀다.

"음, 그럼 나는 일하러 가 봐야겠소."

그러자 맹부요가 손을 휘휘 내저었다.

"윤허하노라! 물러가거라."

폐하께서 영문 모를 미소를 가득 머금은 채 자리를 떠나신 후, 여제께서는 책상 앞에 앉아 부지런히 디자인 초안을 수정했다. 그간 싸움질, 정권 탈취, 애 낳기에 바빠서 감성적인 것과는 인연이 없었던 그녀에게 모처럼 장손무극이 신나는 일감을 던져 준 것이었다.

그녀는 열심히 붓을 놀리는 한편 지난 생의 추억에 젖었다. 가난한 모녀에게 새 옷은 사치였지만, 옷 살 돈이 없다고 근심해 본 적은 없었다. 솜씨 좋은 엄마가 낡은 옷들을 새것처럼 고쳐 주었기 때문이었다.

한가할 때 두 모녀는 상점가에 나가서 물건은 사지 않고 새로 나온 옷만 눈여겨봐 두고 돌아오곤 했다. 그런 날이면 엄마는 밤새 간이 재봉틀을 돌려서 근사한 '새 옷'을 만들어 냈다.

아담한 집 어두침침한 조명에 비친, 고개를 숙이고 옷 만들기에 열중하는 엄마의 실루엣과 곤히 잠든 그녀의 꿈속에 마치 늦가을 빗소리처럼 내리던 재봉틀 돌아가는 소리가 아직도 기억에 생생했다.

도안을 고치는 맹부요의 손놀림이 차츰 느려졌다. 그녀는 하던 일을 멈추고 종잇장을 살며시 어루만졌다. 휘황찬란한 붉은색 월화금이 손끝에 만져지는 것 같았다. 매끈한 비단의 질감이 마치 붙잡을 수 없는 세월처럼, 손가락 사이를 스르르 스치고 지났다.

율동감 넘치는 선은 굴곡 많던 인생을 닮아 있었다. 층층이 겹친 치마폭에 지난 생과 이번 생을 거치면서 그녀의 가슴에 아로새겨진 기억들이 번졌다. 오늘날의 화려한 예복도, 지난날의 초라한 새 옷도, 두 번의 생에서 가장 행복한 이야기들을 담고 있기는 마찬가지였다.

햇빛을 받은 맹부요의 눈시울에는 영롱한 반짝임이 스쳤지만, 그녀의 입가에는 엷은 미소가 번졌다.

엄마, 난 행복해!

❀

구상안을 완성해 상의감에 넘긴 것을 끝으로, 맹부요는 예복 문제에서 완전히 손을 뗐다. 그때부터는 어린 마왕 셋에게 바쁘게 시달려야 했으므로.

장손무극도 근래 많이 바쁜 것 같았다. 며칠씩 얼굴을 보기 힘들 때도 있었다. 게다가 맹부요를 만나러 오더라도 상소문 한 무더기에 신료들까지 우르르 끌고 와 그 자리에서 정무를 보곤 했다. 원래는 장손무극이 일하는 데 전혀 관여하지 않던 맹부요도 그런 광경을 자꾸 접하다 보니 슬슬 장손무극의 건강이 염려되기 시작됐다.

그래서 이날은 직접 인삼탕을 받쳐 들고 그의 집무실을 찾아온 참이었다. 전각 안으로 들어서자마자 새카맣게 떼를 지어 꿇어앉아 있는 관원들이 보였다. 책상 위에는 누구 하나 압사시키고도 남을 양의 상소문이 쌓여 있었다. 상소문 더미에 파묻힌 장손무극은 훤칠한 키에도 얼굴이 완전히 가려지기 직전이었다.

안으로 들어오는 맹부요를 발견한 장손무극이 피로에 찌든 눈을 반짝 빛냈다. 싱긋 미소 지은 맹부요가 인삼탕을 내려놓고 돌아서려는데, 장손무극이 자세를 낮춰 그녀의 귓가에다 대고 속삭였다.

"잠시만 기다려 주오, 잠시면 되니까……."

열기를 품은 숨결이 귓가를 간질이자 맹부요는 반사적으로 목을 움츠렸다. 킥킥거리는 웃음소리가 새어 나오려고 하는데, 문득 장손무극의 애원 어린 눈빛이 시야에 들어왔다. 순간 가슴이 설레어 얼굴이 발그레해진 맹부요는 얼른 헛기침을 뱉고서 다소 부자연스러운 투로 한마디를 했다.

"으음……, 다리가 아파서 좀 쉬어야겠다."

어깨 위의 원보 대인이 눈을 홉떴다.

정말이지, 가식덩어리도 이런 가식덩어리가 없다니까. 부춘궁에서 경명전까지라고 해 봐야 고작 반 리 거리인데, 명색이 절정 고수라는 분께서 그거 걷고 다리가 아프다고? 주인님 때문에 마음 약해져서라고 솔직히 말하면 죽기라도 하나?

다행히 쥐 새끼는 사람 말을 못 했고, 폐하께서는 여제의 고집을 너무 잘 아는 고로 절대 자존심 싸움을 걸지 않으셨기에, 그녀의 졸렬한 거짓말은 지금껏 한 번도 공개적으로 까발려진 적이 없었다.

맹부요는 한쪽 구석에 앉아 손톱을 깨작거리면서 관원들이 보고하는 내용을 듣고 있었다. 계속 듣다 보니 나중에는 우습다는 생각이 들었다.

무극국에 일할 사람이 이렇게 없었나? 도대체 왜 궁정 연회부터 각종 국례며 타국 귀빈 접대까지 사소한 일 하나하나 다 황제한테 결정을 바란담?

이때 그녀의 표정을 보고 무슨 생각을 하는지 알아챈 장손무극이 설명했다.

"부황께서 건강 문제로 손님 접대를 꺼리셨던 탓에 무극국에서는 오랫동안 황실 주최의 대형 연회가 열린 적이 없었다오. 게다가 나도 국외에 나가 있을 때가 많았던지라, 즉위한 해에야 예부를 비롯한 궁내의 접빈 의례가 대단히 어설프다는 사실을 알게 되었소. 담당 기구의 수장부터가 고지식하고 융통성이 없어 시대에도 맞지 않는 옛 의례를 고수하고 있었지. 다른 나라 황제들이 봤다가는 비웃음을 사게 생겼더군. 그래서 예부와 상의하여 의례를 전체적으로 뜯어고치는 한편, 그 김에 궁내 서무까지 싹 다 손을 보기로 한 것이오."

맹부요는 그의 책상 위에 아찔한 높이로 쌓인 상소문을 보며, 속이 상하기도 하고 갈등이 되기도 하여 한숨을 내쉬었다. 그러다가 잠시 후, 마침내 입을 열었다.

"바쁜 사람이 무슨 이런 잡다한 일에까지 신경을 써요? 내가 대신 해결해 줄게요!"

"그럴 수는 없소!"

장손무극이 제안을 딱 잘라 거절하자 맹부요는 아연실색했다.

지금 자기네 국정에 끼어들 생각 말라고 하는 건가?

이때, 그녀 쪽으로 몸을 돌린 장손무극이 그녀를 끌어다가 자기 옆에 앉히더니 몹시도 그윽한 눈빛을 보냈다.

"그대는 지금도 충분히 수고하고 있소. 그대가 가장 신경 써야 할 일은 자신을 잘 돌보는 것이오."

폐하의 말투는 진지했고, 눈 속에는 오로지 그녀뿐이었으며, 표정은 한없이 부드러웠다. 원래도 아름답기 그지없는 용모의 소유자였지만, 아버지가 되면서부터는 예전보다 더욱 매력적이고 진중해진 모습이었다.

그런 폐하께서 봄바람처럼 따스한 눈빛을 보내면서 나지막이 말을 건네시니, 맹부요는 정신이 홀딱 나가고 말았다. 어쩜 눈빛만으로도 이렇게 마음이 찌르르한지, 그녀는 미남자의 다정다감함에 폭 빠져 익사하기 직전까지 갔다가 한참 만에야 가까스로 헤어났다.

그제야 눈길 끝자락에 관원들이 걸렸다. 바닥에 무릎을 꿇고 앉아 감히 고개도 들지 못하는 그들의 모습에 얼굴이 '펑' 하고 불타오른 맹부요가 허둥지둥 고개를 돌리면서 말을 더듬었다.

"나……, 나야……, 뭐……, 챙겨 주는 여관들이 많아서, 괜찮은데……."

그러자 싱긋 웃은 장손무극이 기다란 손가락으로 그녀의 귀밑머리를 넘겨 주며 부드럽게 속삭였다.

"그럼 좋소. 단, 절대로 무리는 하지 마시오."

폐하의 매혹적인 미소에 정신이 다 혼미해진 맹부요는 흐리멍덩한 머릿속으로 생각했다.

이 인간, 오늘따라 왜 이렇게 치명적이지? 어쨌든 저 웃는 얼굴은 진짜 끝내주긴 하네…….

다음 순간, 그녀는 폐하의 손가락이 또 선을 넘기 시작했음을 알아챘다. 귀밑머리를 따라 내려와 뺨에서 입술로 미끄러져 간 손가락이 곧 목덜미를 지나더니⋯⋯. 그러고 나서는⋯⋯.

기겁해서 펄쩍 뛴 맹부요가 장손무극을 매섭게 노려봤다. 이어서 염치도 없다느니, 낯가죽도 두껍다느니 따위의 말을 쏟아내려는데, 허리 높이도 넘는 상소문 더미에 파묻혀 있는 그의 모습과 주렴 밖에 잔뜩 모여 앉아 자기 차례를 기다리고 있는 관원들이 눈에 들어왔다.

결국 한숨만 푹 내쉰 그녀가 슬쩍 몸을 뒤로 빼 밖으로 향하면서 말했다.

"알았어요, 그 일은 내가 대신 맡을 테니까 예부 관원한테 내 쪽으로 오라고 해요."

장손무극은 빙긋이 웃으면서, 전각을 빠져나가는 여제를 눈으로 배웅했다.

그의 눈길이 특히 중점적으로 머문 곳은 출산 후 살짝 풍만해지면서 더욱더 사람을 홀리게 된 여제의 허리와 엉덩이였다. 그녀가 무심코 걸음을 내디딜 때마다 율동감 있게 흔들리는 곡선을 따라 장손무극의 눈빛도 함께 흔들렸다. 그는 여제의 뒷모습이 시야에서 완전히 사라지고 나서야 겨우 눈길을 거두어들였다.

장손무극은 느긋하게 의자 등받이에 몸을 기대고 차를 한 모금 넘겼다. 그가 책상 위에 산처럼 쌓인 상소문을 힐끗 쳐다보자, 태감이 얼른 달려와 일찌감치 검토를 끝낸 상소문을 몽땅 안아 들고 밖으로 나갔다.

이어서 폐하의 눈길이 스쳐 간 곳에는 '업무 보고를 올리러 온' 관원들이 떼를 지어 꿇어앉아 있었다. 눈빛을 감지한 관원들은 그 즉시 숨을 죽이고 서로 눈치를 살피면서 조심조심 퇴장했고, 전각 안은 순식간에 깨끗하게 비었다.

그도 그럴 것이, 연극이 이미 끝났는데 소품들이 더 뭉그적거리고 있어서 뭐 하겠는가?

폐하께서는 미소 띤 얼굴로 의자에서 일어나 기지개를 켠 다음, 유유자적하게 후전 용상으로 가서 몸을 누이셨다. 지금쯤이면 예부와 내무국 관원들이 여제를 괴롭히고 있을 테고, 그는 딱히 할 일이 없었다.

가서 혹아랑 놀아 줄까, 아니면 울트라맨한테 가 볼까나?

❀

"마마, 예부에서 손본 국례 세칙이옵니다. 한번 살펴봐 주시옵소서……."

"이 정도로 세세하다고?"

맹부요는 열두 권짜리 두꺼운 책자를 내려다보며 눈썹을 찌푸렸다. 각 권당 두께가 중영 사전에 육박했다.

"이걸 언제 다 봐?"

예부시랑이 한 걸음 가까이 와서 정성스럽게 세부 사항을 짚어 주었다.

"의제청리사, 정선청리사, 사제청리사, 주객청리사, 이상 네 곳에서 올린 세칙으로, 각각의 항목을 보자면 가례, 군례, 길례, 흉례, 빈례, 연향, 주조, 그 밖에 사역관의 속국 외국 사신 역관 접대……."

노인네가 한 장 한 장 책장을 넘기면서 길례 중의 등극례에 대한 설명을 가까스로 마쳤을 때, 밖은 이미 깜깜해져 있었다. 뒤에 남아 있는 열한 권을 곁눈질한 맹부요는 오한을 느꼈다. 한순간의 충동으로 이렇게 골치 아픈 일거리를 떠맡다니, 후회막급이었다.

잠시 머리를 굴리던 그녀가 슬그머니 책임 회피를 시도했다.

"내 보기에는 다 좋은 것 같은데, 가서 폐하께 보여 드리는 게 어떠신가?"

"폐하께서는 마마께 전권을 위임한다 하셨사옵니다."

눈을 내리깐 예부시랑이 숙연히 답했다.

맹부요는 콧잔등을 찡그리며 생각했다.

어차피 의례도 사람이 만든 건데 조금 부적절하면 또 어때서? 그렇게 꽉 막힌 사람 아닌 줄 알았더니, 장손무극 이 인간이 왜 갑자기 고지식하게 구는 거야.

그러다가 다른 쪽으로 생각해 보니, 조만간 엄청난 규모의 영토 합병으로 명실상부한 대륙 최대국으로 떠오를 무극국이라면 사소한 일도 허투루 해서는 안 될 것 같기도 했다. 그게 장손무극의 체면과도 관계될 거라는 생각에 결국 그녀는 이를 악물고 예부시랑의 설명에 다시 귀를 기울였다.

어느덧 달이 부춘궁 밖 배나무 꼭대기에 걸렸다. 정원을 하
얗게 수놓은 꽃잎 위에서 잠시 머무르던 달빛이 이내 연분홍
창호지를 타고 올랐고, 창호지에는 각기 듣고 말하는 데 열중
하고 있는 두 개의 검은 그림자가 드리웠다.

찌뿌둥하게 기지개를 켜고 난 맹부요가 초점 없는 눈으로 예
부시랑을 쳐다봤다. 예부시랑은 장장 세 시진째 쉬지도 않고 설
명을 이어 가고 있었다.

저 노인네, 정체를 숨긴 무공 고수가 분명해. 저 입 좀 보라
고. 장시간의 고강도 운동에도 끄떡없이 멀쩡한 거.

맹부요는 이미 머리가 정지한 상태였다. 얼마나 신물이 나게
시달렸는지, 상대방이 말을 멈춘 뒤에도 그녀의 귓속에서는 번
거롭고 지루한 옛날 의례를 주절주절 설명하는 목소리가 계속
해서 웅웅 울렸다…….

"마마! 마마!"

태감의 조심스러운 부름이었다.

맹부요는 멍하니 눈길을 옮겨 아직 남아 있는 열한 권의 책
을 쳐다보고는, 영혼이 가출한 표정이 되어서 불쑥 한마디를
내뱉었다.

"흠잡을 구석이라고는 찾아볼 수가 없을 만큼 완벽한 것 같
구려."

예부시랑이 겸허하게 허리를 숙였다.

"그러니 뒤는 볼 필요도 없겠어."

맹부요는 눈이 완전히 풀려 있었다.

"전부 윤허하겠네."

"확실한 말씀이옵니까?"

예상과 달리 예부시랑은 덕분에 겨우 살았다는 표정이 아니었다. 고마워하기는커녕 맹부요의 결정을 미심쩍어하더니, 급기야는 장정 형태가 다른 책자들과 살짝 다른 마지막 권을 빼다가 공손하게 두 손으로 받쳐 그녀에게 들이밀었다.

"이것은……."

"윤허하네! 윤허한다고!"

맹부요는 이제 책을 쳐다보기만 해도 토할 것 같았다. 안 그래도 한 줌밖에 안 되는 인내심은 며칠을 내리 예부 관원들한테 들볶이면서 이 일 저 일 처리하느라 이미 바닥을 드러낸 지 오래였다. 하여, 망설임 없이 팔을 내두르며 소리쳤다.

"가서 폐하께 내가 전부 동의했다고 아뢰시래도!"

"그리하겠나이다."

노련하고 꼼꼼한 예부시랑이 빙그레 웃으면서 서류를 펼쳐 놨다.

"서명하시고 인장을 찍어 주시옵소서. 날이 밝으면 신들이 오주 각국과 만천하에 알리겠사옵니다."

맹부요는 뭔가 이상하다고 생각했다.

자국 내에서 국례를 개정하는데 그걸 굳이 만천하에 공표할 필요까지야?

하지만 그녀가 미처 하문하기도 전에 궁녀가 야참을 갈구하는 마왕 셋을 안고 들어왔고, 분주해진 맹부요는 조금 전의 의

문을 깨끗이 잊어버렸다.

❀

이튿날, 해 뜨기도 전부터 내무국 총관이 보고할 것이 있다
며 책자를 한 무더기 안고 찾아왔다. 맹부요는 설움에 겨운 얼
굴로 침상에서 일어나 눈 밑이 시커먼 채로 상대가 주절거리는
소리를 듣고 있어야만 했다.

"……마마, 폐하께서 후궁 궁인 상당수가 규정 연령을 넘겼
으니 그들을 내보내고 새로 궁인을 선발하는 것이 어떠할지 물
으셨나이다."

"나이 찬 처녀들을 억지로 궐에 잡아 놓아서야 쓰나. 부모랑
생이별시키고 오륜을 저버리게 만드는 짓이지. 서둘러 내보내
도록 하시게."

맹부요는 잠에 취해 있었다.

"일손이 부족하지만 않으면 새로 뽑을 필요도 없고!"

"예, 후궁을 해산시키겠나이다."

내무국 총관이 진지하게 지시 사항을 받아 적었다.

맹부요는 또 한 번 무언가 이상하다는 느낌을 받았다. 하지
만 정확히 캐물을 틈도 없이, 다른 보고자들이 무더기로 몰려들
어 그녀를 에워쌌다.

"마마……."

"마마……."

이후로 일들을 하나하나 해치움에 따라 예부와 내무국에서 찾아오는 관원의 수도 점차 줄어들었다. 그러는 동안 장손무극 쪽은 점점 더 바빠지는 것 같았고, 궐 안에는 어쩌 평소와 다른 분위기가 감돌기 시작했다. 애 보느라 눈코 뜰 새가 없는 덜렁꾼 맹부요까지 느낄 정도로 확연한 변화였다.

"어라? 새해도 아니고 명절도 아닌데 홍등이랑 비단 띠는 왜 저렇게 주렁주렁 걸어 놓은 거지?"

아침 댓바람부터 창밖에서 넘실대는 화려한 색채에 놀란 맹부요가 밖을 내다보며 말했다.

곁에서 궁녀 품에 안겨 있는 장손춘화 공주가 꺅꺅 소리를 지르면서 처마 밑 비단 끈을 향한 지대한 관심을 표현했다. 유모가 얼른 나가서 끈을 한 토막 끊어다가 손에 쥐여 주자, 춘화 공주는 냉큼 그걸 이마에 묶고 한껏 예쁜 척을 해 댔다.

가랑이가 갈라진 옷 사이로 드러난 딸의 뽀얀 엉덩이를 토닥이며, 맹부요가 미소 지었다.

"예쁘기도 하지! 곽부용[6]이 따로 없네."

엄마의 활짝 웃는 얼굴을 본 장손춘화는 드세고 제멋대로라는 소리를 의심의 여지 없는 칭찬으로 해석하고, 저도 최근에 난 앞니를 내보이며 헤벌쭉 웃어 주었다.

마주 보고 생글거리는 모녀의 옆쪽에서는 울트라맨이 졸렬한 2인조에게는 눈길도 주지 않고서, 원보 대인을 붙잡아다가

---

6 郭芙蓉. 중국 드라마 〈무림외전〉 등장 인물.

억지로 회색 걸레를 뒤집어씌우는 중이었다. 쥐 가죽을 연상시키는 회색 코스튬은 원보 대인이 무엇보다 혐오하는 아이템이었다. 하지만 그렇다고 어린 상전의 연약한 엉덩이에 360도 돌려차기를 꽂아 줄 수도 없는 노릇이었다. 원보 대인은 묵묵히 눈물을 훔쳤다.

이렇듯, 성공한 울트라맨 뒤에는 항상 말없이 괴롭힘을 견디는 원보 괴수가 존재하는 법이었다…….

그나마 다행스럽게도, 궁지에 몰린 원보 대인 앞에 금방 구세주가 나타났다. 누군가 쓱 손을 뻗어 원보 대인을 데려가자 울트라맨은 그 마음에 안 드는 손을 깨물려고 했다. 하지만 바로 다음 순간 눈앞의 풍경이 크게 흔들리더니, 울트라맨은 어느새 누군가의 무릎에 앉혀져 있었다.

꺅꺅 소리를 지른 것도 두어 번뿐이었다. 상대가 풍기는 기도를 통해 자신이 반드시 잘 보여야 하는 인물임을 알아챈 울트라맨은 곧 얌전하게 자세를 고쳐 앉았다.

창밖을 내다보던 맹부요가 돌아서서 예상 밖이라는 듯 말했다.

"오늘은 웬일로 시간이 다 났어요?"

울트라맨을 품에 안은 장손무극이 팔을 뻗어 대단히 진지한 얼굴로 좌선 중이던 혹아를 자기 쪽으로 끌어당겼다. 장손춘화 공주는 아빠가 문지방을 넘는 순간에 이미 텔레파시라도 통한 양 휙 뒤를 돌아보고는, 나비처럼 날아가 찰싹 들러붙은 뒤였다.

맹부요는 딸을 흘겨보며 또 한 번 확신했다.

쟤는 확실히 태생이 남자를 밝혀. 도대체 누구 닮아서 저러니?

"대사와 관련해 결정할 것들을 모두 결정했으니 물론 이제는 시간이 있지."

품에 한 녀석을 안고 무릎에 두 녀석을 앉힌 장손무극은 그 꽉 찬 느낌에 매우 만족하고 있었다. 그가 눈짓을 보내자 그를 따라 들어온 궁인이 직사각형 상자 두 개를 가져왔다.

"이게 뭐예요?"

정교한 자단목 상자를 쳐다보며, 맹부요는 어쩐지 불길한 예감을 느꼈다.

"예복이오."

딸에게 바삭거리는 사탕 과자를 먹여 주며 장손무극이 느긋하게 답했다.

그 말에 맹부요가 이마를 탁 쳤다.

"요즘 미친 듯이 바빠서 그 내기도 잊고 있었어요. 상의감에서 예복 완성한 거예요?"

상자를 열자 최상급 월화금이 스르르 늘어지면서 은은한 빛을 반사했다. 그 순도 높고 화려한 붉은색에 다들 눈이 부시다고 느꼈다.

예복의 전체적인 선은 간결하면서도 섬세함과 유려함을 잃지 않은 모습이었다. 치마는 인어 꼬리를 연상시키는 고귀하고 우아한 형태였고, 상의 윗부분은 앞뒤로 골짜기처럼 깊게 파여 위엄 있으면서도 화려한 느낌이었다. 그 깊은 파임 덕분에 월화금의 지나치게 부드러울 수 있는 분위기가 중화되고, 선명한 붉은색이 한층 더 강렬한 존재감을 발했다. 옷이 접히는 부분과 장식적인 부분에는 전부 보석이 들어가 있었다. 흔한 진주나 녹주옥이 아니라 하나같이 손가락만 한 흑요석이었다. 광택 흐르는 흑요석이 마치 환하게 빛나는 눈동자처럼, 선명한 붉은색을 배경으로 반짝거리고 있었다.

이토록 아름답다니, 이토록 간결한 동시에 압도적으로 고귀할 수 있다니.

흑색과 적색의 장엄한 결합이 낳은 매혹적 미감이 방 안에 있던 모두를 숨 막히게 했다.

옷 자체만 놓고 봐도 이렇게 아름다운데, 절세미인의 몸에 걸쳐진다면 얼마나 더 매혹적일까?

맹부요가 눈을 반짝반짝 빛내면서 말했다.

"근사해라! 원래는 양지옥을 쓰려고 했는데, 지금 보니까 흑요석이 훨씬 무게감 있으면서 눈에도 확 들어오는 것 같아요. 누가 고친 거예요? 누군지 생각 잘했네!"

장손무극은 아무 말 없이 웃기만 했다. 그는 예복을 찬찬히 감상하면서, 부요가 그걸 입은 모습을 상상해 보고 있었다. 역시 그 아름다움은 남들과 공유하지 않는 편이 나을지도 모르겠다는 생각이 들었다.

예복의 형태는 부요가 구상한 것이요, 흑요석은 그가 고친 부분이었다. 그의 부요가 가질 물건은 무조건 세상에서 최고로 좋은 것이어야 했으므로.

예복을 쓸어내리며 찬탄을 금치 못하던 맹부요가 이내 미소와 함께 말했다.

"내가 예전에 살던 곳이었으면 결혼식 때 입으면 딱이라고 했을……."

말허리가 뚝 잘리는 동시에 예복을 어루만지던 손도 그 자리에 멈췄다. 잠시 후, 뒤로 돌아선 그녀가 장손무극을 쳐다봤다. 장손무극이 빙긋이 웃으며 눈썹을 까딱했다.

다시 한번 예복 쪽을 쳐다보면서 '흐읍' 하고 숨을 들이켠 맹부요가 곧 팔짱을 끼고 탁자에 비스듬히 기대어 장손무극을 노려봤다.

"말해 봐요. 이거 어디에 쓸 예복이에요?"

장손무극이 천진하게 웃더니, 상쾌한 답변을 내놨다.

"혼례용이오."

순간 눈썹을 꿈틀한 맹부요가 이를 갈기 시작했다.

"내가 언제 한다고 했어요?"

"내가 물어보았었지. 그대가 원하는 것이 이런 예복이 맞느냐고."

장손무극이 울트라맨에게 녹두떡을 먹이면서 말했다.

"그대는 그렇다고 대답했소."

"결혼식 예복이라고는 안 했으니까!"

맹부요가 바락 소리쳤다.

"혼인 예복이 아니라고도 안 했소."

장손무극이 온화하게 미소 지었다. 물론 맹부요의 눈에는 간사한 웃음으로 비쳤지만.

"조금 전에 예복을 보자마자 혼례용이라고 느끼지 않았소? 사실 속으로는 감을 잡고 있었다는 뜻이지. 그러면서도 짐짓 모른 척, 주변에서 알아서 진행해 주기를 기다린 것 아니오?"

그가 눈썹 한쪽을 까딱하면서 웃어 보였다. 딱 봐도, '시집 못 와서 안달이 난 거 알고 있었지만, 체면을 생각해서 앙탈을 받아 준 것뿐이다.'라는 의미였다.

기가 찬다는 식으로 듣고 있던 맹부요가 급기야 탁자를 엎었다.

"난 결혼한다고 안 했어!"

장손무극이 몸을 틀어 이번에는 혹아에게 물을 먹였다. 녀석은 주전부리보다 미지근한 맹물을 더 좋아했다. 황자를 보살피는 데 정성을 다하던 폐하께서 툭 한마디를 던지셨다.

"했소."

"내가 도대체 언제……."

맹부요는 말을 하는 중간에 혀를 깨물고 말았다. 장손무극이 펼친 손바닥 위에 올려진, 종이 한 장 때문이었다.

그것은 국서였다. 대완 여제의 도장이 떡하니 찍혔고, 지렁이 기어가는 부요체로 친필 서명까지 되어 있는.

국서를 낚아채 급하게 읽어 본 맹부요는 사색이 됐다. 장손무극과 그녀의 서명 날인이 함께 들어간 국서의 내용은 천하에 두 사람의 혼인을 공표하는 것이었다!

뒤쪽에는 의전 절차와 하객 명단까지 줄줄이 붙어 있었고, 국혼 절차 하나하나에 전부 그녀의 서명이 들어가 있었다. 어디 그뿐이랴, 후궁 궁인들을 방출한다는 내용의 서류에도 그녀의 이름이 보란 듯이 적혀 있었다.

맹부요의 낯빛은 퍼런색, 허연색, 뻘건 색을 오가면서 다채로운 빛깔을 뽐냈다. 아무리 바보 천치라도 이쯤 되면 장손무극이 성동격서, 발본색원, 기만술, 미남계, 고육책 등 온갖 간계를 동원해 장난질을 쳤다는 걸 모를 수가 없었다.

단지 귀찮다는 이유로 그 많은 서류에 무조건 서명을 하고 도장을 찍었다니, 환장할 노릇이었다. 저 여우 같은 작자가 그녀의 한 줌밖에 안 되는 인내심을 빤히 꿰뚫어 보고 중요한 문건을 두꺼운 서류 더미 속에 은근슬쩍 끼워 둔 게 분명했다.

이제 와서 후회해 봤자 소용없었다. 어디 화풀이할 데도 없었다. 대체 누구한테 화를 낸단 말인가? 예부시랑이 굳이 책자를 들이밀면서 살펴보라고 하는 걸 짜증스럽게 거절한 건 그녀 본인이었다.

궁인들을 방출한 건도 기가 막히는 일이었다. 장손무극이 그까짓 사소한 일을 기어이 만천하에 알린 이유가 무엇이겠는가. 맹부요가 남편 소유의 후궁에 해산령을 내렸다는 걸 강조하고 싶었던 것이리라.

세상 사람들은 이렇게 수군거릴 것이다.

아니, 애첩 후보들을 모조리 내쫓을 때는 언제고 정작 자기는 시집을 안 가겠다고? 그게 지금 말이 되나?

이미 온 세상이 다 알아 버렸는데, 게다가 서류에 떡하니 찍힌 도장이 증거인데, 그녀가 이제 와서 혼인을 못 하겠다고 우긴다면 장손무극은 평생 어디 가서 고개도 못 들고 살아야 할 것이다.

지독한 작자 같으니!

맹부요는 이가 갈렸다. 차마 자기를 온 세상의 웃음거리로 만들지는 못하리라는 걸 알고서, 남의 평판 따위 아랑곳하지 않는 그녀가 그래도 자기 명예에는 신경 쓴다는 걸 알고서, 의도적으로 본인을 벼랑 끝으로 몰아 결국은 원하는 바를 얻어 내고야 말겠다는 것이다!

장손무극은 세 녀석을 끌어안고 팔자 좋게 누워 있었다. 어느 분의 험악한 표정 따위는 전혀 마음에 걸리지 않는 모양새였다. 그는 그녀를 너무 잘 알았다. 부요의 험악한 표정이 당장 보기에는 무서울지 몰라도 결국 그것은 한때의 천둥 번개에 불과했다. 가만히 두면 이 또한 금방 지나가리라.

바로 이런 면이 부요의 최대 장점이었다. 신의를 지킬 줄 알고 도량이 큰 것. 부요는 자기가 하겠다고 한 일은 그 배경에 무슨 이유가 있어서 승낙했는지에 관계없이 무조건 끝까지 책임졌다.

둘의 혼인이 이미 온 세상에 공표되었다는 걸 아는 이상 더는 심통을 부리지 못할 것이다. 장손무극은 나른하게 미소 지으며 아이들에게 배즙을 조금씩 먹였다.

내 어찌 그대와의 혼인을 남몰래 해치울 수 있을까? 여기까지 오느라 그 고생을 했으니 마지막에는 내게도 보상이 있어야 하지 않겠는가?

그대를 세상에서 가장 아름다운 나의 황후로 삼아야지. 만민에게 에워싸여, 천하를 앞에 두고, 바람 부는 대양과 오주 각국에 그대가 기꺼이 나만의 것이 되기로 하였다고 알려야지.

다른 자들이 아직도 도둑놈 심보를 못 버리고 황후 자리를 비워 두었음을 잊지 말아야 할 것이야!

❀

잠시 후, 가까스로 마음을 가라앉힌 맹부요가 콧잔등을 만지작거리고, 눈을 깜빡거리면서, 사태 수습을 시도했다.

"아니, 그게, 사실, 그렇게 복잡할 필요가 있나? 당장 오늘 내 침궁으로 이불 옮겨 오는 거 허락해 줄게요. 그럼 되는 거 아니에요?"

미소 띤 얼굴의 장손무극이 고분고분히 답했다.

"좋소. 알다시피 나는 항상 그대 의견을 존중하는 쪽이지."

그런 그를 한 번 흘겨봐 준 맹부요가 곧바로 태감과 궁녀들에게 명해 폐하께서 쓰실 침상 하나를 새로 들여오게 했다. 장손무극은 빙긋이 웃으며 그녀를 바라보다가, 침상이 옮겨져 오자 그제야 느릿느릿 다음 말을 이어 갔다.

"일거수일투족이 천하에 영향을 끼치는 짐의 특수한 신분을 고려할 때, 침상을 이리 대충대충 옮겨 오는 것은 적절치 못한 처사일 듯하오. 그러니까 내 말은, 예식은 생략해도 좋으니 그날 모인 국빈들 앞에서 침상 이동식만 간단히 치르자는 것이오. 만천하에 우리의 결합을 알리고 오주 각국 황족들을 초청한 다음, 황족들 모두가 똑똑히 지켜보는 앞에서 짐이 이불을 둘둘 말아 짊어지고 그대의 침궁에 들겠소."

"……."

진짜 악질이란 바로 이런 걸 두고 하는 말이구나.

맹부요는 눈물이 앞을 가리는 와중에 상상해 보았다. 오주 각국 황족들이 지켜보는 앞에서 이불을 둘둘 말아 짊어지고 자신의 침궁에 입장하는 황제 폐하의 모습을.

그 결과 그녀는 깨닫게 되었다. 만약 그 참혹한 사태가 현실이 된다면 자신은 평생 얼굴을 못 들고 살리란 걸.

강대한 폐하께서는 수많은 눈이 지켜보는 가운데 이불 뭉치를 옆구리에 끼고 들어와서 아무렇지 않게 그녀의 침상에 내려놓고도 남을 분이셨다.

한참이나 하늘을 올려다보던 맹부요가 마침내 침통하게 말했다.

"방금 아주 힘든 결정을 내렸어요. 이불 뭉치 짊어지고 와서 불법 동거하는 거랑 온 세상에 속도위반해서 결혼한다고 떠벌리는 거 사이에서 내 결정은……, 역시 후자요."

장손무극이 '옳지, 내 부인 착하다.' 하는 미소를 지었다.

이리하여 여제께서 불만이 이만저만이 아닌 상황에서도 혼례 준비는 막바지 단계에 접어들었다. 사실 대부분의 사항은 일찌감치 결정이 나 있었다. 맹부요의 신분이 신분인 만큼 의식은 최대한 성대하게 치러질 예정이었다.

예부는 의례를 짜는 과정에서 역대 국혼 사례를 모조리 뒤져 보며 골머리를 앓았다. 납채례, 대징례, 반조례, 축하연 모두 역대 어느 황후보다도 높은 급으로 준비되어야 했기 때문이었다.

이렇듯 지난 사례까지 샅샅이 뒤졌음에도, 반조례에 대해서만큼은 예부 관원들 사이에서도 의견이 갈리는지라 막판까지 결론을 내지 못하고 있었다. 반조례 때는 황후가 기거하는 저택에 사절을 보내 그곳에서 책립 절차를 밟아야 하는데, 현재 맹부요가 기거하는 곳은 황제 폐하의 용상이었다.

그러니 이를 어찌하면 좋단 말인가. 사절단에 조서를 들려서 대완까지 보내기라도 해?

하지만 대완은 무극의 속국이 아니었고, 신분상으로 봐도 맹부요와 황제 폐하는 완전히 동등한 관계였다. 대완이 무극으로부터 조서를 하사받을 이유가 없다는 뜻이었다. 결국 마지막까지 결정을 내리지 못한 예부상서는 맹부요가 직접 절차를 정하도록 상소를 올릴 수밖에 없었다.

일전의 그 예부시랑이 다시 한번 여제의 맞수로 등판했다. 여제께서는 중문 밖에 등장한 예부시랑의 모습을 발견하자마자 치졸한 얼굴로 웃음을 흘리셨다. 그러자 중문 밖 예부시랑이 부르르 진저리를 치더니 이상하다는 양 하늘을 올려다봤다.

"날씨도 좋은데 왜 으슬으슬 춥지……."

예부시랑이 올린 의례 목록은 책상 위에서부터 바닥까지 끌릴 정도로 길고 길었다. 맹부요는 바닥에 질질 끌리는 종이를 가만히 앉아서 보고만 있었고, 궁녀가 다가와 늘어진 부분을 걷어 올리려고 했다.

그런데 웬걸, 궁녀의 손이 미처 닿기도 전에 울트라맨이 까르르 웃으면서 기어 오더니 종이를 찢어발기기 시작했다. 바닥에 꿇어앉은 예부시랑의 이마에서 굵은 땀방울이 뚝뚝 떨어졌다. 생각 같아서야 말리고 싶었지만 감히 그럴 수가 없었다.

공중에서 춤을 추는 종잇조각들을 보며, 예부시랑은 속으로 통곡을 했다.

그 목록은 예부 관원 스물세 명이 밤잠도 반납하고 정리한 것이란 말입니다아아아…….

그나마 말려 줄 사람은 여제가 유일했으나, 그녀는 느긋하게 한마디를 했을 뿐이었다.

"울트라맨, 그렇게 찢으면 안 되지. 방향 바꿔!"

"……."

그녀의 무릎 위에는 혹아가 단정히 앉아 있었다. 그런데 주변에 아무런 관심이 없는 얼굴로 눈을 내리깔고 있던 녀석이, 맹부요가 울트라맨의 손에서 문서 잔해를 낚아채 훑어보기 시작하자마자 갑자기 엄마 옷섶을 잡아당겼다.

맹부요가 아래를 내려다보자 녀석은 작게 옹알거리는 소리를 내면서, 한쪽에 놓여 있는 쌀떡을 향해 손을 뻗었다. 접시가 조금 떨어져 있었기에 맹부요는 혹아를 안고 의자에서 일어섰다. 바로 그 순간, 무언가 찢어지는 소리가 났다.

옆쪽을 돌아본 그녀는 두 토막으로 참시당한 목록을 발견했다. 알고 보니 길게 늘어진 종이가 부지불식간에 혹아의 신발에 딸려 와 책상다리에 휘감겼고, 그 상태에서 맹부요가 종이의 다른 한쪽 끝을 움켜쥔 혹아를 안아 올리는 바람에 일어난 일이었다. 예부시랑은 할 말을 잃었다.

그때껏 융단에 앉아 혼자 놀던 장손춘화 공주는 빨간색 종이가 조각조각 찢겨 나비처럼 날아다니는 광경에 큰 감명을 받고 눈을 번쩍 빛냈다. 바닥을 엉금엉금 기어가 개중 제일 예쁘게 생긴 걸 낚아챈 공주는 종잇조각을 소중히 품에 간직했다. 이따가 아빠한테 선물하면서 점수 좀 따 보려고. 예부시랑은 다시 한번 할 말을 잃었다.

수많은 관원들의 피땀이 세 마왕의 손에 흔적도 없이 갈려 나간 후, 맹부요가 예부시랑을 향해 무성의하기 짝이 없는 사과를 건넸다.

"아아, 끝장났군. 미안하게도."

"……."

"이렇게 하도록 하지."

품에는 참한 아들 혹아를 안고, 발로는 업어 달라고 기어오르지 못하도록 울트라맨의 옷자락을 밟고, 눈으로는 거울 앞에서 단장 중인 장손춘화의 조숙한 포즈를 살피며, 맹부요가 무심하게 말했다.

"그 어떤 전례도 우리 혼례에는 참고가 안 될 테니 차라리 싹 무시하게. 납채고 대징이고, 전부 필요 없다는 말일세! 불러야 할 사람들을 불러서 해야 할 일을 하면 그만이야."

그러고는 예부시랑에게 종이 한 장을 던져 줬다.

"이 명단에 있는 사람들에게 초대장을 보내시게. 꾸물거리지 말고 빨리들 오라고 해. 이 맹부요가 깜짝 놀랄 기쁨을 준비해 놓고 있으니까!"

그녀의 눈길이 명단을 힐끗 훑었다. 과연 이들에게 초대장을 보내도 좋을지 고뇌가 많았다. 마지막에 이르러 그녀의 고뇌를 정리해 준 것은 장손무극의 차분한 한마디였다.

"그들도 분명 그대가 행복한 모습을 직접 보고 싶을 것이오."

맹부요는 묵묵히 생각에 빠졌다.

이제 그들은 모두 한 나라의 주인이고, 앞으로 오주대륙의 판도에 어떠한 변화가 일어날지는 그 누구도 장담할 수 없었다. 천하의 정세와 떼려야 뗄 수 없는 인물들이 한자리에 모두 모일 날이 어느 세월에 다시 올지는 아득하기만 했다. 그래도 어쨌든…… 한 번은 얼굴을 봐야 하지 않겠는가.

문득 의기소침해진 그녀는 말없이 손을 휘휘 내저었다. 예부 시랑이 군말 없이 물러가면서 귀빈 명단을 한 번, 바닥에서 노는 세 녀석을 한 번 곁눈질했다.

됐네요! 깜짝 놀랄 기쁨은 무슨, 충격만 있고 기쁨은 없겠구먼.

외전2 내 평생의 마음을 바쳐

무극 덕치德治 3년, 늦봄과 초여름의 교차점.

중주를 옥띠처럼 가로지르는 낙수의 물빛은 맑고 투명했다. 외성에서 내성으로 흘러드는 거울 같은 수면에 성 구석구석까지 잘 닦인 가도와 빽빽한 인가가 비치고 있었다. 대궐로 이어지는 10리 어로를 따라서는 오색 빛깔 비단이 바람결에 너울거리면서, 화려하고도 경사스러운 분위기를 한껏 돋우고 있었다. 덕분에 봄바람마저도 색색으로 물든 듯했다.

새끼 거위 솜털 같은 노랑과 버드나무 새순 같은 푸름이 섞인 봄바람 속에서, 개울가에 조용히 앉은 인물이 반짝이는 시냇물을 두 손 가득 떠 올렸다. 투명한 물줄기가 하얀 손바닥에서 넘쳐흘러 진주처럼 알알이 수면으로 쏟아지자, 잔잔한 물결이 수면 위에 동심원을 그렸다.

"세월이 흘러가는 것이 마치 흐르는 물과 같구나."

흑발에 백의를 걸친 남자가 떨어지는 물방울을 넋을 잃고 쳐다보다가 읊조렸다. 남자의 말투는 서늘한 시냇물과 같은 온도를 가지고 있었다.

낙수는 흘러 흘러 중주 전체를 지난다 하는데, 지금쯤 그녀도 황궁 홍광전 앞에 나와서 흐르는 물에 하얀 손을 씻고, 거울 같은 수면에 아름다운 얼굴을 비추어 보고 있지는 않을는지? 세월이 유수처럼 갈 길을 재촉하는 사이에 그녀는 필시 더 향기롭고 아름답게 피어났을 터인데, 그는 세월에 맥없이 꺾여 초라한 몰골만 남은 뒤였다…….

"폐하, 풍한이라도 들면 어찌하시려고요."

뒤쪽에서 걸어온 누군가가 그의 어깨에 검은담비 털로 만든 바람막이를 걸쳐 주었다. 섬섬옥수가 비단 끈을 세심하게 묶어 주는 동안에도 그는 처음부터 끝까지 뒤를 돌아보지 않았다. 다만 작게 기침을 뱉으면서 묵직한 바람막이 안으로 어깨를 약간 움츠렸을 뿐이었다.

"폐하……."

아리따운 여인이 눈썹을 찌푸렸다. 목소리에 걱정이 담겨 있었다.

4월 봄바람 속에서, 남자가 고개를 돌렸다. 순간적으로 눈빛이 아련하게 번지는가 싶던 그가 곧 피식 웃으며 말했다.

"괜찮소……. 의윤, 마차로 돌아가도록 하지. 무극국 관원이 마중을 나올 때가 되었으니."

안의윤安意潤은 조심스럽게 남자를 부축하다가 두꺼운 모피 아래의 몸이 그새 또 가벼워진 것을 느끼고 왈칵 서글퍼졌다.

"폐하, 이 몸으로 어째서 굳이……."

줄곧 마음에 담아 두었던 말을 결국은 참지 못하고 쏟아 내려던 그녀는 자신을 돌아보는 그의 눈빛에 그만 뒷말을 깨끗이 잊고 말았다. 그녀를 당혹스럽게 만드는 눈빛이었다. 남자를 부축하고 있던 손끝이 서늘하게 식었다.

폐하의 몸은 해가 다르게 나빠지고 있었다. 근 반년 동안에는 정무를 볼 때조차도 대부분 침상에 머무르곤 했다. 궐내의 비빈들은 최악의 상황을 맞을 마음의 준비를 끝낸 뒤였고, 그녀가 낳은 하나뿐인 황자는 황궁 정전 승명전에서 다른 곳으로 옮겨져 면밀한 보살핌을 받고 있었다.

그런데 이 상황에 무극국에서 온 초청장 한 장 때문에 폐하가 병든 몸을 끌고 멀리 타국까지 올 줄이야. 고작 남의 혼례에 참석하기 위해서.

무극과 궁창, 두 나라의 황제 장손무극과 대완 여제 맹부요의 혼례식.

그 혼례가 세상에 다시없을 웅장한 의식이 될 것임에는 의심의 여지가 없었고, 둘의 혼인은 분명 오주대륙 유사 이래 가장 고귀한 결합이었다. 하지만 그게 바람 앞의 촛불 같은 헌원 황제가 병든 몸으로 여기까지 와야 할 이유가 될 수는 없었다.

안의윤은 등롱과 비단으로 화려하게 꾸며진 중주성을 바라보며 오주의 전설이라 불리는 이번 혼례의 새신부를 떠올렸다.

머나먼 헌원국에서 규방과 구중궁궐 안에만 갇혀 살던 그녀였지만, 그 여인이 얼마나 아름답고, 얼마나 능력 있고, 얼마나 높은 곳에 있으며, 내딛는 걸음마다 연꽃 피듯이 숭고한 행보를 이어 왔는지 너무나도 익히 들어 도저히 모를 수가 없었다.

안의윤의 눈빛에 희미한 동경심이 비쳤다. 그녀는 그리 대단한 집안 출신이 아니었다. 아버지가 지냈던 가장 높은 관직이라고 해 봐야 7품 현령이 고작이었다.

하지만 바로 그 출신이 변변치 못하다는 점이 그녀에게 결정적인 도움을 주었다. 본인 몸 상태를 잘 아는 승경제承慶帝 헌원월(종월)은 자신이 죽은 후에 외척이 세도를 잡는 걸 원하지 않았다. 덕분에 내세울 것 하나 없는 처녀가 하루아침에 신분 상승을 이루어 헌원국의 하나뿐인 황자를 생산한 비빈이 될 수 있었다.

사실 헌원국 비빈 중에 출신이 보잘것없는 여자들이야 많았다. 그 어마어마한 행운이 왜 하필 자신에게 찾아왔는지는 안의윤도 이유를 알지 못했다.

그녀는 폐하의 눈동자를 마주 보다가 넋을 잃을 때가 많았다. 그녀를 향한 폐하의 눈빛은 다정하면서도 쓸쓸했다. 자신을 통해 아주 멀리에 있는 다른 그림자를 보는 것 같은 느낌이 들기도 했다. 구름 낀 산맥 너머, 영원히 닿지 못할 아득한 곳에 있는 그림자를.

지금도 마찬가지였다. 폐하의 눈동자에 비치는 것은 분명 낙수이건만, 어째서인지 머나먼 다른 곳을 보고 있다는 느낌이

들었다.

"혹시 화장함을 챙겨 왔소?"

눈을 내리깔고 마차 안에서 잠시 휴식을 취하던 종월이 불쑥 물었다. 왜 그걸 찾는 건지 영문을 모를 일이었지만 안의윤은 일단 자신의 화장함을 허겁지겁 두 손으로 받쳐 내밀었다.

폐하는 언뜻 보기에는 온화하고 담담한 성격 같았으나 실상은 극히 차가운 분이셨다. 설령 폐하가 자신에게 많은 것을 기대하지는 않는다고 해도 그녀는 감히 폐하를 소홀히 대할 수가 없었다.

"분은 되었소."

분첩 쪽에는 눈길도 주지 않으며, 종월이 담담하게 말했다.

"더 창백해 보여서는 안 되지."

얼이 빠진 채로 있던 안의윤은 순간 가슴에서 온기가 싹 가시는 걸 느꼈다.

"음?"

이번에도 담담하게 낸 소리였을 뿐이지만, 안의윤은 감히 잠시도 지체하지 못하고 떨리는 손으로 금은 장식이 들어간 연지함을 열었다. 그녀는 자신이 자주 쓰는 붉은색 '격쌍당'을 꺼내려고 했지만, 종월이 가리킨 것은 옅은 벚꽃색의 '천궁교'였다.

연지를 얹자 본디 핏기 없던 입술이 옅은 벚꽃 빛깔이 되었다. 같은 색깔 연지를 손바닥에 문질러 양쪽 뺨에도 얇게 바르고 나니 창백하던 얼굴이 환하게 빛나면서 옥 같은 자태가 되돌아왔다.

안의윤은 그 모습을 멍하니 바라보며, 갓 입궐해 폐하를 처음 만난 날을 떠올렸다. 구룡 병풍을 배경으로 황금색 면류관을 쓴 남자가 무심히 아래를 내려다보았을 때, 남자의 유리알 같은 눈동자를 들여다본 그녀는 그의 벚꽃색 입술 때문에 순간 뺨이 새빨갛게 익었었다.

고작 두 해가 지났을 뿐이건만.

눈시울이 촉촉하게 젖어 드는 걸 느낀 안의윤은 황급히 고개를 옆으로 돌렸다. 그때 마침 마차 밖에서 인마의 당도를 알리는 긴 외침이 들려왔다. 무극국 예부 관원들이 헌원 황제를 맞이하러 왔음이었다.

🪷

사흘 뒤, 무극국 황궁 정전 홍광전에서 국혼이 거행되었다. 궁궐 정문 승경문을 통과할 때부터 안의윤은 황궁을 꾸며 놓은 모습에 의아한 눈길을 보내고 있었다.

오행 중에서도 수덕水德을 숭상하는 무극국이라면 응당 푸른색을 가장 귀히 여겨야 할 텐데, 이상하게 황궁 내외부를 비롯해 정전 지붕의 유리 기와까지도 전부 선명한 진홍색이었다. 그러고 보니 황궁까지 오는 길에도 등롱과 비단 띠 장식만 눈에 띄지, 성대한 신부 맞이 행렬은 보이지 않았었다.

무극국 예비 황후가 대완의 황제이기도 하다는 사실은 물론 알고 있었지만, 그렇다고 천 리 밖 대완에서부터 땀나게 달려와 혼례를 치를 것 같지는 않았다. 그보다는 중주에 따로 마련해 둔 거처에서 머물다가 책봉서를 받을 때가 되면 불려 나와 마차를 타고 성을 한 바퀴 돈 다음, 황궁 정문을 거쳐 정전에 입장해 거기서 예식 일체를 마치고, 마지막으로 침궁으로 안내되는 쪽이 상식적인 절차일 것이었다.

그나저나 안의윤을 제외한 주변 손님들은 전혀 이상한 점을 느끼지 못하는 기색이었다. 하물며 종월은 입가에 엷은 미소까지 머금고 혼잣말을 중얼거리고 있었다.

"또 무슨 장난을 치려고……."

문무백관은 밖에 꿇어앉아 대기하고, 각국 귀빈들은 길시가 될 때까지 머무를 홍광전 별전으로 안내됐다. 일행이 정전 옆을 지나가는데, 맞은편에서 한 무리의 사람들이 다가왔다.

선두에서 걷다가 그들을 발견한 종월은 대번에 눈을 반짝 빛내더니, 안의윤을 내팽개치고 성큼성큼 그들에게로 가 버렸다. 안내를 맡은 무극국 관원과 시위들은 과히 빠른 걸음으로 멀어져 가는 종월을 잽싸게 따라잡았지만, 안의윤은 그들을 놓치고 궁인들과 함께 뒤에 남겨지고 말았다.

"마마님, 모처럼 저희 무극국 황궁에 와 주셨는데, 어차피 길시까지는 아직 시간이 남았으니 소인이 이 주변의 경치 좋은 장소들을 안내해 드릴 수 있었으면 하옵니다."

안의윤이 난처하게 된 것 같자, 길잡이를 맡은 무극국 황궁 여관이 빙긋이 웃으면서 수습에 나섰다. 안의윤은 고마운 마음에 고개를 끄덕이면서도, 역시 조금 이상하다는 생각을 했다.

민풍을 봐도 그렇고 황궁을 봐도 그렇고, 무극국은 자유롭고 개방적인 느낌을 줬다.

그게 헌원 황궁의 경직된 분위기와 정반대라는 건 알겠는데, 그렇다고 오늘 같은 날 손님을 황궁 안에서 마음대로 돌아다니게 놔둬도 괜찮은 걸까? 무극국 황제와 황후는 누군가 의도적으로 말썽을 피울 수도 있다는 생각은 안 하는 걸까?

역시 오주를 발밑에 두고 굽어보는 희대의 제왕들답게 둘 다 그 도량의 크기가 보통 사람은 감히 범접할 수 없는 수준이라는 건가.

일행이 회랑을 따라 걷는 중, 여관이 방긋 웃으며 앞쪽에 등장한 다리를 가리켰다.

"길시가 되면 의장대가 황후마마를 모시고 부파교를 지나 홍광전에 입장할……."

그러다가 갑자기 말을 멈춘 여관이 손을 뻗은 자세 그대로 굳어 버렸다. 허리를 굽히고 다리 아래를 내려다보던 안의윤은 무언가 이상한 느낌에 고개를 들었다가 여관이 가리키고 있는 앞쪽으로 시선을 돌렸다. 그러자 하얀 대리석 광장과 그 광장을 성큼성큼 지나고 있는 괴상한 옷차림의 여자가 눈에 들어왔다.

여자는 키가 크고 호리호리한 체형이었다. 긴 흑발을 아무런 장신구 없이 하나로 높게 묶었고, 몸에 딱 붙는 붉은색 상의와 검은색 바지만을 입고 있었다. 검은색 바지 밑단은 목이 긴 빨간색 장화 안에 들어가 있었다. 얼핏 사내들이 말을 탈 때의 차림새와 비슷하면서도, 그보다 더 날렵하고 우아한 느낌을 주는 옷차림이었다.

큰 보폭으로 바람을 일으키며 걷는 여자의 모습에는 멀리서도 시선을 확 잡아당기는 특별한 힘이 있었다. 그녀는 마치 불꽃처럼, 순백의 대리석 광장 한복판에서 선명하게 타오르고 있었다.

안의윤은 문득 꿩과 봉황 자수에 진주가 장식된 자신의 여덟 폭 치마가 무척 거추장스럽게 느껴졌다. 머리 한가득 꽂힌 온갖 보석 비녀는 우스꽝스럽기까지 한 것 같았다.

아까 그 여관은 이때껏 입을 황망하게 벌린 채 손가락으로 앞쪽을 가리키고 있었다. 튀어나올 것 같은 눈알 하며, 제대로 된 말은 못 하고 '어버버' 소리만 내는 입 하며, 처음의 성숙하고 우아하던 모습과 지금은 완전히 하늘과 땅 차이였다. 안의윤은 혹시 무슨 급병이라도 난 건가 하고 얼른 자신이 데려온 헌원국 궁인들에게 여관을 부축해 주라 명했다.

그 순간, 건너편 광장을 지나던 여자가 무언가를 느낀 듯이 일행 쪽을 쳐다봤다. 처음에는 쓱 한 번 눈길을 줬다가 무심하게 지나치는 것 같더니, 갑자기 다시 고개를 돌려 안의윤을 자세히 훑어봤다. 그러더니 난데없이 싱글벙글 웃으면서 일행을 향해 달려왔다. 여자가 달리기 시작하자마자 '콰당' 소리와 함께 무극국 여관이 졸도했다.

"어이쿠! 췌화는 또 왜 이래?"

방금까지만 해도 멀찍이 광장에 있던 여자가 눈 깜짝할 사이에 일행 앞까지 오더니 여관의 손목을 덥석 잡았다. 그러고는 맥박에 귀를 기울이다가 곧 환하게 웃었다.

"갑작스레 흥분했었나 보네. 요즘 너무 무리한 것 같으니까 처소로 데려가서 쉬게 해."

뒤에 있던 궁녀 몇몇이 여관을 데리고 총총히 멀어져 간 후, 시원스러운 모습의 여자가 안의윤을 향해 고개를 돌렸다.

안의윤은 순간적으로 눈이 부시다고 느꼈다. 해는 아직 완전히 뜨기 전이었다. 다만, 멀리 웅장하고도 정교한 대전 건물의 진홍색 유리 기와가 햇살 한 줄기를 받으며 눈이 시리도록 찬란하게 빛나고 있었다. 그러나 눈앞의 여자에게서 뿜어져 나오는 독보적인 후광에 비하면 그 정도는 단조롭고 경직된 배경에 지나지 않았다.

순간 안의윤의 머릿속은 텅 비어 버렸다. 오로지 한 가지 생각만이 뇌리를 빙빙 맴돌았다.

세상에 이런 사람도 있을 수가 있구나…….

"이야! 다른 나라 황실 식구죠?"

언제 봤다고 친근하게 손까지 잡은 여자가 신이 난 투로 말했다.

"새 구상을 봐 줄 외부인이 필요한 참이었어요. 궐 안 사람들은 자기 생각이라고는 없어서 내가 무슨 소리를 하든 무조건 좋다고만 하거든요. 건의 사항은 하나도 없고 맨 재촉만 해 대고……. 자, 자, 같이 가서 좀 봅시다."

안의윤은 여자가 하는 말을 하나도 알아들을 수 없었다. 그저 어렴풋이 자기한테 뭔가를 판단해 달라고 하는 것 같다는 데까지만 감을 잡았을 뿐이었다. 그리 적절치 못한 일이라는 생각에 거절하려고 했지만, 환하게 웃는 여자의 눈을 보고 있자니 싫다는 말이 도저히 입 밖으로 나오지를 않았다.

옷차림이 조금 묘하기는 해도, 기품 있고 아름다운 자태나 행동거지에서 배어나는 범상치 않은 분위기, 그리고 황궁 안을 자유롭게 휘젓고 다니는 모습으로 미루어 볼 때 여자의 정체는 총애받는 후궁 아니면 중신을 남편으로 둔 외명부인 것 같았다.

안의윤은 손님 된 처지로 저렇게 친근하게 나오는 주인을 뿌리쳐서는 못 쓴다는 결론을 내렸다. 오랫동안 답답한 헌원 황궁에만 갇혀 지내다가 무극국에 와 보니 모든 것이 신선하고 그녀 자신까지 덩달아 생기가 도는 기분인지라, 한 번쯤은 과감해지고 싶은 심리도 있었다.

하여, 그녀는 미소와 함께 답했다.

"좋아요."

그러자 상대가 활짝 웃으면서 그녀의 손을 어디론가 잡아끄는 한편, 뒤에 따라오던 궁인들에게 말했다.

"다들 여기서 기다리도록."

무극국 궁인들은 즉시 걸음을 멈췄지만, 헌원국 궁인들은 머뭇거렸다. 그사이 여자의 환하게 반짝이는 눈동자를 들여다보던 안의윤은 홀연, 이 사람 옆에 있으면 분명히 안전할 거라는 느낌을 받았다. 곧 그녀가 한마디를 보탰다.

"금방 다녀오마."

"가요."

손을 잡아당기는 여자의 힘에 안의윤은 속절없이 끌려가기 시작했다. 여자는 안의윤을 끌고서 광장을 가로지르고, 회랑을 지나고, 모퉁이를 몇 개나 돌았다. 장화 밑창이 돌바닥을 때리는 경쾌한 소리를 들으며, 안의윤은 부러움의 눈길을 보냈다. 걸음을 방해하는 굽 높은 꽃신이 내심 원망스러웠다.

고개를 든 안의윤은 눈이 휘둥그레지고 말았다.

내가 대체 어느 틈에 아직 개방하기도 전인 정전에 들어온 거지? 아니 그런데, 여기가 정말 정전이야?

웅장한 규모를 봐서는 앞서 멀찍이서 구경했던 홍광전이 맞는 것 같았다. 제왕의 의장이 하나도 빠짐없이 갖춰져 있고, 사면을 빙 둘러서는 손님들을 위한 탁자가 준비되어 있었다.

그런데 구룡 병풍이 둘러쳐진 옥좌 앞쪽에, 웬 단상이 세워져 있는 게 아닌가. 게다가 분홍 천을 휘감은 등나무 줄기로 반달 문 모양을 만들고, 거기에 온갖 꽃을 화려하게 장식해 놓은 모습이었다.

제왕의 옥좌는 세상 무엇보다도 존귀하기에 그 누구도 함부로 손을 댈 수 없는 법이거늘, 살다 살다 옥좌 앞을 저리 희한하게 꾸며 놓은 걸 보게 될 줄이야.

그래도 정말 예쁘기는 하네…….

안의윤의 눈동자에 부러움이 스쳤다.

조금 있으면 무극국 황후 황제가 손을 잡고 저 꿈결처럼 아름다운 꽃 문을 지나는 걸까?

"이거 만드느라고 얼마나 머리가 아팠는지."

팔짱을 끼고 서서 꽃 문을 쳐다보던 여자가 영 마음에 안 든다는 양 고개를 가로저었다.

"꽃은 얼추 됐고, 리본도 어렵지 않았고, 등나무를 썼더니 더 생동감 있게 보이는데, 풍선은? 풍선은 어쩐다?"

"풍선이요?"

"풍선이요!"

여자가 눈을 반짝반짝 빛내면서 안의윤을 돌아봤다.

"진짜 돼지 방광을 써야 하나? 안 돼, 분명히 반대할 거야."

여자의 말이 원체 알아듣기 힘들다는 걸 이미 아는 안의윤은 더 캐묻지 않고 혼자 곰곰이 생각에 잠겼다가, 곧 웃으며 말했다.

"어떻게 생긴 물건인가요?"

"동그랗고, 붕 떠요."

여자가 손으로 모양을 그려 가며 설명했다.

"분홍색이고, 여기 아치에 묶어 놨다가 나중에 풀면 붕 날아오르는 거예요."

"그럼 풍등 아닌가요?"

"와앗!"

여자가 눈을 반짝 빛냈다.

"내 고민을 한 방에 해결해 줬어! 풍선을 어떻게 만들지 그것만 고민하느라, 풍등이 따지고 보면 고대의 풍선이라는 점을 생각 못 했어요."

그러더니 웃음꽃이 활짝 핀 얼굴로 말했다.

"나머지는 쉽겠어요. 황궁 내고 등화사에 얘기해서 당장 풍등 작은 거 열 개 정도 만들라고 해야겠다. 모양은 동그랗게, 겉에는 분홍색 얇은 견사 씌워서. 그러면 풍선보다 운치 있겠어."

"풍등을 날릴 때는 원래 소원을 빌잖아요."

덩달아 흥이 난 안의윤이 말했다.

"무슨 소원을 적어서 넣을 건가요?"

"소원이라……."

갑자기 말이 없어진 여자가 한참 만에야 입을 열었다.

"사실 난 부족한 게 없어서요. 소원을 빈다면 친구들 걸 빌어주고 싶어요……."

"친구분들이 복이 많으시네요."

안의윤은 진심으로 감탄을 금치 못했다.

"무극국 후궁이신가요? 아니면 외명부? 혼례식 준비를 담당하고 계신 거죠?"

안의윤을 빤히 쳐다보는 여자의 눈에 묘한 기색이 스쳤다. 그녀가 대답 대신 되물었다.

"그쪽은요? 무극국 황궁 사람은 아닌 것 같은데, 어느 나라 마마님이신가요?"

뺨이 발그레해진 안의윤이 조용히 답했다.

"헌원에서 왔어요. 봉호는 안女이고요."

"안비마마셨군요."

안의윤을 보는 여자의 눈빛에 당황한 기색이 뚜렷해졌다. 조금 전까지만 해도 그렇게 쾌활하던 사람답지 않게 몇 번이나 입술을 달싹이다가 만 여자가 한참이 지나서야 작게 물었다.

"승경 대제께서는 평안하신가요?"

"네……."

안의윤의 목소리는 여자의 목소리보다도 더 작았다. 기분이 급격히 가라앉아서였다.

슬픈 눈으로 안의윤의 표정을 응시하는가 싶던 여자는 더 이상의 질문 없이 천천히 뒤로 물러났다. 쭉 뒷걸음질을 쳐서 아치형 문을 지난 그녀가 옥좌에 앉으며 느릿느릿 읊조렸다.

"부디 평안해야 할 텐데……."

흠칫 고개를 들어 여자를 본 안의윤은 놀라서 소리를 지르려다가, 여자의 표정에 드러난 비통함에 압도당하고 말았다. 엉겁결에 입을 틀어막은 그녀는 여자에게 시선을 고정한 채로 굳어 버렸다.

시, 시, 신성한 옥좌에 저렇게 아무렇지도 않게 앉다니! 저러다가는 가문이 결딴날 텐데 무섭지도 않은 걸까?

그러나 다음 순간, 안의윤은 문득 여자가 앉아 있는 곳이 애초부터 그녀를 위해 예비된 자리인 것 같다는 느낌을 받았다. 주제넘은 발칙함이 가소롭다거나 불경스럽다는 인상 따위는 조금도 없었다. 그저 타고난 고귀함과 자연스러움이 와닿을 뿐이었다.

자리에서 턱을 괴고 멀리 어딘가를 바라보고 있는 모습만으로도 천하를 다스리고 만방을 돌보는 제왕적 위엄을 느끼게 했다. 안의윤은 경외감에 짓눌려 감히 단 한 마디 말도 더 뱉을 수가 없었다.

한참이 흘러, 꽃에 에워싸인 옥좌 위의 여자가 조용히 읊조리는 소리가 들렸다.

"사철이 봄날이길 바라지도, 청솔만큼 오래 살기를 바라지도, 비단 위에 꽃 더하길 바라지도, 철통같이 굳건한 권세를 바라지도 않으니. 그저 꽃송이 지지 않고 사람도 지지 않길, 평생의 지기가 서로를 저버리는 일만 영영 없기를 바라노라."

❦

여자와 헤어진 뒤, 안의윤은 으슥한 회랑을 통해 정전을 빠져나와 별전으로 향했다. 이미 별전에 자리를 잡고 앉아 있던 종월이 뒤늦게 당도한 그녀에게 의문의 눈길을 보냈다.

"어디 갔었소?"

"손을 좀 씻으러……."

천천히 자리에 앉던 안의윤은 어쩐지 조금 전 일을 입 밖에 내고 싶지가 않아졌다. 그녀는 살짝 얼떨떨한 상태였다.

조금 전에 겪었던 모든 순간순간이 그녀에게는 너무나 신기하고 비현실적이었다. 흐릿하지만 눈부신 꿈을 꾼 것만 같았다. 그것은 지난 18년간 그녀의 인생에 없었던 일이요, 앞으로도 없을 일이었다.

그녀는 오늘 꾼 꿈을 기억 속에 고이 간직해 놓고 싶었다. 메마르고 쓸쓸할 구중궁궐 안의 긴 생애 동안 그 한 점 선명한 광채를 두고두고 음미할 수 있도록.

몸 상태가 좋지 못한 종월은 '음.' 하고 짧은 답으로 대화를 마무리했다.

안의윤은 주변을 둘러보다가 왼편 줄 상석에서 검은색 비단 장포를 입은 남자를 발견했다. 흑단만큼이나 검은 머리카락과 눈동자가 눈부신 봄볕 아래서 흑요석처럼 강렬한 존재감을 발하고 있었다. 꼿꼿이 들린 턱은 선이 반듯하고 분명했다. 마치 붓을 힘있게 눌러 일필휘지로 그은 한일자를 보는 듯했다.

천살을 일거에 멸망시켜 천하에 그 위엄을 떨치고, 세인들로부터 살아 있는 군신軍神이라는 칭호를 얻은 대한 대제가 틀림없었다.

대한국 황제는 대단히 과묵한 인물인 듯했다. 쉼 없이 술잔을 비우면서도 궁인들에게 술을 따르라는 말조차 하지 않았다. 잔이 비워지는 속도가 얼마나 빠른지, 그의 탁자 옆에는 눈 깜짝할 사이에 빈 술병이 무더기로 쌓였다. 엄청난 주량이었다.

그는 바람의 민첩함과 불의 뜨거움을 가진 남자였다. 나른하고 담담한 분위기의 헌원 황제와는 정반대 유형인 셈이었다.

오른편에는 현란한 색상의 옷에, 옥구슬이 찰랑찰랑하게 늘어진 봉황관을 쓴 여자가 앉아 있었다. 미간에 드리운 봉황 모양 붉은색 옥 장식이 반짝거리는 호박색 눈동자를 한층 더 돋보이게 해 줬다.

여자는 옆자리에 앉은 푸른색 비단 장포의 남자와 담소를 나누고 있었다. 신나게 떠드는 중에 여자의 술잔에서 넘친 술이 온화해 보이는 남자의 소맷자락으로 쏟아졌지만, 남자는 불쾌해하기는커녕 빙긋이 웃으며 자기 손으로 물기를 닦고는 변함 없이 부드러운 눈빛을 보냈다. 저 둘은 말할 필요도 없이 부풍 여왕 아란주와 대연 황제 연경흔일 터였다.

안의윤의 눈에 비친 이들은 전부 한 시대의 정점에 선 인물 들이자 오주대륙을 지배하는 황제들이었다. 비록 서로 허물없 이 이야기를 나누며 웃고는 있었지만, 안의윤은 그들 모두의 웃음 속에서 희미한 쓸쓸함과 서글픔을 본 것만 같았다. 명확 한 실체가 손에 잡히는 건 아니었으나 분명 공간 전체에 그 묘 한 분위기가 흐르고 있었다.

천하를 호령하는 인물들이 쓸쓸하고 서글픈 기분을 느낄 일 이 대체 뭐가 있단 말인가?

곧이어 예관의 외침이 들려오고, 바깥방에서 소악 연주가 시 작되었다. 길시를 앞두고 각국 귀빈들은 정전으로 안내되었다.

제일 먼저 자리에서 일어난 대한 황제가 헌원국 탁자를 지 나가는 길에 난데없이 종월의 팔을 덥석 붙들더니 피식하며 말 했다.

"아직 안 죽었나?"

안의윤은 순간 화들짝 놀랐으나, 곧 폐하가 화를 내지 않는 걸 발견했다.

종월이 무심하게 말했다.

"그쪽이 안 죽었는데 내가 아쉬워서 어떻게? 이 좋은 날에 그 쪽이 부글부글 끓는 꼴도 못 보고 죽어서야 쓰나?"

"훌륭하군."

화를 안 내기는 대한 황제 쪽도 마찬가지였다. 종월의 팔을 붙잡고 자세히 훑어보고 난 그가 고개를 끄덕였다.

"그럼 있는 힘껏 더 살아 봐. 나중에 누구 꼴이 더 우스워지는지 한번 보자고."

"이 경사스러운 날에 죽는다는 소리 좀 그만하면 안 돼?"

현란한 색의 옷을 입은 아란주가 두 사람 쪽을 쳐다보면서 쏘아붙였다.

"부요를 위한 날인데!"

아란주 역시 종월을 이리저리 살펴보더니, 소매 안에서 알록달록한 비단 주머니를 하나 꺼내 건넸다.

"독약이니까 먹든지 말든지."

종월이 픽 웃는 참인데, 이번에는 연경흔이 다가왔다.

"헌원 형, 지난번에 보내 드린 화복주火蝠珠는 효과가 있었습니까?"

"좋더군."

고개를 끄덕이던 종월이 이내 웃어 버렸다.

"어마어마하게 들어오는 약들을 받아 챙기는 것만으로도 손이 뻐근할 지경이야. 천치들이 따로 없군. 내가 원래 뭐 하던 사람인지 잊은 건가?"

"남의 병은 고쳐도 자기 병은 못 고치는 게 의원이니까요. 너무 자신하지 마십시오."

연경흔이 타이르듯 말했다.

"그래도 안색은 나쁘지 않군요."

그 말에 종월이 다시 한번 피식했다.

안의윤은 그의 벚꽃 빛깔 입술을 보면서 가슴이 아려 오는 걸 느꼈다. 하지만 한편으로는 안심이 되기도 했다. 오고 가는 이야기들로 볼 때 오주 각 나라의 통치자들은 예상외로 돈독한 관계인 것 같았다. 나라 간의 알력 다툼이 치열했던 과거의 오주 대륙을 생각하면 참으로 기적적인 일이었다. 그 기적의 시작점은 바로 한 여인의 용기와 지혜였다 하던가.

안의윤은 밝은 햇살 아래에서 휘황하게 빛나는 홍광전을 올려다봤다.

대완 여제, 맹부요. 당신은 대체 어떤 사람인가요?

❀

음악 소리가 울려 퍼지자 문무백관이 절을 올렸다. 우렁찬 만세 소리가 광장을 가득 메우고, 홍광전은 장중한 위용을 과시하고 있었다.

광장에 흐르는 음악은 보통 황궁에서 들을 수 있는 웅장한 곡조가 아니었다. 다소 괴이한 듯하면서도 듣기 좋은 것이, 어쩐지 포근하고, 행복하고, 애정 어린 감상을 불러일으켰다. 홍광전에 입장한 귀빈들은 역시나 그 반달 문의 존재에 의문을 느끼는 기색이었다.

한편, 안의윤은 반달 문에 다닥다닥 묶어 놓은 분홍색 풍등을 발견했다. 풍등 밑면에는 저마다 진홍색 비단 주머니가 매여 있었다.

어느 모로 보나 오주대륙의 여타 황후 책립식 풍경과는 크게 다른 모습이었다. 책봉서도, 그걸 놓아두는 탁자도 없이, 손님들을 위한 자리만 실내 양쪽 가장자리를 따라 마련되어 있었다.

"황제 폐하 듭시오!"

문무백관은 꿇어앉은 채로 허리를 세우고, 귀빈들은 자리에서 일어나 일제히 전각 밖에 시선을 던졌다. 안의윤도 슬쩍 입구 쪽을 곁눈질했다. 오랫동안 오주대륙에서 절세 미남으로 이름을 날려 온 무극국 황제가 과연 얼마나 초월적인 미모를 가졌을지 내심 궁금해서였다.

길게 비쳐 든 햇살이 미소 띤 얼굴로 손을 잡고 걸어오는 남녀의 모습을 환하게 밝혔다. 일곱 빛깔로 반짝이는 광채 속에서, 안의윤은 숨 쉬는 법을 잊고 말았다.

왼편의 여자는 큰 키에 호리호리한 체형으로, 불꽃처럼 새빨간 월화금 치마를 입고 있었다. 바닥에 길게 늘어진 치맛자락이 각도에 따라 은은한 빛을 반사했다.

저토록 순도 높고 화려한 붉은색이라니, 지켜보는 이들 모두 부신 눈을 제대로 뜨지 못했다.

여자가 입고 있는 치마는 오주 그 어느 나라 양식도 아니었다. 선이 간결하면서도 섬세함과 유려함까지 갖추었는데, 전체적으로 인어 꼬리를 연상시키는 고아한 모습이었다.

상의 윗부분은 앞뒤로 마치 골짜기처럼 깊게 파여 뚜렷한 위엄을 느끼게 했다. 덕분에 월화금의 지나치게 부드러울 수 있는 분위기가 중화되고, 선명한 붉은색이 한층 더 강렬한 존재감을 발했다.

옷이 접히는 부분과 장식적인 부분에는 전부 보석이 들어가 있었다. 흔한 진주나 녹주옥이 아니라 하나같이 손가락 크기의 흑요석이었다. 광택 흐르는 흑요석이 마치 환하게 빛나는 눈동자처럼, 선명한 붉은색을 배경으로 반짝거리고 있었다.

이토록 아름답다니. 이토록 간결한 동시에 압도적으로 고귀할 수 있다니.

흑색과 적색의 장엄한 결합, 그 결합이 낳은 농염한 미감이 좌중을 한순간에 사로잡았다.

여자의 얼굴이 가진 아름다움 또한 세상에 하나밖에 없는 의상에 전혀 뒤지지 않았다. 옷이 화려한 만큼 그녀의 용모도 눈부시게 빛났다. 특히 그 시원하게 트인 미간에는 1만 리 강산도 능히 담을 수 있고, 변화무쌍한 풍운도 담을 수 있고, 선혈과 화염으로 점철된 여정도 담을 수 있고, 이 순간의 오래된 연모와 진한 행복도 담을 수 있을 것 같았다.

대완의 여제이자 무극의 황후인 맹부요는 자신의 예식이 치러질 단상을 향해, 혼인의 미래를 향해, 오주대륙에서 만난 벗들의 기쁘고도 눈물 어린 시선을 향해, 걸음을 내디뎠다. 황제로서 대관식에 섰던 순간보다도 더욱 아름답게 빛나면서.

그녀의 곁에는 오주대륙 당대 최고의 남자가 서 있었다. 무극과 궁창, 두 나라의 황제, 장손무극.

오늘 그는 오랜만에 검은 옷을 입고 있었다. 흑마노처럼 영롱한 반짝임이 흐르는 월화금 소재의 옷이었다. 소매와 옷깃에는 금실로 정교한 용 문양이 수놓여 있었다. 압도적인 아름다움을 뽐내는 붉은색 치마와 무척이나 잘 어울릴뿐더러, 고귀하고도 우아한 검은색이 남자의 백옥 같은 피부를 더욱 돋보이게 해 줬다. 남자의 희고 깨끗한 용모는 하늘과 땅 사이에 솟아올라 찬란한 광휘를 뿌리는 달을 떠올리게 했다.

그는 그녀에게 팔을 두르고 걷는 내내 시선을 내리깔고 미소 짓고 있었다. 발에 채는 세상만사는 거들떠볼 가치조차 느껴지지 않았다. 그녀가 자신의 품 안에 있다는 사실만으로도 그의 모든 몽상과 여한은 이미 완벽히 채워진 뒤였다.

유수처럼 흘러간 지난 세월의 장면 장면이 홍광전 벽돌 길에 가득히 새겨졌다. 여기까지 오는 동안 그는 자신의 피와 땀을 숯불 삼고 뼈와 살을 땔감 삼아 만든 연심의 용광로에서 천 가지 모략과 만 가지 구상을 완성했다. 그러고는 그것들을 그녀의 발자취 아래에 묻어 그녀를 하늘 꼭대기에 오르게 해 주고, 숭고한 행보를 잇게 하고, 결국에는 꿈을 넘어서 그의 품에 안기도록 했다.

서로를 마주 보는 두 사람의 눈빛에, 안의윤은 왈칵 눈시울이 젖었다. 눈앞에 있는 세기의 한 쌍에게 어떠한 사랑의 역사가 있는지 잘 알지는 못했지만, 이 순간 그들의 눈빛은 안의윤의 가슴을 적시기에 충분했다.

안의윤은 신부의 얼굴을 홀린 듯 쳐다보며, 아까 이곳에서 조용히 축복의 말을 읊조리던 여자를 떠올렸다.

당신이었어, 당신이었어, 역시 당신일 수밖에 없었어…….

실내에 있던 사람들 모두가 자기도 모르게 등을 곧게 폈다. 사람들의 표정 속에는 기쁨과 슬픔이 교차하고, 즐거움과 쓸쓸함이 공존하고 있었다.

그와 그녀가 등나무 꽃 시렁 아래에 이르렀다. 그곳에는 어느새 작은 털 뭉치 하나가 서 있었다.

검은색 예복에는 빨강 진주가 잔뜩 달렸고, 새카맣고 또랑또랑한 눈망울은 진주보다 더 크고 반짝였다. 장중하면서도 어딘지 익살스러운 모양새로 주례 자리에 서 있는 녀석이 반지 두 개를 높이 받쳐 들었다. 단순하지만 고귀한 형태의 반지에는 서로의 이름이 새겨져 있었다.

소후, 부요.

지난날 나뭇잎 귀걸이에 새겼던 이름을 오늘 마침내 서로의 심장에서 가장 가까운 곳에 새겨 넣게 된 것이었다. 영원히 변치 않도록.

맹부요는 빙긋이 웃으며 원보 대인을 손바닥 위에 올렸다. 두 사람과 함께 험난한 여정을 헤쳐 온 소중한 녀석. 오늘 녀석은 다시없이 엄숙하고 진중한 모습으로 제 사랑을 그녀에게 넘겨주었다. 그녀의 하얀 손바닥에 놓인 반지가 금빛으로 반짝거렸다.

두 사람은 서로에게 반지를 끼워 주었다. 서로의 숨결이 가까웠다. 서로의 부드러운 손가락과 황홀한 숨결이 소리 없이 얽혀드는 감각으로부터 벗어나고 싶지 않았다.

내 모든 것을 버리고 한평생 그대의 가슴에 묶이리라.

그녀의 손을 잡은 채 묵묵한 눈빛으로 수많은 말을 대신하던 그가 홀연 미소를 머금고 고개를 숙이더니 그녀의 이마에 가볍게 입술을 눌렀다. 비단결처럼 여린 꽃잎에 봄비가 스치듯, 너무나도 소중하고, 너무나도 기쁘게.

안의윤은 후드득 눈물을 떨궜다. 이런 혼례는 처음이었다. 그 어떤 규례도, 예법도, 황실 의전도, 이곳에서는 깨끗이 지워지고 없었다. 바로 그러한 이유로 이는 세상 최고의 결혼식이었다. 진실되고, 행복하고, 꿈결처럼 영롱하게 반짝이는, 세상 모든 여인이 꿈꾸되 감히 닿지 못하는 이상.

이전에도, 이후로도, 이 같은 행복을 누릴 사람은 다시는 없을 터였다.

안의윤은 자신이 오늘 이 순간을 놓치지 않았다는 사실이 기쁘면서도, 한편으로는 자신은 영영 갖지 못할 행복이라는 생각에 쓸쓸해졌다. 그녀는 눈물 번진 얼굴을 들어, 신랑 신부가 다정히 손을 잡고 등나무 줄기에 묶여 있는 풍등을 푸는 모습을 보았다. 분홍색 풍등이 비단 주머니를 매단 채 유유히 공중으로 날아오르자 모두의 시선이 절로 풍등의 뒤를 좇았다.

풍등이 천장 가까이 다다르는 찰나 비단 주머니가 아래로 툭 떨어졌고, 황후가 직접 쓴 축복의 말이 그녀의 여정을 함께해 준 지기들의 손에 쥐어졌다.

종월은 그 조그만 진홍색 주머니를 손에 쥔 채 오래도록 열어 보지 못했다. 안의윤은 주머니 안의 내용을 묻지 않았다. 그것은 오롯이 폐하만을 위한 마음이자 비밀이었고, 그녀가 끼어들 수 있는 영역이 아니었기에.

그럼에도, 그녀는 안에 적힌 말이 무엇인지 알 것만 같았다.

그저 꽃송이 지지 않고 사람도 지지 않길, 평생의 지기가 서로를 저버리는 일만 영영 없기를 바라노라.

❀

헌원으로 돌아가는 길에도 봄볕은 여전했다. 쉼 없이 흐르는 낙수가 여전하듯이.

올 때보다 말수가 더 줄어든 종월은 마차 안에 눈을 감고 앉아 있었다. 일행은 무극국에서 보름을 머무른 후, 더 있다가 가라는 황제와 황후의 간곡한 권유를 거절하고 귀국 길에 오른 참이었다.

안의윤은 폐하가 본인 몸 상태를 들킬까 봐 내린 결정이라는 걸 알고 있었다. 더 이상 감추기에는 무극국 황후가 너무 영명하고 너무 상냥했던 것이다.

성문 밖 100리까지 배웅을 나왔던 예부 관원이 돌아가자마자, 연지를 지워 달라는 종월의 명이 떨어졌다. 안의윤은 직접 시냇가에 가서 맑은 물을 떠다가 폐하의 얼굴을 닦아 냈다. 청신한 사내의 핏기 없는 용모가 자신의 손가락 아래에서 점차 진면모를 드러내는 것을 보며, 그녀는 손을 떨기 시작했다.

종월이 의심스러운 눈길을 보내기 전에 얼른 고개를 돌려 표정을 감춘 그녀가 먹먹한 목소리로 말했다.

"오늘 아침에 한 화장이 조금 불편해서요. 냇가에 가서 씻고 와야겠어요."

종월이 시선을 내려뜨리면서 그러라 하는 찰나, 안의윤은 그의 아득하고도 서늘한 눈빛이 또 한 번 자신의 얼굴 뒤에 있는 그림자를 스쳐 가는 걸 느꼈다.

대야를 챙겨 냇가로 나온 안의윤은 시냇물 앞에 멍하니 쪼그리고 앉았다. 주변에는 저녁 안개가 자욱했고, 물에 비친 풍광은 뒤숭숭하게 일렁이고 있었다. 안의윤은 문득, 무극국 황후의 눈부시게 아름다운 얼굴을 떠올렸다. 황후의 얼굴은 어째서인지 그녀에게 낯설지 않은 느낌을 줬다.

그대로 멍하니 있던 그녀는 한참 만에야 느릿느릿 시내에 손을 넣어 물을 퍼 올렸다. 싸늘한 시냇물로 눈썹 화장을, 연지를, 향분을, 입술을 씻어 내고 나자 본연의 얼굴이 드러났다. 고운 얼굴이었다. 눈썹은 수려하게 쭉 뻗었고 미간은 시원히 트인 감이 있었다.

바로 그 시원하게 트인 감이 누군가를 연상시켰다. 입궁 후의 기억 하나하나가 마치 저 멀리 푸른 하늘로부터 외로운 배 한 척이 미끄러져 오듯 머릿속에서 점차 뚜렷해졌다.

안의윤은 '아.' 하고 짧은 신음을 뱉었다. 멍하니 중주 황궁 쪽을 돌아본 그녀는 기어이 눈물을 쏟고야 말았다.

외전3 신영 황후의 소책자

"엄마, 엄마, 아빠는요? 아빠 어디 있어요? 아빠, 아빠!"

"화화, 내가 알지롱, 나는 알지롱, 사탕 나 주면 알려 주지, 이히히히!"

"울트라맨은 거짓말쟁이야, 왕거짓말쟁이⋯⋯. 아빠아앙!"

"시끄러워! 입! 다물어!"

"공주님, 기어 나가시면 안 돼요, 밖에 비 오는데! 대황자님 께서는 자꾸 그렇게 공주님 사탕 빼앗아 드시면 이 썩어요! 이 황자님, 발 조심하세요! 문간에 있는 그건 공주님 엉덩이⋯⋯."

"떽!"

지축을 뒤흔드는 고함이 터져 나오고, 서책 한 권이 포물선 을 그리며 공중을 날고, 방 안에서 야단법석을 떨던 무리는 어 른, 아이 할 것 없이 맹부요의 사자후에 놀라 돌이 되었으니.

일순간 정적이 흘렀다. 문지방 앞에서는 바닥에 엎드려 엉덩이만 치켜든 장손춘화가 180도로 고개를 돌려 뒷방에서 살기등등하게 뛰쳐나온 제 엄마를 쳐다보고 있었고, 춘화의 엉덩이 위쪽 한 자 지점에는 이제 막 엉덩이를 넘어가려고 쳐들린 혹아의 다리가 있었다. 거길 기준으로 9시 방향에는 혹아의 다리를 가로막으려던 유모가 있었고, 유모 뒤편에서는 울트라맨이 유모의 옷소매에 달린 주머니에 손을 넣어 압수당한 사탕을 찾는 중이었다. 저마다 개성적인 포즈가 빛나는 가운데 유연성 하나는 너 나 할 것 없이들 훌륭했다.

뒷방에서 뛰쳐나온 맹부요의 눈앞에 펼쳐져 있는 것은 매일같이 보는 인간 군상이었다. 짜증스럽게 머리카락을 헤집어 대던 그녀가 이내 하늘을 보면서 울부짖었다.

"도대체 왜 한 번에 셋이나 나온 거야아아!"

그 울부짖음이 울려 퍼지는 사이에, 울트라맨은 압수당한 사탕을 모조리 되찾는 데 성공했고, 혹아는 유모의 손아귀에서 다리를 뺀 후 한 장 밖으로 도망쳤고, 장손춘화는 엉덩이를 180도 돌려 방 가장자리를 따라서 다른 문 쪽으로 '샤샤샥' 기어갔다. 다른 문을 통해 전각을 빠져나가 제 아빠를 찾아볼 요량으로.

그때 홀연 문밖에서 누군가가 손을 뻗어 장손춘화를 달랑 집어 들었고, 미끈한 포물선을 그리면서 붕 날아오른 춘화는 다음 순간 넓은 어깨에 기대어 있었다. 춘화 공주의 하이 톤 샤우팅이 부담스러울 정도로 살살 녹는 애교로 바뀐 것은 순식간의 일이었다.

"아빠, 아빠, 좋은 아빠!"

"쳇."

맹부요의 반응이었다.

여유롭게 미소 지으며 문지방을 넘어 걸어 들어오는 장손무극의 모습은 미쳐 버리기 일보 직전인 맹부요와 극과 극의 대비를 이루었다. 그는 입구에서부터 맹부요의 바로 앞까지 몇 장안 되는 짧은 거리를 먼지 한 톨 일으키지 않고 아리땁게 걸어왔다.

그의 왼편 어깨에는 춘화가, 오른편 어깨에는 울트라맨이 기대고 있었고, 손에는 혹아가 붙들려 있었다. 춘화와 울트라맨은 그 와중에 가슴 정중앙 자리를 놓고 싸우느라 손에 쥐고 있던 사탕이 온데간데없이 사라진 것도 모르고 있었다.

유모가 마침내 안심이라는 얼굴로 빙그레 웃었다. 가장자리가 말려 있던 양탄자마저 한순간에 반듯하게 펴졌다. 평화롭기 그지없는 모습으로 느릿느릿 걸어오는 넷을 보며, 맹부요는 자기가 아까 본 애들은 분명 가짜였을 거라는 결론을 내렸다.

"또 시끄럽게 굴었소?"

장손무극이 그녀의 곁에 앉았다. 세 아이들은 얌전히 아빠 품에 기대어 있었다. 아빠가 엄마의 흐트러진 머릿결을 매만져 정리해 주는 모양새를 보며 손가락을 잘근잘근 씹던 장손춘화는 제 짧은 머리카락을 슬그머니 헝클어뜨렸다.

"항의할래요, 파업할래요, 애들 전부 다시 배 속에 집어넣을 거야! 으아아! 애들은 사랑스러운 거라느니, 순진무구하다느니,

귀엽다느니, 하면서 집요하게 세뇌 작업한 거 누구야! 안 펠 테
니까 좀 나와 봐라!"

험악한 얼굴로 포효하면서도 맹부요는 그사이에 춘화의 머
리카락을 정리해 주고, 울트라맨이 속곳 안에 숨겨 둔 사탕을
빼앗고, 은근슬쩍 달아나려는 혹아를 붙들었다.

"수병가에서 근래 새 과자가 나왔다오, 한번 먹어 보시오."

장손무극이 내민 손바닥에 위에 앙증맞은 간식 상자가 마술
처럼 등장했다.

"고기 가루와 훈제육 맛, 짭짤해서 그대 입에 잘 맞을 것이오."

맹부요는 세 아이들부터 곁눈질했다. 장손춘화의 입에서부
터 죽 늘어진 군침은 벌써 상자 뚜껑에 닿기 직전이었고, 울트
라맨은 드디어 속곳에서 손을 꺼냈으며, 혹아는 언제나처럼 쿨
하게 다가와서 손을 척 내밀었다.

"안쪽 소는 오인[7]이라오, 아주 맛있는."

장손무극은 애들이 슬금슬금 움직이는 걸 전혀 못 본 양, 맹
부요를 향해 마냥 꽃처럼 웃었다. 그 즉시, 군침이 입으로 쏙
들어가고, 손이 도로 속곳 안으로 복귀하고, 쿨한 혹아는 발꿈
치를 축으로 빙글 뒤돌더니 바람처럼 장손무극의 곁을 지나쳐
갔다. 간식 쪽은 더 이상 거들떠보지도 않고서.

맹부요는 심보 한번 고약하다는 소리가 목구멍까지 올라오
는 걸, 혼자 묵묵히 삼켰다. 간식을 먹을 수 있는 개월 수가 되

---

7 五仁. 소 안에 견과류와 말린 과일이 다섯 가지 이상 들어간다.

자마자, 장손무극은 세 녀석에게 간식 세계를 대표하는 어둠의 마왕을 소개해 줬다.

그 이름하여 오! 인!

심보 못된 아버지는 자식들에게 조금의 자비도 베풀지 않았고, 오인의 달고, 짜고, 딱딱하고, 물컹한 맛과 식감은 원래 음식에 대한 호기심이 왕성하던 아이들을 단번에 묵사발로 만들었다.

그때부터 오인은 황제 폐하와 황후마마께서 양심도 없이 둘만 무언가를 먹고 싶을 때 동원하는 작전 성공률 100퍼센트짜리 핑곗거리로 자리매김했다.

그래도 맹부요는 가끔이나마 가슴에서 양심이란 것이 출토되기도 하는 인물인지라, 장손무극에게 넌지시 그런 이야기를 한 적이 있었다. 굳이 이렇게까지 하면서 애들을 따돌릴 필요가 있겠느냐고. 애들이랑 같이 먹는 것도 그 나름대로 기분이 날 거라고.

'그럴 수는 없소.'

황제 폐하의 거절은 단호했다.

'뭐든 녀석들과 같이 먹으면 분위기가 죽어 버린단 말이오. 우리에게는 가끔 오붓하게 미식을 즐기는 시간이 필요하오.'

그러더니 그녀의 눈을 뚫어져라 들여다보며, 한결 더 그윽한 음성으로 덧붙이셨다.

'그대와 나, 둘이서만.'

맹부요는 그 즉시 혀가 꼬이는 바람에 무기를 버리고 투항할 수밖에 없었다.

별수 있나. 황제 폐하의 눈빛은 봄날의 맑은 강물이요, 가을의 잔잔한 물결이라서, 보고 있자면 퐁당 빠져 익사할 지경이 되고 마는 것을. 이치며, 인정이며, 원칙이며, 규율 같은 것들은 애초에 아리따운 얼굴에 적용하라고 만들어 놓은 개념들이 아니었다.

오인의 장내 정돈 효과는 이번에도 대단했다. 거기다가 장손무극이 밖에 나가 보면 상궁이 더 맛있는 과자를 준비해 놓고 기다리고 있을 거라는 말까지 흘리자, 오인을 극도로 증오하여 놈과는 한방에 있는 것조차 거부하겠다고 선언한 바 있는 공주와 왕자들은 빛의 속도로 모습을 감췄다.

이로써 세계에 평화가 찾아왔다. 양심 없는 부부가 어렵게 얻은 둘만의 시간을 마음껏 즐길 수 있도록.

수병가의 구운 과자는 역시나 바삭하니 맛이 일품이었다. 입가에 과자 부스러기가 붙을 때마다 자꾸 혀로 핥아 주는 장손무극 때문에 마음이 산란하지만 않았더라면, 맹부요는 아마 더욱 훌륭한 맛을 느낄 수 있었을 것이다.

"맛은 어떠하오?"

어느 분이 혀끝을 세우면서 나지막하게 웃었다.

"우……, 음……. 맛있어요……."

"구체적으로 어떻게 맛있소?"

"바삭하고, 부드럽고, 유혹적이고……."

장손무극이 키득거렸다. 여우같이.

반 시진 후, 손바닥만 한 구운 과자를 마침내 마지막 조각까지 끝낸 맹부요는 호흡이 가쁘고, 눈이 풀리고, 온몸이 나른하고, 얼굴이 발그레하게 익은 상태였다.

현장을 수습 중인 장손무극을 억지로 밀어내고 창밖을 내다본 그녀는 비가 그새 그쳤음을 발견했다. 세 녀석은 궁녀와 함께 회랑을 뛰어다니고 있었다.

보름을 내리 쏟아지던 비가 그치고 간만에 해가 얼굴을 내밀었으니, 방 안에만 있느라 갑갑했을 아이들은 아마 등불을 밝힐 무렵이 되기 전에는 들어오려 하지 않을 것이다. 번잡한 일상 틈바구니의 여유를 아직 한나절은 더 만끽할 수 있다는 뜻이었다.

맹부요는 어쩐지 몸이 가뿐해진 기분이었다. 비곗살이 세 근은 빠져나간 것 같았다. 아이를 낳고부터 생긴 이명도 한순간에 싹 나았다.

그러나 아이 키우는 엄마라면 누구나 기묘한 병을 한 가지 앓고 있기 마련이었다. 일명 '한가한 게 오히려 적응 안 되는 병'이라고.

게다가 맹부요의 증상은 남들보다 세 배는 심각했다. 텅 빈 두 손을 벌린 채로 방 안을 기웃기웃 돌아보고 난 그녀는 무료하고 공허하다는 느낌을 받았다.

애들을 달랠 필요도 없고, 애들을 데리고 있을 필요도 없고, 먹이고, 입히고, 장난감 정리해 주고, 차례로 씻길 필요 없고……. 그럼 도대체 할 일이 뭐가 있지?

무극국 황후 겸 대완 여제 겸 무림 고수 구소 겸 오주대륙 제일의 반란 및 난장판 전문가는 처음으로 이제부터 뭘 해야 좋을지 막막하다는 생각을 했다…….

역시 남편이나 가지고 놀까? 서른일곱 번째 체위를 봉인 해제한다거나……. 대낮부터 풍기 문란 조장하고 그러는 거, 딱 맹부요 대왕 취향이거든!

하지만 그녀가 고개를 돌렸을 때 장손무극은 평상 위에 가부좌를 틀고 앉아 눈꺼풀을 지그시 내리깐 모습이었다. 용연향이 모락모락 피워 올리는 연무 속에 웃는 듯 마는 듯 한 표정으로 앉아 있는 모양새가 상당히 영험해 보이셨다.

맹부요가 피식하며 말했다.

"또 천기 엿보는 거예요? 그냥 관둬요, 복 나갈라."

그러자 장손무극이 손가락 하나를 세워 보이면서 엷게 웃었다.

"불현듯 떠오른 바가 있었소. 새로운 것이 보일 듯하군."

맹부요는 입을 삐죽거리다가 등 뒤 수납장 안에서 금사노[8] 가죽으로 표지를 입힌 책자 한 권을 꺼냈다. 그러고는 소매를 걷어붙이고 친히 먹을 간 다음, 호랑이가 먹잇감을 덮치는 기세로 붓을 잡았다. 애들 보느라 바빠서 책자를 펼쳐 보는 것도 참 오랜만이었다.

그녀는 붓 꽁지를 입에 물고 한참 머릿속을 더듬었다.

---

8 金絲猴. 금빛 털을 가진 도검불침의 원숭이.

지난번에 어디까지 썼더라? 아, 대완 건국 이후 새 정치 제도에 대한 구상이었지.

지금 그녀가 펼쳐 놓고 있는 책자는 아주 우연한 계기로 탄생한 물건이었다. 본래는 일기나 쓸 생각이었다가 어느 날인가 장손무극이 보더니 자손 대대로 물려주어도 괜찮겠다고 하는 바람에, 그때부터 예전보다 열 배는 진지하게 내용을 채우기 시작했던 것이다.

언젠가 자손들이 볼 수도 있다는 생각을 하며, 그녀는 본인의 소문난 지렁이 글씨체를 한 땀 한 땀 더욱 공들여 썼다.

문득 머리 위에서 인기척이 느껴지더니 익숙한 향기가 그녀를 에워쌌다. 장손무극이 어느새 다가온 것이었다.

붓대를 입에 물고, 맹부요가 의기양양하게 말했다.

"글씨 어때요?"

"더할 나위 없이 좋소."

"구체적으로 어떻게 좋은데요?"

맹부요가 집요하게 캐물었다.

"단정하고 참신하며, 필력이 웅건하군."

"붓 잡는 데 힘이 너무 들어갔다고 비웃는 거죠?"

맹부요가 붓을 입에 문 채로 장손무극을 밀쳤다.

"비켜요, 비켜. 일하는 사람 방해하지 말고."

그러는 바람에 붓끝이 장손무극의 뺨에 스치면서 먹물 얼룩을 남기고 말았다. 장손무극이 고개를 비스듬히 틀면서 눈썹을 까딱했다. 맹부요가 손을 뻗어 대충 닦아 주려고 하자 슬쩍 피하며 그가 말했다.

"칠칠찮군."

황제 폐하께서 깔끔하지 못한 황후마마를 나무라심이었다.

그러자 히죽 웃으면서 폐하의 어깨에 매달린 맹부요가 혀끝을 내밀어, 핥았다. 이번에는 황제 폐하께서도 아주 협조적으로 얼굴을 대 주셨다. 그리고 황후가 한쪽을 다 핥고 나자 나머지 한쪽 뺨도 내밀었다.

"이쪽에는 먹물 안 묻었는데요."

"이쪽에는 꿀이 묻었소."

참으로 얼굴도 두꺼우시지.

사악하게 웃던 맹부요가 입을 한껏 크게 벌렸다가 '와앙' 하는 소리를 냈다. 황제 폐하께서는 꿈쩍도 안 하셨다.

강철 같은 이와 철면피가 대격돌한 결과는, 강철 이의 승복이었다. 맹부요의 번뜩이는 이는 장손무극의 뺨을 아주 살짝 깨물었을 뿐이었다.

"이번에는 칠칠찮다고 안 하네."

이제 맹부요가 타박을 놓을 순서였다.

"먹물을 손에 묻히는 것은 품위 없는 행동이지만, 먹는 것은 문제 될 이유가 전혀 없소. 용뇌향이며 약재 향기가 은은하게 나는 것이, 응혈과 종기 치료에 특효겠군."

"계속 떠들 거예요? 맞아서 종기 한번 나 볼래?"

맹부요가 눈썹을 치켜세우며 성질을 부렸다.

"떽! 본 궁이 모처럼 창작의 영감을 받았는데 감히 그걸 끊어

먹다니!"

"거침없는 필력으로 명문을 척척 써내시는 마마께서 고작 소인의 말 따위에 영감이 끊길 리 있겠나이까?"

"영감이란 게 무슨 오줌발처럼 콸콸 솟구치는 줄 아느냐!"

맹부요가 장손무극을 떠밀었다.

"나가! 라고!"

바깥양반을 쫓아낸 후, 맹부요는 다시 책자를 앞에 두고 앉았다. 하지만 아무래도 사고의 맥락이 한번 끊긴지라 자꾸 다른 생각이 끼어들었다.

아주 오랜 세월이 지나 이 책자를 열어 볼 사람은 과연 누구일까?

맹부요는 책자를 자식들에게 물려줄 계획이 없었다. 어차피 마음 가는 대로 쓴 잡록인 만큼, 아무 데나 처박아 둘 생각이었다. 거기서 누군가와 인연이 닿기를 기다리라고.

찢기거나 불타거나 끝까지 아무도 발견하지 못한대도 상관없었다. 그 또한 책자의 운명일 테니까.

만약에 누군가와 인연이 닿는다면 그 사람은 남자일까, 여자일까? 그때도 대성 왕조가 남아 있을까? 황궁은 지금 모습 그대로일까?

책자를 펼쳐 볼 사람은 내 증증증손자뻘일까, 아니면 우연히 나타날 낯선 이일까? 과연 어떻게 생겼을까? 형편은 좋은 축일까? 내가 말하고 싶은 것들을 다 이해할 수 있을까······.

이때 등 뒤에서 웬 손이 쓱 뻗어 오더니 책상 위의 붓 한 자루를 잡았다. 맹부요가 눈썹을 치켜세우면서 그 주제도 모르는 손을 쳐 내려는데, 아리따운 손이 책자 한구석에 날듯이 글씨를 써 내려갔다.

부인, 훔쳐보는 것을 허락해 주오.

미쳤나 진짜!
붓을 빼앗은 맹부요가 거침없이 글자를 휘갈겼다.

훔쳐보기는 부끄러운 짓이다!

분명히 힘껏 쥐고 있었건만, 장손무극이 손가락을 슬쩍 놀리자마자 그녀의 손에 있던 붓이 거짓말처럼 그의 손아귀로 넘어갔다.

미리 알리고 훔쳐보는 것은 부끄러운 일이 아닐 터.

맹부요가 다시 한번 먹이를 덮치는 호랑이 자세를 시전해 붓을 낚아챘다.

지적받고도 계속 훔쳐보는 것은 더 부끄러운 짓이다!

"사람 앞에 두고 왜 필담이에요?"

맹부요가 장손무극을 째려봤다. 이건 또 뭔 또라이냐, 하는 표정으로.

"쉿."

예쁜 또라이가 손가락을 세워 입술에 갖다 대며 의미심장하게 웃었다.

"그대 보라고 쓴 것이 아니오."

"그럼 누구한테 쓴 건데요?"

강심장 맹부요가 호기심에 찬 얼굴로 주변을 두리번거렸다.

"귀신?"

하긴, 미래도 내다보는 사람인데 귀신 좀 불러낸대도 이상할 게 없지.

가능하다면 봉정범을 잠깐 만나 보고 싶었다. 저승에서도 가식적으로 사는 중인지 물어보게.

"아직은 존재하지 않는 인물이니 귀신이라고 할 수도 있겠군."

장손무극이 피식 웃었다.

"하지만 그 인물이 이 글자를 보고 있을 때쯤에는 우리가 귀신이 되어 있을 것이오."

"후손이에요?"

맹부요가 흥미를 보였다.

"얼마나 먼 후손이요?"

"30, 40대손 정도겠군."

장손무극의 말투는 평온하기만 했다. 아까 먹은 고기만두가 맛이 있었네 없었네를 논하는 투랄까.

"뭐가 보였는데요? 그때도 대성이 있어요?"

"세상에는 영원한 옥좌도, 영원한 강산도 없다는 말을 그대에게서 들었던 것 같군. 그렇다면 대성의 존속에 연연할 필요가 무엇이 있겠소."

"아, 망한다는 얘기구나."

맹부요 역시 만두소가 참 맛있더라는 식의 말투였다.

"쯧쯧, 그럼 우리 증, 증, 증, 증의 n제곱 손자뻘 되시는 분은 사는 게 팍팍하겠어요."

"아주 뛰어난 아이요."

장손무극이 흡족하게 미소 지었다.

"그러니 자기를 위해 천기를 엿보도록 내 마음을 움직였던 것이겠지."

"아무리 철통같이 굳건한 강산도 못난 후대를 만나면 버틸 재간이 없는 법이죠. 후대가 뛰어나다면 철통같은 강산은 자연히 따라오는 것이겠고요."

맹부요가 과일 절임 하나를 집어 자기네 무당의 입에 쏙 넣어 줬다.

"차라리 잘됐어요."

무당께서는 과일 절임을 받아먹는 김에 마마의 섬섬옥수까지 잡수셨다. 처음에 입에 들어간 것은 백옥 같은 손가락이었지만, 그것은 곧 앵두 같은 입술로 바뀌었고, 조금 더 있다가는 책상 위가 엉망으로 어질러졌다.

한참이 지나, 엉덩이 아래에 깔린 책들을 우르르 밀어 버리고 반쯤 풀어 헤쳐진 앞섶과 흐트러진 머리카락을 정돈한 황후 마마께서 몽롱한 시선을 들어 위를 보며 비음이 짙게 섞인 웃음소리를 흘리셨다.

"인사라도 할까요?"

"혼비백산하는 것은 아니겠지."

장손무극은 픽 웃는 와중에도 맹부요의 붉은 입술에서 눈을 떼지 못했다.

맹부요의 시선이 그런 그의 앞섶을 힐끗 스쳤다. 여밈이 한 칸씩 밀려 있었다. 그녀는 굳이 지적하지 않기로 했다. 장손무극이 이런 실수를 하는 건 쉽게 구경할 수 있는 일이 아니니까.

가엾기도 하지, 애들한테 마누라 빼앗기고 욕구 불만에 시달리는 아저씨.

"그 정도 일에 혼비백산해서야 당신한테 뛰어나다는 평가들을 자격이 없죠."

이때 장손무극이 피식하더니 책자에 몇 글자를 더 적어 넣었다.

훔쳐보는 것은 부끄러운 일이오.

맹부요가 '풉' 하고 웃어 버렸다.

"호오……."

그녀가 말꼬리를 길게 늘어뜨렸다.

"할 건 다 해 놓고 누가 보는 건 무서운가 봐요?"

"그대가 괜찮다면 나도 괜찮소. 어디 한번 해 볼까?"

"증, 증, 증, 증의 n제곱 손자뻘 되시는 분 앞인데, 점잖은 척이라도 좀 할 수 없겠어요?"

"우리를 경멸하거든 죽여 버리면 그만이오."

맹부요는 깔깔거리고 웃으면서, 마음속으로는 증, 증, 증, 증의 n제곱 손자뻘 되시는 분에게 애도를 표했다. 무서운 지혜를 갖춘 동시에 무섭게 제멋대로이기도 한 조상을 둔 게 과연 그 아이한테 행운인지 불행인지 판단이 서질 않았다.

장손무극이 다시 붓을 들었다. 맹부요는 고개를 쭉 빼고 그가 글자를 써 내려가는 모양을 흥미진진하게 지켜봤다.

진정하시길. 함부로 던지면 책자가 망가질 수 있으니.

"가엾어라, 역시 어느 무당 때문에 놀랐나 보네."

맹부요가 쯧쯧거리며 한숨을 쉬었다.

"그래도 진중한 편이오."

퍽 흡족한 반응을 보인 장손무극이 이내 눈을 감는가 싶더니 피식 웃음을 흘렸다. 다시 눈을 떴을 때, 그의 눈동자는 별처럼 밝게 반짝이고 있었다.

황후마마께서는 턱을 괴고 그 미색을 감상하며 배시시 웃음 지으셨다.

아무리 봐도 부족하구나, 봐도 봐도 더 보고 싶어.

"당신 표정이 이렇게 들뜬 거 오랜만에 보는 것 같아요."

맹부요가 점점 더 흥미를 느끼는 모양새로 눈썹을 치켰다.

"뭐 새롭게 알아낸 거라도 있어요?"

"아까 진중한 아이라고 했소만, 알고 봤더니 짓궂은 데가 있더군."

장손무극이 고개를 끄덕였다.

"배짱도 있고 머리도 있고, 보기 드문 아이야."

"점수가 후하네요. 그런 평가, 본 궁 말고 다른 사람한테는 해 준 적 없는 것 같은데."

맹부요는 내심 놀란 참이었다.

호랑이 같은 아비 밑에서 개 같은 자식은 안 나온다는 말도 있지만, 집안에 걸출한 인물이 하나 나오면 이후 몇 대는 줄줄이 쭉정이라는 말도 있는데. 장손무극이 엿본 미래의 자손은 과연 무슨 범상치 않은 일을 한 걸까?

"그대의 책자를 불사르려고 했소."

장손무극이 웃음 지었다.

"자기만의 생각도 있고, 개성도 있고, 마음에 드네!"

맹부요가 무릎을 탁 쳤다.

이 책자는 금사노 가죽으로 되어 있어 불에 타지 않소.

장손무극이 빠르게 한 문장을 적어 넣었다.

"그 애도 어리벙벙할 텐데 그냥 우리가 지금 나누는 대화를 통째로 들려주면 어때요?"

재미를 붙인 맹부요가 말했다.
"얼마나 알아듣는지 보게요."

그대만큼이나 만만치 않은 아이요.

맹부요가 장손무극의 손에서 붓을 넘겨받았다.

수백 년 뒤에나 있을 일인데 뭐 하러 굳이 원신까지 써 가
며 알아보려고 해요? 괜히 사람 놀라게 하지나 말아요.

그러고는 그를 자기 쪽으로 끌어당겼다.
"그만요, 평소에는 원신으로 이것저것 알아보더라도 이렇게
길게는 안 하잖아요. 아무 의미 없는 일 하느라 몸 상하지 말라
고요."
"의미가 없지는 않소. 그대도 알다시피, 우리와 밀접한 관련
이 있는 중대 사건이 아니고서야 원신이 애초에 반응을 안 하
니까."
손끝으로 탁자를 톡톡 치며, 장손무극이 나지막이 읊조렸다.
"결론적으로…… 우리와 인연이 있는 아이인 것은 확실해."
"하긴, 우리 자손이 한둘도 아닐 텐데 당신이 유독 그 아이
만 감지한 걸 봐도, 뭐. 그런데 도대체 무슨 일이 벌어지는 거예
요?"
장손무극의 표정이 다소 복잡해졌다. 그러더니 일순간의 침

묵을 거쳐 입을 열었다.

"우리 핏줄이 30대 정도 이어지고 나면 대성이 멸망하오."

"오?"

맹부요가 의외라는 양 말했다.

"30대 넘게 버텨요? 괜찮네, 대대손손 꽤 열심히 사나 봐."

"나라 망한다는 소리 듣고도 잘했다는 사람은 처음 보오."

"그래서 나 좋아하는 거 아니에요? 내가 워낙 특출나고, 남다르고, 비범한 견해에 독보적인 풍격까지 갖추고 있어서 그런 거 아니냐고요."

"물론이오."

장손무극이 사뭇 진지한 표정으로 말했다.

"그런데 제일 중요한 한 가지를 빼먹었군."

"음?"

"애를 잘 낳지."

"쳇, 연애 시절부터 애 잘 낳을 줄 알았다는 거예요? 그래서 나 쫓아다녔나?"

"허리가 가늘고 엉덩이가 크면 그렇다더니."

황제 폐하께서 감탄스럽다는 양 말씀하셨다.

"아니, 무슨 사람을 애 낳는 기계 취급이야!"

맹부요가 펄쩍 뛰어 떡하니 그의 위에 올라탔다.

"안 되겠네. 남녀평등과 대동 사회 이룩을 위해서라도, 날 애 낳는 기계 취급할 거면 당신은 내 욕구 해소용 도구가 되어 줘야겠어!"

"뜻대로 하시지요, 마마."

황제 폐하께서 빙긋이 웃으며 태太 자로 누우셨다. 물 흐르듯 자연스러운 굴복이었다.

하여, 맹부요의 욕구 해소가 시작됐다.

붉은 파도가 치고 꽃비가 내리는 가운데, 힘들게 노동 중인 마마와 가만히 앉아서 즐기는 중인 폐하 사이에 이따금 토막 난 말들이 오갔다.

"……마마, 허릿심이 갈수록 좋아지십니다……."

"당연하지, 본 궁이 얼마나 기운이 넘치는데. 본 궁은 위에서도 잘하고 엎드려서도 잘하느니라! 그런데 왜……. 분명 자손들이 나라를 얼마나 이어 가는가 하는 중대한 문제를 토론 중이었는데……. 어째서……. 색골 같으니……."

"맞습니다, 지금 나라를 이어 갈 자손을 만드는 중대한 일을 하고 있지 않습니까?"

"장손무극! 이 속이 시커먼 철면피!"

"과찬이십니다. 마마께서 왼쪽으로 세 치만 더 움직여 주시면 즉시 깊은 반성을 해 볼 수 있을 것 같군요."

"어떻게 반성할 건데요? 무릎 꿇고 항복 선언가라도 부를래요?"

"이를테면……, 이렇게?"

"하악! 나빴어!"

"짐에게는 비옥한 계곡이 없어 마마의 쟁기질을 감당할 길이 없으니, 차라리 짐이 말을 달려 마마를 극진히 모셔도 되겠나이까."

"흐응……. 으읏……. 그래서…… 어쩌다가 멸망한 거예요?"

"자손들이 못난 탓밖에 더 있겠습니까."

"당신이 본 그 애는요? 망국의 후예이니 힘들게 살고 있겠네요?"

"이 와중에 남 걱정을 다 하시다니, 짐의 노력이 부족한 모양입니다."

"내가 미쳐……. 이 불한당……. 그래도, 까마득하게 넓은 세상에서 서로의 의식이 만났다는 것 자체가 인연인데……. 한번 도와주면 어때요?"

"왕조의 흥망은 천지자연의 섭리라서 인간의 힘으로는 거스를 수 없으니, 공연히 집착하지 말고 섭리에 순응해야 한다, 그것이 마마께서 줄곧 하시던 말씀 아닙니까? 그러시던 분이 왜 갑자기 마음이 약해지셨는지?"

"아미타불, 임과 나누는 즐거움이 극에 달하여 진리를 깨우치고 보니 중생을 널리 기쁘게 하고 태평성세의 즐거움을 함께 누리고 싶어지네요."

"짐이 물을 잘 준 모양이로군. 황후의 입에서 이렇게 낯간지러운 말이 다 나올 줄이야."

"예, 예, 신첩은 폐하께서 내려 주신 은택으로 촉촉하게 젖어 참으로 황홀하고 만족스럽기 그지없답니다. 폐하께서도 만족하셨겠지요? 기분도 흡족한 김에 아주 살짝 관대함을 베풀고 싶은 생각은 안 드시나이까?"

키득거리는 웃음소리가 나는 것 같더니, 뒤이어 맨 팔뚝이 휘장 밖으로 뻗어 나와 침상 옆 작은 탁자 위에 먹물 젖은 채로 놓여 있던 붓을 절묘하게 낚아챘다. 붓끝이 종이 위를 거침없이 달리는 소리가 이어지길 잠시, 곧 붓을 내려놓은 이가 웃음을 흘렸다.

침상 앞, 휘장 아래서 기록하여 전하노라. 이 금낭 삼계의 묘책이 황실의 후예를 모진 비바람으로부터 지켜 내 한 왕조의 주인으로 세우리라.

"우리 대성의 대업은요?"

"그대와 풍류를 즐기기만도 바쁘거늘, 그 아이가 어떤 선택을 하고 어떤 세월을 보낼지까지 내가 관여해야겠소?"

"흐응……. 내 사랑……. 그래요, 이 정도면 충분해요. 철통같이 굳건한 강산을 원하거든 자기 능력으로 나라를 세우겠죠. 가진 능력이 없다면 강산을 물려주어도 아무 소용이 없을 테고, 백성들의 삶을 피폐하게나 만들 거예요. 게다가, 수천 수백 년이 지나고 나면 세상에 제업이며 왕조 따위가 어디 있겠어요……. 홋, 조금 더 빨리……, 빨리……."

바람결에 붉은 휘장 나부끼니 꽃잎에는 은은한 향기 감돌고 이끼에는 맑은 이슬방울 스미는데, 어느 집 회랑에서는 물소리가 아름다운가. 조각배가 포구로 돌아오고 창가에는 달빛이 드는구나.

바로 그때, 수정 구슬이 튀는 듯한 어린애 목소리가 날아들었다.

"아빠!"

"엄마!"

"아빠, 거짓말쟁이 울트라맨이 열매에 벌레 있다고 해 놓고 내가 딴 열매 훔쳐 먹었어요!"

"엄마, 춘화가 열매 땄는데 엄마한테는 안 주고 아빠한테 가져가서 알랑거리려고 그래서 내가 엄마 대신 혼내 준 거예요!"

"전하, 공주님, 천천히 좀요! 기다려 주세요! 잠시만요!"

"시끄러워! 저리! 비켜!"

악마들이 전쟁터에 입성하기 3초 전이었다.

쾅!

누군가가 침상을 내리쳤다.

펄럭!

휘장이 휘날리고, 한창 좋다가 만 누군가의 거대한 분노가 실린 베개가 방을 가로질러, 회랑과 연못을 지나, '쐐액' 하고 날아간 직후……. 맹부요의 포효가 황궁 전체를 뒤흔들었다.

"내가! 못살아!"

외전4 맹부요 맞선기

일시: 2010년 12월 25일 21시 05분

진행자: 몽비夢非

여자 게스트 24인: 맹부요, 아란주, 배원, 태연 및 병풍1, 병풍2, 병풍3, 병풍4, 병풍5, 병풍6, 병풍7, 병풍8······

남자 게스트 5인(등장 순서에 따라): 전북야, 종월, 운흔, 장손무극, 원보

출연자 지인: 연경진, 운흔, 월백, 덕왕, 원 황후, 전남성, 주 태사 어르신, 공정 태비, 헌원운, 기우, 요신, 철성, 망할 도사 영감

음악이 깔리고, 무대 아래의 출연자 지인들이 일제히 귀를 쫑긋 세운다.

"오주TV에 오신 것을 환영합니다. 듣고 싶은 음악을 마음껏,

CCK[9] 뮤직폰 제공 〈두근두근 스위치〉[10]의 MC, 몽비를 소개합니다!"

"CCK 뮤직폰 제공 〈두근두근 스위치〉 시청자 여러분, 안녕하십니까, 몽비입니다. 네, 감사합니다, 감사하고요. 악가樂家 선생님, 황한黃寒 선생님, 반갑습니다. 자, 그럼 오늘의 아름다운 싱글 여성 스물네 분을 모셔 보도록 하죠. 반갑게 맞이해주세요!"

덕왕이 눈썹을 치켜세웠다.

"싱글 여성? 장손무극이 아직도 안 데려갔다고? 뭐가 이렇게 굼떠? 나 멕일 때는 세상 빠릿빠릿하더니?"

위엄 넘치는 자태로 앉아 있는 원 황후가 손톱을 튀기면서 음침하게 말했다.

"그런 계집애는 평생 혼자 살아야 돼!"

그러자 전남성이 냉큼 가까이로 와 진지하게 고개를 주억거리고 말했다.

"옳소, 대가 끊겨야지!"

발끈한 원 황후가 구음백골조를 날렸다.

"야, 이 상놈아! 내 아들 대 끊기라는 거냐!"

전남성이 공격을 막으며 중얼거렸다.

---

9 중국 기업 보고고전자步步高電子의 영문 약칭 BBK를 패러디했다.

10 원제는 비성물요非誠勿擾. 중화TV에서 국내에 수입했을 때 〈두근두근 스위치〉라는 이름을 썼다. 24명의 싱글 여성 출연자가 각자 앞에 놓인 불을 켜고 끄는 방식으로 사랑을 찾기 위해 나선 남성 출연자의 생존을 결정하는 프로그램.

"내 동생 얘기일 수도 있는 건데…….”

공정 태비는 서로 손톱을 세우고 으르렁거리는 원 황후와 전 남성을 그저 멍하니 쳐다보고 있었다.

기우, 요신, 철성이 분노하며 달려가려는 걸 주 태사 어르신이 덥석 붙잡아 한쪽에 끌어다 놨다. 차분한 주 태사의 눈빛이 어딘지 의미심장했다.

운혼과 월백은 서로의 머리카락을 만지작거리고 노는 데 전념 중이었다.

망할 도사 영감은 동요 없이 자리를 지키고 있다가, 죽자 사자 싸우는 원 황후의 소맷자락에 쓰윽 콧물을 묻혔다.

나머지 출연자의 지인들은 이때쯤 우르르 해산했다…….

음악과 함께 무대에 조명이 켜지고, 스물네 명의 여자 게스트들이 양쪽으로 나뉘어 등장했다.

제일 먼저 도도하게 걸어 나온 건 불꽃처럼 붉은 옷의 배원이었다. 연경진은 물개 박수를 쳤고, 나머지 사람들은 눈을 치켜떴다.

태연은 하늘거리는 흰색 치마를 입고 등장했다. 어찌 된 영문인지 정상에 가까워 보이는 태연의 키에 좌중이 의구심에 빠지자 망할 도사 영감이 콧구멍을 후비며 말했다.

"장대.”

그제야 모두의 의문이 풀렸다.

"아…….”

미녀들의 워킹이 끝난 후, 좌중이 고개를 길게 빼고 중얼거렸다.

"어라, 맹부요는? 아란주는?"

이때 진행자 몽비가 말했다.

"스물네 분의 여성들을 환영합니다. 반갑……, 응?"

무대에 설치된 문 안에서 쭈뼛쭈뼛 두 명이 등장했다. 앞쪽 한 명은 비비드한 컬러감의 착장이 돋보였고, 뒤쪽 하나는…… 잘 뵈질 않았다.

"뭔 놈의 치마가 이렇게 짧아? 왜 이렇게 짧은 건데?"

맹부요는 아란주 뒤에 숨어서 가슴골과 다리가 훤히 드러나 보이는 미니 드레스를 잡아당겨 늘이느라 용을 쓰고 있었다.

"오주대륙 여행 10년 좀 넘게 하고 왔다고 그사이에 여자들 치마 원단이 다 없어졌을 줄이야, 어떻게 이래?"

맹부요에게 떠밀려 앞쪽에서 걷고 있는 아란주가 짜증을 냈다.

"빨리 좀 와, 그 정도면 원단 많이 들어간 거니까. 저기 앞에 보라고."

아란주가 가리킨 곳에는 찬웃음을 흘리며 뒤를 돌아보는 배원이 있었다.

"A컵도 튜브톱 드레스 입는데 넌 그래도 B컵이잖아, 민망할 거 뭐 있어?"

맹부요는 멘붕이었다.

"지금 대화의 포인트가 가슴이니? 가슴이야?"

참다못한 아란주가 맹부요를 놔두고 휙 자기 자리로 뛰어

갔다.

"너 때문에 시간 낭비잖아! 게스트 짓 해 먹기도 쉽지 않네!"

방패막이가 빛의 속도로 사라진 후, 조명 아래에 달랑 남겨진 맹부요는 '착' 하고 자세를 바로 하면서 잽싸게 드레스 네크라인을 끌어 올렸다. 순간적인 판단하에 허벅지를 포기하고, 완벽하지는 않더라도 일단 가슴을 방어하기로 한 것이었다. 그런 다음 곁눈질 한 번 하지 않고 슬금슬금 무대를 가로질렀다.

무대 아래에서 휘파람 소리가 울렸다. 요신과 철성은 죽여준다고 난리였고, 공정 태비는 눈시울을 붉혔다. 왜 눈물이 나는지는 본인도 몰랐지만. 연경진의 시선은 맹부요의 허벅지에 고정되어 있었고, 덕왕은 복잡한 눈빛이었으며, 헌원운은 졸고 있었다.

한편, 망할 도사 영감과 주 태사 어르신은 눈길을 교환하면서 입을 삐죽였다. 게스트석 테이블이 다리를 가리는 디자인이라는 걸 발견한 까닭이었다. 운혼과 월백은 여전히 머리카락을 가지고 노는 데 전념 중이었다…….

식은땀을 훔쳐 낸 몽비가 환영 멘트를 이어 갔다.

"스물네 명의 여성 게스트 분들을 환영하며, 저희가 준비한 특전은 오늘도 변함없음을 말씀드립니다. 남녀 게스트가 커플 매칭에 성공할 경우……."

콰앙!

엄청난 굉음에 일동이 흠칫 소스라쳤다. 그와 동시에 남자 게스트 등장용 금속 문이 박살 나고, 쩌렁쩌렁한 목소리가 들려왔다.

"뭐가 이렇게 느려 터졌어? 이 몸이 오셨다!"

박살 난 문 안에서 스크립터가 비틀비틀 뛰쳐나오며 소리쳤다.

"폭력배다!"

그 소리에 스튜디오 안에 있는 사람들이 비명을 지르며 도망치고, 여성 게스트들까지 줄행랑을 놨다. 꿈쩍 않고 자리를 지킨 것은 오주대륙에서 온 게스트와 그녀들의 지인들뿐이었다.

아란주가 절묘한 45도 각도로 기울인 얼굴에 양손으로 꽃받침을 하고 한숨지었다.

"북야의 멋짐을 모르는 어리석은 자들 같으니!"

맹부요는 재빨리 드레스 네크라인을 더 끌어 올렸다.

반짝이는 조명과 박살 난 문을 배경으로, 검은 옷의 전북야가 고개를 세우고 성큼성큼 등장했다. 그는 자리 표시용 빨간색 점을 그냥 지나쳐서 곧장 맹부요가 있는 18번 테이블로 향했다. 순간 비틀한 몽비가 곧 힘을 내서 뒤를 쫓아갔다.

"게스트분! 게스트분 자리는 거기가 아니에요!"

그러자 전북야가 굳건한 모습으로 뒤를 돌아보며 말했다.

"내 자리는 그녀 곁이다."

아란주가 싱글벙글 웃었다.

"18번 옆은 17번인 내 옆이기도 한걸."

맹부요는 착잡하게 천장에 시선을 던졌다.

"그래, 오늘 방송은 여자 게스트 25명으로 하고 네가 25번째

맡으면 되겠네.[11]"

그사이에 쏜살같이 달려온 몽비가 죽을 각오로 전북야를 붙들었다.

"게스트분, 여기 계시면 마음에 드는 여성 게스트랑 커플 매칭 기회도 없어지는 거예요!"

제자리에 서서 잠시 고민하던 전북야가 곧 팔을 휘둘러 몽비를 뿌리치더니 붉은 점으로 표시된 위치에 가서 섰다.

몽비가 식은땀을 훔치며 멘트를 이어 갔다.

"자……, 자기소개를 부탁……."

"전북야!"

스튜디오 안에 적막이 흘렀다. 몽비는 다음 말을 기다렸다.

"……."

몽비가 다시 한번 땀을 훔쳤다.

"게스트분, 자세히 말씀해 주셔야……."

전북야가 못마땅하게 눈을 흘겼다.

"나를 알 사람은 다 알 것이요, 몰라도 되는 자들한테는, 내가 굳이 설명을 해야 되나?"

"……."

몽비와 좌중이 동시에 침묵했다.

주 태사 어르신의 눈에 뜨거운 눈물이 차올랐다.

"장한 내 새끼!"

---

11 중국어로 이오二五는 바보라는 뜻이다.

아란주는 가슴팍을 부여잡았다.

"너무 멋있어!"

슬그머니 전북야와 거리를 벌리면서, 몽비가 번호 선택용 패드를 내밀었다.

"마음에 드는 여성을 선택해 주세요."

그러나 전북야는 가만히 서서 못마땅한 눈길만 보냈고, 무대 아래에는 '우우' 하는 소리가 번졌다.

그걸 꼭 물어봐야 아나?

몽비가 애써 미소 지으며 말했다.

"스물네 명의 여성 게스트분들께서는 오늘 밤 첫 번째로 등장한 전북야 씨에 대한 인상이 어떻……."

"전부 다 불 꺼!"

전북야가 기세등등하게 팔을 뻗어 한 사람을 가리켰다.

"맹부요만 빼고."

이에 맹부요가 '뿅' 하고 잽싸게 불을 껐다.

"……."

분개한 전북야가 테이블 쪽으로 달려가는 사이, 맹부요는 번개 같은 동작으로 스튜디오 안의 모든 불을 껐다. 어둠 속에서 둔탁한 충돌음과 휙휙 바람을 가르는 소리가 났다.

기우가 검을 빼 들고 가세하려는 걸 철성이 칼을 비껴들고 막았다. 요신은 기우의 허리띠를 훔치려다가 실수로 연경진의 속옷을 훔쳤다. 전남성은 몰래 어딘가를 향해 접근하다가 주태사의 발에 걸려 넘어졌다. 망할 도사 영감은 본격적으로 코를 팠고, 원 황후와 덕왕 쪽에서는 수상쩍은 소리가 났으며, 헌원운은 계속 졸고 있었다. 한편 운혼과 월백은 어둠 속에서 서로의 머리카락을 가지고 노는 중이었다…….

한 시간 후 조명이 다시 들어왔을 때 전북야, 기우, 전남성은 이미 사라지고 없었다. 손톱이 부러지고 머리 모양이 엉망이 된 배원은 12번에서 난데없이 16번으로 자리를 옮긴 뒤였다. 장대를 잃어버린 태연은 두 팔로 테이블을 짚고서 허공에 붕 떠 있었다. 아란주는 립스틱이 절반쯤 지워진 모습이었다. 맹부요의 이마에는 반쪽짜리 키스 마크가 생겨나 있었는데, 색상이 아란주의 입술과 정확히 일치했다.

패널 악가와 황한은 조명이 꺼지기 전부터 실종 상태였고, 몽비는 의상을 갈아입고 나타나 무대 위에서 경직된 웃음을 짓고 있었다.

"그럼 다음 남자 게스트를 모시겠습니다!"

음악이 흐르기 시작하자 다들 문이 또 박살 나길 기다리며 숨을 죽였다. 곧이어 수리를 마친 금속 문이 천천히 열리더니, 눈처럼 하얀 옷을 입은 인물이 정결하게 빛나는 모습으로 걸어 나왔다.

벚꽃 빛깔 입술, 살짝 밝은 머리색, 부드러운 미소. 요새 한창 핫한 한국 스타일 얼굴 천재의 등장에 여성 게스트석에서 환호성이 터져 나왔다.

계속 졸던 헌원운도 드디어 일어나 눈을 반짝반짝 빛냈다. 그와 동시에 이번에는 아란주가 졸기 시작했다. 이마에 묻은 립스틱을 지우느라 용을 쓰던 맹부요가 아란주를 타박했다.

"싸구려 립스틱 좀 쓰지 말라니까, 얼굴에 알레르기 일어났 잖아."

그러더니 고개를 들고 종월을 불렀다.

"저기요, 종월! 알레르기 약 있어요?"

종월이 담담하게 병 하나를 꺼내 던져 주자 여성 게스트석에 서 서글픈 장탄식이 나왔다.

맹부요가 웃는 얼굴로 주변을 돌아보며 고개를 까딱거렸다.

"안심해요, 안심해. 저쪽은 아까 그쪽보다는 정상이니까."

몽비는 아까 미처 끝맺지 못한 특전 설명을 다시 시작했다.

"……남자 게스트가 등장한 첫 단계에서 스물두 명 이상이 불을 밝히게 되면……."

그런데 중간에 종월이 끼어들었다.

"스물두 명 이상의 불, 거절하겠소."

"……."

그러더니 게스트석을 거들떠보지도 않고 말했다.

"4번은 무좀이 있군. 9번은 위가 안 좋은 것 같으니 분명 입 냄새가 심하겠고. 11번은 그 가슴 진짜인가? 13번은……."

4번, 9번, 11번, 13번 게스트가 울며불며 무대에서 뛰어 내 려가자 몽비가 허겁지겁 뒤를 쫓아갔다. 지켜보던 헌원운은 몹 시 좋아라 했고, 배원은 냉소했다.

"정상도 너무 정상이네. 또라이 눈에는 또라이가 당연히 정 상으로 보이겠지."

그러자 종월이 싸늘한 눈으로 배원을 쳐다봤다.

"비정상적인 A컵이 더 비정상적인 A컵이 되는 꼴…… 보고 싶나?"

"…….."

몽비가 처연하게 훌쩍거리는 네 명의 게스트를 끌고 돌아왔다. 손수건을 꺼내 땀을 닦은 그는 자기소개 순서를 과감히 생략하고 종월에게 번호 선택용 패드를 건넸다.

"마음에 드는 여성을 선택해 주세요."

"제일 마음에 안 드는 여자를 택해도 되겠소?"

종월이 패드를 받아 드는 대신 물었다. 이에 몽비가 입가를 실룩거리면서도 일단 고개를 끄덕이자, 그제야 패드를 받아 든 종월이 숫자를 입력했다.

아란주가 맹부요의 귀에 대고 속닥거렸다.

"누구일 거 같아?"

맹부요는 먼 산을 봤다.

"나."

몽비가 몇 번을 선택했는지 패드를 넘겨다보자 종월이 담담하게 18번임을 알려 줬다.

"저 여자요."

땀이 삐질삐질 나기 시작한 몽비는 외투를 벗었다. 다음 멘트를 까먹은 그가 머리에 떠오르는 대로 물었다.

"18번 맹부요 양은 아주 우수한 재원입니다. 왜 싫은지 이유를 들어 볼 수 있을까요?"

맹부요가 먼 산을 보며 중얼거렸다.

"의치부터 흉터까지, 전부 싫소."

종월이 말했다.

"의치부터 흉터까지, 전부 싫소."

이미 눈에 초점이 없는 몽비가 벗었던 외투를 다시 입으면서 물었다.

"어째서……."

맹부요가 먼 산을 보며 또 중얼거렸다.

"교양 없고, 성질 급하고, 쌈박질 좋아하고, 고집 세고, 오주 대륙에서도 소문난 사고뭉치니까……."

종월이 말했다.

"교양 없고, 성질 급하고, 쌈박질 좋아하고, 고집 세고, 오주 대륙에서도 소문난 사고뭉치니까……."

몽비가 쿨럭거렸다.

"……불을 켜 주세요!"

그러나 여자 게스트들은 일사불란하게 불을 껐다. 동작들이 얼마나 빨랐는지, 절세 무공의 소유자 맹부요가 한발 늦었을 정도였다.

몽비가 좋아 죽으며 말했다.

"유감스럽게도 실패하셨습니다."

"실패라니?"

종월이 게스트석으로 걸어가 맹부요의 손을 덥석 붙들었다.

"이 여자의 불은 들어와 있지 않소? 마침 딱 혼자서만 불을 밝혔군."

몽비는 또 한 번 무의식적으로 외투를 벗었다.

"하지만 맹부요 양은 아까 제일 마음에 안 든다던 분인데 요……."

종월이 쿨하게 뒤를 돌아보며 말했다.

"내 마음에 제일 안 드는 이 여자가 바로 내가 손을 잡고 싶은 여자요."

순간 휘청한 몽비가 벽을 붙들었다.

"이러면 진행 순서랑 안 맞는데……."

이때 헌원운이 엉엉 울며 달려들었다.

"아월 오라버니!"

맹부요는 다시 한번 조명을 모조리 껐다. 어둠 속에서 휙휙 거리는 소리가 나고, 엷은 연무가 피어 올랐다.

무언가가 우당탕탕 넘어지는 소리가 희미하게 이어지는 가 운데, 망할 도사 영감은 여전히 코를 파고 있었다. 운혼과 월백 은 어둠 속에서 서로의 머리카락을 가지고 노는 중이었다…….

한 시간 후 조명이 다시 들어왔을 때 종월과 헌원운은 이미 사라지고 없었다. 태연은 그새 장대를 찾아서 다리에 끼웠고, 아란주는 잠이 깬 뒤였다. 맹부요의 앞섶은 눈물 콧물로 엉망 이었다. 그리고 배원의 자리는 언제 주인이 바뀐 건지, 위아래 로 연꽃 자수가 잔뜩 들어간 옷을 입은 여자가 자리를 차지하 고 단정하게 서 있었다.

여자를 발견한 맹부요가 눈을 가늘게 좁혔다.

"쳇!"

아란주는 벌레 씹은 얼굴로 소리쳤다.

"누구 마음대로 바꿔치기야!"

새 게스트 '연화'는 그 자리에 태연하게 서서 두 사람을 거들 떠보지도 않았다. 치가 떨리도록 단정한 모습이었다. 다른 여성 게스트들은 정말이지 가까스로 정신 줄을 붙잡은 참이었다.

몽비는 벽에 의지해 겨우 서 있는 상태에서도 직업 정신을 잃지 않고 사뭇 비장하게 다음 게스트를 불렀다. 목소리가 끊길 듯 가날팠다.

"다음 분 모셔 보겠습니다……."

음악이 흐르고 문이 열리더니 운흔이 등장했다. 좌중은 긴장으로 숨을 죽였지만, 의외로 모든 것이 정상적이었다.

몽비의 눈빛이 환해졌다. 이번에는 제대로 된 게스트가 나온 것 같았다. 맹부요도 안도의 한숨을 내쉬었다. 아란주는 갑자기 술 생각이 간절해졌다…….

그러던 찰나 난데없이 배원이 달려 나왔다.

"형수님이 시키는 거니까 저 계집애 죽여!"

그러나 배원은 곧바로 연화의 상냥한 압박에 밀려나 퇴장해야만 했다.

운흔은 배원의 말을 들은 척도 안 하고 진행자를 향해 미소를 보냈다. 몽비는 감격했다.

드디어 특전 소개 멘트를 끝까지 해 보는구나!

"남자 게스트가 등장한 첫 단계에서 스물두 명 이상이 불을 밝히고, 여자 게스트와 커플 매칭에 성공하면⋯⋯."

"저는 부요와 커플이 될 생각이 없습니다."

불티가 반짝이는 그윽한 눈동자의 소년이 초연하게 웃음 지었다.

"⋯⋯그럼 뭐 하러 왔는데요?"

"응원하러 왔습니다."

소년이 수줍게 웃었다.

"감히 부요의 옆자리를 차지하고 싶다는 욕심은 부려 본 적 없어요. 정말로 딱 맞는 사람이 그 자리에 서는 모습을 제 눈으로 보고 싶기는 합니다만."

맹부요는 눈시울을 붉혔고, 태연은 생각에 잠겼고, 연화는 눈을 번뜩였고, 아란주는 중얼거렸다.

"나 전북야 말고 옮겨 탈까 봐⋯⋯."

무대 아래에서는 덕왕이 눈물을 글썽이면서 원 황후를 잡아 끌었다.

"청의, 우리 도망갑시다!"

운혼과 월백은 서로 머리카락을 가지고 노는 중이었다⋯⋯.

몽비는 벽을 짚은 채 꿀 먹은 벙어리가 되어 있었다.

"작가가 재미를 위해서 남주고 서브남이고 다 출연해야 한다고 그러더군요."

운혼이 고개를 절레절레 저었다.

"제가 안 나가면 자기 체면이 깎인다나요."

몽비가 한마디를 뱉었다.

"……변태!"

운흔이 미소와 함께 꾸벅 인사를 하고 퇴장한 후, 여자 게스트들은 생각에 잠겼다.

왜 진짜 좋은 남자는 전부 서브남으로 소모되고 끝나는가…….

맹부요가 고개를 위로 꺾으며 말했다.

"조용히 퇴장하는 거 진짜 적응 안 되네……. 다음은 누구려나?"

아란주가 귓가로 다가붙었다.

"저기! 저기!"

잠깐 정신 빠진 얼굴로 있던 맹부요가 이내 가슴을 가리고 스튜디오 밖으로 도주를 시도했다. 목숨 걸고 도주를 막으려는 제작진들 틈바구니에서, 그녀는 태연의 긴 치마가 실상 그만큼 길어야 할 이유가 전혀 없다는 걸 깨닫고 치맛단을 찢어다가 자기 어깨에 둘렀다.

이마 한가운데에는 빨간 얼룩이 찍혔고 몸에는 천을 두른 맹부요를 보며, 아란주가 고개를 끄덕였다.

"완전 인도 무용수 그 자체네."

다음 순간, 맹부요를 잡아 죽이겠다고 덤벼들던 태연이 갑자기 멈칫 굳었다. 바로 뒤이어 무대 위 여성 게스트들이 탄성을 터뜨렸다.

장손무극의 등장이었다.

태자가 주변을 둘러보며 미소를 짓자 여성 게스트 중 한 명이 곧바로 실신했고, 두 명은 심장 발작으로 응급 처치를 위해

실려 나갔다.

맹부요가 못마땅하게 중얼거렸다.

"하여튼 끼 부리는 버릇은 못 버리지."

그러자 태자가 엷게 웃었다.

"그대의 질투를 얻을 수 있다면야 끼는 얼마든지 부리겠소."

"……."

아란주가 말했다.

"위풍당당하십니다, 전하!"

한쪽에서 그 광경을 한참 관찰하던 몽비는 드디어 멀쩡한 인물이 나타났다 판단하고, 용기를 내 앞으로 나섰다.

"남자 게스트가 등장했을 때 스물두 명 이상이 불을 밝히고 여자 게스트와 커플 매칭에 성공하면 이리 과즙 요구르트에서 협찬하는 '하와이 달콤 후르츠 로맨틱 투어' 5일권을 받게 됩니다."

몽비는 급하게 멘트를 읽어 내려가는 한편 눈물을 쏟았다.

……힘들었다, 아무튼 이걸로 끝은 봤네.

태자가 미소 지었다.

"닷새라고 하셨습니까?"

몽비는 열심히 고개를 주억거렸다.

"회사가 망해 간답니까?"

태자가 짠하다는 투로 물었다.

"고작 닷새로 무얼 하라는 것인지?"

지금껏 본 태자가 맹부요 쫓아다니는 데 쓴 세월이 몇 년인데……

그러자 몽비가 이를 악물고 목에 핏대를 세웠다.

"프라이빗 투어예요! 방해할 사람 없는! 바다 위 크루즈에서! 방은 좁고!"

불세출의 총명함을 자랑하는 태자는 대번에 말뜻을 알아듣고 흡족하게 고개를 끄덕였다. 듣고 있던 맹부요가 이를 갈았다.

"사회자라는 인간이 뚜쟁이 짓이나 하고!"

"자기소개 부탁드립니다."

몽비는 최대한 빠르게 멘트를 쳤다. 오늘은 제발 일찍 끝낼수 있기를 간절히 바라며.

태자가 멋들어진 자태를 자랑하며 말했다.

"장손무극이라고 합니다. 나이는 스물 하고도 여섯, 오주 무극국 출신으로 보잘것없는 재산과 그런대로 괜찮은 학식을 가지고 있습니다. 감사합니다."

맹부요가 눈을 홉떴다.

"가식 봐! 나라 하나가 보잘것없는 재산이야?"

이어서 눈을 끔뻑끔뻑하면서 주변을 돌아본 그녀는 휘황찬란하게 빛나는 스물네 개의 램프를 발견하고 표정이 묘하게 일그러졌다.

옆에서 아란주가 개탄스럽다는 듯 말했다.

"투명하네, 다들 참 속이 투명하게 보여. 어쩜 한 명도 안 껐니!"

그러고는 맹부요를 곁눈질하면서 한숨을 쉬었다.

"에효, 나라도 난감할 누구 도와줘야지. 왜 하필 절친이어

가지고."

아란주가 자기 자리의 불을 끈 뒤에도 맹부요는 자존심 때문에 솔직해지지 못했다.

"가식적인 거 최악이야! 에잇, 불 꺼야지!"

맹부요가 스위치를 누르려고 손을 들자마자 다른 누군가가 그녀 쪽으로 쓱 팔을 뻗으며 사근사근하게 말했다.

"내가 도와줄게."

맹부요의 눈에 자신을 향해 상냥하게 미소를 보내는 연화가 들어왔다. 그 꼬락서니에 청개구리 심보가 발동한 맹부요가 냉큼 테이블에 엎드려 램프 스위치를 사수했다.

"뭐야, 뭐야! 누가 불 끄겠대? 흥!"

태자는 느긋하게 미소 지으며 생각했다. 즉흥적으로 봉정범에게 연락해 연화라는 이름으로 프로그램에 참가하게 한 것은 참으로 현명한 처사였노라고.

"자, 그럼 네 번째 남자 게스트의 기본 정보가 담긴 영상을 보도록 하죠……."

무극국 태자는 딱히 끼를 부리지 않고도 짧은 클립 몇 개만으로 게스트석을 뒤집어 놓을 수 있는 능력자였다. 여자 게스트들 사이에서 탄성이 빵빵 터지자 원 황후가 의기양양하게 말했다.

"역시 내 아들이야!"

덕왕이 냉소했다.

"아비 죽인 잘난 아들이지."

이어서 망할 도사 영감이 코를 후비며 중얼거렸다.

"옘병!"

"지금 누구한테 하는 소리지?"

발끈한 덕왕이 도사 영감을 돌아봤다. 눈이 이글이글 불타고 있었다.

"아니 그게……."

망할 도사 영감이 손을 들어 보였다. 시커먼 손가락에 흉측하게 생긴 벌레가 붙어 있었다.

"겁도 없이 내 콧구멍에 기어들어 왔냐, 옘병!"

한편 연경진이 멀찍이 떨어진 부요를 보며 울적하게 한숨짓자 철성과 요신이 번갈아 가며 침을 뱉었다. 운혼과 월백은 머리카락을 가지고 노는 중이었다…….

23개의 램프는 여전히 꿋꿋하게 빛나고 있었다. 태연이 당당하게 말했다.

"나는 오늘 장손무극이 얼마나 웃기는 짓거리를 하나 구경하러 온 거야. 어떻게 생겨 먹은 물건이랑 엮이는지 어디 한번 보자고!"

그러자 맹부요가 삿대질을 해 댔다.

"난쟁이 똥자루인 너보다는 나을걸!"

뒤이어 봉정범이 차분하게 미소 지었다.

"본 궁은 그저 지나가던 길이란다. 지나가던 길."

그러자 맹부요가 콧방귀를 뀌었다.

"장손무극이 걸었던 길은 전부 지나가 봐야겠지."

보다 못한 몽비가 식은땀을 삐질삐질 흘리면서 화제를 돌렸다.

"……6번 여성 게스트분, 질문 있나요?"

6번이 부끄러운 듯 상기된 얼굴로 말했다.

"장손무극 씨, 영상에서 말하길 이번 생에는 이미 마음을 준 사람이 있다고 하셨는데요. 그럼 〈두근두근 스위치〉에는 왜 나오신 건가요?"

장손무극이 우아한 미소와 함께 답했다.

"그녀가 있는 곳이 곧 제가 있을 곳이니까요."

"미래의 반려자를 구체적으로 묘사해 주실 수 있나요?"

장손무극이 애정이 뚝뚝 흐르는 눈으로 누군가를 빤히 응시했다.

"그녀는 자유분방하지만 무례하지는 않은 사람입니다. 거칠지만 상스럽지는 않고, 내키는 대로이지만 무책임하지는 않으며, 주체적이지만 이기적이지는 않지요."

그가 미소 띤 표정으로 팔을 뻗어 동그라미를 그렸다.

"그녀의 세계는 무한히 커서, 천지를 망라합니다. 하지만 그녀의 세계는 무한히 작아서, 저 하나뿐이기도 하지요."

아란주가 질투 나는 기색으로 맹부요를 박박 긁었다.

"고백 멘트 미쳤잖아!"

그러자 맹부요가 눈을 흘겼다.

"내가 무한히 큰 현대 세계에 살면서 고작 오주대륙 사람 하나를 기억할 것 같아?"

이때 홀연, 봉정범이 고상하게 손을 들고 물었다.

"남자 게스트분께 여쭤보고 싶은데요. 이미 약혼녀가 있으면서 〈두근두근 스위치〉에 나오는 건 규정 위반이자 기만이라고 할 수 있지 않나요?"

스튜디오가 발칵 뒤집혔다. 여기저기서 쑥덕거리는 소리가 들렸다.

몽비는 장손무극에게 의혹의 눈길을 보냈고, 맹부요는 펄쩍 뛰다가 아란주에게 붙들렸다.

장손무극은 변함없이 미소 띤 얼굴이었다.

"그런가요? 하면, 그 약혼녀가 누구입니까?"

봉정범이 수줍게 웃으며 선기도를 주섬주섬 꺼내 놨다. 그걸 본 맹부요가 한숨을 내쉬었다.

"정말이지 생활, 여행, 사기, 낚시, 〈두근두근 스위치〉 참가의 필수품이라니까……."

"그게 무엇입니까?"

태자가 지적 호기심을 내비쳤다.

"태자 전하께서 주신 혼약의 정표잖아요!"

봉정범이 바람결에 고개 숙인 한 떨기 꽃처럼 수줍어하며 대답했다.

"그게 어떻게 그쪽 손에 있습니까?"

"제가 태자 전하 약혼녀니까요!"

"오, 그럼 이참에 저와의 혼약을 무를 작정이신지요?"

태자가 일관되게 정중한 태도로 물었다.

"우뚝 솟은 뭇 산이 평지가 되고 하늘과 땅이 합쳐지지 않는 이상⋯⋯."

"진행자분."

상대가 미처 고백을 끝내기도 전에, 장손무극이 점잖게 몽비 쪽으로 돌아섰다.

"약혼자가 있는 데다가 그 약혼자와의 관계를 정리할 생각도 없으면서 〈두근두근 스위치〉에 나온 여자입니다. 프로그램 규정을 위반했으니 끌어내시지요."

고개를 힘줘 끄덕인 몽비가 소리쳤다.

"경비원!"

봉정범이 질질 끌려 나가면서 한 맺힌 목소리로 외쳤다.

"그럼 저 인간도 끌어내야지!"

장손무극이 미소 지었다.

"그쪽은 약혼자가 있지만, 저는 없어서 말입니다."

그리고는 품위 넘치게 돌아서서 카메라를 보고 섰다.

"⋯⋯여러분, 이 자리를 빌려 봉정범과의 혼약은 폐기되었음을 천하에 정식으로 선포합니다. 여러분께서 증인이 되어 주십시오."

몽비는 땀을 닦다가, 벽을 짚었다가, 앞섶을 풀고 부채질을 해 댔다⋯⋯.

이용 가치가 사라진 봉정범을 즉석에서 처리하고 기분이 좋아진 장손무극이 성실하게 설명까지 덧붙였다.

"21세기의 결혼은 자유 영역입니다. 어느 누구도 남의 혼인에 간섭할 수 없습니다. 여기 오기 전에 혼인법을 꼼꼼히 읽어 보았거든요."

아란주가 탄식했다.

"지피지기면 백전백승이라. 역시 오주대륙 제일의 여우라는 말이 괜히 나온 게 아니었어……."

이어서 몽비가 외쳤다.

"얼른 친구들 인터뷰 내보내……! 〈두근두근 스위치〉는 짝 짓기 프로지, 파혼 프로가 아니라고!"

큰 화면에 당장 영상이 재생됐다. 사실 태자 주변에는 신하 또는 백성, 아니면 연적들뿐, 친구랄 사람이 없었다. 그래서 제 작진은 급한 대로 조금 전에 나왔던 남자 게스트들이라도 붙잡 아서 인터뷰를 따는 수밖에 없었다.

화면에 전북야의 노기등등한 얼굴이 등장했다.

"그 작자? 겉과 속이 다르고, 간사하고, 음흉하고, 신경 써야 할 데가 머리카락 수보다도 많아서 절대로 자기 여자를 1순위 에 둘 수가 없는 작자인데……. 잠깐, 지금 이거 뭐야? 이따가 만천하에 공개된다고? 그럼 지워, 지우라고! 짐은 안 보는 데서 뒷담화나 까는 인간이 아니다! 그 작자가 누군지도 나는 몰라! 그런 줄 알아!"

맹부요가 한숨을 흘렸다.

"고대인의 지식과 현대 문물 사이의 괴리를 보는 건 참 슬픈 일이야……."

다음 타자는 종월이었다. 본래가 딱히 모럴이란 걸 가지고 있지 않은 의사분께서는 평가도 아주 전문성 있게, 담백한 두 글자로 내리셨다.

"독약."

맹부요가 코를 훌쩍이면서 꿍얼댔다.

"그래도 벌레 물린 데 바르는 물파스 같은 당신보다는 낫거든요. 보기만 시원하지 막상 살에 닿으면 홧홧한 그 물파스!"

클립이 끝난 뒤에도 불빛은…… 꿋꿋하게 모두 켜져 있었다. 7번 게스트가 가슴께를 움켜잡고 눈물을 글썽였다.

"원래 남자는 나쁜 남자가 맛인 법……."

그런데 7번의 말이 끝나기도 전에 맹부요의 것을 제외한 나머지 불들이 일제히 탁 나갔다.

여자 게스트들이 아연실색하는 틈에 회색 옷의 인영들이 바람처럼 무대를 스쳐 지나갔고, 태자의 얼굴에는 흡족한 미소가 떠올랐다.

은위.

생활, 여행, 살인, 방화, 〈두근두근 스위치〉 참가 중 전선 절단의 필수품.

몽비는 눈시울이 젖은 채 안도의 한숨을 내쉬었다.

어쨌든 큐 시트 순서대로 구색은 다 갖추는구나.

"남자 게스트께서는 선택해 주세요. 손을 잡고 함께 스튜디오를 나갈지, 아니면……."

멘트 중간에 갑자기 검은 그림자가 허공을 스치나 싶더니, 새하얀 천이 공중에 너울너울 펼쳐져 무대 전체를 가렸다. 천을 잡아 보겠다고 저마다 허우적허우적 난리를 치던 좌중은 잠시 후 소란이 가라앉고 나서야 맹부요가 감쪽같이 사라졌음을 깨달았다.

망할 도사 영감이 울화통을 터뜨렸다.

"못난 것! 사부가 언제 싸움터에서 도망치라고 가르쳤더냐!"

원 황후가 빈정거렸다.

"품위 없기는!"

태연은 발끈해 맹부요의 뒤를 쫓아갔다.

"내 치마 물어내!"

그러자 철성이 칼을 휘두르며 그 뒤를 쫓았다.

연경진은 안도의 한숨을 내쉬는 한편 좋아서 어쩔 줄을 몰랐다. 그때 그를 음험하게 주시하던 요신이 가지고 있는 모종의 옷가지를 높이 들어 보이자, 곧바로 얼굴색이 급변한 연경진이 필사적으로 바지춤을 여몄다.

운혼과 월백은 머리카락을 가지고 노는 중이었고, 몽비는 벽을 긁고 있었다…….

태자는 맹부요가 사라져 간 방향을 느긋하게 쳐다보고 있다가, 전혀 급할 것 없이 소맷단을 정리하고 나서야 그쪽으로 걸음을 옮겼다.

몽비가 뒤에서 쫓아가며 말했다.

"저기, 잠깐만요. 상품 발송할 주소는 남기고 가셔야…….''

"XX시 XX구 XX로 XXX번지, 전화번호는…….''

태자는 주소와 전화번호를 막힘없이 줄줄 읊으면서 빠르게 멀어져 갔다.

듣고 있던 아란주가 얼빠진 표정으로 중얼거렸다.

"이 세계 맹부요네 집 주소랑 전화번호 같은데, 저걸 어떻게 아는 거지?"

그러자 태자가 공중에서 뒤돌아보며 여유롭게 미소 지었다.

"이 시공에도 절정의 기문술이 있더군. '신상털이'라고."

한 쌍이 도망가기는 했어도 남은 순서는 마쳐야 했다. 몽비는 숨이 간당간당한 채로 무대 위 자기 위치로 돌아갔다.

"5번 남자 게스트 모시겠습니다……. 5번 남자 게스트 모시겠습니다……. 5번 남자 게스트 모시겠습니다……. 5번……."

그가 세 번 연속 멘트를 외치는 동안 금속 문이 계속 열렸다가 닫히기를 반복했지만, 게스트의 모습은 보이지 않았다. 몽비는 몹시 당황해서 뒤로 돌아섰고, 그 순간 '회전 후 180도 옆돌아 틀기'가 그의 납작한 콧대에 작렬해 눈앞에 별이 번쩍이는 순간을 선사해 줬다.

순백의 털을 휘날리는 늠름한 자태. 5번 남자 게스트 원보 대인은 무대에 표시된 빨간 점 위에 장장 10분을 서 있었으나 부주의한 진행자에게 완전히 무시당하고 말았다. 하여, 분노를 금치 못하고 전매특허 체조 기술로 응징에 나선 것이었다.

원보 대인이 미인들을 향해 멋들어지게 앞발을 흔들자 과자를 먹어 빵빵하게 부푼 분홍 똥배가 '퐁퐁' 흔들렸다. 무대 위에서는 '꺄악!' 하는 소리가 속출했고, 원보 대인은 오늘 저녁의 어느 게스트보다도 많은 핑크 하트를 받았다.

"귀여워!"

"내 거 할래!"

그러나 미인들의 폭 빠진 눈빛이 무색하게도 불은 우르르 무더기로 꺼졌다. 종을 초월한 사랑에 도전할 만한 용기는 오주 대륙에서부터 21세기 사회까지를 통틀어, 세파에 휘둘리지 않는 원보 대인 하나한테 밖에 없었던 것이다.

잠시 후 몽비가 눈앞을 가린 흰 털을 가까스로 헤치고 혹시 남아 있는 불빛이 없나 게스트석을 둘러봤을 때, 그의 눈에 들어온 것은 17번 테이블에서 불빛에 알록달록하게 빛나고 있는 소녀의 얼굴이었다.

원보 대인이 얼른 몽비의 얼굴에서 뛰어내렸다. 아란주와 원보 대인은 두 팔을 벌리고, 고개를 젖히고, 쏟아지는 금빛 조명을 배경 삼아, 슬로 모션으로 서로를 향해 달려갔다. 그리하여 해피 엔딩을 맞이했다. 몽비는 바닥에 널브러져서 일어나지 못했다.

이로써 이번 회 〈두근두근 스위치〉에서는 한 쌍의 '남녀'가 정식으로 커플이 되었다. 아란주와 원보 대인이었다.

덕왕이 허공에 주먹질을 해 대며 분통을 터뜨렸다.

"기껏 방청권 사서 왔더니만!"

그러자 원 황후가 그의 옷자락을 잡아당겼다.

"품위, 품위!"

망할 도사 영감은 고개를 절레절레 저었다.

"제자 녀석이랍시고 못나서는……."

연경진은 요신에게 모종의 옷가지를 돌려 달라고 요구하느라 어떠한 감상도 표현할 겨를이 없었다.

저녁 내내 가지고 놀던 머리카락에서 마침내 손을 뗀 운혼과 월백이 주변을 둘러보고는 까맣게 몰랐다는 듯 말했다.

"다 끝났나?"

그러고는 서로를 바라보며 미소 지었다.

"그럼 갈까."

주 태사 어르신이 어이가 없다는 얼굴로 물었다.

"대체 거기 둘은 뭐 하러 온 거야?"

"저는, 이 여인의 곁에 있으려고 왔습니다."

월백이 요염하게 웃으면서, 느릿느릿 답했다.

"만약 사랑으로 들어서는 입구에서 38년의 세월을 허비한 사람이 있다면, 그가 지금 할 일은 오직 하나……. 매 순간 최선을 다해 사랑하는 것뿐이겠지요!"

조명이 페이드 아웃되고, 막이 내려오고, 이야기는 잠시 일단락되었다.

사랑은 간 보기가 아니라 자신을 온전히 던지는 것이어야 한다. 서로 사랑한다면 그 사랑에 전심전력을 다하시라. 더 이상 머뭇거리지 말고.

〈부요황후〉 끝